KB068319

죽어 천년을 살리라

죽어 천년을 살리라

2

안중근 평전

이문열 장편소설

제2부

차례

애국계몽의 전선(戰線)에서

그 무렵 나는 재정을 마련해 볼 요량으로 (회사를 차리고) 평양에 가서 석탄을 캐었다. 그러나 일본인들의 방해 때문에 아까운 돈 수천 원만 날렸다.

뒷날 자전적인 기록에서 안중근은 석탄 회사 삼합의(三合義)의 실패를 그렇게 짤막하게 술회했다. 하지만 그 회사에 쏟아부은 돈이 가족들의 생계를 위한 전답을 뺀 나머지 가용(可用) 자금 전부에 가깝다는 점은 그에게 적잖은 충격이 되었다. 아버지 안태훈이 일생의 모든 싸움에서 언제나 우선적으로 확보하던 그 군자금을 자신은 싸움다운 싸움 한번 해 보기 전에 모두 날려 버린 기분이었다.

안중근은 그 때문에 이후 한반도에 남아 있던 기간 내내 이재(理財)와 사업을 통한 재원 확보에 골몰했다. 뒷날 여순에서 신문(訊問)을 받을 때 아우 정근은 "형은 집에 있었을 즈음에는 오직 돈 버는 일만 생각하고 있었다."라고 증언하고 있는데, 그것은 아마도 그 무렵의 안중근을 과장해서 한 말일 것이다.

어쨌든 삼합의의 실패로 소침해진 안중근이 한동안 집 안에 눌러앉아 심란한 속을 달래고 있던 어느 날 아우 공근이 밖에서 돌아와 말했다.

"형님, 진남포 공립 보통학교에 나가 보시지 않겠습니까? 거기 운동장에서 오늘 낮에 안창호(安昌浩) 선생의 연설회가 있다고 합니다."

그 말에 안중근은 아침의 울적한 심사에서 퍼뜩 깨어났다.

"도산(島山)이 귀국했다는 말은 들었다만, 여기까지 왔다는 말이냐?"

"예. 평양에 계시다가 관서 곳곳을 돌아보며 연설하는 길에 여기까지 들르신 것 같습니다."

도산 안창호는 같은 순흥 안씨로서 평안도 강서군의 작은 섬에서 농부의 아들로 태어났는데, 나이는 안중근보다 한 살 위였다. 안중근과 마찬가지로 어려서부터 서당에서 유학을 공부하였으며, 나이 열일곱 되던 해 동학농민운동과 청일전쟁을 겪으면서 초기의 민족의식과 애국심을 길렀다.

열여덟 살 때 큰 뜻을 품고 서울로 올라갔다가 서양 선교사 밀러의 도움으로 구세학당(救世學堂)의 보통반과 특별반을 아울러 졸업하게 되었다. 비록 두 해밖에 안 되는 학습 기간이었지만, 탐구심이 강하고 품성이 성실한 안창호는 그 기간 동안 신학문, 신지식을 체계 있게 습득하였을 뿐만 아니라, 기독교인으로 다시 태어나 애국계몽 활동을 시작했다.

안중근이 안창호의 이름을 처음 알게 된 것은 독립협회와 만민공동회의 활동을 통해서였다. 안창호는 만민공동회의 토론에 참가하고, 독립협회 평양지회 설립을 주도하면서 그 이름을 간간이 드러내더니, 평양 쾌재정(快哉亭)에서 있었던 강연으로 관서뿐만 아니라 해서 사람들까지도 쉽게 잊을 수 없는 이름이 되었다. 그날 스물한 살의 청년 안창호는 쾌재정의 이름을 빌려 유쾌하게 여길 일[快哉] 열여덟 가지와 유쾌하지 아니한 일[不快] 열여덟 가지를 대며 조정과 탐관오리의 부정부패를 통렬하게 비판하고, 나라와 백성을 위한 개혁을 조리 있게 주창함으로써 듣는 사람들을 감동시켰다.

비록 안중근은 그때 쾌재정에 있지 않았지만, 전해 들은 얘기만으로도 깊은 인상을 받고 안창호란 이름을 머릿속에 새기게 되었다. 안창호가 겨우 한 살 위인 또래인 데다 패장(敗將)으로서 호의를 빌려 찾아온 것이 아니라 그런지, 을미년 김창수(뒷날의 김구)가 처음 청계동으로 찾아왔을 때와는 아주 달랐다. 그래서 언젠가 한번 안창호를 만나 보리라 별렀으나, 그때는 안중근도 천주교 입교 뒤의 분주한 시절이라 기회를 얻지 못했다.

안창호는 안창호대로, 친로(親露) 수구파 정부에 의해 독립협회 활동이 좌절되자, 고향 강서로 돌아가 점진학교(漸進學校)를 세우고 교육 활동 속에 몸을 숨김으로써 잠시 세상의 이목에서 벗어났다. 그러다가 1902년 안중근이 아버지 안태훈과 함께 해서교안으로 한창 몰리고 있을 때, 안창호는 홀연 미국 유학길에 올라 대한제국을 벗어나고 말았다. 듣기로는 미국에서 교육학을 공부하여 훌륭한 교육자가 되겠다는 포부로 떠났다고 했다.

그 안창호가 돌아와 삼화항까지 왔다는 말을 듣자 안중근은 그냥 있을 수 없었다. 며칠 만에 나들이옷으로 갈아입고 막내아우 공근과 함께 그해 새로 문을 연 진남포 공립 보통학교로 가 보았다.

안중근이 진남포 공립 보통학교 운동장에 이르니 벌써 수백 명의 사람들이 모여 안창호를 기다리고 있었다. 오래잖아 사람들에게 둘러싸인 안창호가 연단에 올라왔다. 평양 쾌재정에서 열변을 토하던 스물한 살의 청년은 그사이 멋진 콧수염까지 기른 서른 살의 서양 신사가 되어 있었다. 인사와 함께 오랜만에 귀국한 소회를 짧지만 정감 있게 밝힌 안창호가 연설을 시작했다.

"우리가 무엇보다도 힘써 이루어야 할 것은 국권을 회복하고 자주독립국을 세우는 일입니다. 이 목적을 달성하기 위해, 첫째 우리는 실력을 양성해야 합니다. 실력의 양성이란 곧 국민을 새롭게 하여[新民] 그들의 힘을 키우는 것인 바, 이는 곧 민력 양성(民

力養成)을 뜻합니다."

연설은 그렇게 시작하여 점점 더 뜨거움을 더해 갔다.

"국민들을 새롭게 한다는 것은 반드시 국민들이 스스로 새로워지는 것[自新]을 말합니다. 그리고 그것은 사회, 국가, 국민의 모든 부분에서 수행되어야 합니다. 민습(民習)의 미욱하고 굳음에 대해서는 새로운 사상[新思想]이 시급하고, 그 어리석고 어두움에는 새로운 교육[新教育]이 시급합니다. 우리의 열심이 식은 것에는 새로운 제창[新提唱]이 시급하며, 우리 원기가 소침해진 데 대해서는 새롭게 길러 내는 일[新培養]이 시급하며, 도덕의 타락에 대해서는 새로운 윤리[新倫理]가 시급하며, 문화의 쇠퇴에 대해서는 새로운 학술[新學術]이 시급하며, 실업의 부진에 대해서는 새로운 모범[新模範]이 시급하며, 정치의 부패에 대해서는 새로운 개혁[新改革]이 시급합니다……."

안창호는 그렇게 말해 놓고 세부 실천 방안을 차근차근 들어 나갔다. 무관 학교를 설립하여 독립 전쟁에 대비할 것과 국외에 독립군 기지를 건설하고 독립군을 창건할 것, 두 가지는 일본의 눈과 귀를 의식하여 말하지 않았을 뿐, 나머지는 한 달 뒤 서울에서 결성될 신민회(新民會)의 「통용장정(通用章程)」과 취지서를 조리 있게 풀이한 연설이었다.

신민회는 안창호가 미국 유학 중에 조직한 공립협회(共立協會)를 바탕으로, 그 전해 연말 휴가 때 안창호·이강·이준기 등이 미국 리버사이드에 모여 조직하기로 합의한 자강운동 단체였다. 그러나 결사의 목적으로 보아 본국에서 단체를 발기함이 옳다고 여겨, 그해 2월 대한신민회 창립을 구상하고 발기한 안창호가 대표로 조선에 왔다. 그때 안창호가 서북 지역을 돌아다니며 강연회를 가진 데는, 애국계몽 말고도 신민회의 근간이 될 만한 동지를 두루 만나 보고자 하는 목적이 있었다.

하지만 그 같은 내막을 알 리 없는 안중근에게는 도산의 말 한마디 한마디가 커다란 종소리처럼 가슴을 울렸다. 옛말 그대로 헛되이 이름이 전해지는 법은 없는 듯했다. 특히 우수한 학교를 건설하여 인재를 양성할 것과 각 지역 학교의 교육 방침을 지도할 것 등 교육에 관한 강조는, 삼합의로 자본금을 날려 소침해 있던 안중근에게 신선한 위로와 격려가 되었다.

강연이 끝난 뒤 안중근은 감동을 이기지 못해 안창호를 만나러 갔다. 그 연설회를 후원한 서우학회(西友學會) 관서 지부는 안중근도 진작부터 드나들던 단체였다. 그 회원들이 안창호를 둘러싸고 있다가 안중근이 다가가자 길을 열어 주었다.

"족말(族末)이 통성명이라도 하려고 왔소. 소개를 부탁드리오."

안중근이 동성동본을 앞세워 그렇게 말하자 가깝게 지내던 서우학회 회원 하나가 안창호에게 안중근을 소개했다.

"이분은 돈의학교 교장이시자 삼흥학교 재정을 담당하고 계시는 안중근 씨입니다."

"갑오년에 신천 의려장(반동학 의병장)을 지내신 안태훈 진사가 이분의 선친이십니다. 안 진사는 지금 《대한매일신보》 주필로 계시는 백암(白巖) 박은식(朴殷植) 선생과 해서의 양(兩) 선동(仙童)으로 불리던 분이셨지요."

곁에 있던 다른 회원 하나가 그렇게 거들었다. 그러자 안창호는 이내 안중근을 알아보았다. 오래된 벗처럼 손을 내밀어 맞잡으며 말했다.

"천강(天降) 홍의장군 소리를 들었다던 갑오년 신천 의려의 선봉장이시군요. 종친의 큰 이름은 진작부터 여러 갈래로 듣고 있었습니다."

"헛된 이름으로 선생의 귀를 어지럽게 하였다니 오히려 부끄럽습니다. 저야말로 오랫동안 선생을 흠모하면서도 이제야 이렇게 뵙습니다."

안중근도 그렇게 겸양으로 받았다. 무슨 인연에 끌렸는지 둘 모두 처음 만난 사람들 같지 않았다. 그러나 강연회를 주최한 서우학회 관서 지부 측과 안창호에게는 아직 남은 행사가 더 있었다. 길게 얘기 나눌 틈도 없이 안창호를 재촉해 다음 행사장으로 이동하는 주최 측 간부에게 안중근이 불쑥 말했다.

"오늘 저녁은 내가 도산 선생을 모시고 싶소. 누추한 곳이나마 내 집에 저녁상을 보아 둘 터이니 여러분도 함께 와서 들어 주시면 고맙겠소."

말투는 덤덤해도 집을 나설 때부터 아내 아려에게 손님 치를 채비를 당부하고 나온 안중근의 초대였다. 주최 측 간부도 반가이 그 초대를 받아들여 행사가 끝나는 대로 안창호와 함께 안중근의 집에 가기로 했다. 그런데 일이 뜻밖으로 꼬이면서 그날 저녁 한바탕 소동이 일어났다.

안창호 일행이 그날의 다음 행사장에서 삼화 지역의 유지들과 간담회를 끝낸 뒤의 일이었다. 후포리(後浦里)에 사는 어떤 부농의 아들이 안창호의 소매를 끌다시피 하며 저녁 초대를 했다. 안창호가 얼른 대답을 하지 못하고 주최 측을 바라보자, 마침 안중근과 선약을 한 간부가 그 눈길을 받으며 말했다.

"그러시지요. 벌써 날이 저물어 와 걱정했는데, 마침 잘됐습니다. 후포리가 여기서 멀지 않으니 저녁 식사가 너무 늦어지는 일은 없겠습니다."

안중근과의 선약을 까맣게 잊고 하는 소리였다. 내막을 잘 모르는 다른 사람들도 그 초대를 반가워하며 김 아무개란 부농의 집으로 몰려갔다.

한편 공립학교 운동장의 강연회만 보고 일찍 돌아온 안중근은 날이 저물기도 전에 아내 아려를 재촉해 상을 차려 놓고 안창호와 주최 측 일행이 오기만을 기다렸다. 그런데 어찌 된 셈인지 해가 지고 어두워 와도 초대한 사람들은 올 줄을 몰랐다. 기다리다 못한 안중근이 아우 공근을 마지막 행사장으로 보내 알아보게 했다.

"그분들은 모두 후포리로 갔다고 합니다. 그 동네에 사는 출신(出身, 잡과에 입격하고도 벼슬에 나가지 않은 사람) 김 아무개네 둘째가 안창호 선생의 소매를 거의 끌 듯하여 저희 집으로 모셔 갔다고 하더군요. 지금쯤은 상다리가 휘어지게 한 상 받고 있겠지요."

한참 뒤에 돌아온 공근이 왠지 뒤틀린 목소리로 그렇게 알려주었다. 그 말을 들은 안중근이 활활 불길이 이는 듯한 눈길로 몸을 일으키며 공근에게 나직이 말했다.

"따르거라. 후포리로 가자. 그 작자가 무얼 어떻게 차려 놓고 남의 귀한 손님을 가로채었는지 보자!"

그리고 마당을 가로지르다가 아직도 어두운 부엌에서 머뭇거리는 아내 아려에게 집안 구석구석 다 들릴 만큼 큰소리로 일렀다.

"곧 손님들이 이를 것이니 어서 상을 낼 채비를 하시오. 내 얼른 다녀오겠소."

그러고는 공근을 앞세우고 한달음에 후포리로 달려갔다. 젊어서부터 등허리가 휘어지도록 일한 데다 운까지 겹쳐 한 재산 모은 출신 김 아무개의 집은 갯가에 나앉아 있어도 제법 반(班)티가 나는 수십 칸 기와집이었다. 서울로 가서 신학문을 배운 둘째 아들이 극진하게 모셔 온 안창호와 그날 강연회의 주최 측이 손님이어선지 집주인의 대접이 소홀하지 않았다. 안중근이 대문을 열고 들어서기도 전에 벌써 안에서 벌어지는 잔치의 흥청거림이 느껴졌다.

안중근이 따로 사랑지기의 인도를 받을 것도 없이 그 기척에 끌려 사랑채로 가 보니 사방에 걸린 남포등으로 대낮같이 환한 대청마루에는 저녁을 곁들인 술자리가 한창 무르익어 가고 있었다.

"집주인은 어디 있소? 내 비록 불청객이나 쥔장을 한번 보았으면 하오."

댓돌 위에 올라선 안중근이 열화같이 치솟는 노기를 억누르며 그렇게 주인을 찾았다. 그 집 둘째 아들이 떨떠름한 얼굴로 몸을 일으켜 댓돌 쪽으로 나오다가 안중근을 알아보고 흠칫하며 맞았다.

"내가 이 집 둘째가 됩니다만, 어인 일로 아버님을 찾으시는지요?"

여느 사람들에게는 과격하게만 보이는 안중근의 성품을 그 집 둘째도 소문으로 들어 잘 아는 것 같았다. 그 며칠 전에도 안중근은 삼화 본당(뒷날의 진남포성당) 증축 공사에서 행패를 부린 일본인 기술자를 피탈이 나도록 두들겨 패 읍내를 떠들썩하게 만든 적이 있었다. 철판 용접 일을 맡은 일본인 기술자가 까닭 없이 늑장을 부린 게 그 발단이 되었다. 기다리다 못한 성당 측이 한국인 기술자를 찾아 일을 맡기자, 그 일본인이 새로 용접 일을 맡게 된 한국인 기술자를 찾아가 행패를 부렸다는 소문에 안중근은 가만히 있지 못했다. 그 일본인이 한국인 기술자에게 한 것처럼 안중근도 주먹으로 훈계한다는 것이 지나쳐 그리되었는데, 삼화항 사람들은 모두 그 일을 시원하게 여기면서도 한편으로는 안중근을 은근히 두려워하였다.

"그럼 가서 물어보게. 밥술 먹고 사는 출신쯤 되면 함부로 길을 막고 남의 손님을 몰아가도 되는가고."

안중근이 몇 살 손아래 되는 것 같지도 않은 그 집 둘째 아들을 대뜸 하게로 대했다.

그때 안중근과 선약을 한 주최 측 간부는 좌중에 끼어 앉아 얼큰하게 취해 가고 있었다. 남포등 아래 드러나는 얼굴과 분기를 억누르고 있는 목소리로 안중근을 알아본 그는, 그제야 강연회 뒤에 있었던 선약을 상기하고 얼굴이 샛노래졌다.

그 간부가 까맣게 잊고 있던 선약과 함께 그 자리에서 퍼뜩 떠올린 것은 몇 달 전 눈앞에서 안중근의 단장(短杖)에 맞아 깨진 머리를 싸매고 주저앉던 일본인 잡화상 기토[鬼頭]의 모습이었다. 고향 사람 몇이 기토 잡화점에서 산 양솥에 작은 구멍이 나 있어 바꾸러 가는데 함께 가 달라기에 안중근이 따라나섰다가 벌어진 시비 끝에 생긴 일이었다. 상점 주인 기토는 그 양솥을 물어 주기는커녕, 사 간 쪽이 일부러 흠집을 내고 행패를 부리러 온 것으로 몰아세우며, 야만인들이라고 욕까지 퍼부었다. 그러자 가만히 보고 있던 안중근이 문득 단장을 들더니 미친 개 후려 패듯 해서, 잠깐 동안에 기토가 피투성이로 폭삭 주저앉게 만들었다. 그리고 일본 경찰이 달려와 사죄와 배상을 요구할 때도 눈 한번 깜짝하지 않았다.

“아이쿠, 안 교장. 어서 올라오기요. 이 밤중에 예까지 달려오시다니…….”

한달음에 대청마루 끝으로 달려간 관서 지부 간부는 우선 그렇게 안중근을 반겨 놓고, 황망한 얼굴로 좌중을 돌아보며 자신의 실수를 빌었다.

"여러분, 내가 오늘 큰 실수를 한 것 같소. 낮에 여기 이 안 교장댁에서 안창호 선생을 모시고 저녁을 하겠다고 약속해 놓고 그만 깜박 잊었소이다. 실로 이 일을 어찌했으면 좋겠소?"

너무 갑작스러운 일이라 안창호를 비롯해 그 자리의 누구도 얼른 대꾸를 못 했다. 그때 집주인이 길지 않은 수염을 쓰다듬으며 말했다.

"보아하니 주최 측에 무슨 착오가 있었던 것 같구려. 우리가 본의 아니게 남의 손님을 가로챈 꼴이 되었소이다. 허나 이 자리도 멀리서 오신 귀한 손님들을 반겨 정성으로 마련한 것이니, 안 교장께서 너무 허물하지 마시오. 차라리 교장 선생도 이 자리에 들어 여흥을 함께해 주시면, 여기 모두가 오늘 밤의 환대를 교장 선생의 베푸심으로 여길 것이오."

오래된 생강이 맵다고, 한눈에 사태를 알아본 늙은 집주인이 언사를 갖춰 안중근을 달래는 말이었다. 그러나 안중근은 그런 집주인에게 눈길 한번 주지 않고 댓돌 위에 선 채로 안창호와 강연회를 주최한 서우학회 간부들만 다그쳤다.

"하찮은 필부도 적성(赤誠)을 몰라주면 성낸다 했소. 이미 날 저문 지 오래나, 이제라도 원래 있어야 할 자리로 돌아들 가십시다. 부잣집 교자상에 견줄 수는 없지만, 빈처(貧妻)의 한나절 정성이 밤바람에 식고 있소."

말뜻은 부드러웠으나 안중근의 목소리에는 서슬이 퍼랬다. 이미 국과 밥을 반나마 비우고 술도 여러 순배 돌려 얼큰해져 있던 손님들은 그런 안중근의 재촉에 어찌할 바를 몰라 했다. 집주인 부자도 불같은 안중근의 성품을 들어 아는 게 있는지 더는 달래 볼 마음을 먹지 못했다. 그때 안창호가 선뜻 몸을 일으키며 말했다.

"잘못은 우리에게 있으니 이대로 미련을 떨며 앉아 있을 수는 없겠습니다. 여기 주인어른께서 베풀어 주신 환대는 다 받은 것으로 하고 이만 모두 일어나십시다. 이미 교장 선생 댁과 선약을 해 놓고 이제 와서 나 몰라라 할 수는 없는 일 아니겠습니까?"

그 바람에 먹다 만 저녁상을 두고 후포리를 떠난 안창호와 서우학회 간부 일행은 제법 밤이 깊어서야 용정리 안중근의 집에 이르러 두 번째 상을 받게 되었다. 하지만 모두가 안중근의 엄청난 기세에 눌려 얼결에 옮겨 앉기는 했어도, 그렇게 만들어진 자리에 쉽게 어우러질 수는 없었다. 한동안은 먹는 시늉만 하며 서로 어색하게 눈치만 보는 상머리가 되었다.

그러다가 그 밤 안중근이 보여 준 거친 직정(直情) 뒤에서 티 없고 곧은 인품을 알아본 안창호가 먼저 나서 굳어 있는 상머리를 풀어 나갔다. 안창호는 타고난 말재주에 재치와 우스갯소리를 더하여 자기들 일행의 끌려온 듯한 느낌과 시비 뒤에 마주 앉은 것 같은 어색함을 씻어 주었다. 안중근도 손님들을 자신의 집으로 모시고부터는 진심으로 환대하는 주인의 역할에 충실하였다. 두 번, 세 번 후포리에서의 억지와 무례를 사죄하여 솔직한 정을 드러내고, 자신은 마시지도 않는 술과 안주를 넉넉히 권하여 그들의 얼어 있던 말문을 녹였다.

그렇게 되자 자리는 원래 있어야 할 흥겨움과 진지함을 되찾기 시작했다. 먼저 그날 행사의 성과에 대한 검토와 자평(自評)이 있고, 이어 안창호의 강연 내용에 대한 감동과 지지의 논의가 새삼 열기를 뿜었다. 거기서 이야기는 차츰 시국담(時局談)으로 흘러가더니, 이윽고 그런 사람들이 모인 그런 자리에서 쏟아지기 마련인 비분강개와 우국충정의 토로를 거쳐 독립과 흥국(興國)의 방책을 모색하는 데까지 종횡무진으로 펼쳐졌다.

소인이 친해지면 재물을 주고받고 군자가 사귀면 아름다운 말을 나눈다더니, 그날 밤의 안중근과 안창호가 그랬다. 밤이 깊을수록 안창호의 언변은 빛과 열기를 더해 갔고, 안중근은 거기서 드러나는 안창호의 식견과 인품에 빠져들었다. 어눌하지만 순직하고 경건한 영혼의 진실을 담은 안중근의 토로에 감동한 안창호도 이야기를 나눌수록 안중근의 특이한 개성을 귀히 여기게 되었다. 밤이 깊어 마침내 헤어지게 되었을 때, 안창호는 안중근의 손을 부여잡으며 간곡한 당부처럼 말했다.

"우리는 오늘 처음 만났지만 교장 선생과 내가 함께할 일이 꼭 있을 성싶소. 일간 서울에 오거든 반드시 나를 찾아 주시오. 대한매일신보사로 오면 그날로 내게 연락이 닿을 것이오."

그렇게 맺어진 안중근과 안창호의 정의(情誼)는 뒷날 동지적 유대로 변해 안중근이 죽은 뒤까지도 끈끈하게 이어진다.

안창호를 만난 것은 여러 날 축 처져 집 안에 틀어박혀 있던 안중근에게 활력을 주었다. 다음 날부터 자리를 털고 나와 돈의학교와 삼흥학교를 돌아보고 국채보상운동 관서 지부와 서우학회를 오락가락하며 애국계몽운동에 전보다 곱절의 힘을 쏟았다. 특히 국채보상운동은 아내 김아려가 삼화항 패물폐지부인회(佩物廢止婦人會)에 나와 일하고 있어, 결혼 뒤 처음으로 내외가 나란히 같은 일에 나선 셈이었다.

그러던 어느 날이었다. 하루는 안중근이 맡고 있는 관서 지부에서 국채보상의연금을 촉구하려고 군중대회를 열려고 하는데, 일본인 별짜(별순검(別巡檢), 순검 복색을 하지 않고 정탐 일을 맡아 하던 순사) 하나가 본부석으로 와서 이것저것 조사하다가 안중근에게 물었다.

"여기 국채보상회 회원은 얼마이며, 지금 성금은 얼마나 모았는가?"

말은 묻고 있지만 눈빛이며 표정은 조롱하는 빛이 뚜렷했다. 그걸 알아본 안중근이 짐짓 정중하게 받았다.

"우리 회원은 2천만 명이요, 성금은 1천 3백만 원이 차면 국채를 보상할 것이다."

그러자 일본인 별짜가 발칵 성을 내며 욕설 섞어 말하였다.

"너희 조선인들은 하등(下等) 인간들인데 무슨 일을 할 수 있겠는가? 터무니없는 허풍 떨지 마라!"

그래도 안중근은 성내지 않고 오히려 느긋하게 받았다.

"빚을 진 사람은 빚을 갚을 뿐이요, 빚을 지운 사람은 빌려준 돈을 받으면 그만이다. 이제 우리가 이 운동으로 너희에게 진 빚을 갚으려 하는데, 그게 무슨 아름답지 못한 일이라고 그렇게 샘을 내고 욕질을 해 대는 것인가?"

그러자 일본인 별순검은 더 참지 못하고 안중근의 따귀를 때렸다. 안중근이 그와 같은 모욕을 가만히 당하고 있을 리 없었다.

"내가 이처럼 까닭 없이 욕을 보고도 가만히 있다면 장차 우리 2천만 민족이 크나큰 압제를 면하지 못할 것이다. 어찌 나라의 수치를 달게 받고 앉았을 수 있겠느냐?"

그렇게 소리치면서 주먹을 들어 일본 별순검의 얼굴을 때려 주었다. 별순검이 저희 나라 투기(鬪技)라도 익힌 게 있는지 앙버티고 덤벼 곧 본부석에서는 한바탕 험한 드잡이질이 시작되었다. 그러나 사람들이 뜯어말려 안중근과 일본인 별순검의 주먹질은 끝을 보지 못하고 갈라섰다.

아직 국채보상금 비소사건(國債補償金費消事件, 국채보상운동을 주도한《대한매일신보》의 발행인 배설과 주필 양기탁이 국채보상의연금 일부를 횡령한 것으로 몰아간 사건)처럼 조직적이고 치밀하지는 않았으나, 국채보상운동에 대한 일본의 시비나 방해는 그 뒤로도 더 있었다. 하지만 안중근은 끝내 무장투쟁으로 전환하기 위해 한반도를 떠날 때까지 조금도 기죽지 않고 그런 일본의 책동에 맞섰다.

안중근이 막막하여 더 치열해진 애국계몽운동의 전선을 내단고 있는 사이에 1907년의 봄이 다해 갔다. 벌써 초여름의 더위가 느껴질 무렵의 어느 날이었다. 안중근이 집을 나가지 않고 있던 아침나절 누가 대문 밖에서 주인을 찾았다. 막내 공근마저 경성사범학교에 들어가겠다며 집을 나간 바람에 안중근이 몸소 나가 맞아들여 보니 흔치 않게 의관을 갖춘 나이 든 선비였다. 기상이 활달하고 위풍이 당당한 게 자못 도인의 풍모가 있었다.

"어디서 오신 분이신지요?"

손님을 방 안으로 맞아들인 안중근이 그렇게 묻자 그 나이 든 선비가 대답했다.

"나는 백암(白巖)과 동방(同榜) 급제를 하였네만, 망국을 바라보고만 있는 처지라 진사 소리조차 듣기 민망한 망국(亡國) 진사 김 아무개라고만 알아 두게. 자네 선친 안 진사와는 일찍부터 교분이 두터웠고, 자네가 기억할지 모르네만 한때는 청계동 신천 의려의 막빈(幕賓)으로도 있었네. 아마도 자네가 해주 싸움에서 돌아와 심하게 앓고 있던 무렵의 몇 달일 것이네. 연전 안 진사가 그토록 허망하게 세상을 버리자 나도 한때는 깊은 산속으로 자취를 감추고 미련한 이 목숨 끝나기나 기다리려 했네. 허나 모진 세상살이의 인연을 끊지 못해 아직도 이렇게 저잣거리를 어정거리다가 자네 형제 사는 모양을 듣고 특별히 권할 말이 있어 찾아왔네."

"선생님께서 일부러 멀리서부터 찾아와 주셨으니 무슨 좋은 말씀을 해 주시겠습니까?"

그 말을 들어 보니 허투루 넘길 수 있는 것이 아니라 안중근이 그렇게 공손하게 받았다. 그러자 김 진사가 삼엄한 안색이 되어 물었다.

"을사년 보호조약 이래, 분한(憤恨)을 못 이긴 충신열사들이 스스로 목숨을 끊고, 혹은 의병이 일어 방방곡곡을 선혈로 물들이고 있으나, 지금 이 나라 형세는 실로 거센 바람 앞의 등불이나 다름없네. 조정을 대신해 왜적의 통감부가 이 나라를 다스리고, 그 통감 이등박문이 황제 폐하를 대신하여 조선의 임금 노릇을 대신해 온 지도 벌써 한 해가 넘었네. 이대로 두면 언제 왜적이 옥좌까지 차고앉을지 모르겠네. 그런데 이토록 나라가 위태롭게 된 때에, 자네와 같은 기개를 지니고서도 어찌 앉아서 죽기만을 기다리려 하는가?"

"아버님, 할아버님의 유명(遺命)이 시퍼렇게 살아 있는데 그럴 리야 있겠습니까? 다만 당장은 이 밖에 없을 듯해 교육과 계몽에서 구국의 길을 찾고 있을 뿐입니다. 지금 민력(民力) 양성을 위해 두 학교를 맡아 운영하고 있으며, 나라 재정을 파탄에서 구하는 일은 우리 일족 모두가 국채보상운동에 나서서 좋은 결실을 고대하고 있습니다. 또 진작부터 서우학회에 나가 중지(衆智)를 모으고 흩어진 민인(民人)을 한 목적 아래 묶는 일에도 나름의 정성을 보태고 있습니다."

"자네가 하고 있는 일도 귀하나 그것만으로는 안 되네. 이미 이 나라의 자주독립은 이 백성을 혀끝으로 달래고 붓끝으로 깨우치는 것만으로 될 수 있는 일이 아니네."

"그렇다면 달리 무슨 묘책이 있습니까?"

"지금 백두산 너머 있는 서북 간도와 노서아 땅 해삼위(海蔘威, 블라디보스토크) 등지에는 우리 동포 백여 만 명이 살고 있다고 하네. 거기다가 그 땅은 물산(物産)이 풍부하여 한번 크게 뜻을 펼쳐볼 만한 곳이라 들었네. 내가 보기에 자네 재주와 기개라면 그곳에 가서 반드시 엄청난 공업을 이룰 것이네."

거기까지 듣자 뒤는 더 듣지 않아도 김 진사가 무슨 일을 권하려고 왔는지 알 수 있을 것 같았다. 그 기지로 삼으려고 한 곳이 다를 뿐, 일찍이 아버지 안태훈이 살아 있을 때 안중근 부자도 한번 의논해 본 적이 있는 투쟁 방안이었다. 그래서 몇 달 산동 지방을 돌아보고 상해를 떠돌다가 곽(르 각) 신부를 만나 나라 밖으로 이주하는 계획을 접게 된 것이었지만, 안중근에게는 마치 그런 김 진사의 말이 난생처음 듣는 묘책처럼 들렸다. 지난 2년, 한편으로는 서투른 가장(家長)으로서 책무에 시달리고, 다른 한편으로는 말만 요란할 뿐 아무것도 잡혀 오는 것이 없는 교육 사업과 계몽 활동에 지쳐 있던 탓인지도 몰랐다.

"알겠습니다. 꼭 가르치시는 대로 따르겠습니다."

안중근은 상해에서 그토록 감동하며 들었던 곽 신부의 말을 까맣게 잊은 사람처럼 그렇게 대답한 뒤, 김 진사를 잘 대접해 보냈다.

뒷날 안중근은 이등박문을 쏘아 죽인 뒤 일제의 여순 감옥에서 쓴 자서전 『안응칠 역사』에서 자신이 광복운동을 위해 해외로 나오게 된 까닭으로 그런 김 진사의 깨우침을 앞세우면서도 이름을 끝내 밝히지 않고 있다. 아마도 김달하란 이름이 밝혀져 그 때문에 아직 국내에 있던 그가 왜경에서 고초를 당하게 될까 걱정해서였을 것이다.

김달하는 평안북도 의주 출신인데 백암 박은식과 같은 시기에 구한말 진사과에 급제한 사람으로 알려져 있다. 벼슬은 대한제국 정삼품 중추원 부찬의(副贊議)로 그쳤으나, 유학에 밝고 중국어도 알아 원세개와 알음이 있었으며, 아주 뒷날 북경으로 망명해서는 북양군벌의 거두 단기서(段祺瑞)의 비서로 일하기도 했다고 한다.

그 몇 해 전 외아문(통리아문) 주사(主事)일을 그만두고 서울 다동에 저택을 마련한 뒤 가족들을 모두 의주에서 옮겨와 살고 있었다. 그 무렵 관서사람들의 서우(西友)학회를 만들자 거기 참여했고, 다시 서우학회와 한북(漢北)흥학회가 합쳐 애국계몽운동단체인 서북학회(西北學會)를 만들자 김달하는 거기서 총무로 일했다. 그러다가 옛 동지이자 친구 안태훈의 맏아들이 이리 저리 나라 위하는 길을 찾아 헤맨다는 소리를 듣고 찾아와 자기 곁으로 불러들인 듯했다.

안중근은 김달하를 보내고도 다시 한나절을 생각에 잠겼다가 가만히 아내 아려를 불렀다.

"행장을 꾸려 주시오. 아무래도 이대로는 아니 되겠소. 다시 한 번 서울로 올라가 세상 돌아가는 형편을 살핀 뒤에 새 길을 잡아야겠소. 그러자면 이번 행정은 짧아도 달포는 될 것이니 그리 알고 이것저것 좀 챙겨 주시오."

안중근이 불쑥 그렇게 말하자 그 몇 달 환하던 아내 아려의 얼굴에 갑자기 어두운 그늘이 드리웠다.

"두 군데 학교 일이며, 국채보상운동 관서 지부 일은 어떻게 하시렵니까?"

"학교 일은 나 없는 동안 정근이 보살피면 될 것이오. 재정에는 그 아이가 나보다 더 밝소. 지부 일은 이제 어지간히 자리가 잡혔으니 삼화항 총대(總代)에게 마무리를 부탁할 작정이오."

그러자 아내 아려가 한층 수심 어린 눈빛이 되어 물었다.

"이번에는 어느 쪽으로 가 보시려구요?"

그렇게 묻고는 있었으나 그녀도 김 진사의 말을 엿들었는지 대강 짐작은 하고 있는 듯했다. 안중근이 산동과 상해를 둘러보고 온 일을 떠올리고 짐짓 신중하게 대답했다.

"김 진사 어른은 북간도나 해삼위를 말씀하셨지만, 이번에는 대중없이 길부터 나서는 일은 없을 것이오. 몇 달이 걸리더라도 서울에서 이것저것 차분히 살펴본 뒤에 갈 곳을 정하겠소. 차라리 돌아오지 않으면 돌아오지 않았지, 저번처럼 빈손으로 덜렁덜렁 돌아오는 일은 없을 것이오."

"지난번에도 빈손으로 돌아오신 것은 아니었습니다. 불같은 열성으로 학교 일과 학회(學會)와 보상운동에 투신하시지 않았습니까?"

이번에는 아내 아려가 호소하는 눈빛이 되어 안중근을 보며 나직하나 또렷이 말했다. 안중근이 그 말뜻을 알아듣고 받았다.

"하지만 그것으로는 돌아가시기 전 아버님께 한 다짐을 지켜 낼 수 없을 것 같소. 이제는 한으로 자라 가는 왜적을 향한 내 분노도 이대로는 풀 길이 없을 듯싶소."

그러자 어쩔 수 없다는 듯 아내 아려의 어깨가 축 처지며 한숨을 섞어 대답했다.

"하지만 어디로든 이 나라를 떠나시게 되면 반드시 집으로 돌아왔다 떠나세요. 분도(베네딕트)가 벌써 두 돌을 넘겼지만 아직 아버지 얼굴도 익히지 못했어요."

그 말에 안중근은 자신도 모르게 가슴이 서늘해졌다. 학교 일과 국채보상운동 관서 지부와 서우학회 일로 바쁘다가도, 그나마 틈이 나면 안중근은 한재호나 옛날 청계동에서 어울리던 포군들과 함께 사냥을 갔다. 타고난 상무(尙武) 기질에다 몸에 밴 신체적 단련의 습성 때문이었다. 특히 사격술은 그가 마지막 순간까지 단련을 게을리하지 않았던 기예였다. 그러다 보니 한가하게 집 안에 머물러 처자를 돌아볼 겨를이 없어, 그때로서는 늦게 본 셈인 맏아들 분도는 세 살이 되도록 아버지를 보고도 낯을 가릴 지경이었다.

"그 아이는 천주께 바치기로 한 아이잖소? 천주와 성모께서 돌봐 주실 것이오."

대답이 궁해진 안중근은 그렇게 말을 돌리고는 자리에서 일어났다. 그러나 집을 나설 때까지도 그의 마음은 까닭 없이 무거웠다. 안중근이 삼화항을 떠날 채비를 하기에 앞서 그곳 본당부터 찾아보기로 한 것은 아마도 그 때문이었을 것이다.

얼마 뒤 차림을 바르게 한 안중근은 삼화 본당으로 갔다. 그런데 교당 앞마당에서 안중근은 또 한 번 뜻밖의 사람을 만났다. 청계동 본당에 있어야 할 빌렘 신부였다.

"아니, 신부님이 여기는 웬일이십니까?"

안중근이 반갑고도 놀라워하며 그렇게 묻자 빌렘 신부가 굳은 얼굴로 대답했다.

"도마, 너를 만나러 왔다."

"저를 만나러 여기까지 오셨다니, 갑자기…… 무슨 일로……?"

빌렘 신부의 표정을 보고 긴장한 안중근이 더듬거리며 받았다. 빌렘 신부가 안중근의 옷깃을 끌듯 삼화 본당으로 데려갔다.

"마침 방(方, 포리) 신부의 사제관이 비어 있다. 거기 가서 얘기하자."

그리고 비어 있는 방 신부의 방 안에 마주 앉기 바쁘게 다시 물었다

"작년에 청계동에서 너를 떠나보낼 때 당부한 것이 있는데 기억하느냐?"

"어디서 무엇을 하든 야소 기독(耶蘇基督, 예수 그리스도)의 가르침과 교회를 벗어나지 말라고 하시지 않았습니까?"

"그 말은 곽 신부가 네게 일러 준 대로 교육과 계몽이란 비폭력적 수단으로만 일본의 압제에 저항하라는 뜻이었다. 이미 쌀

은 익어 밥이 되었다. 영국은 러시아에게 조선을 넘기기보다는 일본이 조선을 식민지로 삼는 게 낫다고 여겨 영일동맹(英日同盟)으로 그 뜻을 드러냈다. 또 미국은 재작년 일본과의 밀약으로 자기들이 필리핀을 식민지로 삼는 대신 일본의 조선 지배를 인정하였다. 우리 불란서도 영국이나 미국과 맞서 가며 일본을 방해할 뜻은 없고, 그래서 재작년 보호조약이 맺어지자 미련 없이 서울에서 외교 공관을 철수하였다. 이렇게 되면 대한제국은 이미 끝난 것이나 다름없다.

이제 우리 사제들이 당면한 문제는 어떻게 하면 일본의 가혹한 식민정책으로부터 조선의 교회와 신도들을 지킬 수 있느냐 하는 것이 되었다. 그 때문에 네가 천주교인으로서 일본을 상대로 정치적 소요를 일으켜 교회를 곤란에 빠뜨리는 일이 없게 하고자 그런 당부를 한 것이다. 그런데 일간 서울의 주교관에서 방 신부를 만나 들으니 네가 그 당부를 저버리고 있는 것 같아 이렇게 달려왔다."

거기까지 듣자 안중근은 빌렘 신부가 무슨 말을 하려고 왔는지 알 것 같았다. 빌렘 신부는 아버지 안태훈보다 두어 살이 위였고, 자신에게 세례를 준 사제일 뿐만 아니라 청계동에서의 지난 10년을 거의 언제나 함께한 사람이었다. 안중근은 일찍이 빌렘 신부의 복사(服事)로서 수많은 전교(傳敎) 여행을 수행하였으며, 한때는 그의 제자가 되어 서양 역사와 불어를 배운 적도 있었다. 그 뒤로도 안중근은 신도회 총대(總代) 또는 청년부의 감찰로서 청계동 본당 신부인 빌렘을 돕고 지켰다. 특히 해서교안이 한창이던 그 5년은 아버지 안태훈이나 숙부 안태건에 못지않게 빌렘 신부의 손발이 되어 숱한 위태로움을 무릅썼다.

그동안 빌렘 신부의 괴팍한 성품이나 독선적이고 고압적인 사목(司牧) 방식과, 때로는 저돌적으로 보이기까지 하는 안중근의 직정(直情) 사이에 충돌이 없었던 것은 아니나, 그들에게는 부자 사이와도 같은 끈끈한 정이 있었다. 하지만 어쩔 수 없이 조국 불란서의 제국주의에 침윤돼 있는 빌렘 신부의 인식만은 안중근도 경계했다. 일찍이 교회 안에 대학을 세우는 일로 맞서게 되면서, 안중근은 나라와 겨레에 대한 일만은 교회나 빌렘 신부와 언제나 인식을 같이할 수 없음을 깨닫고 있었다.

"그런 적은 없습니다. 곽 신부님이 일러 주신 대로 지난 1년 저는 오직 교육과 계몽 활동에만 전념해 왔습니다."

안중근은 오랜만에 만나는 빌렘 신부를 서운하게 만들고 싶지 않아 그렇게 시치미를 뗐다. 그러나 작정하고 달려오는 길이라 그런지 빌렘 신부는 호락호락 넘어가 주지 않았다.

"너는 식구대로 나서 국채보상운동을 한다면서 일본 별순사(別巡査)하고는 무엇 때문에 온 삼화항이 떠들썩하도록 치고받았느냐? 또 서우학회는 무엇하는 곳인데 교우들보다 더 자주 어울리며, 안창호라고 하는 위태로운 열교인(裂敎人, 기독교도, 신교도)과는 어떤 연유로 그토록 친숙하게 지내느냐? 이미 교육과 계몽만으로는 아니 되겠다고 본 것 아니냐?"

그 말에 안중근은 속이 뜨끔했으나, 김달하를 만난 일은 끝내 숨기고 빌렘 신부를 안심시키려고만 했다. 그러나 무슨 소리를 해도 빌렘 신부는 수그러들지 않았다.

“나는 너희 안씨 핏줄을 안다. 한번 싸움을 시작하면 말로 끝내는 법이 없고, 물불을 가리지 않는다. 하지만 이번에는 교회의 안위가 걸린 일이라 그냥 두고 볼 수가 없다.”

그날 무슨 냄새를 맡고 왔는지 한참이나 그런 투로 안중근을 몰아세우던 빌렘 신부는 끝내 막말까지 했다.

“개화에는 참 개화와 거짓 개화가 있는데, 참 개화는 정신의 개명(開明)을 말한다. 하지만 네가 하려는 것은 거짓 개화로서, 일본을 상대로 정치적 소요를 일으키겠다는 것이나 다름없다. 네가 꼭 그렇게 해야겠다면, 우리 이렇게 하자. 그때는 우리 교회를 보존하기 위해 네가 이 땅을 떠나든지, 아니면 내가 아예 이 땅을 떠나 험한 꼴을 안 보든지 둘 중의 하나를 고르는 게 어떠냐?”

안중근도 거기까지 듣고는 더 참지 못했다. 빌렘 신부 못지않게 높고 거친 목소리가 되어 받았다.

“신부님은 제게 세례를 베푸시고 또 복음 전파의 성스러운 책무를 일깨워 주신 사제이십니다. 사사롭게는 제게 불란서 말과 서양 역사를 가르쳐 주신 스승 같은 분이시고, 어떤 때는 서슴없이 매를 드시는 엄친 같기도 하셨습니다. 하지만 이건 너무하시지 않습니까? 어찌 이렇게 앞뒤 없이 사람을 몰아대시는 것입니까? 교자(教子)는 분명 성령의 불로 낙인 받은 천주의 어린 양이지만, 또한 이 나라 대한의 국민이기도 합니다. 하늘나라를 믿고 그 가르침을 지켜 나가야 하는 것처럼 조국 대한을 사랑하고 지켜야 할 의무도 있습니다. 제가 영세를 받은 것이 곧 교회를 위해서는 조국을 저버려도 좋다는 뜻은 아닐 것입니다. 야소께서도 "하느님의 것은 하느님에게, 가이사의 것은 가이사에게"라고 말씀하시지 않았습니까?"

말을 하다 보니 감정이 격해져 안중근은 주먹으로 책상까지 몇 번 내려쳤다. 빌렘 신부도 지지 않았다. 얼굴이 시뻘개지도록 안중근의 불경에 화를 냈다.

"시끄럽다. 너는 지금 사제인 나에게 성경을 가르치려는 것이냐? 야소 기독의 말씀을 함부로 해석하는 것도 불경(不敬)이다. 더군다나 지금 너의 가이사는 일본이지, 이름뿐인 대한제국이 아니다."

그런데 그 말이 안중근의 불같은 성품에 기름을 끼얹는 격이 되고 말았다.

"다른 분도 아닌 신부님께서 어찌 그런 말씀을 하실 수 있습니까? 제가 알기로 신부님은 바로 곽 신부님께서 말씀하신 알자스가 고향이십니다. 조국 불란서가 건재하고, 독일에게 빼앗긴 그 땅도 예부터 독일과 연고가 깊은 곳임에도, 신부님은 늘 알자스가 불란서 땅으로 회복되기를 빌고 계시다고 들었습니다. 그런데 삼천리강토가 모두 일본군의 총칼 아래 놓이고, 황제는 허수아비가 되어 옥좌에서 끌어내려질 날만 기다리는 대한제국의 국민들이 어찌 참 개화, 거짓 개화만 따지며 두 손 처매 놓고 기다려야 한단 말입니까? 아무리 천주의 종 된 사제라도 조국에 대한 의무를 폐할 수는 없습니다."

그러고는 다시 주먹으로 책상을 내려쳤다. 안중근이 주먹을 내려친 곳에는 마침 작은 밤나무 상자가 놓여 있었다. 안중근이 힘껏 내려친 탓인지 상자 뚜껑이 쪼개지면서 금이 갔다. 빌렘 신부가 엄한 눈길로 그런 안중근을 쏘아보며 맞고함을 질렀다.

"안 도마, 네가 드디어 흉포한 속을 드러내는구나. 그래서 너는 기어이 일본을 상대로 분란을 크게 한번 일으켜 보겠다는 뜻이냐? 하지만 나는 차마 그 꼴을 보지 못하겠다. 네 한 몸 죽는 것이야 네 탓이라 여겨 연도(煉禱, 위령기도) 한 번으로 달랠 수 있다쳐도, 그로 인해 네 나라 조선이 망하고 순교자들의 피로 일으킨 우리 교회까지 무너지는 것은 어찌할 것이냐? 좋다. 그래도 정히 그래야겠다면, 내가 말한 대로 네가 이 땅을 떠나든지, 내가 떠나든지 하자. 어쩌겠느냐? 네가 떠나겠느냐? 아니면 내가 떠나랴?"

그 말에 한층 격앙된 안중근이 벌떡 몸을 일으키며 이미 반은 부서진 밤나무 상자를 집어 들었다. 들어 올리고 보니 벼루 갑(匣)이었다. 학자풍의 방 신부가 골동(骨董) 삼아 구해 탁자 위에 얹어 둔 것인데, 그날 일진이 사나워 탁자에 마주 앉은 두 사람 중에서도 안중근 쪽에 가깝게 놓이게 되었다. 하지만 성난 김에 그 벼루 갑을 집어 들기는 했어도, 안중근은 차마 아버지 같은 빌렘 신부에게 그걸 내던질 수는 없었다. 일껏 쳐들었던 벼루 갑을 소리 나게 탁자 위에 내동댕이치고 머지않아 하게 될 작별 인사를 앞당겼다.

"좋습니다. 제가 떠나지요. 설령 그게 신부님의 뜻이 아니라 천주의 가르치심이라 하더라도, 저는 교회를 지키기 위해 조국 대한의 멸망을 두고 보지는 않겠습니다. 때가 되어 제가 떠날 때 축복이나 빌어 주십시오."

그리고 빌렘 신부에게 깊이 머리를 수그린 뒤 뚜벅뚜벅 사제관을 걸어 나왔다. 그제야 안중근도 자신이 내동댕이친 게 벼루 갑이며, 그 안의 벼루도 손상을 입었으리라는 것을 알았지만, 그것까지 수습하고 떠날 마음의 여유는 없었다.

그로부터 30년 가까운 세월이 흐른 뒤, 안중근의 종제인 안봉근(安鳳根)이 독일로 유학을 갔다가 불란서에 들러 이미 일흔을 넘겨 고국에 돌아와 있던 빌렘 신부를 찾아본 적이 있었다. 그때 빌렘 신부는 아교로 붙인 깨진 벼루 하나를 꺼내 보이며 감회에 젖은 얼굴로 옛일을 추억하며 말했다고 한다.

"이것은 그때 안 도마가 주먹으로 치고 내동댕이쳐 깨뜨린 바로 그 벼루다. 그가 떠난 뒤에 내가 대신 포리 신부에게 사죄하고 세 토막이 난 이 벼루를 얻었다. 나는 이걸 아교로 붙여 간수하다가 안 도마가 죽은 뒤에는 그를 기념하여 소중하게 보존하였다. 가톨릭 사제인 나의 신앙으로 보면 아직도 안 도마는 살인한 죄인이다. 그러나 지금은 물론 그때도 나는 안 도마가 그렇게밖에 할 수 없음을 이해하였다."

그 말로 미루어 빌렘 신부는 이제까지 알려진 것처럼 엄격하고 고지식하기만 한 구교(舊教) 제주이트 파 사제는 아니었던 듯하다.

한편 삼화 본당에서 돌아온 안중근은 그날 밤으로 아우 정근을 불러 삼흥학교와 돈의학교 운영을 도맡게 하고, 국채보상운동과 서우학회에서 맡아보던 일도 각기 알맞은 사람을 골라 넘겼다. 그리고 무슨 급한 부름이라도 받은 사람처럼 다음 날 일찍 서울로 떠났다.

길 위에서 길 찾기

1907년 5월 초순 서울에 이른 안중근은 다동(茶洞)에 있는 김달하(金達河)의 집에 여장을 풀었다. 앞서 말했듯, 김달하는 당시 서북 지방의 명망가 가운데 한 사람으로, 벌써부터 서울에 저택을 마련해 식구대로 나와 살고 있었다. 안중근의 선친인 진사 안태훈과 같은 개화파라 일찍부터 교분이 있었는데, 서울로 올라간 안중근이 서우학회를 드나들면서 그 아들 김동억(金東億)과 사귀어 세의(世誼)를 잇게 되었다. 그런 만큼 안중근이 찾아가자 김달하 부자가 함께 반겨 주었다.

그 무렵 김달하의 집은 서우학회와 한북흥학회(漢北興學會) 사람들이 많이 드나들었다. 실제로 이듬해 1월 그 두 학회는 합쳐서 서북학회(西北學會)가 되고, 그때 김달하는 그 학회의 총무로 뽑힌다. 뒷날의 서북학회와 많이 겹치지만 김달하의 집에는 또 그 지난 달에 지하조직으로 결성된 신민회(新民會) 사람들도 드나들었다. 그러나 그걸 알 리 없는 안중근은 김달하의 사랑방에 짐을 풀기 바쁘게 대한매일신보사로 도산 안창호를 찾아갔다.

아버지 안태훈의 오래된 벗이요, 함께 '해서의 양 선동(仙童)'이라 불리었던 백암 박은식이 《대한매일신보》 주필로 있다는 것은 안중근도 잘 알고 있었다. 안중근은 먼저 박은식을 찾아보고, 다시 안창호와 만날 길을 알아보려 했다. 안중근이 찾아가자 박은식이 대견한 자식 맞아들이듯 안중근의 두 손을 꼭 잡으면서 반겼다. 안중근이 문안을 드리자 일찍 죽은 벗을 향한 애절한 소회로 받더니 가만히 물었다.

"자네가 솔가하여 삼화항으로 옮겨 앉았다는 소리는 들었네. 그곳에서 교육 계몽 활동과 식산흥업(殖産興業)에 열심이라 들었는데 여기는 무슨 일인가?"

그 물음에 안중근은 간략하게나마 자신이 서울로 올라온 까닭을 숨김없이 밝혔다. 그리고 이어 안창호를 만날 길을 물어보려 하는데, 바로 그 안창호가 부른 듯이 편집실로 들어서고 있었다. 그걸 본 안중근이 황급히 덧붙였다.

"실은 저기 도산 종친과 그 일을 의논하고 싶어서 왔습니다."

그러자 박은식이 그 자리에서 안창호를 부르더니 둘 모두를 보며 말했다.

"이보게, 도산. 여기 응칠이 자네를 찾아왔다니 만나 보게. 그리고 응칠, 나도 해 줄 말이 없는 바는 아니지만, 젊은 사람들끼리 의논해 보게. 이미 전에 둘이 서로 나눈 얘기도 있는 모양이고…….
나는 마침 넘겨야 할 사설이 있어 자리로 돌아가 봐야겠네."

그러고는 둘을 놓아주었다.

조용한 방에 두 사람만 마주 앉게 되자 안중근이 먼저 자신의 속을 털어놓았다. 듣고 난 안창호가 마치 오래된 동지 대하듯 받았다.

"저는 응칠 씨가 같은 핏줄보다는 구국 투쟁의 동지로서 이렇게 저를 찾아주신 데 더욱 감사드립니다. 앞으로 응칠 씨를 종친 대신 동지라 부르겠습니다. 응칠 동지께서 새로 모색하시는 무장투쟁은 국권을 회복하고 자유 문명국을 세우기 위해 결코 빼놓을 수 없고, 빼놓아서도 안 되는 방략일 것입니다. 하지만 애국계몽운동과 무장투쟁은 서로를 배척하는 독립운동의 방략이 아닙니다. 우리가 추구하는 항일 구국 노선에도 당연히 무장투쟁이 들어 있습니다. 애국계몽운동과 무장투쟁은 서로 보완하며 함께 추구되어야 할 방략이지, 이것이냐 저것이냐의 택일 관계일 수는 없습니다."

안창호의 그와 같은 말에 안중근이 고지식하게 받았다.

"지난번 삼화항에서는 무장투쟁에 관해 한 번도 말씀하신 적이 없었습니다만……."

"그때 강연에서 나는 애국계몽과 식산흥업만을 말했지만, 기실 그 뒤에는 두 가지 무장투쟁 방안이 숨겨져 있습니다. 국외에 무관 학교를 설립하여 기회가 올 때 독립 전쟁에 대비할 것과 국외에 독립군 기지를 건설하고 독립군을 창건할 것이 바로 그것입니다. 다만 그때 말하지 않은 것은 대중 연설에서 공공연하게 그 일을 떠벌렸다가 일본의 경각심만 자극하여 혹독한 금압을 불러들일까 걱정했기 때문입니다. 앞으로도 한동안 무장투쟁은 우리끼리만 아는 구국자강(救國自彊)의 방안으로 감춰져 있게 될 것입니다."

그때는 안창호가 신민회를 갓 조직하고 난 다음이었다. 안창호는 《대한매일신보》를 중심으로 한 애국계몽운동 조직과 상동교회(尙洞敎會)를 중심으로 한 집단, 그리고 무관 출신으로 이루어진 자강운동 집단에다가 서북 지방과 서울 등지의 신흥 시민 세력 및 미국에 있던 공립협회(共立協會)까지 대략 다섯 갈래의 세력 집단을 묶어 신민회를 창립했다. 그러다 보니 신민회는 양기탁·전덕기·이동휘·이동녕·이갑·유동열·안창호가 창건 위원이 되고, 노백린·이승훈·이시영·이회영·이상재·윤치호·이강·박은식·신채호·김구 등 당시의 쟁쟁한 인사들이 모두 주요 회원으로 참여한 유례없는 규모의 단체가 되었다.

나이가 젊고 국내에 세력 기반이 없는 안창호는 《대한매일신보》 주필을 맡고 있던 양기탁을 총감독(회장)으로 세우고, 총서기에 이동녕, 재무에 전덕기를 앉힌 다음, 자신은 집행원이 되었다. 집행원은 추천받은 신입 회원의 자격을 심사하는 직책으로 근대 용어로는 조직부장쯤이 된다. 그러나 아직 신민회의 존재를 모르는 안중근은 안창호가 말하는 우리가 누구를 가리키는지 문득 궁금해졌다.

"허나 대한 사람 모두가 그렇게 보고 있는 것 같지는 않습니다. 우리라면 어떤 사람들을 가리킵니까?"

그 말을 듣자 비로소 안창호는 안중근이 아직 신민회 회원이 아님을 떠올렸다. 거기다가 신민회는 그때까지도 공식적으로 조직을 드러낸 단체가 아니었다. 조직은 종선(縱線)으로만 이어져 둘 이상의 회원은 서로 알기 어려웠고, 횡선(橫線)으로는 서로 누가 같은 회원인지 전혀 알지 못하게 되어 있는 비밀결사였다. 하지만 안중근에게까지 굳이 숨기고 싶지는 않았는지 안창호가 나직이 털어놓았다.

"지난달 여러 갈래의 동지들이 어울려 비밀결사를 만든 게 있습니다. 실은 금년 3월 내가 서북 지방을 유세한 것도 그 단체를 결성한 취지와 「통용장정(通用章程)」을 널리 알리고, 동지를 규합한다는 데 뜻이 있었습니다."

"그게 어떤 단체입니까? 저도 그들과 동지가 되어 생사를 함께하고 싶습니다."

그러자 안중근이 벌떡 몸을 일으키며 한 번도 망설이는 법 없이 맹세하듯 말했다. 그게 문득 안창호에게 자신이 맡고 있는 집행원의 직책을 떠올리게 한 듯했다. 비밀결사에서 신입 회원의 자격을 심사한다는 것은 조직을 보전하고 동지들의 안위를 지키는 중책일 수도 있었다. 그 때문인지 잠시 말을 끊고 안중근을 바라보는 안창호의 눈길이 전에 없이 깊고 어두워졌다.

이윽고 새로 조직한 비밀결사 신민회의 조직책이 지켜야 할 냉철함으로 돌아간 안창호가 안중근의 격정을 지그시 누르듯 진중한 목소리로 말했다.

"응칠 동지를 진작 우리 신민회의 일원으로 맞아들이지 못한 데는 제 불찰이 큽니다. 줄곧 누군가를 잊고 있는 듯했는데 이제 보니 그게 바로 동지였습니다. 그러나 동지께서 스스로 국외 망명의 뜻을 품고 우리를 찾아오신 지금은 다릅니다. 이제 동지를 우리 신민회에 받아들이느냐, 마느냐는 여러 가지로 숙려해야 하는 일이 되었습니다."

"그것은 무엇 때문입니까?"

안중근이 적이 실망하는 눈빛으로 물었다. 안창호가 이번에는 달래는 어조로 받았다.

"우리 신민회가 이 국민을 스스로 새롭게 하는 방법에는 틀림없이 국외에 무관 학교를 설립하여 독립 전쟁에 대비하는 것과 국외에 독립군 기지를 건설하고 독립군을 창건할 것 등의 무장투쟁 방안이 들어 있습니다. 그런데 동지가 우리 회원이 되고 국외로 망명하면 이는 곧 신민회가 동지를 국외 기지 건설을 위한 선발대로 파견하는 것이 됩니다. 곧 해외에서 동지가 벌일 무장투쟁은 우리 신민회의 투쟁 활동으로 간주되는 것입니다.

하지만 우리 신민회는 국외에 무관 학교를 설립하는 일이나 독립군 기지 창건에 착수할 준비가 아직 되어 있지 않습니다. 곧 동지의 활동을 뒷받침할 물력도 인원도 전혀 확보되어 있지 못합니다. 그런데도 동지께서 혈혈단신 맨주먹으로 벌이는 국외에서의 무장투쟁이 우리 신민회를 대표하게 되는 것은 서로를 위해 좋지 않을 듯합니다. 그리되면 우리 신민회는 때아니게 일찍 무장투쟁 노선을 왜적에게 드러내는 꼴이 될뿐더러 부실한 뒷받침으로 세상의 비웃음을 받게 될 것입니다. 동지도 마찬가지, 자신만의 것으로도 무거운 짐에 우리 신민회가 장차 이 땅에서 차지하게 될 무게와 크기까지 얹는 격이 되어 한층 엄중한 왜적의 경계와 감시 아래 놓일 것입니다. 어느 편에게도 권할 만한 일이 못됩니다."

"그렇다면 제가 먼저 귀회(貴會)에 합류한 뒤 귀회가 해외로 눈을 돌릴 여유가 생길 때까지 여기서 기다렸다가 나가는 것도 방도가 되겠지요."

안중근이 아쉬운 느낌을 떨쳐 버리지 못하고 그렇게 말했다.

"그와 반대로 동지가 먼저 국외로 나가 발판을 마련한 뒤 우리와 연합하는 것도 또한 방도가 되겠지요. 하지만 서둘러서 좋을 일은 아무것도 없습니다. 이 일은 신입 회원의 자격 심사를 맡고 있는 제게 맡겨 주십시오. 천천히 생각해 결정하도록 하지요."

안창호가 그렇게 신중하게 받은 뒤 문득 물었다.

"참, 한성에 계실 동안 거처는 어디로 정하셨습니까?"

"다동 김달하 선생 댁입니다. 서우학회와 한북흥학회 양쪽으로 두루 발이 넓으신 분인데 혹 아시는지요?"

"예, 진작부터 덕망 있는 어른으로 우러르는 분입니다. 다동 저택에도 여러 번 찾아뵌 적이 있습니다. 그 댁에 계신다면 앞으로도 자주 만나 가르침을 들을 수 있겠습니다."

그 말에 안중근도 신민회 가입을 두고 까닭 모르게 자신을 몰아댄 조급에서 벗어났다.

"세 사람이 길을 걸으면 그 가운데 하나는 스승 될만한 이가 있다고 하는데, 하물며 천하의 도산이겠습니까? 저는 앞으로 종친 대신 선생이라 부르겠습니다. 도산 선생, 앞으로 자주 좋은 가르침 받겠습니다."

둘은 그렇게 느긋한 인사까지 나누고 헤어졌다.

그로부터 그해 8월 초순 뱃길로 북간도에 가려고 부산으로 내려갈 때까지 몇 달, 안중근은 다동 김달하의 집에서 마지막 소명을 기다리며 스물아홉 살의 정념을 불태웠다. 안중근은 백암 박은식과 도산 안창호 다음으로 김종한을 찾아보고 안태훈의 죽음 뒤로 잠시 끊어졌던 교분을 되살렸다. 김종한은 이미 여러 해 전부터 친일 행각으로 의심받고는 있었지만, 그래도 국채보상운동에서 중책을 맡아 아직은 나라를 걱정하는 옛 개화파 관료의 잔영을 유지하고 있었다. 아끼던 문객(門客)의 후인이 찾아오자 반갑게 맞아들이고 그 의기를 북돋아 주었다.

안중근은 그 밖에도 몇몇 아버지 안태훈의 지인들을 찾아 시대를 물었고, 몇 년 전 교우들의 송사를 맡아 한성에 머물렀을 때 도움을 주었던 사람들도 다시 만나 이번에는 함께 나라를 걱정했다. 그런데 알 수 없는 일은 그때 당연히 있었을 법한 안중근과 뒷날의 김구(金九)가 되는 김창수 사이에 아무런 교류의 흔적이 남아 있지 않았다는 점이다.

광무 황제의 특사로 사형을 면한 뒤 탈옥하여 공주 마곡사에서 승려가 되었던 김창수는 1년 뒤 환속하여 고향 해주로 돌아갔다. 그리고 이름을 김구(金龜)로 바꾸고 교육 사업에 뛰어들었다가 1903년 기독교에 입문하게 되면서 새로운 삶의 전기를 맞게 된다. 그 이름이 김창암(金昌巖)에서 김창수(金昌洙)가 되고, 다시 김창수가 거북 구(龜) 자를 쓰는 김구가 되는 그 10년 동안에 그는 종교적으로는 접주까지 지낸 동학도에서 불교의 승려로, 주지까지 지낸 불교 승려에서 다시 장로교와 감리교를 넘나드는 기독교청년회의 지도자로 변신하였다. 그만큼 치열한 김구의 길 찾기였지만 어찌 보면 숨 가쁜 사상적 편력이기도 했다.

청계동에서의 인연 때문인지 한때 안중근은 김창수 시절의 김구를 한 동도(同道)로서 무겁게 의식하였다. 특히 김구가 국모의 원수를 갚는다는 명분으로 일본인 스치다를 죽여 세상을 놀라게 한 뒤로는 묘한 열패감까지 느끼며 그 후문에 귀 기울여 왔다. 거기다가 그때 김구는 기독교계의 신진이요, 교육 구국의 지사로서 그 보폭(步幅)을 서울로까지 넓힌 뒤였다. 을사보호조약 파기를 청원하는 상소와 공개 연설 같은 구국 활동으로 전국에 알려진 지사가 되었으며, 특히 그해 안창호를 중심으로 은밀하게 조직되고 있던 신민회에도 가입하여 안중근과는 손만 뻗치면 닿을 수 있는 거리에 있었다.

그런데도 다동 시절의 안중근은 이미 김구를 거의 의식하지 않았다. 김구의 『백범일지』는 비록 연대조차 맞지 않을 만큼 건성이기는 하지만, 그때의 안중근을 얘기하고 있는 데 비해, 안중근의 기록이나 회상에는 끝내 김구가 없다. 해서교안과 애국계몽운동, 그리고 국채보상운동을 거치면서 김구에게 느끼던 지난날의 열패감을 달래게 되자 안중근도 더는 김구를 의식하지 않게 된 듯하다. 대신 그의 교유는 당대의 다른 명망가와 지사들에게서 폭과 깊이를 더했다.

그 무렵 김달하의 집에는 여러 방면의 서북(西北) 인재들이 드나들었다. 그중에서도 가장 먼저 안중근의 눈길을 끈 이는 강화진위대(江華鎭衛隊)의 참령(參領)이던 이동휘(李東輝)였다. 이동휘는 무과 출신이면서도 한북흥학회를 만들어 이끌면서 애국계몽운동에 참여하고 있었다. 안창호와도 가깝게 지내는 것이 어딘가 신민회와 관련이 있어 보였다.

민형식(閔衡植)이라는 사람도 인상 깊었다. 그는 민씨 척족의 대표 격인 민영준의 양자로 일찍이 과거에 급제하여 조정의 요직을 두루 거쳤는데, 그 무렵에는 그만의 별난 이력으로 이름이 널리 알려져 있었다. 곧 그해 3월 학부협판(學部協辦)으로 있으면서 나인영(羅寅永, 뒷날의 나철(羅喆))과 오기호 등이 세운 을사오적 암살 계획에 동조하여 자금 1만 4천 냥을 내놓았다가, 그것이 발각돼 유배까지 갔으나, 광무 황제의 사면으로 풀려난 일이 그랬다.

안창호나 이동휘와의 친분으로 보아 그도 신민회와 무관하지 않은 듯했다.

김달하와는 당내(堂內) 사이인 김세기 부자도 만만찮은 의기를 보여 주었고 이종건, 유종모 같은 이들도 서북의 인재라 할 만했다. 강영기처럼 한낱 장사꾼이라고 스스로를 내세우거나 농부, 혹은 포수를 자처하는 이들도 그저 한 식객으로만 그 집을 찾는 것 같지는 않았다.

안중근은 그런 그들과 어울려 세계정세를 헤아리고 대한제국의 시운에 비분강개하면서 스스로도 지사로서의 의식을 갈고닦았다. 그러나 을사년과는 달리 나날이 치열해지는 의식에도 불구하고 망명의 결단은 쉽지 않았다. 보고 듣는 것이 많아질수록 갈 수 있는 길도 갈래가 늘어나고, 깨우쳐 알게 되는 것이 늘어날수록 나라 안에서 할 만한 일도 많아졌다. 때로는 서울에 와서 오히려 갈 길을 잃어버린 게 아닌가 싶을 정도로, 자기 봉헌을 결의한 지사를 향한 시대의 요구는 다양했다.

그때 홀연 다동에 나타나 안중근의 출발을 다그친 게 바로 의암(毅菴) 유인석(柳麟錫)이었다. 어느 날 집주인 김달하가 사랑방에서 불러 나가 보니 도포에 유건까지 받쳐 쓴 늙은 선비를 상석에 모시고 앉았던 김달하가 안중근을 보고 말했다.

"의암 선생께 인사 올리게. 누추한 곳에 걸음을 해 주셨네."

그렇지 않아도 어딘가 낯익다 싶어 하던 안중근은 두말없이 엎드려 큰절을 올렸다. 의암 유인석은 화서학파(華西學派)의 정맥(正

脈)을 이은 유학자로 을미년(1895년) 제천에서 크게 의진(義陣)을 일으켜 이름이 널리 알려졌다. 관군에게 최후의 거점인 제천성을 뺏긴 뒤 서북 지방으로 옮겨 앉아 재기를 도모했는데, 그때 청계동으로 찾아온 적이 있었다. 의암의 동문인 후조(後凋) 고능선(고석로)이 아직 청계동에 머물고 있을 때였다.

"청계동에서 뵈온 지 벌써 10년이 넘었습니다. 저를 알아보시겠습니까?"

절을 올린 안중근이 절로 숙연해져서 그렇게 물었다.

"이 집 주인에게서 자네 얘기를 듣고 이렇게 불렀네. 안 진해(안인수가 진해 현감 벼슬을 지낸 적이 있다고 하여 붙은 별칭)의 손자요, 진사 태훈의 아들이라면서. 청계동에서 볼 때만 해도 어린 새서방이었는데, 이제 헌헌장부가 되었네그려."

유인석이 그런 말로 반가움을 드러냈다. 개화파와 위정척사파 사이의 거리를 뛰어넘는 안태훈의 의기는 고능선이 데려온 유인석을 윗자리에 앉히고 큰손님으로 모셨다. 한자리에 앉아 보지는 못했지만, 그때 청계동이 술렁거릴 만큼의 융숭한 대접은 안중근도 들어 알고 있었다.

"그 이듬해 청나라로 들어가셨다가 몇 해 되지 않아 다시 조선으로 돌아오셨다는 소문을 들었는데, 그간 무양하셨는지요?"

안중근이 청계동 시절을 떠올리며 문득 처연해져서 그렇게 물었다.

"나는 청나라 사람들의 도움을 바라 찾아갔건만, 오히려 거기서 무장해제를 당해 남은 군사까지 모두 흩게 되고 말았지. 그 뒤 조선 사람들을 모아 오도구(五道溝)란 곳에도 있었고, 팔왕동(八王洞)이란 곳으로 옮겨 살기도 했는데, 결국은 의화단(義和團) 난리를 만나 조선으로 도로 쫓겨 오고 말았다네."

유인석이 그렇게 말해 놓고 다시 물었다.

"이 집 주인에게 들었네만, 자네 지금 해외로 망명할 작정이라면서?"

"예, 그리 작정하고 떠나기 전에 한 번 더 국제 정세와 이 땅의 처지를 살펴 두고자 서울로 올라왔습니다."

안중근이 그렇게 대답하자 유인석의 표정이 조금 굳어졌다.

"기우는 국운을 바로 세우기 위해서는 이 땅에 남아서 할 일도 많다. 그런데 하필이면 망명인가?"

예순보다는 일흔에 더 가까운 나이 탓일까, 자신도 청나라로 망명해 길을 찾았던 일은 까맣게 잊은 사람처럼 유인석이 그렇게 물었다. 안중근은 김 진사의 권유를 들려주고 아울러 이번에 서울로 올라와 새로이 깨우친 식견을 길게 덧붙였다.

"일본은 10년마다 한 번씩 큰 전쟁을 일으켜 그 위세를 키워 가고 있습니다. 갑오년(1894년)에는 청나라와 전쟁을 일으켜 이겼고, 갑진년(1904년)에는 아라사(러시아)와 싸워 크게 위세를 떨쳤습니다. 다가올 갑인(甲寅) 갑자(甲子)년에는 또 세계 어느 대국과 싸우게 될지 모릅니다. 지금은 동맹이다, 밀약이다 하여 형제처럼 지내지만, 영국이나 미국이라고 해서 일본과 싸우지 말란 법이야 있겠습니까. 그러나 달도 차면 기우는 법, 일본이라고 늘 이길 수만은 없을 것입니다. 언젠가 힘이 파하여 패망할 날이 올 것인데, 그때가 우리에게는 일본의 속박에서 벗어날 기회가 됩니다. 하지만 그때도 우리의 군대가 없고, 우리 군대가 그 싸움을 거들어 일본을 거꾸러뜨리지 않으면, 우리 조선은 다시 일본을 이긴 나라의 속국이 될 뿐입니다. 제가 간도나 해삼위로 가려는 것은 우리 동포가 많이 사는 그곳에서 그날에 싸울 우리 군대를 길러 보기 위함입니다."

"그렇지만 군대로 싸운다는 것이 꼭 나라 밖이어야 한다는 법은 없다. 방금도 이 땅에서는 수많은 의병들이 피 흘리며 싸우고 있다. 그들이 일본을 이긴 강대국과 안팎에서 호응하여 싸운다면, 얼마든지 우리의 자주와 독립을 주장할 수 있을 것이다."

"외람되나 제가 보기에 의병은 이미 사그라져 가는 불길이 되었습니다. 금년에만도 수많은 의진(義陣)이 무너지고 숱한 의병장들이 일본군에게 도륙을 당했습니다. 간혹 일본군의 추격을 벗어난 이들이 있으나 그들도 어디로 갔는지 자취를 찾기 어렵습니다."

"나는 방금 서북 의진(西北義陣, 평안도 의병 부대)을 살펴보고 오는 길이다. 평산의 이진룡(李鎭龍) 부대는 평산, 계정(鷄井) 등지와 예성강 연안을 떠돌며 왜병과 치열한 유격전을 벌이고 있었고, 백삼규(白三圭) 부대도 은인자중하고 있을 뿐 건재하였다. 듣기로는 호남 의진(湖南義陣)도 기 참봉(奇參奉, 기우만)을 중심으로 움직이기 시작하였고, 그의 서랑(婿郞) 고광순은 지난 정월에 이미 창평에서 군사를 일으켰다 한다. 왜적이 퍼뜨린 거짓말만 믿고 기죽어서는 안 된다."

유인석은 그러면서 전국 곳곳에서 싸우고 있는 의병들을 차례로 짚어 나갔다. 안중근이 들어 아는 것보다는 활발해도 해외로 나가는 대신 그들과 합류해 싸울 마음이 들 만큼은 아니었다. 하지만 개화파요, 천하에 두려운 게 없던 선친 안태훈도 주저 없이 고개를 숙이던 의암 유인석 선생의 말이었다.

"알겠습니다. 이 땅을 떠나기 전에 반드시 그 일부터 살펴 가부를 정하겠습니다."

그런 말로 유인석의 뜻을 받들어 주는 척하며 자리에서 물러났다. 그런데 그런 유인석의 말이 무슨 암시가 되었는지 며칠 뒤 김달하가 아들 김동억과 함께 안중근을 불러 놓고 무언가 두툼한 봉투를 내놓으며 말했다.

"밤이 길면 꿈자리도 사나워지는 법, 이왕 떠날 길이라면 이쯤에서 그만 떠나도록 하게. 정히 의암 선생이 마음에 걸린다면 가는 길에 서북 의진을 한번 돌아보는 것도 좋겠지. 여기 민 협판(민형식)과 강영기, 이종건 같은 이들이 십시일반으로 모아 온 돈 천 원이 있네. 이걸 여비 삼아 간도로 가든 해삼위로 가든 장차 우리가 해외기지로 삼을 터를 잡아 보게. 도산도 같은 뜻인 듯, 어디에 자리를 잡든 일후 연락을 끊지 말라 하네. 다만 가는 길에 우리 동억이도 데려가게. 사람됨이 그리 미욱하지 않으니 자네에게 짐이 되지는 않을 걸세."

안중근이 김동억과 함께 등을 떼밀리듯 서울을 떠난 것은 1907년 6월 하순이었다.

"북간도로 가는 길은 여러 가지가 있으나 우리는 함경도를 거쳐 두만강을 건너는 게 어떤가? 길은 험하고 고달프지만 일본 헌병의 검문이 드물어 오히려 뱃길이나 철길보다 편하다고 들었네. 또 가는 길에 의암 선생께서 말씀하신 서북 의진을 살펴볼 수도 있고……."

떠나기 전날 안중근이 그렇게 말하자 김동억이 반갑잖은 얼굴로 받았다.

"이미 국외로 떠나는 판에 새삼스럽게 의진은 살펴 무엇하겠는가?"

"왠지 의암 선생님의 말씀이 맘에 걸려서 그러네. 정말로 서북 의진이 건재하다면 멀리 간도까지 갈 까닭이 없지 않은가?"

"어쩌면 의암 선생께서 의병장 이진룡, 백삼규가 모두 당신의 문하(門下)라고 듣기 좋은 소문만 믿고 그러시는 건지도 모르지. 하지만 정히 그 일이 마음에 걸린다면 이렇게 하세. 평산 부근에 가서 이진룡 부대나 한번 살펴보고, 원산쯤에서 노령(露領)으로 가는 배편을 구해 보는 게 좋지 않겠나?"

결국은 김동억이 그렇게 찬성해 둘은 먼저 기차를 타고 경의선 계정(鷄井)에서 내렸다. 의암 유인석 선생에게서 들은 역 이름이었다. 하지만 계정역이나 인근 객줏집에서는 이진룡 부대를 아는 사람을 찾기조차 쉽지 않았다.

"의병이라고요? 몰라요. 뭐, 산중에서 몇십 명이 가정부(假政府) 차려 놓고 부잣집 털어먹는 사람들이 더러 있다는 말은 들었지만, 이 아무개 부대라고는 통 모르겠는데요. 재작년에 여기 몰려와 저쪽 주재소에 총질하고 달아난 그 패거리들인가……."

안중근의 물음에 객줏집 주모는 고개를 갸우뚱거리며 그렇게 말했고, 입심깨나 있어 뵈는 보부상을 잡고 물어도 의암 선생이 말하던 '치열한 유격전' 같은 말은 없었다.

"이진룡이 그 사람은 선봉장이고, 대장은 박기섭이라고 하지, 아마. 좋을 때 한 2백 명 모아 평산 쪽을 몇 달 휘젓고 다녔다 하더구먼. 하지만 요즘은 소리 소문 없던데. 멀리 구월산으로 달아나 숨었다는 말도 있고……."

그 말에 찾아간 곳이 이진룡의 고향인 평산이었으나 거기서도 그들 부대의 움직임은 잡아낼 수 없었다.

"그런 의병 부대가 있었지. 맞아, 이진룡이 박기섭이란 사람을 대장으로 세우고 자신은 스스로 선봉장이 되어 싸웠다더구먼. 박정빈·조맹선·신정희·한정만·신준빈 등 이 고을에서 한다 하는 선비들은 다 끌어모아 나섰지. 그들도 각기 한 갈래 장정들을 모아 와 합이 다섯 부대나 되었네. 그러나 실력이 의기를 따르지 못해 일본군 1개 소대한테 낭패를 당한 뒤로는 여기서 안 보이데. 예성강을 오르내리며 일본군을 괴롭힌다는 말은 들었지만 그것도 소문뿐이고, 올해 들어서는 조용하던데."

한때는 글줄깨나 읽었음 직한 중년의 사내가 그렇게 일러 주었으나, 역시 사람 이름이 몇 더 나온 것뿐 거기 가담해 싸울 만한 부대의 실체에 접근하기는 어려웠다. 그래서 다시 따라 내려가 본게 예성강이었다. 하지만 마찬가지였다. 날짜만 여러 날 허비했을 뿐 서북 의진의 터럭 한 올 스쳐 보지 못했다. 마침내 길을 북쪽으로 잡으며 안중근이 말했다.

"됐네. 이만 북간도로 가세. 다만 떠나기 전에 삼화항에 들러 식구들에게 작별이나 하고 갔으면 좋겠네. 늙으신 어머니와 어린 처자가 있는데, 이번에 가면 오래 보지 못할 것 같아 한번 만나 보고 가고 싶네그려."

그러자 김동억이 아무 말 없이 고개를 끄덕여 주어 두 사람은 함께 삼화항까지 오게 되었다. 그러구러 서울을 떠난 지 열흘 만이었다.

"여름 손님은 범이라 하였네. 내가 가면 자당님과 수씨(嫂氏)를 함께 괴롭힐 뿐이니 자네 혼자 가서 가솔들과 못다 푼 소회를 풀고 오게. 나는 여각에서 하룻밤 푹 쉬겠네. 지난 열흘 내게는 실로 고단한 길이었다네. 뿐만 아니라 둘이 함께 몰려다니며 우리 행적을 남의 눈에 너무 띄게 하는 것도 좋지 않네. 일후 자네가 다녀간 게 가솔들에게 무슨 불티를 날릴지 모르니, 자네도 주위를 살펴 혼자 가만히 다녀오는 게 좋을 걸세."

삼화항에 이르자 김동억이 안중근을 홀로 집으로 돌려보내며 하는 소리였다.

하지가 지난 지 열흘밖에 되지 않아서인지 날은 더디 저물었다. 해 질 녘부터 동구의 정자나무 부근을 서성이며 집 쪽을 살핀 지 이미 오래인데도 아직 대문을 드나드는 사람을 알아볼 수 있을 정도였다. 한 식경 전에 어머니 조(曺) 마리아가 어린 현생과 분도의 손을 갈라 잡고 들어간 뒤로 더는 드나드는 사람이 보이지 않았다. 그래도 안중근은 다시 한 식경이나 기다려 들창마다 불이 밝혀지고 골목에 인적이 사라진 뒤에야 조심조심 집 쪽으로 다가갔다.

아직 잠기지 않은 대문을 가만히 밀고 집 안으로 들어가니 방금 저녁상을 물린 듯 안방과 부엌을 잇는 문이 열려 있고, 아내 김아려가 부엌에서 이제 막 부뚜막에 내려진 밥상을 거두고 있었다. 안중근이 그대로 방 안으로 들어가려다 말고 어둠 속에 멈춰 서서 그런 아내를 잠시 지켜보았다. 헤어진 지 두 달밖에 안 됐는데도 아내의 배가 금세 알아볼 만큼 많이 불러 있었다. 떠나는 날 아침에야 셋째의 임신을 알려 새삼스럽게 바라보았을 때만 해도 별로 드러나지 않던 그녀의 아랫배였다. 느닷없이 시큰해 오는 콧마루를 손바닥으로 가만히 쓸어내린 안중근은 까닭 모를 비감(悲感)에 지지 않으려고 애쓰며 한참을 말없이 서 있었다.

그때 상을 거둔 아내 아려가 설거지를 하다 말고 개숫물을 버리려고 마당을 내다보다가 마당에 서 있는 안중근의 그림자를 바라보고 흠칫했다. 그러나 이내 남편을 알아본 듯 한참을 마주 쳐다보다가 차분하게 물었다.

"왜 들어오지 않고 거기 계세요?"

"아네스를 보고 있었소. 배가 많이 불렀구려."

안중근이 자신도 모르게 목소리에 정감을 실어 그렇게 받았다. 다시 한 번 콧마루가 시큰하며 집에 들르기를 잘했다 싶은 느낌이 들었다. 그때 방 안에서 마당의 인기척을 들은 조 마리아가 무엇 때문인가 칭얼거리는 아이들을 도닥이다 말고 물었다.

"밖에 누구냐?"

"저어, 애비가…… 왔어요."

아내 아려가 갑자기 기어드는 목소리로 그렇게 더듬거렸다. 조 마리아가 급하게 방문을 열며 안중근을 맞아들였다.

"애비가 다 저물어 웬일이냐? 아직 이 땅에 남아 있었다는 게냐?"

그제야 방 안으로 들어간 안중근은 먼저 아버지의 신위 앞에 절을 올려 먼 길 다녀온 인사를 드린 다음 어머니와 마주 앉았다. 할머니 치마꼬리에 매달려 있던 현생과 분도가 여전히 안중근을 할깃거리기만 하며 할머니 곁을 떠날 줄 몰랐다. 안중근이 전에 없이 팔을 벌려 아이들을 불렀다.

"얘들아, 이리 온. 아버지다."

그러자 현생이 머뭇거리며 다가와 안중근에게 안겼다. 그새 여섯 살이 되어 철이 더 든 데다 첫딸이라 아버지의 사랑을 받은 기억이 더 많아서인지 제법 아버지를 마주 안을 줄 알았다. 그러나 세 살 난 분도는 끝내 할머니 치마꼬리를 놓지 않고 있다가 어머니가 방 안으로 들어와서야 그쪽으로 옮겨 갔다.

"국외로 나가기 전에 한 번은 다녀갈 줄 알았다만 갑작스럽구나. 그래, 이제 아주 떠나는 거냐?"

어머니 조 마리아가 아무래도 궁금하다는 듯 다시 그렇게 물으며 무엇 때문인지 안중근을 찬찬히 살폈다.

"예, 그렇게 될 것 같습니다. 아무래도 관북을 거쳐 북간도로 가게 될 듯합니다."

안중근이 그렇게 받자 걱정스러운 얼굴이 되어 물었다.

"길 떠난 지 오래된 행색인데, 어찌 된 일이냐? 간도로 가는 데는 철길도 있고 뱃길도 있다던데, 너는 어째 여러 달 길에서 길로 떠돈 과객 같구나. 서울에서 예까지 오는 길이 그렇게 험하더냐?"

그 말에 진작부터 안중근의 행색을 뜯어보고 있던 김아려의 눈길에도 걱정과 궁금함이 자옥하게 어렸다.

"서울을 떠난 지는 그리 오래되지 않습니다만, 그동안 돌아본 땅이 좀 험했습니다."

조 마리아의 물음에 안중근은 그렇게 대답하고 이진룡 부대의 자취를 찾아 돌아본 곳을 밝혔다. 아버지 안태훈을 따라 험한 싸움을 많이 보고 살아온 어머니라 그동안 보고 들은 일을 별로 감추지 않았다.

"뭍길로 북간도에 갈 것이라면 이 삼화항까지 온 것은 그만큼 길을 돈 것 아니냐? 왜, 무슨 당부할 말이라도 있느냐?"

언제나 수십 명 포군들을 거느리고 해서의 관속(官屬)들뿐만 아니라 조정 대관들의 간담까지 서늘하게 만들었던 '청계동 와주(窩主)'의 부인답게 조 마리아가 덤덤하게 물었다. 몇 달 만에 돌아온 아들을 반기기보다는 갑작스러운 귀가가 더 궁금하다는 투였다.

"예, 이번에 서울에서 살펴보니 일이 생각보다 엄중하게 돌아가고 있는 듯합니다. 한 번 가면 오래 돌아오지 못할 것 같아 길을 조금 돌았습니다."

"그렇다면 정근과 공근도 불러야겠구나."

"공근은 아직 서울에 있을 겁니다. 떠날 무렵 서울서 한 번 만나 할 말을 대강은 전했습니다. 정근은 밤이 더 깊어지면 제가 한 번 찾아보고 오지요."

그때 갑자기 마당에 인기척이 나며 누가 큰소리로 물었다.

"누가 왔나? 어머님 안에 계십니까?"

바로 손아래 정근의 목소리였다. 조 마리아가 문을 열어 주며 그런 둘째 아들을 반갑게 맞았다.

"네 형이 왔구나. 마침 잘 왔다."

"왠지 꼭지가 당겨 건너와 봤더니, 형님이셨군요."

정근도 평소의 차분함을 잊고 약간 들뜬 목소리로 오랜만에 만나는 큰형을 반겼다. 어릴 때부터 안중근을 엄형(嚴兄)으로 받들어 온 터라 만나기만 하면 자신도 모르게 굳어지던 정근이었다.

그때 정근은 황해도에서도 손꼽는 부호인 처가가 마련해 준 살림집에 나가 살고 있었다.

“네 형이 북간도로 가는 길에 마지막으로 한 번 들렀다는구나. 네게 당부할 게 있는 모양이다.”

다시 조 마리아가 안중근을 대신해 형제간의 대화에 그렇게 물꼬를 터 주었다. 정근이 평소의 차분함으로 돌아가 그 말을 받았다.

“기어이 떠나시는군요. 그 길밖에 다시 더 없었습니까?”

“아마도 그런 것 같다. 그래, 여기 일은 어떠냐?”

안중근이 짧게 대답하고 되레 그렇게 물었다.

“학교 일은 양쪽 다 점점 어려워질 듯합니다. 돈의학교 운영만 해도 이미 우리 재정으로는 휘어 내기 어렵습니다. 삼합의에서 워낙 건진 게 없어서요. 삼흥학교는 연말쯤 지원을 끊을 수밖에 없어 다른 후원자를 찾아보게 하였습니다.”

“너는 달리 경영하는 게 있느냐?”

“빙모님께서는 상회라도 열어 보라고 권하시지만 자신 없습니다. 저도 서울로 올라가 법률이나 배웠으면 합니다. 지금 양생의숙(養生義塾)에 편지를 내어 제가 들어가 공부할 수 있는지를 알아보고 있습니다.”

그러자 안중근이 문득 탄식처럼 말했다.

“침착하고 빈틈없는 너이니, 잘해 나갈 수 있을 것이다.”

그러고는 비로소 지난 한 달의 경과를 짤막하게 요약해 들려준 뒤 평소의 그답지 않게 처연한 어조로 말했다.

"이번엔 돌아오기를 기약하기 어려운 길이 될지도 모르겠다. '장사 한 번 떠남이여, 돌아올 수 없으리[壯士一去兮 不復還].'라고 했던가, 만약 내가 돌아오지 못하면 어머님과 아이들을 부탁한다."

형의 억세고 독단적인 성격에 억눌려 온 정근이었지만, 그런 안중근의 말을 듣자 전에 없이 숙연해졌다. 어머니 조 마리아가 문득 굳은 얼굴이 되어 안중근을 나무랐다.

"분도 어미가 듣고 있는데, 이 무슨 약해 빠진 소리냐? 네 아버님께서는 일생 수도 없이 위태로운 땅으로 떠나셨지만, 단 한 번도 내게 돌아오지 못할 것을 걱정하며 떠난 적이 없으셨다."

하지만 그 어둡고 무거운 분위기는 정근이 돌아가고 안중근 부부만이 건넌방에 마주 앉게 된 뒤에도 걷히지 않았다.

조울(躁鬱)의 전환이 무상한 대로 세상일에 쉽게 낙관적이 되는 안중근이었으나, 웬일인지 그날 밤만은 며칠 전 마지막으로 망명의 결심을 굳힌 때부터 줄곧 마음 한구석을 흥건히 적시고 있는 비장감과 처연함에서 쉽게 헤어나지 못했다. 오히려 아내 아려와 단둘만 남자 새삼 콧마루가 시큰해지고 가슴까지 먹먹해 와 나약하게 눈물이라도 보이게 될까 난감할 지경이었다.

아내 아려도 그날 밤은 달랐다. 언제나 침착하고 의연하던 그녀답지 않게 둘이 되자마자 눈물 가득한 두 눈으로 안중근을 바라보며 안겨 오는 것이 그랬고, 때로 답답할 만큼 적던 말수가 드러나게 늘었을 뿐만 아니라, 어조마저 전에 없이 감성에 호소해 오는 것도 그랬다.

"당신은 늘 이슬과 같이 허무한 세상이라 말씀하셨는데, 이제 보니 생판 빈말이 아닌 듯하네요. 우리가 부부로 만난 열세 해, 닷새에 하루나 한 지붕 아래서 같이하였을까요? 그런데 이게 우리 부부의 마지막 밤이 될 수도 있다니……."

그러면서 나직이 한숨을 내뿜다가, 다시 파르르 떨듯 자신을 다그치며 말했다.

"하지만 떠나셔야 할 길이고, 어떤 말로도 당신을 말릴 수 없음을 잘 압니다. 아니, 당신을 이렇게 보내지 않으면 지난날 저 홀로 지샜던 그 숱한 밤들이 너무 억울할 거예요. 그때부터 나는 이미 당신이 나와 함께 사는 일보다 무언가 훨씬 더 빛나고 거룩한 일에 바쳐진 사람이라 믿고 있었기 때문입니다."

그리고 마치 신앙고백이라도 하듯 한참이나 가슴속에 쌓인 말을 쏟아 내더니 문득 두 손으로 배를 가만히 누르며 담담하게 물었다.

"현생과 분도가 태어날 때도 당신은 집 안에 계시지 않았어요. 이제 이 아이가 태어날 때도 마찬가지겠지요. 이 아이의 이름은 무엇이라 할까요?"

"준생(俊生)이라 하시오."

"현생처럼 아들딸의 구별이 없는 이름이군요. 그런데 분도는 세례명 그대로 두어도 될까요? 벌써 나이가 세 살인데……."

"그렇소. 그 아이는 천주께 바친 아이니, 그 이름만으로도 그리 불편하지 않을 것이오."

이어 뒷날에 대비한 몇 마디 당부 끝에 안중근과 아내 아려는 잠자리에 들어 그들 부부가 살아 이 세상에서 마지막으로 함께하는 밤이 될 그 밤의 나머지를 지새웠다.

그런데 다음 날 아침이었다. 일찍 일어난 안중근이 미처 길 떠날 채비를 하기도 전에 누가 찾아와 요란하게 대문을 두드렸다. 안중근이 문을 열어 보니 청계동에서 포군 대장을 했던 한재호의 아우 한상호가 경영하는 여관의 중노미였다. 안중근이 삼화항으로 옮겨 앉을 때부터 그 여관 중노미로 일하고 있어 낯이 익은 홀아비가 안중근을 보고 더듬거렸다.

"서방님, 어서 우리 여관으로 가 보시지요. 주인어른이 찾으십니다요."

"아니, 한 서방이 내가 돌아온 걸 어찌 아는가? 그리고 무슨 일이기에 새벽같이 이 법석인가?"

"글쎄, 가 보시면 아십니다요. 김 뭐시긴가, 아무튼 어제 서방님과 함께 삼화항에 왔다는 그 냥반, 그 냥반이 우리 여관에 있는데 간밤 내 앓다가 혼절해 새벽부터 양의(洋醫) 왕진을 불러 댈 만큼 요란뻑적지근했습니다요. 겨우 깨어난 그 냥반이 서방님 이름을 대면서 기별해 달라기에……."

그 말에 안중근은 놀랐다. 피곤하단 말은 했지만 전날 해 질 녘

헤어질 때만 해도 겉보기에는 멀쩡했던 김동억이었다. 서울에서 여러 달 신세를 졌으면서 집으로 데려오지 못한 것이 마음에 걸렸는데, 뜻밖에도 크게 병이 난 듯했다.

놀란 안중근이 한상호가 경영하는 여관으로 가니 중노미의 말대로 김동억은 여관 객실에 혼수상태로 누워 있었다. 굳은 얼굴로 안중근을 맞은 한상호가 말했다.

"저 손님, 어제저녁부터 몸이 좋지 않다며 포룡환(抱龍丸)을 찾는다, 활명수를 마신다, 심상찮더니 새벽녘에 기어이 일이 터졌습니다. 식구대로 집안사람들 새벽잠을 다 깨워 놓은 신음 소리가 갑자기 뚝 끊어지자 오히려 그게 더 무섭더군요. 문을 따고 방 안에 들어가 보니 저 손님이 시퍼런 얼굴을 하고 혼절해 있지 않겠습니까? 그래서 근래 부두 쪽에다 병원을 연 양의를 불렀는데, 다행히도 호열자(虎列剌, 콜레라)는 아니었습니다. 그러나 사람이 많이 드나드는 여관이라 병자를 둘 수 없어 난감해하는데 깨어난 환자가 제 이름을 밝히면서 청계동 서방님과 함께 왔으니, 기별을 좀 해 달라고 하더군요. 그리고 다시 혼절하듯 잠들었는데 영 깨어나지 못하고 있습니다."

한상호가 아침 일찍 안중근을 부르게 된 경위를 그렇게 밝혔다. 한상호는 안중근보다 두어 살 많았으나 일곱 살이나 손위인 형 한재호가 안중근을 상전 받들 듯하는 터라 몹시 공손했다. 안중근이 한상호의 굳은 표정이 뜻하는 바를 알아차리고, 그 자리에서 김동억을 선교사가 경영하는 병원으로 옮겼다. 몇 해 전 호열자로 서북 지방에서만도 한해 수만 명이 죽은 적이 있어, 서북 사람들은 모두 그 병 이름만 듣고도 펄쩍 뛰었다.

다행히도 안중근이 김동억 곁에 붙어 앉은 재진(再診)에서도 김동억의 병은 호열자가 아니었다.

"유사(類似) 장질부사라는 열병입네다. 호열자만큼 두려운 질병은 아닙네다만, 환자가 무리를 한 탓에 한껏 덧나 이렇게 되었습네다. 여기서 하루 이틀 안정을 취한 뒤에 평양의 큰 병원으로 옮기는 게 좋을 듯합네다."

마침 병원을 열고 있던 미국인 선교사가 제법 능숙한 조선말로 그렇게 김동억의 병을 설명했다.

이에 안중근은 김동억을 한상호의 여관에서 미국 선교사의 병원으로 옮기고 주사와 약물로 하루 더 급한 열을 내리게 한 뒤 평양으로 옮겼다. 하지만 평양도 병원 건물이 좀 더 번듯하고 의료기구가 낫게 갖춰져 있다는 것뿐 삼화항에서와 다름없이 선교사가 운영하는 병원이었다. 의료보다는 선교가 우선인 병원장이 김동억을 입원시킨 지 이틀 만에 선교 여행을 떠나게 되어 안중근은 하는 수 없이 김동억을 한성으로 데려가야 했다. 못 미더운 조선인 조수에게 김동억을 맡기느니 반나절 기차에 시달리더라도 한성의 큰 병원에 옮기는 게 나을 듯해서였다.

어렵사리 기차 편을 구해 한성으로 온 안중근은 김동억을 세브란스 병원에 입원시킨 뒤에야 다동 김달하의 집으로 가서 가족들에게 그 사실을 알렸다. 삼화항의 선교사 병원이 맹탕은 아니어서 세브란스 병원에서도 유사 장질부사로 판정이 났다. 그러나 김동억이 첫 증상을 대수롭지 않게 여겨 병을 덧나게 한 데다, 두 군데 병원을 거쳐 3백 리를 돌아오는 동안에 병은 한층 무거워져 상태는 자못 위중했다.

북간도로 간다고 여비까지 받고 떠난 터라 도중에 돌아오게 된 게 낯이 없었으나, 그렇다고 사람도 알아보지 못할 만큼 앓아누운 김동억을 두고 안중근 홀로 떠날 수도 없었다. 의병 활동을 돌아본답시고 예성강 일대를 열흘이나 어정거린 죄도 있거니와, 무엇보다도 김동억의 처음 증상을 얕보아 병을 키운 책임이 그에게도 있었다. 그 바람에 안중근은 다동에 눌러앉아 김동억이 병석에서 일어나는 것을 기다리게 되었는데, 다시 급변한 시국이 그의 출발을 가로막았다.

망명의 아침

亡命

안중근이 김동억을 데리고 서울로 돌아왔을 때는 온 나라가 해아(海牙, 헤이그)밀사사건으로 들끓고 있을 때였다. 그해 7월 초순《대한매일신보》가 먼저 외국 신문을 인용하여 광무 황제가 화란(和蘭, 네덜란드)의 수도 해아에서 열리는 만국평화회의에 특사 세 사람을 보냈다는 기사를 내보냈고, 뒤이어 이등박문(伊藤博文)이 광무 황제를 찾아가 무엄한 언사로 그 책임을 따졌다는 소문이 나돌았다.

며칠 뒤에는 헤이그 특사의 부사(副使) 격인 이준의 죽음이 신문에 보도되어 온 나라를 들끓게 했다. 전 평리원(平理院) 검사 이준은 일본의 사주를 받은 열강 대표들에 의해 회의장 입장을 거부당하자 숙사로 돌아와 분사(憤死)한 것이었으나, 세간에는 자결로 소문이 났다. 나중에는 회의장에서 스스로 배를 갈라 열강의 대표들에게 창자를 흩뿌리며 죽어 간 것으로까지 각색되어 듣는 이를 더욱 격동시켰다.

안중근도 이준의 죽음에 큰 충격을 받았다. 이준은 안중근이 국채보상운동에 참여하게 되면서 먼빛으로 여러 번 본 적이 있었고, 그해 서울로 올라와서는 안창호의 소개로 서로 인사까지 나눈 적 있었다. 거기다가 안창호나 양기탁과 왕래가 잦은 것으로 미루어 신민회와도 관련이 있어 보였다. 비록 안중근의 기질에는 자결이란 죽음의 방식이 탐탁하지 않았으나, 그래도 수만 리 이국에서 서양 열강의 대표들을 꾸짖으며 장렬하게 죽어 간 그 기상만은 우러르지 않을 수 없었다.

이준의 자진 소식에 이어 이완용이 이끄는 꼭두각시 내각이 광무 황제의 퇴위를 획책하고 있다는 소문이 다시 장안을 발칵 뒤집어 놓았다. 특히 농상공부대신으로 있던 송병준은 황제에게 권총을 들이대며, 자결하거나 일본으로 건너가 천황에게 사죄하라고 강요했다는 소문이 나돌자 충의를 말하는 지사들은 모두 이를 갈았다. 그사이 몇 번 일진회와 악연을 주고받으며 송병준에 대해 잘 알고 있는 안중근도 그 말을 듣자 치를 떨었다.

그때쯤은 김동억도 어느 정도 병줄에서 놓여났으나, 다동 김달하의 집을 드나드는 지사들 중에도 안중근의 국외 망명을 말리는 사람들이 생겨났다.

"구태여 멀리서 싸울 곳을 찾을 까닭이 없을 것 같소. 머지않아

이 나라 방방곡곡이 모두 싸움터가 될 터인데, 멀리 간도까지 가서 무엇하겠소? 여기서 일이 돌아가는 걸 살피다가 죽창이든 도끼든 잡히는 대로 들고 아무 데나 부르는 곳으로 달려가 힘을 보태는 것이 나라를 되찾는 데 더 빠른 방도가 될 것이오."

어느 날 대한매일신보사로 갔다가 만난 안창호도 말하였다.

"아무래도 사태가 심상치 않소. 곧 광무 황제께서 퇴위하고 황태자께서 보위를 물려받게 될 것이라 하오. 하지만 그것으로 그치지 않고, 새 황제가 동경 황성으로 입조(入朝)하여 천황에게 무릎 꿇고 사죄해야 이번 헤이그밀사사건이 결말날 것이란 소문도 있소. 동지가 해외로 나가는 일은 잠시 미루어야 될 것 같소. 나라 안에 머물며 변화를 살펴 거기에 맞게 대처해 나갑시다."

그래서 며칠 더 머뭇거리는 사이에 사태는 한층 더 급박하게 돌아갔다. 그해 7월 18일 광무 황제는 끝내 이등박문의 밀명을 받은 이완용 내각의 압박을 버텨 내지 못하고 황태자로 하여금 국사를 대리케 한다는 조칙을 내렸고, 20일에는 중화전(中和殿)에서 황제 양위식이 거행되었다. 양위(讓位)를 반대한 많은 대신들이 면관(免官)되거나 귀양을 가고, 전 중추원(中樞院) 의관 이규응(李奎應)은 이완용 내각을 성토하고 자결하였다.

황제 양위식이 있고 나흘 뒤에는 흔히 정미칠조약(丁未七條約)이라 불리는 한일신협약(韓日新協約)이 비밀 부대(附帶) 각서와 함께 조인되어 다음 날로 공포되었다.

정미칠조약은 외양으로도 대한제국을 보호국에서 식민지로 몰아가는 마무리 단계로 보인다. 대한제국의 주요 국정은 미리 통감(統監)의 지도를 받아야 하고, 법령 개정이나 중요 행정처분도 통감의 승인을 받아야 했으며, 심지어는 대한제국의 고등 관리 임면조차 통감의 동의를 얻은 다음에야 시행할 수 있었다. 또 통감이 천거하는 일본인을 조선 관리로 임명해야 했고, 통감의 동의 없이는 외국인을 함부로 초빙할 수 없었다. 사법사무(司法事務)를 보통의 행정사무와 분리하여 통감부가 장악함으로써, 의병이나 항일 지사들을 가혹하게 처벌하고 살상할 수 있게 된 것도 정미칠조약 이후였다.

하지만 정미칠조약의 그 모든 독소 조항보다 더 무서운 게 비밀 부대 각서였다. 그 각서 3조에는 다음과 같이 대한제국 군대해산이 명시되어 있었다.

1.) 육군 1개 대대를 존치하여 황궁 수위의 임무를 담당하게 하고 기타는 해산할 것.

2.) 교육을 받은 사관은 대한제국 군대에 머물 필요가 있는 자를 제외하고, 그 외는 일본 군대에 부속시켜 실지 연습을 시킬 것.

3.) 일본에서 대한제국 사관을 위하여 상당한 설비를 할 것.

그러나 저항을 우려하여 그 각서를 공포하지 않고, 저희끼리만 치밀하면서도 신속하게 대한제국 군대해산을 준비해 나갔다. 통감 이등박문은 일본에 있던 보병 12여단을 증원받아 병력을 보강한 뒤, 정미칠조약 이레 만에 손을 썼다. 그해 7월 31일 이등박문은 총리대신 이완용과 군부대신 이병무, 주한 일본군 사령관 하세가와를 통감 관저로 불러들여 대한제국 군대를 해산하는 절차를 밟게 했다.

일본군 사령관 하세가와는 이날 밤 총리대신 이완용과 군부대신 이병무를 데리고 창덕궁에 들어가 융희(隆熙)황제(순종)에게 미리 준비한 군대해산 조칙을 올리고 재가를 받게 했다. 즉위한 지 사흘 만에 정미칠조약을 강요당한 융희 황제는 다시 이레도 안 돼 내각이 군대해산의 조칙을 들고 오자 혼란과 불안으로 맞았다. 그러나 여러 해 전 김홍륙(金鴻陸)에게 입은 아편의 독화(毒禍)로 유약해진 천성 탓인지, 광무 황제와 같은 저항은 엄두도 내지 못하고 내용도 잘 이해 못한 채 그 조칙을 재가해 주고 말았다.

> 짐이 생각건대 나랏일이 다난한 이때 쓸데없는 비용을 절약하여 민생에 유용하게 쓰이게 하는 것이 급선무다. 지금의 우리 군대는 용병(傭兵)으로 조직되었기 때문에 상하가 일치되지 않고 국가를 완전하게 방위할 수가 없다.
>
> 짐은 이제 군제를 쇄신하여 사관(士官)의 양성에 전력하고, 장차 징병법(徵兵法)을 발표하여 공고한 군사력을 갖추려 함으로 이에 유사(有司)에게 명하여 황실 시위에 필요한 자는 가려 놓고, 나머지는 모두 일시에 해산하게 한다. 짐은 너희 장병들의 그간의 노고를 생각하여 특히 계급에 따라 은사금을 내리니, 장병들은 짐의 뜻에 따라

각기 생업으로 돌아가 차질 없기를 바라노라.

조칙은 대강 그랬는데, 이등박문이 진작부터 이완용 내각을 쥐어짜 궁리하게 한 것이라 얼른 들어서는 그럴싸했다. 그러나 가만히 따져 보면 징병으로 군대를 강화하기 위해 이미 있는 군대를 먼저 흩어 버린다는 어이없는 소리였다. 거기다가 이완용은 융희 황제가 이등박문에게 내릴 기막힌 조칙까지 마련했는데, 그 내용은 이랬다.

군대를 해산할 때 인심이 동요하지 않도록 예방하고, 혹시 폭동을 일으키는 자가 있으면 진압할 것을 통감에게 의뢰토록 하라.

그와 같은 융희 황제의 조칙은 그 뒤 일본군이 해산된 대한제국 군대의 저항을 박멸하는 데 두고두고 이용되었고, 널리 의병 항쟁 전반을 일본군이 토벌할 수 있는 법적 근거로 악용되기도 했다.

황제의 조칙을 받아 내기는 했지만, 어느 정도 근대식 훈련도 받고 무기도 갖춘 만여 명의 대한제국 군대를 하루아침에 해산하는 것은 결코 쉬운 일이 아니었다. 이에 이등박문과 친일 꼭두각시 내각은 다시 머리를 쥐어짰다. 그리하여 세 차례로 나누어 군대를 해산하되, 먼저 경성에 주둔한 시위(侍衛) 보병 5개 대대부터 손을 쓰기로 했다. 이어 기병대, 포병대, 공병대 등 서울에 있는 군대를 흩어 버린 다음 각 지방에 주둔한 진위대(鎭衛隊) 8개 대대를 해산하고, 마지막으로 헌병대, 여단 사령부, 치중대, 홍릉 수비대, 군악대까지 없애 버린다는 계획을 짰다.

경성에 주둔한 대한제국 군대의 해산 날짜는 군대해산의 조칙이 융희 황제의 재가를 받은 다음 날인 8월 1일이었다. 그날 각 시위 대대에 배속된 일본 교관은 먼저 한국군으로부터 병기와 탄약을 압수한 뒤 부대를 인솔하고 훈련원에 모이기로 했다. 그리고 거기서 기습적으로 황제의 해산 조칙을 들려주고 해산식을 거행하기로 하였다.

그 무렵 안중근은 알 수 없는 마비와 둔감에 빠져 다동 김달하의 집과 대한매일신보사 사이를 오락가락하며 지냈다. 그 두 곳은 당대의 인맥이 겹치며 얽혀 있는 곳으로, 나중 여러 갈래 한국의 독립운동 노선을 이끌게 되는 좌우의 지사와 혁명가들의 출발지였다. 그리고 안중근에게는 그들과의 유대와 결속을 통해 뒷날을 위한 인적 기반을 다질 기회이기도 했다. 하지만 박은식이나 유인석처럼 선대부터 알아 왔던 사람이나 안창호처럼 특별한 호감으로 각인된 사람들을 빼고는 아무도 안중근이 빠져 있는 마비와 둔감의 벽을 뚫지 못했다.

따지고 보면 안중근의 의식이 눈뜨기 시작한 때부터 그해까지 한반도는 어느 한 해 평온하게 지나간 적이 없었다. 특히 결혼과 함께 첫 전투를 경험한 갑오년부터 정미년까지 10여 년은 해마다 땅이 뒤집히고 하늘이 꺼지는 듯한 난리를 겪었다. 동학란과 청일

전쟁, 을미사변, 아관파천에서 칭제건원(稱帝建元)과 대한제국 선포, 김홍륙 독다사건(毒茶事件)에 이어 러일전쟁과 을사보호조약에 통감부 설치가 그랬다.

따라서 그해의 헤이그밀사사건이나 거기서 비롯된 광무 황제의 양위가 충격적이기는 해도 특별히 안중근의 의식을 마비시키고 둔감하게 만들 일이 아닐 수도 있었다. 그런데도 왠지 무언가 돌이킬 수 없는 일이 터질 것 같은 불길한 예감에다, 그때는 지금까지와는 전혀 다른 결단과 자기 투척이 요구되리라는 데서 오는 중압감은 뒷날 안중근에게 조국에서의 마지막 그 한 달을 몽환(夢幻) 속의 나날처럼 떠오르게 했다.

군대해산이 있던 그날도 그랬다. 늦은 아침상을 물린 안중근은 그 알 수 없는 둔감과 마비로 인해 몽롱한 채로 김달하의 집을 나서려다가 김동억의 방을 들여다보았다. 그사이 병줄에서는 놓여났으나, 열병이란 게 원래 병후 조섭이 더 까다로운 법이라, 김동억은 아직 바깥출입을 못하고 있었다. 그런 안중근이 김동억을 위로할 겸 몇 마디 환담을 나누는데 남대문 쪽에서 여러 발의 총성이 울렸다.

"이거 총소리 아닌가? 그것도 한둘이 쏘는 것 같지가 않은데……."

"청나라도 아라사도 다 쫓겨 간 마당에 대낮 서울 도성 안에서 떼를 지어 해 대는 총질이라니……."

두 사람이 머리를 기웃거리며 그렇게 주고받고 있는데 멀리서

나마 총소리는 한층 요란해졌다. 김동억보다 총소리에 더 민감한 안중근이 한참이나 귀를 기울이다가 혼잣말처럼 중얼거렸다.

"어디 의병 부대라도 들었나? 이거 이제는 몇십 명이 해 대는 총질 같지도 않은데……."

그때 안채 쪽에서 급한 발자국 소리가 나더니 난데없이 안창호가 문을 열었다.

"여기 있었구려. 한참 찾았소."

"그렇잖아도 신문사로 가 보려던 참이었습니다. 그런데 무슨 일이십니까?"

안중근이 안창호를 반가워하며 그렇게 물었다. 안창호가 심각할수록 깊어지는 눈길로 안중근을 바라보며 말했다.

"동지, 아무래도 뭔가 심상치 않소. 나와 함께 훈련원(訓練院) 쪽으로 가 봅시다."

"총소리는 남대문 쪽에서 나는데 훈련원에는 무엇 때문에 갑니까? 거기서 우리 군대가 들고일어나기라도 한 겁니까? 드디어 일본군하고 맞붙는답디까?"

지레짐작으로 들뜬 안중근이 벌떡 몸을 일으키며 물었다. 안창호가 그런 안중근을 가라앉히려는 듯 문지방에 걸터앉으며 물음을 받았다.

"그것까지는 모르고…… 어쨌든 오늘 아침 이상한 소문이 들어왔소. 새벽에 한국군 대대장 이상이 모두 이등박문 통감의 관저인 대관정(大觀亭)으로 불려 들어갔다는 말이 있더니, 얼마 뒤에는 10시쯤 모든 한국군 부대가 도수체조(徒手體操, 맨손운동)를 배운다고 훈련원에 모일 것이라는 말이 돌았소. 그래서 백암 선생께서 기자인 옥관빈(玉觀彬)을 보내 살펴보게 하였는데, 다시 곳곳에서 이상한 소문이 꼬리를 물고 들어왔소."

"어떤 것들입니까?"

"일본에서 온 일본군 전투부대는 대구나 평양 같은 지방을 맡고, 지방을 지키던 일본군은 모두 서울로 집결하고 있다는 것이오. 또 인천에는 일본 해군의 구축함 세 척이 떠 있으며, 반도 연안 전체를 일본 해군 제2함대가 덮고 있다는 거요."

아마도《대한매일신보》의 통신원들이나 제보자들이 보낸 전갈인 듯했다. 그 말을 듣자 안중근도 심상치 않다는 느낌이 들었다. 먼저 떠오르는 대로 안창호에게 궁금한 걸 물었다.

"팔도 의병이 모조리 들고일어난 것은 아닐까요?"

"그런 움직임은 아직 들려온 바 없었소. 있었다면 우리《대한매일신보》가 먼저 그 일을 알았을 것이오. 백암 선생이나 우강(雩岡, 양기탁), 단재(丹齋, 신채호)조차 듣지 못한 팔도 창의(八道倡義)는 있을 수 없소."

"그렇다면 지난번 광무 황제 양위 때 한국군에게 당한 일을 이제 와서 크게 앙갚음하려고 하는가……."

황제 양위 때 일이란, 광무 황제의 양위를 반대하여 한국군이 들고일어난 일을 말한다. 그날 종로에서 양위를 반대하는 군중 시위가 맹렬하게 벌어지자 전동(典洞)에 있던 한국군 제1연대 3대대 소속 군인 백여 명이 무장을 하고 병영을 뛰쳐나와 그 시위에 가담하였다. 그들 한국군은 시위 군중과 함께 종로경찰서를 습격하여 다수한 일본 경찰을 살상하였고, 일본인 상인들도 여남은 명이나 죽였다.

"기껏 백여 명의 불복 한국군을 찾아 처형하는 것이라면 이미 이 땅에 주둔하고 있는 병력만으로도 넉넉할 것이오. 그보다는 더 크고 엄청난 음모가 있는 듯하오."

안창호가 어두운 얼굴로 그렇게 말했다. 그때 그런 안창호의 말을 뒷받침하기라도 하듯 요란한 총소리가 남대문 쪽에서 다시 울려 퍼졌다. 이번에는 기관총이 섞인 듯 총소리가 더 컸다.

"그럼 한번 가 봅시다."

참지 못하고 마당으로 내려선 안중근이 그렇게 말하고 성큼성큼 자신이 묵고 있는 방으로 갔다. 안중근이 가는 쪽이 대문하고 방향이 다른 걸 보고 안창호가 물었다.

"아니, 어디로 가시는 게요?"

"맨손으로 갈 수야 없지 않습니까? 내 행낭에서 단총이라도 꺼내 갔으면 합니다."

그러자 안창호가 펄쩍 뛰며 말렸다.

"그렇지 않습니다. 이럴 때일수록 흉기를 지니지 않는 게 좋겠소이다. 이미 대부대가 총탄을 주고받는데 단총 한 자루로 무얼 하겠소? 공연히 총을 지녀 이쪽저쪽 의심받으면 위태롭기만 할 뿐이오. 그냥 가십시다."

그 바람에 안중근도 권총을 지닐 마음을 버리고 그대로 안창호를 따라나섰다.

김달하의 집을 나온 안창호가 청계천 쪽으로 가다가 문득 시계를 보더니 발길을 돌렸다.

"벌써 11시가 가까운데 훈련원 쪽이 조용한 걸 보니, 별일이 없는 듯하오. 게다가 그리로는 옥관빈이 갔으니 우리는 차라리 총소리 나는 곳으로 가 봅시다."

그러면서 잠시 멈춰 서서 총소리가 나는 쪽을 가늠했다.

"처음 총소리가 난 곳은 아마도 제1연대 1대대 병영(兵營)이 있는 쪽 같소. 또 멀지 않은 곳에 제2연대 1대대 병영도 있는데, 어째 총소리가 거기까지 번진 듯하오. 우리 저기 남대문 쪽으로 가 봅시다."

이윽고 안창호가 그런 말과 함께 앞장을 섰다. 요란한 총소리에 소스라쳐 깨어난 듯한 의식과 감각으로 안중근도 그런 안창호를 뒤따랐다.

얼마 가지 않아 총소리가 한층 요란해지고 기분 나쁜 기관총 소사(掃射) 소리가 고막을 긁어 댔다. 싸움터는 안창호가 추측한 대로 제1연대 1대대 병영 쪽이었다. 그리로 다가갈수록 기관총 소리가 커지고 매캐한 화약 냄새까지 풍기는 듯했다. 그렇게 되자 사냥으로 오래 단련된 데다 동학군과의 전투 경험까지 있어서인지, 안중근이 정찰과 척후를 맡은 격으로 앞장을 서고 안창호는 뒤따르며 안중근의 손짓에 따르는 형국으로 바뀌었다.

저만치 남대문이 보이는 거리로 접어들면서 보니 큰길을 따라 열려 있던 점포들은 모두 문이 굳게 닫히고 길가의 난전들도 말끔히 걷혀 휑한 거리에는 인적마저 끊겨 있었다. 그러나 조금만 주의를 기울여 살피면 닫힌 점포의 문틈 사이로, 민가의 닫힌 대문 뒤편에서 겁먹고 걱정하며 훔쳐보는 눈빛과 숨죽인 발돋움을 느낄 수 있었다. 가끔씩 한 가족인 듯한 사람의 무리가 불쑥 거리로 나왔다가 놀란 듯 좁은 골목으로 숨어들기도 했다. 이미 싸움터가 되어 버린 병영 곁 인가의 사람들 같았다.

안중근과 안창호도 거기서부터는 점포와 대문에 붙어 몸을 숨겨 가며 조심스레 나아갔다. 골목을 만나면 깊숙이 몸을 감추고 한참이나 주변을 살핀 뒤에 다시 방향을 잡았다. 그러다가 이제 기관총 소리가 지척에서 나는 듯 요란한 곳에 이르렀을 때 골목길로 황급히 사라지는 한 떼의 사람들을 만났다.

"잠깐 봅시다. 어디서 와 어디로 가는 분들이오?"

안중근이 가장(家長)인 듯싶은 중년 사내를 붙들고 물었다. 반나마 혼이 빠져 총소리에서 한 발자국이라도 멀어지려고 식구들을 몰아가던 그 중년이 겁먹은 눈으로 두 사람을 쳐다보다가 덜덜 떨며 대답했다.

"피란 가는 길입니다요. 집이 병영 옆이라 총탄은 비 오듯 하고, 언제 거기서 양쪽이 맞붙을지 몰라서……."

"양쪽이라니? 어느 군사와 어느 군사가 싸운단 말입니까?"

이번에는 곁에 있던 안창호가 나서서 그렇게 물었다.

"우리 조선 병정들과 일본 군대지요. 총질을 시작한 지 벌써 두어 식경은 됐습니다요."

"저희는 《대한매일신보》 기잡니다. 마음 급하신 줄 압니다만, 그래도 몇 마디 묻겠습니다. 우선 서로 한편같이 지내던 그들이 왜 싸우게 됐답니까? 집이 바로 병영 옆이라니, 무어 들은 소리라도 없으신지요?"

그러자 사내가 기억을 더듬는 듯, 두 눈을 깜빡거리더니 조금 진정된 목소리로 말했다.

"아침상을 물리고 한참 지났는데, 갑자기 우리 병영 안에서 총소리가 나더니 안팎이 소란스러워지기 시작하더군요. 가만히 귀를 기울여 보니 병정들이 뭐라고 외며 뛰어다니는데, 귀 밝은 아이들 말로는 '대장님이 돌아가셨다.'라고도 하고 '박 참령(朴參領)께서 자진하셨다.'라고도 외는 것 같다고 하더군요. 그러더니 맨손으로 줄을 지어 병영을 나가려던 병정들까지 모두 안으로 뛰어들어 가 총을 메고 쏟아져 나왔습니다. 그런데 언제 왔는지 벌써 일본군 수백 명이 들이닥치고, 이어 기관포까지 걸고 총질을 해 대우리 군사들을 병영 안으로 되몰아 넣더군요. 조금 전에는 일본군이 소총에 착검을 하고 병영 안으로 뛰어들 기세라 식구대로 황급히 피신을 나선 겁니다요."

안창호가 《대한매일신보》를 내세우자 제보자로서의 의무 같은 걸 느꼈는지 사내가 그렇게 길게 대답해 주었다. 겁을 집어먹고 혼란스러운 사람의 말치고는 꽤나 조리가 있었다. 안창호가 다시 물었다.

"다른 소리는 더 들은 게 없습니까?"

"뭐라더라…… 군대해산, 어쩌고 하는 소리를 들은 것도 같고, 여럿이서 '왜놈들이 나라님을 지킬 병정들을 모두 흩으려 한다.'라고 외고 다니는 것 같기도 했습니다."

안창호는 거기까지 듣자 일이 어떻게 된 것인지 대강 짐작이 가는 듯했다.

"그럼 지들은 이만……."

중년 사내가 다시 겁먹은 눈길로 돌아가 그렇게 말끝을 흐리며 서둘러 가족들을 몰아갔다. 안창호도 더는 그들을 잡지 않고 혼잣말처럼 탄식했다.

"일이 그렇게 된 것이로구나. 박 참령이 기어이 참지 못하고……."

"박 참령이 누굽니까? 기어이 참지 못했다니, 무슨 일을요?"

안중근도 대강 짐작은 갔지만 그래도 분명하지 않은 데가 있어 그렇게 물어보았다. 안창호가 다시 한 번 탄식하며 말했다.

"박승환(朴昇煥)이라는 무관이오. 이름을 달리 성환(星煥)이라고도 쓰는데, 을미사변 때 이미 참령으로 국모의 원수 갚음을 꾀해 그 기개와 충성을 드러낸 적이 있소. 이번 광무 황제 퇴위 때도 그가 가만히 있지 않을 거라는 말이 나돌았소. 그가 바로 이곳 제1연대 1대대장을 맡고 있다 들었는데, 군대해산의 명을 받자 참지 못하고 자결한 것 같소. 1대대 장병들은 그 소리를 듣고 분기하였고, 낌새를 알아차린 일본군이 재빨리 진압을 나선 것임에 틀림없소."

"일이 그렇게 된 거라면 그 박승환이란 사람의 기개란 것도 별거 아니군요. 거느린 군사가 있고 총과 탄약이 있는데, 군인이 어찌 적과 싸워 보지도 않고 자결한단 말입니까? 충의에 죽기로 결심한다면 일당백(一當百)도 어렵지 않을 터, 그래서 단 한 명이라도 왜적을 더 무찌르다가 정히 밀리면 그때 죽어도 늦지 않을 것입니다."

안중근이 갑자기 실망한 낯빛으로 그렇게 말했다.

"그리 말씀하시는 동지의 심경을 모르는 건 아니나, 반드시 그렇게 볼 수만은 없소. 그것은 동지의 충의와 박 참령의 충의가 다르기 때문이외다. 이등박문이 대한제국의 군대해산을 꾀했으면 틀림없이 우리 황제의 조칙을 빌렸을 것이오. 그런데 박 참령은 임금님이 곧 나라님, 황제가 바로 대한제국라고 믿어 온 무관이오. 그런 그가 어찌 감히 황제의 조칙을 어겨 가며 일본군과 싸울 수 있겠소?"

안창호가 무겁게 고개를 가로저으며 그렇게 대답했다. 안중근이 분연히 받았다.

"이 나라는 황제 한 사람의 나라가 아니오. 당당한 2천만 겨레의 나라외다. 황제 한 사람의 조칙을 받들려고 2천만 겨레의 엄명을 저버린단 말입니까?"

"나도 동지가 군주란 명목과 아름다운 전통으로만 남아 '군림하되 다스리지 않는다.'는 입헌군주제의 대의에 기울어져 있다는 것을 진작부터 알고 있소. 나는 그 입헌군주제조차 부인하고 공화(共和)를 미래의 우리 국체로 희망하고 있지만, 그래도 박 참령의 충의를 허물하고 싶지는 않구려."

안창호가 안중근을 달래듯 그렇게 말하는데 문득 총소리가 잦아드는가 싶더니 낯선 구령과 함께 종류를 달리하는 함성이 제1연대 1대대 병영 쪽에서 뒤엉키는 듯했다. 안중근이 그 갑작스러운 변화에 긴장하며 길가의 열린 대문 뒤로 몸을 숨기고 병영 쪽을 살폈다. 짐작으로는 용산 쪽에서 올라온 일본군 부대가 드디어 한국군 병영으로 돌격을 감행한 것 같았다. 울타리와 나무 그늘에 가려 잘 보이지는 않았지만, 백병전(白兵戰)의 살기와 포연(砲煙)이 어우러진 것인지 병영 안에서는 안개처럼 자옥한 먼지가 피어오르고 있었다.

"우리 군대가 병영을 방어진지로 쓰자 일본군이 돌격을 감행한 듯합니다. 만약 어느 한쪽이 이리로 쫓겨 나오면 이곳이 곧 싸움터 한가운데가 될 것이니, 미리 몸 둘 곳을 살펴 두어 난전 가운데 휩쓸리는 일은 없도록 해야 합니다."

안중근이 전장을 겪어 보지 않은 안창호에게 그렇게 일러 두고 주변을 살폈다. 좁은 마당 안에는 기역 자 초가 한 채가 웅크리고 있었는데, 사는 사람들이 모두 피란을 갔는지, 아니면 놀라 숨었는지 집 안은 괴괴했다. 대문 밖을 내다보니 광화문으로 난 대로 쪽은 점포가 펼쳐진 거리까지 민가로 이어져 있고, 병영 쪽으로는 대문 하나를 지나서 작은 골목이 원구단(圓丘壇) 쪽으로 나 있었다. 그리고 민가 여남은 척이 이어지다가 큰길이 훤히 트인 곳 남쪽 산기슭이 병영이었다.

"병영의 정문이 보이지 않는 걸 보니 용산 쪽으로 나 있는 모양이구나. 기관포를 앞세운 일본군이 그 정문 쪽으로 치고 들 때, 우리 군대가 배겨 내지 못하면 병영에서 뛰쳐나가 물러날 수 있는 곳은 이 길뿐이다. 남산 비탈을 타고 오를 수도 있지만, 용산에 일본군 대부대가 있어 그곳으로는 빠져나가더라도 위태롭기 짝이 없는 길이 될 것이다."

갑오 의려 때의 전투 경험과 그 뒤로도 부단하게 닦아 온 전술 감각을 한껏 일깨워 주변을 찬찬히 살피던 안중근이 혼잣말처럼 중얼거리며 일이 그렇게 될 때 자신과 안창호가 피신할 곳을 찾아보았다. 일시적으로 몸을 숨길 곳은 흔했으나, 총포로부터 몸을 지켜 내면서 사태를 살펴볼 수 있는 곳은 얼른 눈에 띄지 않았다. 안중근이 그게 마음 놓이지 않아 은폐와 엄폐가 동시에 가능한 곳을 찾고 있는데, 다시 총소리가 뜸해지며 포효 같기도 하고 구성진 비명 같기도 한 함성이 한데 뒤엉긴 채 멀지 않은 병영 울타리 쪽으로 다가왔다.

안중근은 까닭 모르게 섬뜩해 오는 가슴으로 군데군데 널빤지를 덧대 목책(木柵)을 겨우 면한 그 울타리 쪽을 살펴보았다. 그때 갑자기 그 울타리로 거멓게 사람들이 밀어닥쳤다. 더러는 울타리 밑으로 기어 나오고 더러는 울타리를 뛰어넘으려고 타고 오르는 군인들이었는데, 복색을 보니 대한제국 시위대의 그것이었다. 끝내 방어진지를 지켜 내지 못한 제1연대 1대대 장병들 같았다.

한꺼번에 너무 많은 사람들이 기어오른 데다, 그보다 더 많은 사람들이 뒤에서 밀어붙인 탓일까, 제법 굵은 통나무를 기둥으로 삼고 있던 병영 울타리가 마른 나뭇가지 부러지는 소리와 함께 자빠졌다. 그러자 그 위로 수백의 시위대 장병들이 쏟아져 나왔다. 안에서 어떤 꼴을 당했는지, 이미 반은 넋이 나간 사람들 같았다. 복색만 군인이었을 뿐 전투 군장(軍裝)을 갖추기는커녕 소총이나마 제대로 거머쥔 장병은 절반도 되지 않았다. 어딘가 구성진 비명처럼 들리던 함성은 바로 그렇게 쫓기던 그들이 자신도 모르게 쏟아 낸 소리였다.

그런 시위대 뒤를 표독스러운 으르렁거림 같은 함성과 함께 일본군이 달려 나왔다. 철모에 탄통과 총검을 차고 종아리에는 각반까지 단단히 두른 단독군장에 그때까지도 가지런한 대열을 유지한 부대였다. 함부로 흩어져 달아나는 한국군 시위대에 비해 그들은 뒤쫓는 데도 잘 훈련된 군대의 진면목을 보여 주었다. 30보쯤 달려오다 앞선 줄이 쪼그리고 앉아 일제사격을 하고 탄창을 가는 사이 다시 뒷줄이 뛰쳐나가 일제사격을 해 대는 식이었는데 총마다 착검이 되어 있어 길게 번쩍이는 칼날이 그들의 사격을 더 위력적으로 느껴지게 했다.

그런 일본군이 한국군 시위대를 몰아대는 모습은 겁을 집어먹고 혼란스럽게 쫓기는 양 떼를 덮치는 이리 떼와 다르지 않았다. 그러나 한때 심신이 굳어 옴짝할 수 없을 만큼 안중근을 분노와 통한으로 빠져들게 한 것은 쫓기는 시위대에 비해 터무니없이 적은 일본군의 숫자였다. 쫓기는 것은 제1연대 1대대의 태반이 넘어 보이는데, 뒤쫓는 일본군은 1개 중대도 되지 않는 것 같았다. 거기다가 병영 안에서 간간이 기관총 소리가 나고 소탕전의 제압사격이 계속되는 것으로 보아 일본군의 주력은 아직도 거기 남아 있는 듯했다.

갑오 의려 때 안중근은 일본군이 겨우 1개 소대 서른 명으로 수백, 수천의 동학군을 몰아대는 걸 본 적이 있었다. 그로부터 13년, 광무 황제는 해마다 군제를 개혁하고, 외국 교관을 불러들여 신식 군대로 훈련시켰다. 거기다가 넉넉지 못한 내탕금을 아낌없이 쏟아부어 갖가지 신형 무기를 사들였건만 성과는 그토록 참담했다. 군대로 일본군과 싸워 자주독립을 얻어 낸다는 것은, 적어도 당장 국내에서는 어림없는 일로 보이기까지 했다.

"동지, 아무래도 아니 되겠소. 곧 일본군이 이리로 몰려들 듯하니 잠시 몸을 숨깁시다. 저들과 맞닥뜨려 좋을 일은 하나도 없소."

오히려 싸움터를 경험한 적이 없는 안창호가 분노와 통한으로 굳어 있는 안중근을 가만히 집 뒤로 끌었다. 안중근이 아직도 아귀가 맞게 제대로 돌아가지 않는 머리로 권총을 가지고 나오지 않은 것을 후회하며, 안창호에게 끌려가다 보니 큰길로 우르르 밀려든 한국군들이 일본군의 총탄을 피해 저마다 좁은 골목길로 흩어지는 게 보였다.

일본군의 추격전은 그리 오래가지 않았다. 처음부터 한국군이 방어진지로 쓰고 있는 제1연대 1대대 병영을 점령해 근거를 없이 하는 게 목적이었던 듯, 병영을 내준 한국군이 모두 흩어져 달아나 버리자 일본군은 추격을 중지했다. 대오를 풀고 대여섯 명씩 무리를 지어 농부가 가을걷이를 하듯 그동안의 전과를 거두어들였다.

일본군은 먼저 자기들의 총에 맞아 죽거나 중상으로 움직이지 못하고 큰길가나 골목 구석에 널브러져 있는 한국군을 개 끌듯 끌어 병영 쪽으로 옮겼다. 그리고 나머지는 대여섯 명씩 패를 짜고 가벼운 부상으로 뒤처지거나 황망 중에 낙오하여 부근 민가로 숨어든 한국군을 잡아들였다. 거기까지 몰려서도 달아나거나 저항하는 한국군이 있는지 민가 쪽에서 이따금씩 총성이 울려 퍼졌다.

그사이 병영 안의 총소리가 그친 것으로 미루어 그곳의 소탕전도 이미 끝난 것 같았다. 다시 1개 중대 정도의 일본군 병력이 병영 안에서 더 나와 앞서 나온 추격대를 도왔다. 일부는 시체와 중상자를 병영 안으로 끌어가고, 나머지는 부근 민가로 흩어져 한국군 낙오병 수색을 도왔다.

"나가 보아야겠습니다. 이제 더는 이곳이 싸움터가 되는 일은 없을 것 같습니다."

이윽고 정신을 가다듬어 가만히 바깥의 동정을 살피던 안중근이 다시 지난날의 전투 경험을 되살려 그렇게 말했다. 대한제국 시위대의 참담한 현실에 충격을 받은 것인지, 허옇게 질려 말을 잃고 있던 안창호가 알 수 없다는 눈길로 물었다.

"그걸 어떻게 아시오?"

"일본군이 더 뒤쫓지 않은 것으로 미루어 이번 전투의 목적은 추격 섬멸이 아닌 듯합니다. 오히려 빼앗은 우리 군대의 병영을 진지 삼아 수비 태세에 만전을 꾀하려는 게지요. 지금의 수색은 혹시 있을지 모르는 한국군의 반격을 철저하게 차단하려는 것입니다."

"하지만 일본군이 저렇게 눈에 불을 켜고 날뛰는데, 우리가 나가서 할 일이 있겠소?"

"총을 들고 싸우지는 못한다 해도 부상병을 돌보고 낙오한 장병들을 숨겨 주는 일을 도울 수는 있겠지요. 급합니다. 거기다가 선생께는《대한매일신보》객원 논설위원이란 신분도 있으니 일본군과 마주쳐도 어느 만큼은 보호가 되지 않겠습니까?"

그 말에 안창호도 숨어 있던 돌담 곁에서 몸을 털고 일어났다. 하지만 둘 다 아직 마음을 놓을 수 없어 다시 대문께로 간 뒤 손바닥만큼 열린 대문 사이로 한참이나 바깥의 움직임을 살폈다. 일본군 추격대의 총질로 죽거나 다친 한국군이 적지 않을 터인데, 모두 병영 안으로 끌고 간 것인지 큰길이고 울타리 곁이고 쓰러져 있는 사람은 보이지 않았다.

안중근이 대문 틈으로 살피고 있는 사이에도 일본군 수색조는 위협적으로 번쩍이는 총검을 앞세우고 남대문 시전 거리를 중심으로 흩어져 숨어 있는 한국군 시위대 낙오병들을 찾아냈다. 일부는 큰길가를 따라 점포와 민가를 가리지 않고 이 잡듯 뒤졌고, 나머지는 골목 안으로 흩어져 들어가 초가집, 기와집 할 것 없이 뒤엎어 놓고 있었다. 하지만 다행히도 안중근과 안창호가 숨어 있는 곳까지는 일본군의 손길이 미치지 않았다. 몇백 명이라고는 해도 수색 및 체포와 이송을 함께 수행하느라 병력이 분산된 데다 대상 지역이 넓어 그렇게 된 듯했다.

"이제 가 봅시다. 저 골목 뒷집이 수런거리는 게 무슨 일이 있는 것 같소."

빠끔히 열린 대문으로 고개까지 내밀고 여기저기 골고루 살피던 안중근이 문득 그렇게 말하며 대문을 밀고 나가 집 옆 골목 쪽으로 몸을 날렸다. 안창호도 얼결에 뒤따라 나갔다. 골목 어귀에서 네댓 집을 지나쳐 달려가던 안중근이 한군데 빼죽이 열린 대문 앞에서 걸음을 멈추고 안을 들여다보다가 대뜸 안으로 들며 뒤따라오는 안창호에게 말했다.

"이리 오십시오. 잠깐 들어가 보십시다."

안창호가 따라 들어서며 보니 초가집이지만 디귿 자로 제법 칸살 있게 지은 집이 있고, 앞마당에서는 서너 사람이 마주 서서 숨

죽인 소리로 무언가 실랑이를 벌이고 있었다.

"다른 데로 가 보시오. 여긴 숨겨 줄 곳이 없소!"

그러면서 손을 내젓는 사내는 그 집주인인 듯했는데, 두 눈만 반들거리는 오종종한 얼굴에는 남의 눈치만 보고 산 시전 장사치의 이력이 그대로 묻어 있었다.

"이대로 잡히면 일본군에게 죽습니다. 동포의 정으로 잠시만 숨겨 주십시오. 날이 저물면 제 갈 길을 찾아가도록 하겠습니다."

그렇게 빌고 있는 두 사람은 걸친 군복만으로도 한국군 시위대라는 것을 알아볼 수 있었다. 크게 상한 데가 없어 보이는 시위대 병정 하나가 왼쪽 정강이 어름이 피투성이인 다른 병정을 부축하고 있었는데, 방금 사정을 한 것은 바로 그 성한 쪽이었다. 하지만 집주인은 한사코 그들을 받아들이려 하지 않았다. 오히려 곁에 서 있는 우락부락한 조카를 내세워 거칠게 내몰았다.

"집주인이 안 된다지 않소? 이만 나가 주시오. 댁네들이 무슨 일을 저질렀는지 모르지만, 우리도 일본군을 척지고는 못 배기는 장사꾼이오."

그때 안중근이 그들 사이에 끼어들었다.

"나갑시다. 어차피 이 집은 큰길과 가까워 마음 놓고 숨어 있기 틀린 곳입니다. 게다가 집주인도 이미 반(半)왜놈이 된 듯하니 빌어 봤자 구차스러운 꼴만 보이고 말 것이오!"

안중근이 결기 어린 목소리로 그렇게 말하며 성한 쪽을 거들어 다친 시위대 병정을 부축했다. 그리고 마찬가지로 성이 나서 낯빛이 달라진 안창호에게 말했다.

"대신(大臣)들이 앞장서 나라를 팔아먹는 마당인데, 눈치만 보고 사는 저잣거리의 장사치에게 어찌 애국 애족을 기대할 수 있겠습니까? 차라리 골목 안 후미진 곳을 살펴 동포의 정을 빌어 볼 만한 곳을 찾는 게 낫겠습니다."

"그럼 내가 앞서 달려가 알아보겠소. 동지께서는 부상자를 부축해 천천히 따라오시오."

안창호가 금세 말을 알아듣고 그렇게 대답하며 대문을 나섰다. 안중근도 성한 시위대 병정과 함께 다친 병정을 부축하고 그런 안창호를 뒤따랐다. 한참이나 휑한 골목 안쪽으로 내달리듯 하며 양편 대문을 기웃거리던 안창호가 한군데 열린 대문 안으로 뛰어들었다.

"이리로 들어오시오. 여기 피할 만한 곳이 있소!"

얼마 안 돼 상기된 얼굴로 뛰어나온 안창호가 부상병을 부축해 숨 가쁘게 달려온 안중근을 대문 안으로 끌었다. 제법 뜰이 넓고 별도로 사랑채가 딸린 기와집이었는데, 대문 안에 들어서면서 가장 먼저 눈에 띈 것은 사랑채 난간에 두 귀를 묶어 늘어뜨린 붉은 십자가 문양의 깃발이었다. 보호조약이 맺어진 을사년에 들어온 적십자사(赤十字社)의 깃발로 안중근도 그 붉은 십자가가 뜻하는 바는 대강 들어 알고 있었다.

적십자기를 휘장처럼 드리운 앞마당에 평상과 거적이 깔리고 그 위에 몇 사람이 피 흘리며 누워 있는 게 보였다. 더러 군복이

벗겨져 있었지만 일본군과 싸우다가 다친 시위대 병정들임에 틀림없었다. 그들 사이로 서의(西醫) 교육을 받은 의사인 듯한 젊은 남자가 작은 적십자 완장을 찬 채 오락가락하며 치료를 하고 있었다. 안창호가 그들을 그곳으로 이끈 것은 적십자기와 그 의사 때문인 듯했다.

"거기 앉히시오."

흰 붕대를 찢어 다친 어깨를 싸매 주던 의사가 빈 평상 모퉁이를 가리키며 말했다. 그 말투가 꼭 제 병원에서 환자를 기다리던 의사 같았다. 안중근이 시위대 병정을 평상 한구석에 앉히면서 혼잣말처럼 중얼거렸다.

"아무리 적십자 깃발을 걸어 놓았다고 해도, 우리 부상병들을 이렇게 마당 한가운데 훤히 드러내 놓고 치료해도 되나? 곧 일본군이 들이닥칠지도 모르는데……."

그러자 부상병의 어깨를 붕대로 싸매고 있던 의사가 힐끗 고개를 들며 말했다.

"일본군이 마음먹고 대부대를 풀어 뒤진다면, 땅속으로 꺼지거나 하늘로 솟지 않는 이상 어디로 피하겠소? 또 집 안으로 들어가 봤자 수술대도 없고 어둡기만 한데 이렇게 다친 사람들을 그리로 몰아넣어 어찌하겠다는 것이오? 못 미덥지만 그래도 적십자 깃발을 앞세워 전투 중에 다친 사람은 적이라도 해치지 않는다는 만국공법(萬國公法)의 정의에 의지해 보는 것이 차라리 나을 것이오. 성한 병정이나 어서 옷을 갈아입고 재주껏 멀리 피하라 하시오."

그러자 안중근도 적십자란 말과 함께 그런 말을 들은 기억이 났으나, 그 규정이 일본과 그 보호국인 대한제국 사이에도 적용될 수 있을지 의문이었다. 그때 안창호가 둘 사이에 끼어들며 안중근을 보고 말했다.

"동지, 여기 김필순(金弼淳) 선생께 인사 드리시오. 원래 누대를 의술로 이어 온 집안의 후인인데, 다시 관립 의학교에서 서의(西医)를 공부해 의사가 되신 분이오. 부근에 왕진 나왔다가 총소리를 듣고 걱정이 되어 이리 달려오셨다고 하오. 여기 걸린 적십자 깃발은 김 선생이 몇 달 전 대한의원(大韓醫院, 1907년 3월 광제원과 관립 경성의학교, 대한적십자병원을 통폐합하여 만든 병원)의 촉탁의(囑託醫)로 일할 때 얻은 것이라 들었소."

그러자 의기 있는 사람과 사귀기를 좋아하는 안중근이 호기롭게 통성명을 했다.

"나는 삼화부에 사는 안중근이란 사람입니다. 원래 신천군 청계동에 살았으나, 연전 솔가하여 삼화항으로 옮겨 앉았습니다. 요근래 살필 것이 있어 서울로 왔다가 우리 대한제국과 황제 폐하께서 잇달아 당하시는 해괴하고 망극한 변을 보고 망연자실하던 사이에 다시 이런 변을 만났소……."

안중근이 평소 그러듯 장황하게 자신을 밝히는데, 김필순이 지극히 실무적인 어투로 안중근의 말허리를 잘랐다.

"통성명은 이만하면 된 듯하니 이왕 팔 걷고 나선 김에 나를 좀 도와주시오."

"어떻게 도와드리면 되겠습니까?"

안중근이 머쓱해하며 물었다. 김필순이 그런 안중근을 별로 의식하지 않는 말투로 받았다.

"인근 민가에는 아직 이렇게 피 흘리며 숨어 다니는 부상병들이 많을 것이오. 골목을 뒤져 한 사람이라도 더 많이 찾아 이리로 옮겨 오시오. 귀하는 총소리에 놀라지도 않고 피를 겁내거나 꺼리는 기색도 없는 것이 이런 싸움터를 겪어 본 듯해 특히 청하는 바요. 그들을 치료하는 일은 내 조수와 간호원이 곧 병원 인력거와 함께 이리로 오면 어찌 당해 낼 수도 있을 것이오."

김필순이 안중근에게 그렇게 말해 놓고 다시 안창호를 향했다.

"안창호 선생은 어서 《대한매일신보》에 기별을 보내 기자들을 청해 주시오. 할 수만 있다면 다른 신문사와 통신사에도 알려 되도록이면 여기 사정을 널리 일러 주시오. 적십자 깃발만으로 못 미덥다면 언론의 보호라도 구해야 하지 않겠소? 여기는 서울 장안 한복판이라, 우리가 드러내 놓고 구료소를 차리고 기자와 통신원들까지 몰려와 취재하고 있으면, 설령 일본군이 적십자를 무시한다 해도 마구잡이 패악은 부리지 못할 것이오."

안창호와 안중근은 그런 김필순의 침착하고 사려 깊은 말에 두말없이 따랐다. 안창호는 그길로 기자와 통신원을 데려오기 위해 대한매일신보사로 달려가고, 안중근은 인근 골목을 뒤져 부상당한 대한제국 시위대 장졸들을 모았다.

김필순의 짐작대로 피 흘리며 부근을 헤매는 시위대 장졸은 뜻밖으로 많았다. 한 골목을 다 뒤지기도 전에 예닐곱이나 되는 부상병이 늘었다. 그들을 김필순이 임시 구료소로 쓰는 민가로 업어 옮기는 동안, 안중근은 시위대 제1연대 1대대 병영 안에서 무슨 일이 있었는지를 자세히 전해 들을 수 있었다.

"왜놈들의 지시를 받은 우리 중대장들이 속여서, 우리 대대도 훈련원에서 도수체조 연습이 있는 줄로만 알고 맨몸으로 병영을 나서려던 때였습니다. 갑자기 병영 안에서 총소리가 나더니 대대장님께서 자결했다는 소리가 들리더군요. 부관이 울며 달려 나와 먼저 대대장의 말씀을 전하고 다시 유서를 펼쳐 보였습니다……."

이미 피가 굳어 오는 상처를 두 손으로 누르며 숨을 헐떡이는 젊은 병정을 시작으로, 그들 제1연대 1대대 부상병들이 들려준 얘기는 비장하면서도 애절한 데가 있었다.

그날 대한제국 시위대 대대장 이상은 통감 이등박문의 관저인 대관정(大觀亭)으로 나오라는 전갈을 듣자 제1연대 1대대장 박승환 참령은 왠지 불길한 예감이 들었다. 며칠 전 광무 황제 퇴위 때 궁중에서 거사하여 양위를 막아 보려 하다가, 황제에게 화가 미칠까 걱정되어 그만둔 일이 새삼 마음에 걸렸다. 이에 박 참령은 병을 핑계 대고 대대에서 가장 선임(先任)인 중대장을 대신 보냈다. 그런데 새벽같이 불려 갔다 온 늙은 중대장이 놀랍고도 비통한 소식을 전했다.

"새 황제 폐하께서 마침내 군대해산의 조칙을 내리셨다고 합니다. 도수체조 연습을 핑계로 경성에 있는 시위대 병력 모두를 무장 없이 훈련원에 모이게 하라는 군부대신의 명이 내렸습니다. 거기서 황제 폐하의 조칙을 읽어 주고 바로 시위대 해산식을 거행하여 뒤탈을 없이하려는 듯합니다."

그 말을 듣자 박승환은 분개하여 소리쳤다.

"군인은 나라를 위하여 그 땅과 백성을 지켜 냄이 직책이거늘, 이제 외국이 침략하고 있음에도 불구하고 홀연히 군대를 해산하려 한다니 이 무슨 당찮은 소리냐. 이는 결코 황제의 뜻이 아니요, 적신(賊臣)이 황명(皇命)을 위조함이니 내 죽을지언정 그 명을 받들 수 없다!"

그러고는 대대장실에서 유서 몇 자를 쓴 뒤 "대한제국 만세!"를 외치고는 권총으로 자결하였다. 뒷사람이 보기에는 다소 어이없고 무망하게 보일 수도 있는 죽음이지만, 절대군주제의 대의 아래 잔뼈가 굵은 무관인 박승환으로서는 어쩔 수 없는 선택이었다. 부관이 제1연대 1대대 장병들에게 들려준 박 참령의 유서는 단 한 줄이었다.

> 군인이 능히 나라를 지키지 못하고, 신하가 능히 충성을 다하지 못하였으면 만 번 죽어도 아까울 게 없다.

아무것도 모르고 맨손으로 훈련원으로 출발하려던 제1연대 1대대 장병들은 그런 대대장의 죽음을 듣고 분격하여 되돌아섰다. 그들은 무기고와 탄약고를 부수고 무장한 뒤 군대해산을 책동한 일본군과 맞서 싸울 채비에 들어갔다. 병영을 진지로 삼아 지키면서 먼저 경성에 있는 다른 대대들과 연결하고, 다시 지방의 진위대(鎭衛隊)까지 끌어들여 일본군과 한바탕 결전을 치를 작정이었다.

그때 일본군은 본국에서 새로 지원받은 12여단을 각 지방으로 나누어 보내고, 한반도에 오래 주둔해 현지 사정에 익숙한 원래의 주차(駐箚) 부대는 경성으로 불러올려 대한제국 군대해산에 따른 소요에 대비하고 있었다. 특히 경성의 시위대 각 대대에는 이런저런 명목으로 일본군 장교들이 배치되어 병영 안의 움직임을 감시하고 있었다. 그 바람에 그날 아침 무기와 탄약을 손에 넣은 제1연대 1대대 장병들의 봉기는 그들이 미처 전열을 가다듬기도 전에 용산에 있는 일본군 주차 사령부에 알려졌다.

바로 그와 같은 사태에 대비하여 언제든 출동할 수 있는 태세를 갖추고 있던 일본군은 급보를 받자 재빨리 출동하여 제1연대 1대대 병영을 공격하였다. 시위대 1대대도 선불리 밖으로 뛰쳐나가 산발적인 시가전을 벌이는 대신 오히려 병영의 방어 시설에 의지한 진지전(陣地戰)을 꾀했다. 얼마 전 안중근과 안창호가 본 것은 바로 그 병영을 방어진지로 삼은 시위대 1대대와 그 근거를 분쇄하려는 일본군 대대들 사이의 치열한 공방전 끄트머리였다.

그런데 그날 군대해산에 맞서 일어난 대한제국 시위대는 제1연대 1대대뿐만이 아니었다. 멀지 않은 곳에 주둔해 있던 제2연대

1대대는 제1연대 1대대보다 먼저 병영을 나서 훈련원을 향해 한참이나 행군해 가다가 광화문 근처에서 요란한 총소리를 들었다. 발 빠른 병사를 총소리 나는 곳으로 보내 알아보니 제1연대 1대대가 들고일어났다는 말이 돌았다. 그 까닭이 대한제국 군대해산에 맞서기 위한 것이란 말을 듣자 병영으로 되돌아간 제2연대 1대대 장병들도 일본군 장교들이 잠가 둔 무기고와 탄약고를 부수고 무장을 했다.

안중근이 그날 사태의 윤곽을 대강이나마 알게 된 것은 대한매일신보사로 돌아갔던 안창호가 돌아온 뒤였다. 안창호가 기자 한 명 딸리지 않고 홀로 돌아온 걸 보고 안중근이 물었다.

"어째 홀로 돌아오십니까?"

"신문사에는 나이 드신 백암 선생밖에 계시지 않았소. 기자들은 말할 것도 없고 영업, 경리 직원까지 모두 현장으로 뛰는 중이라 데려올 사람이 없었소."

"그럼 훈련원 쪽에도 무슨 일이 났습니까?"

"그렇지는 않은 듯하오. 그리로는 처음부터 기자 옥관빈이 갔는데 아직까지 이렇다 할 소식이 없다는 것이오. 여기만큼이나 일이 크게 터진 곳은 오히려 제2연대 1대대 쪽이오. 창의문 밖에서 지금도 치열하게 전투를 벌이고 있으며, 장도빈(張道斌) 기자와 영업부 직원 하나가 그쪽으로 갔다고 합디다."

"진작부터 그쪽에서 총소리가 나더니, 그게 바로 제2연대 1대대가 들고일어난 것이었구려. 대한매일신보사에는 그들 말고도 기자분이 몇 더 있었던 것 같은데…….”

“그중에 최익(崔益) 기자가 이쪽으로 왔을 거라고 합디다. 우리와는 길이 어긋난 것 같소.”

그 말을 듣자 안중근은 갑자기 창의문의 제2연대 쪽이 궁금해 견딜 수 없었다. 이쪽은 이미 총소리가 멎고 정리에 들어갔지만, 저쪽은 아직 총소리가 나고 치열한 전투가 진행되고 있다는 것이 보다 생생한 현장을 보고 싶어 하는 안중근의 마음을 끌었다.

“그렇다면 이곳으로 일본군 증원 병력이 덮치는 일은 없을 듯하니 우리는 이만 떠나는 게 어떻겠습니까? 게다가 이제 부근의 부상병들은 대강 다 모은 것 같고, 또 저기 김 선생의 병원 조수와 간호원도 곧 올 것입니다. 우리가 여기 남아 있다고 해서 그리 큰 도움이 될 것 같지도 않군요.”

“어디로 가려고 그러시오?”

“창의문 쪽으로 가고 싶습니다. 국내에서 일본군과 정규전을 벌인다는 게 어떤 것인지를 이번에는 제 눈으로 똑똑히 보아 두고 싶습니다.”

그 말에 안창호가 가볍게 이맛살을 찌푸리며 잠깐 생각에 잠겼다가 마침 급한 치료를 끝내고 허리를 펴는 김필순을 보며 물었다.

“김 선생님, 여기 이분의 말처럼 해도 되겠습니까?”

“더 긴한 일이 있다면 그리하십시오. 저분 말대로 여기는 내 조수와 간호원만 오면 어찌 휘어 내 볼 수 있겠습니다. 오늘 일은 뒷날 찾아뵙고 감사드리지요."

김필순은 안창호를 잘 알고 있는 듯 그렇게 선선히 두 사람을 놓아주었다. 뒷날 중국으로 망명하여 서간도 지역 개척에 참여하다가 다시 치치하얼[濟濟哈爾]로 옮겨 병원을 열고 한국 독립운동을 후원하며 살게 될 운명을 그때 이미 예감하고 있었을까. 안중근과 안창호를 보내는 김필순의 눈길에 알 수 없는 끈끈함이 묻어 있었다.

안중근과 안창호는 몸에 묻은 피를 대강 닦고 아직도 총소리가 요란한 창의문 쪽으로 갔다. 그런데 어찌 된 셈인지 광화문에 이르렀을 무렵 총소리가 잦아들더니 대한매일신보사 근처를 지날 때는 아예 뚝 그치고 말았다.

"총소리가 그친 걸 보니 어느 쪽으로든 결판이 난 모양이오. 가봤자 몸만 위태로워질 뿐 더 볼 게 있을 성싶지 않소. 차라리 신문사로 돌아가 그쪽으로 갔다는 장도빈 기자를 기다려 그 견문을 들어보는 것이 낫겠소."

대한매일신보사 건물이 있는 골목 어귀를 지날 무렵 안창호가 문득 그렇게 말하고 신문사 쪽으로 길을 잡았다. 총소리가 잦아들 때부터 조급해져 발걸음을 재촉하던 안중근도 그 말을 듣자더는 창의문 쪽으로 가기를 고집하지 않았다. 신문사로 돌아가니 훈련원으로 갔던 옥관빈 기자가 벌써 돌아와 대한제국 군대해산 상보를 작성하고 있었다.

금일 서울 장안의 모든 시위 대대는 도수체조 연습을 한다는 명목으로 10시까지 무장하지 않고 훈련원에 모이기로 되어 있었으나, 정오가 되도록 훈련원에 이른 것은 1천 명도 되지 않았다. 그러다가 남대문 제1연대 1대대 쪽에서 총소리가 나고 이어 제2연대까지 군대해산에 저항하여 총격전이 벌어졌다는 소문이 들어오자, 통감부의 꼭두각시에 지나지 않는 대한제국 군부(軍部)는 그때까지 훈련원에 모인 절반 남짓의 시위대 장병만으로 서둘러 군대해산식을 거행하였다. 군부는 황제의 조칙을 읽어 주고, 대한제국 군인들로부터 군모와 견장 등을 회수한 뒤 하사관에게는 80원, 1년 이상 근속한 병사에게는 50원, 1년 미만인 병사에게는 25원의 황제의 은사금을 지급했다. 적지 않은 은사금에도 불구하고 군대해산에 반발하는 장병들로 해산식은 아수라장이 됐지만, 착검한 일본군 대대가 훈련원을 에워싸고 있는 데다가 참석한 시위대는 도수체조를 한다고 맨손으로 모인 터라 무력 충돌은 일어나지 않았다…….

이튿날 신문에 실릴 때는 통감부 눈치를 보느라 약간의 가감이 있었지만 대강 그런 내용이었다. 오래잖아 남대문 쪽으로 갔던 최익 기자가 돌아오고, 창의문 쪽으로 갔던 장도빈 기자도 돌아왔다.

"다 같이 한 나라의 군대인데, 어찌 이럴 수가 있는지. 병영을 일본군에게 빼앗기고 시가전을 벌이면서 흩어졌던 우리 시위대는 도성을 빠져나와 다시 집결하였는데, 그게 바로 창의문 밖 교회당

부근의 언덕이었습니다. 처음에는 지세에 의지해 제법 버티는가 싶더니 일본군이 기관포를 걸고 비질하듯 쏘아 대자 금세 우리 시위대가 응사하는 소리는 없는 듯 묻혀 버립디다. 이어 착검한 일본군이 돌격하자 그걸로 창의문 싸움도 끝이 나 버렸다는군요. 몇 시간 버티었다는 게 신기할 만큼 깨끗이 일본군에게 고지를 내어주고 우리 군대는 풍비박산 흩어져 버렸습니다."

장도빈은 안중근이 직접 보고 싶어 했던 창의문 밖의 전황을 그렇게 요약했다. 창의문 밖에 집결했던 시위대 장병들은 나중 다시 도성 안으로 진출하여 남대문 정거장 일본군 위병소에 큰 타격을 주고 지방으로 흩어져 간 것이었으나, 그걸 모르는 장도빈은 과장된 무력감과 한탄으로 비분을 드러냈다. 기대를 품고 귀를 기울이던 안중근에게는 실로 맥 빠지는 소리였다.

다음 날 흘러나온 일본군의 상황 보고는 안중근을 더욱 한심하고 막막하게 했다. 일본 헌병 사령관이 육군 대신에게 올린 것이라며 떠도는 말에 따르면, 그날 출동한 일본군은 보병 1개 대대였고, 돌격으로 시위대 1대대 병영을 함락한 것은 일본군 1개 중대였다. 그런데도 일본군은 사망 3명에 부상 18명인데, 한국군은 사망 70명과 부상 1백여 명에 포로가 5백 16명이었다. 군대 간의 싸움이라기에는 승패의 엇갈림이 너무 참혹했다.

서울의 대한제국 시위대 해산 이틀 뒤부터 여덟 개의 지방 진위대 해산도 차례로 시행되었다. 원주 진위대의 민긍호가 이끄는 장병 2백 50명은 진압을 나온 일본군에게 타격을 주고 의병으로 전환하여 관동(關東) 의병의 주력이 되었으며, 다른 진위대도 크고 작은 저항 끝에 의병에 합류해, 유생(儒生) 출신에서 해산된 진위대 장병으로 의병의 근간이 바뀌는 계기가 되었다. 그러나 일본군의 발표를 통해 듣고 있는 안중근에게는 진위대의 봉기도 망국을 앞둔 정규군의 마지막 저항치고는 허망한 느낌이 들 만큼 무력해 보였다.

"나는 민 충정공(민영환)을 비롯해 박 참령(박승환)에 이르기까지 한번 싸워 보지도 않고 자진(自盡)하는 사람들을 못마땅히 여겼는데, 이제는 그들이 왜 그랬는지 알 듯하다. 그들이 안고 죽어간 것은 빼저린 무력감이었을 것이다. 불 보듯 훤히 보이는 패배와 거기 따른 치욕을 피하고 한 몸의 개결함을 지키고자 하는 허영이 있었다 한들, 그들을 어찌 허물할 수 있겠는가."

며칠 뒤 지방의 진위대까지 모두 탈 없이 해산하였다는 일본군의 보도를 전해 들은 안중근은 마지막 한 가닥 기대마저 무참히 끊긴 듯한 기분으로 그렇게 중얼거렸다. 하지만 이제 막연한 소명감에서 자기 봉헌(自己奉獻)의 결의로까지 자라 있는 안중근의 민족의식은 더 이상의 감상을 허용하지 않았다.

"하지만 나는 그들을 따르지는 않겠다. 크고 거룩한 것에 나를 바치되, 싸우다 죽어 불멸의 제단에 봉헌하겠다. 돌이켜 보면, 나는 너무 오래 이 땅에서 머뭇거렸다. 이 땅에서 일본군과 싸워 이겨 낼 수 없다면, 저들을 이길 수 있는 싸움터를 이 땅 밖에서 찾아야 한다. 나는 이제 한반도를 떠난다."

이윽고 그렇게 마음을 굳힌 안중근은 마침내 미루고 미루던 망명길에 올랐다. 1907년 8월 초순의 일이었다.

병이 난 김동억과 함께 서울로 돌아온 지 달포 남짓이지만 그 사이 해외로 나가는 길은 매우 어렵게 바뀌어 있었다. 헤이그밀사사건으로 빙표(憑票, 여행 허가증) 발행은 전보다 곱절이나 까다로워졌고, 특히 조선인이 정식으로 외국의 사증을 받는 일은 거의 불가능했다. 거기다가 대한제국 군대해산 뒤의 의병 활동은 국경지방의 경비와 검문검색을 한층 강화시켜 만주나 연해주로 가는 뭍길도 전과 같지 않았다.

이에 먼저 북간도로 가려 했던 안중근은 검문이 덜하다는 뱃길을 이용하기 위해 부산으로 내려갔다. 그때 김동억은 거의 병줄에서 놓여났으나 아직 험한 망명길에 오를 처지는 못 되었다. 안중근 홀로 떠나 서울역에서 기차에 올랐다. 마침 서울에 와 있던 두 아우 정근과 공근이 서울역까지 배웅해 주어 한 가닥 위로가 되었다.

어머니 조 마리아와 아내 김아려와는 지난번 삼화항에서 나눈 작별이 그대로 마지막이 되었다. 김달하의 집을 드나들던 사람들이나 대한매일신보사 사람들과의 작별도 마찬가지였다. 떠나기 전날 들른 대한매일신보사에서 백암 박은식 선생과 도산 안창호로부터 한마디씩 간곡한 당부를 들은 것으로 작별의 의식을 대신했다.

"범 아비[虎父]에 개 아들[犬子]은 없느니라. 어디를 가더라도 정계(定溪, 안태훈의 호)의 아들 됨을 잊지 마라. 항시 당당하고 함부로 물러나지 말거라."

백암(박은식)은 아들을 멀리 보내는 엄한 아버지처럼 그렇게 말했고, 안창호도 작별 인사를 간곡한 당부로 대신했다.

"비록 회원은 아니지만 언제나 우리 신민회를 잊지 마시오. 동지는 우리가 처음으로 해외에 내보내는 독립 특파 공작원을 자임해도 좋소. 먼저 나가 독립군 기지 건설과 장교 양성을 위한 군관학교 설립의 적지를 찾아봐 주시오. 그리고 언제나 우리와 연락을 끊지 마시오. 우리도 그때그때 가능한 모든 지원책을 강구할 것이오."

해삼위 가는 길

海蔘威

더위로 푹푹 찌는 듯한 객차 안에서 밤새 시달린 안중근이 부산역에 내린 것은 1907년 8월 초순 어느 새벽이었다. 안중근은 역전 거리에서 가볍게 아침 요기를 하자마자 여객선이 들고 나는 부두를 찾아보았다. 다행히도 부두가 그리 멀지 않아 안중근이 이르렀을 때는 마침 바다 위로 아침 해가 둥글게 떠오를 무렵이었다.

안중근은 부두에서 해삼위로 가는 배편을 알아보았다. 묻고 물어 그 매표창구에 이르니 표를 끊어 주는 사람이 공연히 위세를 부리며 물었다.

"빙표가 있소? 해외로 나가는 배편은 빙표가 없으면 표를 끊어 주지 않소."

"빙표를 왜 매표구에서 묻소? 관원도 아니고…… 매표원은 누구든 뱃삯을 물면 표를 끊어 주는 게 옳지 않소?"

안중근이 못마땅해 그렇게 받았다. 그러자 매표원이 실쭉해진 눈길로 받았다.

"나라 밖으로 가는 배를 처음 타는 양반 같구려. 빙표를 확인하는 일은 이미 작년부터 매표창구로 이관되었소."

그래 놓고는 비웃듯 덧붙였다.

"무슨 일로 이리 급급히 해외로 떠나야 하는지는 모르지만 빙표가 있어 표를 산다 해도 저쪽의 사증(査證)이 없으면 무사히 해삼위에 내리지 못할 게요. 배마다 임검(臨檢) 경찰이 지키고 앉아 샅샅이 살피는데 무슨 수로 빠져나간단 말이오?"

그 말에 안중근은 맥이 쭉 빠졌다. 2년 전 기선을 타고 상해를 오간 경험만 믿고 수월한 길을 찾는다고 부산까지 길을 돌았는데, 배편도 그토록 감시가 엄중해졌다니 그럴 수밖에 없었다. 창구에서 따져 봤자 소용없을 듯해 발길을 옮겼다.

안중근이 은근히 치솟는 울화를 삭이지 못해 거칠어진 숨길로 부근을 오락가락하는데 왠지 부두 거리의 거간꾼 같은 인상을 풍기는 상고머리 사내 하나가 다가와 말했다.

"뭐시라, 거, 해삼위(블라디보스토크)로 꼭 가야 한다믄 길이 아주 없는 것도 아일 낌니더. 빙포(빙표) 없이도 얼마든지 노령(露領)을 왔다 갔다 하는 길이 있다 카던데요."

안중근이 힐긋 돌아보니 조금 전 매표창구 부근에서 어리대던 사내였다. 두 사람의 시비 아닌 시비를 귀담아듣고 따라붙은 것 같았다.

"그게 어떤 길입니까?"

안중근이 반가워 공손하게 물었다. 사내가 빼는 기색 없이 시원스레 말했다.

"저렇코롬 큰 화선(火船)으로 국경을 벗어날라 카믄 어렵지마는, 찾아보믄 다른 길도 있다 카더라꼬요. 머라드라, 저기 함경도 성진(城津)이나 청진(淸津)쯤에서 바닷가 따라 살살 댕기는 쪼매는(조그마한) 여객선을 타면 안죽도(아직도) 빙포니 사찡(사증)이니 캐쌌는 성가시러븐 일 없이 노령으로 넘어갈 수 있십니더."

"그럼 성진이나 청진 가는 배는 어디 가서 탑니까?"

"그런 쪼매는 항구는 날 정해 놓고 가는 여객선이 없고, 우야다(어쩌다가) 멀리 내려온 고깃배나 짐실이 배에 묻어가는 길이 있을 낀데, 함 찾아봐야제."

안중근이 은근히 매달리는 기색을 보이자 자신이 생겼는지 사내는 제법 세상 잡사에 도통한 것 같은 표정으로 싸라기 먹은 말투가 되어 갔다. 평소의 도도한 기세라면 그걸 따지고 나무랄 일이지만 안중근은 모르는 척했다.

"그럼 나와 함께 찾아봅시다. 배만 타게 해 주면 발품 값은 톡톡히 물어 드리겠소."

"둘이 모두 나서 수선시럽게 할 거는 없고오, 그라믄 여기 쪼매 있어 보이소. 조기 북쪽 배들 마이 대는 데 가서 내 함 알아보고 오겠십더. 나중에 뱃삯 높다고 딴소리나 하지 마이소."

그러면서 부두 한쪽 작은 배들이 옹기종기 모여 있는 곳으로 사라진 사내는 오래잖아 다시 안중근에게로 돌아와 말했다.

"오늘따라 성진이나 청진에서 온 배는 도통 안 보이네. 원산 가는 배가 한 자리 비어 있다 카는데 우짤랍니꺼? 원산서 성진이나 청진은 거다가 거다이(거기가 거기니) 고마 원산으로 안 가 볼랍니꺼? 뱃삯은 10원이믄 된다 카던데……."

원산까지 선임(船賃) 10원은 비싼 것이었으나 알 수 없게 다급해져 있던 안중근은 더 따져 보지 않고 그가 사 주는 표로 배를 탔다. 나중에 알고 보니, 그 배는 닷새에 한 번 꼴로 뜨고 선임도 6원밖에 되지 않는 일종의 정기 여객선이었는데, 그 상고머리 사내가 중간에 끼어들어 부두 형편에 어두운 안중근을 등쳐 먹은 것이었다. 하지만 뱃전에 기대 푸른 동해 바다를 바라보는 안중근의 머릿속에 떠오르는 그 사내는 왠지 그리 밉살맞지 않았다.

다음 날 한낮이 되어서야 원산에 내린 안중근이 그곳 본당(本堂)을 찾아보게 된 것은 지독한 뱃멀미 때문이었다. 배가 전에 타고 다녔던 기선들보다 작은 데다 동해에 때아닌 너울이 일어 장기곶을 돌기도 전에 안중근은 이미 멀미로 초죽음이 되어 있었다. 다음 날 배에서 내려 여관에서 하룻밤을 묵고도 배를 다시 탈 엄두가 나지 않을 지경이었다. 그래서 며칠 쉬고 난 뒤에 떠나기로 하자 문득 원산 본당을 찾아보고 싶은 마음이 생겼다.

그때 원산 본당 주임신부는 불란서 사람 백유사(白類斯, 브렛)였다. 백 신부는 황해도에서 사목을 한 적은 없지만, 이런저런 연유로 안중근과 몇 번 만난 적이 있어 서로 아는 사이였다. 백 신부가 정치나 시국담에 관심이 없는 사람이라 안중근은 애초부터 그와 자신의 망명에 관해 의논할 생각은 없었다. 다만 며칠 남지 않은 성모승천 대첨례일(聖母昇天大瞻禮日, 8월 15일 성모승천 축일)에 사제로부터 성사를 받아 스스로도 아득한 망명길에 위로와 격려를 받고 싶었다.

하지만 안중근은 백 신부에 대해 제대로 알지 못했다. 백 신부는 평소 정치적 관심을 드러내지는 않았지만, 그렇다고 교회와 관련된 정치적 사안에까지 무관심하지는 않았다. 그는 해서교안을 통해 안중근의 집안을 잘 알고 있었으며, 특히 안중근의 일은 빌렘 신부를 통해 근래의 변화까지 꿰고 있었다. 안중근이 사제관으로 찾아가자 반가움보다는 놀라움과 경계심을 드러내는 눈길로 물었다.

"안 다묵(토마스)이 여기 웬일이오?"

"예, 간도에 가는 길에 잠시 들렀습니다. 성모승천 대첨례일에 성사도 받을 겸하여……."

안중근은 굳이 그에게 자신의 망명을 알릴 까닭이 없다 싶어 간도에 무슨 긴한 볼일이 있는 것처럼 말하고, 성사만 빌었다. 하지만 간도란 말을 듣자 벌써 백 신부의 낯빛은 차게 변했다. 얼마 전 사제 피정(避靜) 때 만난 빌렘 신부로부터 들은 소리 때문이었다.

"대첨례일에 신도에게 성사를 베푸는 것은 사제의 당연한 직책이기는 하나, 천주님의 가르침에 부합하지 않는 경우에는 그럴 수가 없소. 먼저 다묵에게 묻겠소. 간도에는 무엇하러 가시오?"

"이것저것 처리할 일이 있어 갑니다."

"글쎄, 그 일이 어떤 일인가 말이오."

그러면서 쏘아보는 백 신부의 눈길에 안중근은 속으로 뜨끔했다. 독립 전쟁의 대의, 특히 무장투쟁으로 전환하게 된 과정을 모두 털어놓기도 힘들거니와, 그래 봤자 백 신부가 이해할 수 있을 것 같지도 않았다. 그래서 머뭇거리는데 백 신부가 안중근의 대답을 기다리지 않고 말했다.

"나도 듣는 귀가 있소. 안 다묵, 당신은 지금 살인을 하러 북간도로 가려는 것 아니오? 일본인들에 대한 질투와 미움으로 그들을 죽일 기회를 얻고자 국외로 빠져나가는 게 아닌가, 이 말이오."

듣는 귀가 있다는 말에 안중근은 비로소 얼마 전 삼화항으로 찾아왔던 빌렘 신부를 떠올렸다. 백 신부가 안중근이 하려는 일에 관해 무언가 들은 말이 있다면, 그것은 틀림없이 빌렘 신부로부터였을 것이다.

"신부님, 설령 제가 거기서 사람을 죽인다 해도 그것은 살인이 아니라 정당한 행위입니다. 신부님의 나라 불란서도 침략자와는 전쟁을 벌이고 그들을 죽이지 않습니까? 제가 하려는 것도 그런 전쟁입니다. 국권을 침탈한 외적으로부터 우리나라를 되찾기 위한 독립 전쟁일 뿐입니다."

이제 더 감출 필요가 없다 싶어 안중근이 그렇게 털어놓았다. 그러자 백 신부는 낯빛까지 시뻘겋게 달아오르며 소리치듯 말했다.

"그렇지 않소. 전쟁은 틀림없이 정당행위지만 거기에는 엄격한 조건과 규칙이 있소. 우선 그 대의에 동의하는 다수를 묶어 싸울 단체를 조직하고, 적군을 죽여도 국제공법의 규정을 엄수할 때만이 전쟁으로 인정받을 것이오. 적국의 군대를 공격한다 하더라도 개인의 정의와 사사로운 원한으로 사람을 죽인다면 그것은 사전(私戰)이요, 살인에 지나지 않소."

백 신부가 그렇게 말하고 다시 안중근에게 다그치듯 물었다.

"도마, 내게 다짐해 주시오. 앞으로 어디를 가더라도 천주께서 기뻐하지 않을 정치적 소요를 일으켜 교회와 교우들을 곤란한 처지에 빠뜨리지 않겠다고. 그러지 않으면 나는 결코 도마에게 성사(聖事)를 베풀어 줄 수 없소."

그런 백 신부의 말에는 조국 불란서로부터 자신도 모르게 주입받은 제국주의적 현실 인식과 파리 외방(外方)선교회의 타협주의가 노골적으로 드러나 있었다. 거기에는 한국 지배에 대해 일본의 절대적 우위를 인정하고, 그들의 식민 통치 아래서 가톨릭교회를 지켜 내려는 안간힘 말고는 아무것도 볼 수 없었다. 그러자 안중근은 예전에 대학 설립 문제로 뮈텔 주교와 다투고 마음속으로 뇌었던 다짐을 다시 떠올렸다.

'천주교의 진리는 믿을지언정 외국인의 심사는 믿을 것이 못 된다. 이 나라의 독립이나 겨레의 자유를 되찾는 일에 대해서는 이들에게 아무것도 도움을 받지 않으리라.'

그때 안중근은 그런 다짐과 함께 빌렘 신부에게서 불어를 배우던 것까지 그만두어 버렸다. 그날도 마찬가지였다. 안중근이 조용히 웃으며 받았다.

"천주 야소의 진리를 전하는 신부님의 말씀은 믿지만, 내 나라 내 겨레의 운명보다는 교회의 생존을 우선하는 그와 같은 무리한 요청은 받아들일 수가 없습니다. 기실 저는 북간도에서 독립군 기지를 건설하고, 유능한 독립군 장교를 육성할 수 있는 군관학교를 설립하고자 떠나는 길입니다. 애초부터 신부님께 성사를 통한 축복과 격려를 기대한 것이 무리였던 것 같습니다. 이대로 떠나겠습니다. 하지만 교회와 천주님의 진리로부터 떠나는 것은 결코 아닙니다."

그러고는 목례와 함께 백 신부가 거처하는 사제관을 나왔다.

안중근은 원래 배편만 있으면 다음 날이라도 원산을 떠나려 했다. 그러나 부산항 여객선 부두에서의 마뜩잖은 경험이 안중근의 성급한 출발을 말렸다. 알아보니 그 부두에서 만난 상고머리는 뱃삯을 부풀려 등쳐 먹은 것뿐만이 아니고, 빙표 없이 해외로 나가는 배편도 엉터리로 알려 준 것 같았다.

"무슨 소리. 연안을 따라 항해하며 항구마다 들르는 그런 작은 여객선이야말로 일본 경찰이 눈에 불을 켜고 뒤지는 배라오. 더구나 이달 초순 우리 시위대 해산이 있고 나서부터 임검(臨檢)이 더욱 엄중해졌다는 소문까지 돌고 있소. 차라리 며칠 기다리더라도 준창호(俊昌號)에 자리를 알아보시오. 그 배에서 자리를 마련해 준다면 어떻게 노령으로 묻어갈 길이 있을 것이오."

전부터 안면이 있던 원산 본당의 신도 회장은, 찾아간 안중근이 부산 부두의 상고머리에게서 들은 대로 배편을 알아봐 달라고 하자 그렇게 잘라 말했다. 그때까지도 은근히 상고머리를 믿고 있던 안중근이 펄쩍 놀라 깬 듯한 느낌으로 물었다.

"준창호가 어떤 뱁니까? 어째서 그 배를 타면 임검을 피할 수 있습니까?"

"그 배는 원산과 해삼위 사이를 오가는 정기 여객선인데, 한꺼번에 백 명 넘는 사람이 탈 수 있을 만큼 큰 기선이오. 선주는 최봉준(崔鳳俊)이라고, 노서아 국적을 가진 조선 사람이라고 들었소. 그래서인지 준창호의 선원도 조선 사람들이 많이 있는데, 그들이 도와 숨겨 주면 빙표 없이도 임검을 따돌리고 노서아로 넘어갈 수 있다고 합디다. 특히 그 배의 사무장인 박응상(朴應相)은 기개 있고 의협심이 많은 젊은이라 그동안 우리 동포들의 밀항을 많이 도왔다고 하였소."

원산 본당의 신도 회장은 그러면서 준창호의 사무장 박응상을 자청해서 안중근에게 소개해 주었다.

"박 사무장은 교우는 아니지만, 교인과 관면혼배를 한 사람이라 안 다묵 형제가 찾아가 사정하면 영 모르는 척하지는 않을 것이오. 내가 소개장을 써 줄 터이니 준창호가 원산항에 들어오는 대로 찾아가 보시오."

그 덕분에 안중근은 며칠 후 원산으로 입항한 준창호에 올라 해삼위로 출발할 수 있었다. 그토록 간절하게 성사 받기를 원했던 성모승천 대첨례일 다음 날이었다. 안중근은 그 배로 해삼위에 이르기만 하면 경계가 허술한 연추(煙秋) 쪽으로 해서 북간도로 들어갈 작정이었다.

박응상의 배려로 선원실에 짐을 푼 안중근은 준창호가 성진에서 하루를 묵고 다시 청진항으로 들었을 때까지도 큰 어려움 없이 임검을 넘겼다. 그런데 청진항에서 하룻밤을 묵은 준창호가 마지막 목적지인 해삼위로 막 떠나려 할 무렵, 빠른 발동선 한 대가 청진 해관(海關) 쪽에서 물살을 가르고 달려와 앞을 가로막았다.

"오이(어이), 서라. 해사(海事) 경찰 특별 임검이다. 국경 밖으로 나가는 인원과 화물을 확인해야 하니 선장은 발동을 끄고 뱃전으로 나오라."

그러면서 배에 오른 일본인 임검 경찰은 단숨에 안중근을 찾아내어 배에서 끌어내렸다.

"너는 선원 명부에도 없고, 여객 명부에도 없는 밀항자다. 빙표도 없고 사증도 없이 노서아로 숨어들려는 불령지도(不逞之徒, 나라에 불평을 품고 제멋대로 행동하는 무리)임에 틀림이 없다. 밀항의 죄를 묻지 않을 테니 어서 배에서 내려라. 꼭 로씨야(러시아)로 가겠으면 조사부터 받고 요건을 갖춰라."

그 바람에 안중근은 그렇게도 피해 보려 했던 뭍길로 북간도에 가지 않을 수 없었다.

그로부터 한 달, 안중근에게는 참으로 외롭고 고단한 길이었다. 안중근은 8월 염천을 걸어 함경도를 가로지른 뒤 회령(會寧)으로 갔다. 그리고 거기서 다시 일본군 수비대의 눈을 피해 종성(鍾城)으로 간 뒤 상삼봉(上三峰)을 끼고 두만강을 건넜다.

안중근이 마침내 간도의 화룡현(和龍縣) 지방전(地坊典)에 이른 것은 그해 9월도 중순이 지난 뒤였다. 아버지 안태훈의 오랜 벗인 김달하의 말을 듣고 처음 마음이 움직인 날로부터는 거의 반년 만이었다. 어쩌면 너무 오래 머뭇거리고 너무 멀리 길을 돈 것으로 보일 수도 있었다.

하지만 그러면서 안중근이 얻은 것도 많았다. 그동안 다동 김달하의 집에 머물면서, 그리고 안창호와 박은식, 신채호가 있는 대한매일신보사를 드나들면서 그는 당시의 가장 치열하고 진보적인 의식으로 자신을 새롭게 가다듬었고, 헤이그밀사사건과 고종 퇴위, 정미칠조약과 군대해산 같은 역사의 거센 소용돌이를 바로 그 현장에서 목도하고 체험하기도 했다. 그리고 다시 부산으로 내려가 거기서 간도에 이르기까지의 험하고 힘든 여정도 그의 몸과 마음을 한 번 더 담금질했다.

안중근에게 처음 간도 망명을 권유한 김달하나 그 권유를 받아들여 끝내 망명을 감행한 안중근의 마음속에 있던 간도는 1906년 이전의 간도였다. 특히 1901년 대한제국 조정이 회령에 변계경무서(邊界警務署)를 설치하여 간도를 행정적으로 다스릴 태세를 갖추고 이범윤(李範允)을 간도 시찰원(間島視察員)에 임명한 때부터 1906년 참정대신 박제순이 통감부에 간도 거주 조선인 보호를 요청할 때까지의 좋은 시절이었다.

그때 대한제국은 간도와 심지어는 연해주까지 우리 땅임을 확신하고 적극적인 간도 관할 정책을 펴 나갔다. 간도 시찰원 이범윤의 요청을 받은 의정부 참정 김규홍은 정부에 간도 주민 보호관 파견을 건의하였다. 이에 정부는 이범윤을 북변간도 관리사(北邊間島管理使)로 임명하고 간도에 사는 조선인들에게 직접적인 관할권을 행사하게 했다.

그 몇 년 시찰원으로 간도에 와 있으면서 간도의 사정을 잘 알게 된 이범윤은 그곳에 사는 우리 동포들을 보호하려면 무엇보다도 무력(武力)이 필요함을 절실히 깨닫게 되었다. 그러나 대한제국의 군대가 출동하면 청나라와 국제분쟁을 일으킬 우려가 있어, 할 수 없이 사병(私兵)을 모아 간도 주민 보호를 위한 무력으로 썼다. 이범윤은 연발총으로 무장한 사포대(私砲隊)를 조직해 모아산(帽兒山), 마안산(馬鞍山) 등지에 병영을 세우고 한인을 보호하는 한편 청나라의 조세 징수를 거절하였다. 또 러일전쟁 때는 5백여 명의 부대를 이끌고 러시아를 도와 일본군과 싸웠다.

김달하나 안중근이 착안한 것은 아마도 이범윤이 활용한 그와 같이 독특한 간도의 위치였을 것이다. 곧 이범윤은 대한제국의 군대가 아니면서 청나라의 관할 주장에 맞서는 무력을 길렀을 뿐만 아니라, 일본군과도 당당히 맞서 싸울 수 있는 기지를 만든 셈인데, 간도는 그게 가능한 땅이었다.

그런데 안중근이 간도에 이른 1907년 가을에는 이미 많은 것이 달라져 있었다. 간도 관리사 이범윤은 청나라의 강력한 항의로 본국의 소환을 받게 되자 관리병이라고 불리던 자신의 사포대(私砲隊)를 이끌고 이미 이태 전에 러시아령 연추로 옮겨 가 버린 뒤였다. 그리고 그 빈 자리에는 엉뚱하게도 일본의 조선통감부 간도파출소(間島派出所)가 설치되어, 한반도에서와 다름없는 위세로 그곳에 사는 동포들을 억누르고 있었다.

회령에서 종성을 돌아 화룡현(和龍縣)에 이른 안중근은 먼저 그곳에 터 잡고 사는 동포들 가운데 유력한 이들부터 찾아보았다. 안중근은 그들을 찾아보고 설득하였다.

"비유컨대 한 집안에서 어떤 사람이 부모와 동생들과 작별하고 떠나와 다른 곳에서 산 지 10여 년인데, 그동안에 그 사람의 가산이 넉넉해지고 방 안에 처자가 가득하며 벗들과 서로 친하여 걱정 없이 살게 되면, 반드시 고향 집의 부모 형제를 잊어버리는 것이 자연스러운 일입니다. 그러다가 어느 날 고향 집 형제 가운데 한 사람이 와서 급히 말하기를 '방금 집에 큰 화가 생겼소. 다른 곳에서 강도가 와서, 부모를 내쫓고 집을 빼앗아 살며, 형제들을 죽이고 재산을 약탈하니 이 어찌 통탄할 일이 아니겠소? 그러니 속히 집으로 돌아가 위급한 것을 구해 주시오.'라고 간청하는데, 그 사람 대답이 '이제 내가 여기서 살며 걱정 없이 편안한데 고향 집 부모 형제가 내게 무슨 상관이냐?'라고 한다면, 그를 사람이라 하겠습니까? 짐승이라 하겠습니까?

더구나 곁에서 보는 이들도 '저 사람은 고향 집과 부모 형제도 모르는 사람이니 어찌 친구를 알 수 있을 것인가?' 하며 반드시 배척을 하여 친구의 의도 끊어지고 말 것입니다. 친척도 배척하고 친구의 의리도 끊어진 사람이 무슨 면목으로 세상에 살 수 있을 것입니까? 동포들이여, 동포들이여. 내 말을 자세히 들어 보시오. 내 말을 듣고 위급에 빠진 고향 집과 부모 형제를 위해 일어나시오……."

안중근은 그렇게 목청을 높였으나 그때는 아직 정치적 망명보다는 생계를 위한 이주가 더 많던 시절이라 안중근의 설득은 그리 큰 성과를 얻지 못했다.

그때 간도성(間島省) 네 현(縣, 화룡현·연길현·왕청현·혼춘현)에 흩어져 살던 조선인들은 거의가 30년 전 큰 흉년 때 함경북도에서 넘어간 기민(饑民)들을 비롯해 먹고살 길을 찾아 옮겨 간 이들이 대부분이었다. 고생 끝에 황무지를 개간하고 여러 가지 산업에 손대 살 만해진 이들이 더러 있었으나, 안중근이 말하는 독립군 기지 건설이나 독립군 창건의 대의에 선뜻 동참할 만한 지사적인 의기를 기대하기는 어려웠다. 거기다가 처음 유세(遊說)를 시작한 화룡현은 동포들이 이렇다 할 만큼 큰 정착촌 없이 흩어져 사는 곳이라 안중근의 대의를 받들어 줄 만한 유력자를 찾아보는 일조차 쉽지 않았다. 이에 한 달 가까이나 골짜기와 들판에 흩어져 사는 동포들을 찾아 헤매던 안중근은 별 소득 없이 연길현(延吉縣)

으로 넘어갔다.

연길현에서 안중근이 찾은 곳은 당연히 조선인들이 가장 많이 모여 사는 용정촌(龍井村)이었다. 하지만 용정촌도 조선인이 더 많고 거리가 좀 더 흥청거린다는 것 말고는 화룡현이나 다름없었다. 그곳 역시 정치적 망명보다는 생계를 찾아 이주한 조선 유민들이 더 많은 곳이라, 안중근의 대의가 크게 호응받기를 기대할 수는 없었다. 몇몇 유력한 이들을 찾아보고 독립 전쟁의 대의를 설파해 보았으나, 팔 걷고 나서는 지사를 만나지는 못했다.

하지만 그보다 더 안중근을 암담하게 만든 것은 연길에 자리 잡고 있는 일본의 조선통감부 간도 파출소였다. 그 전해 참정대신 박제순이 노령(露領)으로 망명해 버린 간도 관리사 이범윤을 대신해 간도에 거주하는 조선인을 보호할 관서를 요청하자 설치된 것인데, 그 간도 파출소를 따라 일본군과 경찰이 그곳까지 따라와 있었다.

처음 간도 파출소를 설치할 때 일본의 조선통감부는 간도와 연해주까지 영토라고 믿고 있는 대한제국의 입장을 그대로 견지하였다. 따라서 두만강가에 있던 국경 수비대를 불러들여 간도 지역의 경비를 강화하였고, 나중에 영사 경찰로 전환된 경찰도 그때 이미 용정촌을 중심으로 거미줄 같은 수사망을 짜 나가고 있었다. 그것도 얼마나 견고하고 치밀한지 지난 몇 달 서울에서 일본 군대와 경찰의 매운맛을 볼 만큼 보고 온 안중근에게도 간도에서의 독립군 창설이 불가능해 보일 지경이었다.

그 바람에 맥이 빠진 안중근은 제대로 유세를 펼쳐 보지도 못하고 총총히 짐을 싸 용정촌을 떠났다. 그 뒤로도 마찬가지였다. 안중근은 다시 달포나 왕청현(汪清縣)과 혼춘현(琿春縣)을 돌며 인근에 흩어져 사는 동포들을 찾아보았으나, 여전히 독립군 창설이나 독립군 기지 건설을 지원해 줄 사람도, 알맞은 땅도 찾아낼 수 없었다. 그러다가 차츰 눈길을 돌리게 된 곳이 노령인 연해주 땅이었다.

안중근도 일찍부터 연해주와 그곳의 몇몇 도시들에 관해 알고 있었다. 간도와 마찬가지로 대한제국 관리들이 대한의 영토로 확신했던 그 땅에도 일찍부터 적지 않은 동포들이 흘러들어 가 살고 있었으며, 특히 해삼위(블라디보스토크)란 항구도시에는 조선인들로만 이루어진 거리가 있다는 말까지 들렸다. 안중근도 처음 간도로 떠나올 때 두만강을 따라 국경을 지키고 있는 일본 수비대를 피하기 위해 해삼위로 길을 돌려고 마음먹었을 정도였다.

그런데 간도가 자신이 기대하던 땅이 못 됨을 차츰 알게 되면서 안중근은 그 대안으로 해삼위를 바라보게 되었다. 특히 연추란 곳에 자리 잡았다는 이범윤 부대는 안중근에게 앞으로 창설할 대한독립군과 그 기지의 한 원형을 보여 주고 있는 듯했다. 이태 전 대한제국의 소환에 불응하고 부하들과 함께 러시아 땅으로 망명한 이범윤은 그곳의 하리(下里, 카리)란 곳에서 황무지를 개척해 부하들의 생계를 해결하는 한편 큰 한인촌(韓人村)을 만들어 그들의 기지로 삼고 있었다.

'차라리 노령(러시아 영토)으로 넘어가 보자. 연추로 가서 형편을 살펴보고 거기도 여의치 않으면 해삼위로 가자. 여기서 무망하게 해를 넘길 수는 없다.'

이윽고 그렇게 마음을 정한 안중근은 다시 혼춘(琿春)으로 남하하기 시작했다. 그곳에서 동쪽으로 국경을 넘어 노령으로 들어가기 위함이었다.

혼춘이 북간도의 남단이기는 하지만, 그래도 만주라 12월의 추위는 매서웠다. 경신향(敬信鄕) 금당촌(金塘村)의 아침은 더했다. 볼을 에는 듯한 삭풍이 쓸어 가는 땅 위로 허옇게 서릿발이 돋아 있는데, 다시 흐린 하늘에서는 점점이 눈발이 비치기 시작했다.

"오늘은 아이 되겠소. 하루 더 쉬었다 눈 그치면 가기요."

금당촌에서 여러 날 숙식을 돌봐 준 윤 영감네 아낙이 그렇게 안중근을 잡으며 정을 썼다. 윤 영감은 조부 안인수 때부터 안씨 가문에 오랫동안 몸 부쳐 살아왔는데, 그들이 해주에서 청계동으로 옮겨 앉을 때는 거기까지 따라갔던 충복(忠僕)과도 같은 사람이었다. 안태훈이 죽고 안중근 형제도 삼화항으로 떠나 한때 인근의 관아까지 호령했던 청계동이 무너지자, 그도 새로 얻은 할멈과 함께 아들이 살고 있는 만주로 떠났다고 들었다. 그런데 몇 달 간도를 헤매던 안중근이 그곳 금당촌에 들어서자 어디선가 뛰쳐나와 눈물로 맞는 바람에 한동안 그 집에서 신세를 지게 되었다.

"아닙니다. 오늘은 떠나야 합니다. 여기서 너무 오래 묵었습니다. 자칫하면 여기서 해를 넘기게 될지 모릅니다."

"노령으로 넘어가는 재가 꽤나 높다던데요. 연추까지는 길도 몇백 리가 되고…… 눈이라도 쏟아지면 큰 낭패를 당하게 되십니다."

말수가 적은 윤 영감도 그렇게 아낙을 편들고 나섰다. 그 열흘 신세 진 것이 안중근이 생각한 것보다는 그들에게 큰 짐이 되지 않은 듯했다. 안중근이 거기서 잠깐 주저했으나, 이내 개털 모자를 눌러쓰며 스스로를 다잡듯 말했다.

"두 분 정은 가슴 깊이 새기겠소만, 아무래도 이만 떠나는 게 좋겠소. 큰일을 앞두고 너무 오래 여기서 머뭇거렸소이다. 뒷날 다시 이곳을 지나면 들르겠소."

그러고는 결연히 윤 영감네 사립을 나섰다. 그새 낯을 익힌 동네 사람 몇이 그렇게 떠나는 안중근에게 알은체를 했다.

다행히도 눈발은 이내 그쳤다. 안중근은 그것도 하나의 큰 격려로 삼아 마음을 더욱 다잡고 발길을 재촉했다. 마을을 떠나 한 식경이나 걸었을까, 금당촌 사람들에게 들은 대로 두 갈래 길이 나왔다. 동쪽으로 산마루를 넘어 연추로 가는 길과 남쪽으로 가다 두만강을 만나 다리만 건너면 경흥(慶興)으로 들게 되는 길이었다.

안중근은 먼저 서쪽으로 뻗은 길을 바라보았다. 마차 바퀴 자국이 난 널찍한 길이었는데 멀리 높직한 산마루를 끼고 사라졌다. 그 산마루 너머가 연추이고 거기서 다시 동쪽으로 더 가면, 이제 그가 마지막 기대를 걸고 있는 해삼위가 있었다. '동쪽을 바라보다'라는 뜻의 블라디보스토크란 러시아 이름의 땅. 수천의 동포들이 마을을 이루고 산다는 항구도시, 여러 유력한 지사들이 멀리 한반도를 내려다보며 국권 회복의 웅지를 키우고 있다는 곳. 하지만 그쪽 하늘을 바라보는 안중근의 가슴은 왠지 예전처럼 뛰고 있지 않았다.

이어 안중근은 남쪽으로 난 길로 눈길을 돌렸다. 벌판에 뻗어 있던 길은 오래잖아 작은 구릉 사이로 사라지지만, 그 끝에 두만강이 있고 그리운 사람들이 사는 고국 땅이 이어져 있다는 게 갑작스레 눈시울을 화끈하게 했다.

"저리로 가면 나의 조국 대한으로 돌아간다. 정다운 겨레붙이들이 왜적의 압제에 신음하는 조국 땅이 저기 있다. 여기서 이만 돌아가 그들과 함께 쓸어안고 뒹굴며 살아가는 것은 또 어떨까. 함께 괴로워하고 함께 울며 왜적에 맞서다가 함께 죽어 가는 것은……."

안중근은 때아닌 감상에 젖어 그렇게 중얼거리다가 화들짝 놀라 깨어났다.

"이 무슨 나약한 소리냐. 허송한 북간도에서의 석 달이 나를 이렇게 만들었구나. 하지만 여기서 주저앉아서는 안 된다. 나는 반드시 대한으로 돌아가겠지만 결코 그런 모습이어서는 안 된다."

다시 그렇게 결연히 소리치며 서쪽으로 난 길로 접어들었다.

"이제 다 왔소. 저기 저 모퉁이만 돌면 하별리(下別里)요."

한군데 눈 덮인 모퉁이를 돌면서 수레를 몰던 노인이 들고 있던 채찍으로 끝없이 펼쳐진 벌판 한구석을 가리키며 말했다. 잠깐 나름의 상념에 젖어 넋을 놓고 있던 안중근이 놀라 깨어나며 물었다.

"어르신, 저는 연추로 가는 중입니다. 노어로 얀치헨가 뭔가로 부른다는…… 그런데 하별리라니요?"

"아, 몰랐던가. 연추는 좌우 30리로 넓게 펼쳐진 지역이라 우리는 사람 사는 마을을 상하(上下) 둘로 나누어 부른다오. 곧 상연추와 하연추인데, 우리끼리는 상별리와 하별리로 부르기도 하지. 하별리는 바로 하연추요. 로씨야(러시아) 말로는 니즈네예 얀치헤라고도 하고……. 연추의 마을 가운데 조선인이 가장 많이 모여 사는 곳이오."

"아, 그렇습니까? 몰랐습니다."

멋쩍어진 안중근이 그렇게 받자 노인이 문득 안중근을 지그시 살피는 눈길로 물었다.

"혼춘 경신향에서 오는 길이라기에 여기 나와 사는 사람인 줄 알았더니, 그게 아닌 모양이로군. 어디서 왔소?"

마차에 태워 줄 때부터 별로 말수가 없는 노인이었다. 안중근이 청나라와 러시아 국경을 넘어설 무렵 흩뿌리기 시작한 눈발 때문에 은근히 마음이 급해져 있을 때 부른 듯이 나타나 근채(根菜)와 곡물을 반쯤 실은 마차 한 모퉁이에 자리를 내주었다. 그리고 거의 한나절이나 함께 마차를 타고 왔지만, 눈 속에 국경을 넘는 속사정을 묻기는커녕 통성명조차 제대로 받아 주지 않았다. 그런데도 노인의 물음을 받고 보니 무언가 자신이 소홀했던 것 같은 느낌에 안중근이 사죄하듯 대답했다.

"황해도 해주부에서 나고 신천에서 자랐습니다. 본관은 순흥이며, 문성공(文成公, 안향)의 말예(末裔)가 됩니다만, 지난 여정이 구구하여 진작 다 말씀드리지 못했습니다."

하지만 그 노인은 별로 개의치 않는 표정으로 받았다.

"그럼 연추에는 누굴 찾아가는 길이시오?"

"이범윤 대장을 찾아뵈려 합니다."

"간도에서 무슨 벼슬살이를 하다가 건너왔다는 그 양반 말이오?"

"예, 간도 관리사를 하셨다는 말씀을 들었습니다. 사포대(私砲隊) 5백 명을 이끌고 이리로 망명하셨다고 들었는데……."

"그분이라면 하별리에 계시지 않소. 그분 부하들이 연 땅은 여기서 다시 한참을 가야 하오. 이게 첫길이라면 길잡이를 구해 가도 두어 시간은 걸릴 것이오. 거기다가 찾아간다고 해서 그분을 만날 수 있을지도 모르겠소."

그러는 사이 작은 숲 모퉁이를 돌아서자 저만치 큰 마을 하나가 나타났다. 북간도에서 흔히 보는 한인(韓人) 정착촌을 상상했으나, 홀연 평지에서 솟듯 나타난 하연추는 예상했던 것과는 전혀 달랐다. 마을 가운데 제법 규모를 갖춰 지은 동방정교(東方正教) 성당이 서 있고 그 둘레에도 몇 군데 볼만한 러시아식 건물들이

서 있었다. 마을의 크기도 한눈에 수백 호가 넘어 보여 국경 지대의 정착촌이라기보다는 작은 도시 같은 느낌을 주었다.

먼빛으로 보는 가옥의 형태들도 상상과는 너무 달라 안중근에게 더욱 낯설게 비쳤다. 한인들만 모여 사는 마을이 아니라 러시아 사람들도 함께 섞여 사는 듯 집들은 태반이 러시아 농가 형태였다. 한인 거주지로 짐작되는 곳에서도 북간도에서 본 그런 초가 오두막집들은 거의 눈에 띄지 않았다.

"왜 만날 수가 없습니까?"

안중근이 그렇게 반문하자 노인이 다시 한 번 살피는 눈길이 되어 한동안 안중근을 바라보다가 말했다.

"간도에 있을 때는 청나라 사람들과 싸웠고, 노일전쟁(러일전쟁) 때는 일본군과 싸운 데다, 조선 임금의 소환까지 거역하고 이리로 망명 왔으니, 이래저래 그분의 목을 노리는 사람이 많다고 하더구먼. 거기다가, 우리끼리니까 이런 말을 해도 되나…… 집 인근에 군사훈련 장소가 있어 아무나 오는 게 반갑지도 않고…… 듣기로 그분을 만나려면 미리 연통을 놓고도 저쪽에서 부를 때까지 기다려야 한다고 했소."

그래 놓고 잠깐 말을 멈추었다가 다시 물었다.

"이범윤 대장은 무엇 때문에 만나시려는 게요?"

안중근은 그런 노인의 물음에 잠시 망설였으나, 왠지 그가 무지렁이 농투성이 같지는 않다는 느낌에 간도에서 유세해 온 대로 자신의 포부를 간단히 밝혔다. 특별히 감동하는 기색 없이 고개를 끄덕이며 듣고 있던 노인이 넌지시 말했다.

"그렇다면 차라리 최 도헌(都憲)을 만나 보시오. 그분은 틀림없이 젊은 양반을 기꺼이 만나 주실 거요. 그 댁이라면 집 앞에 내려 드릴 수가 있소."

"최 도헌이 누구십니까? 어떤 분이시기에 저를 기꺼이 맞아 주실는지……."

"최 도헌은 이름을 재형(在亨 또는 在衡)이라고 하는데, 로씨야 사람들에게는 최 뻬치까(페치카)로 불리지요. 지금은 연추 남도소(南都所)의 도헌으로, 이 지역에서는 첫손 꼽는 유력자요, 항일 정신으로도 둘째가라면 서러워할 인사외다. 어쩌면 이범윤 대장보다 젊은 양반의 뜻을 더 잘 받아 줄지 모르겠소."

그러면서 마차를 최재형의 집 쪽으로 돌린 그 늙은이는 갑자기 사람이 변한 듯 최재형의 이력을 아는 대로 장황하게 들려주었다.

최재형은 함경도 경원 출신으로 아홉 살 때 대기근을 만나 부모와 함께 연추로 옮겨 온 사람이었다. 어려서부터 러시아 교육을 받고 자란 뒤에 러시아에 귀화하여 젊은 날에는 러시아군 통역으로 일했다. 나중에는 군대에 쇠고기를 납입하는 어용상인이 되었는데, 그 일로 재산을 일으키고 인맥을 키운 최재형은 마침내 러시아 관리로 일하기 시작했다.

최재형은 관리로서도 크게 수완을 떨쳐 보였다. 두 번이나 페테르부르크에 불려 가서 황제를 알현하고, 다섯 개나 되는 훈장을 받았을 정도였다. 마침내는 연추가 포함된 노우키예프스크의 도헌이 되어 연봉 3천 루블을 받게 되었는데, 그는 그 돈을 은행에 예치하여 이자로 매년 한인 유학생을 한 명씩 페테르부르크에 보내 공부시켰다.

그러다가 러일전쟁이 터지자 마흔여섯의 나이로 러시아 해군 장교로 임명되어 통역관으로 일하는 한편, 남부소집회(南部所集會) 감독으로서 귀화한 한인들을 규합하여 항일전에 참전케 했다. 그리고 이범윤이 부하들과 함께 간도에서 망명해 오자 그들이 연추에서 터 잡을 수 있도록 뒤를 봐주었으며, 그해 여름 대한제국의 군대해산이 있자 해외로 탈출하여 연추로 모여든 해산 군인들을 받아들여 군량과 군자금을 대 주었다.

이범윤이 수백 명의 사포대를 이끌고 카리에 자리 잡는 데도 최재형의 도움이 컸다. 방금 이범윤 부대원들이 터 잡은 골짜기도 그곳 지리에 밝은 최재형이 골라 주었으며, 그들이 생계를 위해 개간한 황무지도 최재형이 도헌의 직위에 기대 주선해 준 땅이었다. 오래잖아 최재형과 이범윤은 의형제를 맺고 연추 한인 사회의 쌍벽을 이루었다.

"세상에, 연추를 찾아오면서 최 도헌도 모르고 오다니. 나 같은 늙은이야 이미 농투성이가 되었지만, 그래도 국권 회복을 말하고 해외에서 의병 창설을 의논해 보겠다는 젊은 양반이 어찌 그리 어두울 수가 있소?"

나중에는 그런 핀잔까지 주며 노인이 안중근을 내려 준 곳은 하연추에서 한참이나 벗어난 러시아식의 커다란 저택 앞이었다. 최재형의 집이 그토록 커 보인 것은 가는 동안 길가에서 본 고만고만한 정착민의 가옥들 때문인지도 몰랐다.

"굳이 알음을 대기 어렵거든 상연추의 김 첨지가 젊은 양반을 이리로 모셨다고 하시오. 난 늦었으니 이만 가우."

늙은이가 그 말과 함께 마차를 몰아 떠난 뒤 안중근은 조심스레 최재형의 집으로 다가가 주인을 불렀다. 아닌 게 아니라 생판 처음 보는 사람 집을 불쑥 찾아가는 게 멋쩍고 어색한 데가 있기는 했다.

안중근이 몇 번 소리쳐 찾기도 전에 집 뒤편 헛간 같은 데서 누가 걸어 나오며 받았다.

"뉘기요? 무슨 일로 왔소?"

현관 쪽만 바라보며 주인을 찾던 안중근이 돌아보니 수달피 모자를 쓴 50대의 건장한 사내였다. 가죽 장화에 두터운 외투까지 걸치고 있는 것으로 보아 그도 방금 외출에서 돌아온 것 같았다. 러시아풍의 차림 못지않게 짙은 콧수염도 그의 풍모를 이국적으로 보이게 했다. 힝힝거리는 말의 콧김 소리가 들리는 것으로 보아 헛간이라고 여긴 곳은 마구간인 듯했다.

"저는 안중근이라고 합니다. 조선에서 간도를 거쳐 여기까지 왔습니다."

이미 그런 방식의 수인사에 이력이 난 안중근이 간단하게 자신을 소개했다. 최재형이 안중근을 한 차례 훑어본 뒤에 이웃 맞아들이듯 앞장을 서며 말했다.

"집 안으로 듭세다. 날이 차오."

그러는 최재형의 말에는 아직도 북도의 억양이 강하게 남아 있었다.

최재형은 특별히 다정다감한 사람은 아니었으나 정중하게 안중근을 대했다. 최재형에 비해 젊어 보이는 그의 부인도 러시아식 차와 과자를 내놓으며 안중근을 따뜻이 맞아 주었다. 안중근의 대의에 대해서도 최재형은 망설임 없이 동조해 주었다.

"그런 일이라면 잘 찾아오셨소. 군대를 모아 치고 빠지는 식의 국내 진공전을 펼치기에는 연추만 한 땅도 없을 것이오. 방금도 많은 열혈 지사들이 이곳으로 모여들고 있소."

그렇게 안중근의 말을 받더니 불쑥 물었다.

"그런데 어디서 내 이름을 들었소? 누가 나를 찾아가라 하던가요?"

"실은 혼춘에서 이범윤 대장의 얘기를 듣고 이리로 왔습니다. 그런데 상연추의 김 첨지라고 하는 분이 여기까지 태워 주셔서……."

안중근이 솔직하게 최재형을 찾아오게 된 경위를 털어놓았다. 최재형이 별 표정 없는 얼굴로 안중근의 말을 듣다가 문득 흐려지는 낯빛으로 받았다.

"이범윤 그 사람은 지금 연추에 없을 거요. 블라디보스토크로 간 것으로 알고 있소."

"그럼 여길 떠나신 겁니까?"

"그건 아니고, 병영은 여기 남아 훈련을 계속하고 있소. 그 사람만 블라디보스토크에 거처하다시피 하고 있다더군."

"여기서 해삼위까지 거리가 그리 가깝지 않다고 들었는데, 어찌된 일입니까? 대장이 오래 병영을 비워 두어도 되는지요?"

"요즘 블라디보스토크는 본국에서 건너온 지사들로 넘쳐나는 모양이오. 이(李) 관리사는 그들과 연결한다며 오락가락하다 벌써 보름째 돌아오지 않고 있다 하오."

그렇게 이범윤의 근황을 전하는 최재형의 목소리가 왠지 차갑게 들렸다. 그 말을 듣자 안중근은 그 여름, 서울을 떠나기 며칠 전에 안창호에게서 들은 말이 떠올랐다.

'마침내 의암(毅庵, 유인석) 선생께서도 해외로 떠나실 뜻을 굳히셨소. 아마도 해삼위로 가실 듯하오. 또 우리도 해삼위에 사람을 보낼 작정이오. 연해주에 사는 동포가 몇만이 된다 하니 거기에도 공립협회(共立協會)의 지부를 열까 하오. 미국에서 함께 귀국한 이강(李剛) 동지가 가게 될 것 같은데, 뒷날 해삼위 쪽으로 가게 되면 반드시 그분들을 찾아보시오.'

그때는 북간도만 바라보고 떠나려던 때라, 안중근은 그 말을 그리 귀담아듣지 않았다. 나중에 어쩔 수 없이 배편으로 해삼위를 향하게 되었을 때도 마찬가지였다. 아직 유인석 선생이나 이강이란 사람이 떠났다는 소리를 듣지 못해 설령 해삼위에 내렸더라도 그들을 찾아볼 마음은 없었을 것이다. 그런데 이제 그런 안창호의 말을 상기하니 해삼위는 더욱 시급하게 가 보아야 할 땅이 되었다.

최재형은 이어서 안중근의 거취를 놓고 이것저것 걱정하며 논의를 시작했으나 안중근의 마음은 이미 해삼위로 달려가고 있었다. 의암 선생이 있고, 미국서부터 생사를 함께하기로 하고 돌아온 안창호의 동지 이 아무개가 있고, 거기다가 이범윤까지 가 있다는 곳. 절망 속에서 간도를 떠난 안중근에게는 어느새 그 해삼위가 하루바삐 이르러야 할 목적지가 되어 있었다.

깃발을 올려라

가위가 머리칼을 잘라 내는 경쾌한 소리를 들으며 아슴아슴 잠에 빠져들고 있는데, 문득 가위질이 멈추며 이발쟁이의 나긋나긋한 목소리가 들렸다.

"여기 한번 보세요. 마음에 드십니까?"

이어 안중근의 눈앞으로 부채만 한 거울이 다가들고 그 안에 낯익은 얼굴이 떠올랐다. 바람서리 맞으며 떠돈 그 몇 달 동안에 몇 년은 더 나이를 먹은 듯한 안중근 자신의 얼굴이었다. 야윈 탓인지 유난히 길어 보이는 얼굴 위를 잘 깎은 상고머리가 덮고 있었다. 그러나 두 볼과 입언저리는 숱이 많지 않은 구레나룻과 콧수염으로 지저분했다.

"자 이제는 체도(剃刀)로 얼굴을 밀어 드리지요."

안중근이 무얼 보고 있는지를 알고 있었다는 듯 거울을 거둔 이발쟁이가 그렇게 말했다. 해외로 나와서는 듣기 어렵던 서울 언저리의 말투였다. 이어 솔로 무엇을 개는 듯하더니 향긋한 냄새와 함께 두 볼과 입언저리 가득 거품이 덮였다. 한때는 한 개에 쌀 한 말 값이 넘은 적도 있어서 아직은 조선 여인네들이 금쪽같이 여기는 화장비누였다. 러시아 거리 끄트머리에서도 한참이나 떨어진 한인촌 골목의 이발소지만, 그래도 블라디보스토크라 다르다는 느낌이 들었다.

"수염은 어쩌시겠습니까?"

다시 쓱쓱 가죽에 칼 가는 소리가 나더니 이발쟁이가 다가들며 물었다. 그가 손에 들고 있는 것도 배코칼이나 일본식 체도가 아니라 은빛 나는 양식 면도칼이었다. 그때 안중근이 불쑥 말했다.

"콧수염만 남겨 주시오."

노령(露領)으로 접어들면서 자주 마주치게 되는 러시아인의 콧수염 때문이라기보다는 연추에서 그를 따뜻이 돌봐 준 최재형의 콧수염을 상기하고 한 말이었을 것이다. 뒷날 일본 경찰의 기록에는 안중근을 최재형의 부하로 분류해 놓을 만큼 두 사람의 친분은 남달랐는데, 그 시작이 연추에서 보낸 보름 남짓이었다.

처음 안중근은 최재형을 만난 다음 날로 블라디보스토크를 향해 떠날 작정이었다. 그러나 8월에 서울을 떠나 넉 달 넘게 망명길을 떠도는 동안 쌓인 노독이 심했던지, 최재형이 잡아 준 숙소의 뜨뜻한 구들방에서 하룻밤 몸을 지지자 오히려 그길로 몸져눕게 되었다. 심한 열병 앓듯 며칠을 앓고 깨어났으나, 12월의 추위를 뚫고 블라디보스토크로 떠나기에는 아직 무리였다.

최재형은 안중근이 몸을 추스르고 일어날 때까지 편히 머물 집을 다시 구해 주었을 뿐만 아니라 남다른 인정으로 병세를 보살폈다. 그런 최재형에게 요양의 지루함을 이기지 못한 안중근이 조국을 떠나올 때 품었던 포부를 드러냄과 아울러 간도에서 해 온 것과 같이 의병 창설의 대의를 역설했다.

최재형은 안중근이 국외로 나와 의병 창설을 역설하고 다닌 뒤 처음으로 그 대의에 선뜻 응해 준 사람이었다. 그는 안중근에게 지원을 약속했을 뿐만 아니라 동지적 결속까지 다졌다. 또 현실의 삶도 세심하게 배려해 연추에 거처를 주선하고 안중근의 활동 자금까지 걱정해 주었다.

"찾아볼 사람만 찾아보고는 이리로 돌아오시오. 그곳은 큰 도시라 몸 부치기 쉽지 않을 것이오. 여기 와서 장구한 대책을 마련해 봅시다."

안중근이 서둘러 블라디보스토크로 떠나던 날 최재형은 돈 20원(루블)까지 내놓으며 그렇게 말했다. 포시에트(목허우(木許隅))에서 블라디보스토크를 왕복하는 뱃삯을 물고도 며칠 숙식비가 남을 돈이었다. 아직 다동 사람들에게서 얻어 온 여비가 좀 남아 있었으나 안중근에게는 생광스럽기 그지없는 돈이었다.

안중근이 콧수염을 남겨 달라고 할 때 잠깐 멈칫하는 눈치였으나, 이발쟁이는 말없이 안중근이 바라는 대로 해 주었다. 다시 둥근 거울이 얼굴 앞으로 다가들었을 때 안중근은 왜 이발쟁이가 멈칫했는지 알 것 같았다. 러시아 사람들이나 최재형의 그것처럼 짙고 탐스러운 콧수염이 아니라 숱이 적어 간신히 코밑을 가린 담상담상한 콧수염이었다. 그 때문에 사람이 경망스럽거나 좀스럽게 보이지 않는 게 그나마 다행이었다.

"가꾸면 짙어지기 마련입니다. 앞으로 잘 길러 보시지요."

안중근의 속마음을 읽은 듯 이발쟁이가 그렇게 위로해 주었다.

이발소를 나온 안중근은 러시아 거리를 한 바퀴 둘러보고 상점 한 군데에 들러 일본인들이 도리우치라고 부르는 서양식 사냥모자와 반외투 한 벌을 샀다. 처음 겪는 블라디보스토크의 혹독한 추위 때문이었다. 음력으로는 벌써 춘(春)정월에 들었는데도 추위가 어찌나 매서운지 비싼 수달피 방한모는 못 사더라도 사냥모자는 있어야 했다. 또 한국에서 마련해 온 겨울 겉옷도 단벌로 입어 낡았을 뿐만 아니라 마름질부터가 블라디보스토크의 겨울 추위를 막기에는 너무 부실했다.

"의복이 날개라던가. 아무리 최 도헌이 소개한 집이라 해도 첫 만남부터 추레하게 보일 필요는 없지."

이윽고 채비를 마친 안중근은 그렇게 중얼거리며 개척리(開拓里) 계동(啓東)학교 앞의 이치권 댁을 찾아갔다.

"글쎄, 의암 선생이든 유인석이든 그런 사람은 들어 보지 못했다니까. 들어 보니 그 어른 벌써 예순을 넘기신 것 같은데, 도대체 강원도에서 그런 큰 어르신네가 왔다는 소리는 없었다고. 그리고 이강이라는 사람도 그렇소. 오두막이지만 내 여기 개척리 어귀에 집 차리고 앉아 지낸 지 하마 십수 년이라 조선 사람 오가는 것은 대강 꿰고 있는데, 그런 사람 얘기도 못 들었소. 수만 리 바다 건너 미국에서 대표로 뽑아 보낼 정도의 사람이면 내 눈에 띄지 않고 내 귀에 들어오지 않을 수가 없다, 이 말이라."

이치권이 짧은 곰방대로 애꿎은 재떨이를 땅땅 뚜드리며 그렇게 목소리를 높였다. 전날 저녁 이미 대답해 준 일을 또 물으니 짜증이 난다는 표정이었다. 그래도 안중근은 기대하는 말투를 버리지 않고 물었다.

"그럼 다른 이들 움직임은 듣지 못했습니까? 연추에서 들으니, 지금 여기 해삼위에는 온갖 조선 지사들이 다 모여들고 있다고 하던데…… 그래서 이범윤 대장까지 연추의 창의소(倡義所)를 밀쳐두고 이곳에 와 계신다고 들었소만."

"이 관리사, 그래, 이범윤 대장이라면 어디 계신지 내 알지. 지금 최봉준(崔鳳俊)이 새로 연 사무실에 있을 거요. 요즘 거기 자주 들락거린다는 말을 들은 적이 있소."

"최봉준이 누굽니까? 어째서 이범윤 대장이 그 사람 사무실을 찾게 되었답니까?"

어디서 많이 들은 이름이라 안중근이 그렇게 묻자 이치권이 한참 뜸을 들이다가 대답했다.

"최봉준이란 사람은 여기 블라디보스토크와 원산 사이를 오가는 기선 준창호(俊昌號)의 선주인데, 러시아 사람들도 알아주는 거부요. 연해주에서는 최 도헌 어른과 나란히 쌍벽을 이루는 분이외다. 그 양반이 요새 뭔가 꾸미려고 사무실을 열어 조선 사람들을 불러들이는데, 이 관리사도 거기 빌붙을 일이 있는 모양이지. 참, 그러고 보니 그쪽이야말로 요즘 조선에서 행세깨나 하던 양반들이 슬금슬금 몰려드는 것 같던데…… 유 뭔지, 이 뭔지 하는 양반들은 아니지만."

그제야 안중근은 자신이 블라디보스토크로 오기 위해 처음 탔던 배가 최봉준의 준창호였음을 기억해 냈다.

"조선에서 행세하던 이들이라면 어떤 사람들을 말하시는 겁니까? 혹시 이름이라도 기억하는 분이 있습니까?"

"여럿은 모르지만 한둘은 기억하겠네. 작년부터 한인촌을 얼씬거리던 왕창동(王昌東)이란 평안도 먹물하고, 또 한 사람 조선에서 불러왔다는 장(張) 뭐라던가, 그래, 장지연이라는 사람하고…… 그런데 하도 떠들썩하게 추어 대니 묻소만, 그 장지연이란 사람, 정말 조선에서 그리 대단하였소? 가만히 보니, 글줄깨나 읽을 줄 아는 것들은 모두 그 이름 듣고 깜박 넘어가는 눈치라."

그 말에 안중근 역시 자신도 모르게 눈이 둥그레졌다. 을사조약을 맺은 다음 날 아침《황성신문(皇城新聞)》에 「시일야방성대곡(是日也放聲大哭)」이란 사설을 썼던 그 장지연(張志淵)이라면 놀랄 만한 일이 아닐 수 없었다. 안중근이 떠날 때만 해도 그가 망명한다는 말은 없었는데 멀리 해삼위까지 왔다니 무언가 예사롭지 않은 일이 벌어질 것 같았다.

안중근은 국채보상운동 때 장지연을 먼빛으로 몇 번 본 적이 있었다. 신문 쪽에서 국채보상운동을 지원하는 역할이었지만, 그라면 서울에 남은 백암 박은식 선생이나 안창호의 소식뿐만 아니라 이강의 일도 알지 모른다는 생각이 들었다. 안중근은 이치권에게 장지연에 관해 대강 일러 주고 최봉준이 연 사무실의 주소를 받아 집을 나왔다.

안중근이 어렵게 최봉준의 사무실을 찾아가니 이치권의 말대로 무슨 일인지 스무 평이 넘는 실내는 조선 사람들로 웅성거리고 있었다. 오래 비워 뒀던 곳인 듯 여기저기 손보고 있는 일꾼들과 집기를 들이는 사람들 사이로 두루마기 차림의 조선인들도 몇 보였다. 장지연의 얼굴을 아는 안중근은 그들 가운데서 장지연을 찾아보았으나 사무실 안에는 없었다. 그래서 놋 단추가 두 줄 달린 외투를 입은 풍채 좋은 중년을 잡고 물어보았다.

"장지연 선생께서 왔다는데 어디 계십니까?"

"나도 그분이 온다는 말은 들었는데 아직 만난 적은 없소. 그런데 그분은 왜 찾으시오?"

"경성에서 뵌 적이 있는 분이라, 오셨다기에…… 그럼 이범윤 대장은 어디 계십니까?"

안중근이 그렇게 묻자 기이하게 번들거리는 눈길로 마주 보던 그 중년이 무뚝뚝하게 받았다.

"내가 바로 이범윤이오만 무슨 일로 찾으시오?"

"각하(閣下)를 눈앞에 모시고도 알아보지 못했으니 청맹과니가 따로 있겠습니까? 저는 황해도 해주부에서 나고 신천 청계동에서 자란 안중근이라 합니다. 용정(龍井)에서 각하의 존성대명을 듣고 연추로 찾아갔다가 거기서는 뵙지 못하고 여기 해삼위까지 와서야 이렇게 뵙습니다."

아버지 안태훈에게서 이어받은 인맥과 서북(西北)의 개화파 식자(識者)들을 중심으로 안중근의 이름도 다소 알려지기는 했으나, 오래 조선을 떠나 있었던 이범윤은 안중근을 알지 못했다. 그러나 멀리 북간도에서 자신을 찾아왔다는 말에 마음이 움직였는지 안중근을 정중하게 대해 주었다.

"내 본국을 떠난 지 벌써 여러 해가 되거니와, 본국에 머물 때도 황해도에 발걸음이 적어 공의 이름이 귀에 설구려. 하지만 간도에서 여기까지 나를 찾아 이국땅 천 리 길을 왔다고 하니 소홀히 맞을 수 없소이다. 여기는 이목이 번다하고 마주 앉을 자리조차 마땅치 않으니 밖으로 나갑시다."

이범윤이 그러면서 안중근을 데려간 곳은 최봉준이 연 사무실에서 멀지 않은 러시아 찻집이었다. 아버지 안태훈이 죽은 뒤로 그토록 즐겨 마시던 술을 끊은 터라, 안중근에게도 엄중한 얘기를 나누기에는 찻집이 나았다. 주문한 노서아 가배(咖啡, 커피)가 나오기도 전에 이범윤이 물었다.

"이 엄동에 이토록 먼 길을 찾아왔다면 반드시 까닭이 있을 터, 그래 무슨 일로 나를 만나러 왔는가?"

그런 이범윤에게는 장안 명가(名家)의 자제이면서도 망해 가는 조국을 떠나 이국을 떠돌며 싸우는 지사로서의 위엄이 실려 있었다. 하지만 안중근이 그런 것에 기죽어 할 말을 머뭇거릴 사람이 아니었다.

"지난 일로(日露)전쟁 때 각하께서는 러시아를 도와 일본을 쳤는데, 그것은 하늘의 뜻을 어긴 것이라 할 수 있습니다. 왜냐하면 그때 일본은 동양을 위한다는 대의(大義)를 짚고, 동양 평화와 우리 대한의 독립을 굳건히 할 뜻임을 세계에 선언한 뒤에 러시아를 친 것이기 때문입니다. 따라서 일본은 하늘의 뜻에 순응한 것이므로 요행 큰 승리를 거둘 수 있었습니다.

그런데 이제는 달라졌습니다. 만약 각하께서 지금 크게 의병을 일으켜 일본을 친다고 하면, 그 또한 하늘의 뜻에 순응하는 것이 될 수 있습니다. 왜냐하면 일본의 수괴 이등박문이 지난날의 공에 취해 망령되고 건방지기 짝이 없을 뿐만 아니라, 눈앞에 보이는 사람이 없는 양 교만하고 극악해졌기 때문입니다. 그리하여 위로 임금을 속이고 아래로 백성들을 함부로 죽이며, 이웃나라와 우의(友誼)를 끊고 세계의 신의를 저버리니, 이는 그야말로 하늘에 반역하는 것이라 어찌 그날이 오래갈 수 있겠습니까?"

안중근이 그동안 품고 온 말을 그렇게 뜨겁게 토해 냈으나 이범윤은 별로 감동하는 기색이 없었다.

"허나 일본은 갈수록 기세등등해지고 있을 뿐이네. 지난해에는 여순에 관동 도독부(關東都督部)를 열고 관동군(關東軍)을 설치하여 만주를 그대로 삼켜 버릴 기세네. 노서아는 동청철도(東淸鐵道)를 지키기에도 쩔쩔매는 판인데, 일본이 오래가지 못한다니 그게 무슨 소린가?"

"속담에 이르기를 해가 뜨면 이슬은 사라지고, 달도 차면 반드시 기운다고 했습니다. 이는 또한 자연의 이치이기도 한데, 각하께서는 황상(皇上)의 거룩한 은혜를 입고도 이같이 나라가 위급한 때를 만나 팔짱을 끼고 구경만 해서야 되겠습니까? 하늘이 주시는 것을 받지 않으면 도리어 그 벌을 받게 된다 했습니다. 바라건대 각하께서는 하루바삐 큰일을 일으키시어 하늘이 내리신 때를 놓치지 않도록 하십시오."

안중근이 다시 그렇게 열 올려 권했으나 이범윤은 여전히 핑곗거리만 찾았다.

"말인즉 옳네마는, 의병을 일으킨다는 게 맨손으로 되는 일이 아니네. 재정(財政)이나 군기(軍器)를 전혀 마련할 길이 없으니 어찌할 것인가?"

그런 말로 슬며시 물러나려 했다. 안중근이 분연히 소리쳤다.

"조국의 흥망이 조석에 달렸는데, 다만 팔짱 끼고 앉아 기다리기만 하면 재정과 군기가 어디 하늘에서 떨어져 내려오겠습니까? 또 하늘에 순응하고 사람의 뜻에 따르기만 한다면 거기에 무슨 어려움이 있겠습니까? 이제 각하께서 의병을 일으키실 결심만 하신다면 제가 비록 재주 없으나 성력(誠力)을 다해 만의 하나라도 힘이 되어 드리겠습니다."

노령에 와서 무슨 일이라도 있었는지, 그래도 이범윤은 안중근의 말을 받아들여 주지 않았다.

"답답하기는 나뿐만 아니라 간도에서 나를 따라와 이제는 농투성이가 다 되어 가는 우리 부대원 5백 명도 마찬가질세. 내가 그들을 연추에 버려두고 여기 해삼위를 헤매는 것도 모두 크게 군사를 일으켜 조국으로 진군하는 날을 앞당기기 위해서라네. 여기 최봉준의 사무실에 나와 본 것도 요사이 그 사람이 큰 재력을 들어 무언가 우리 대한을 위해 일하려고 한다는 말을 들었기 때문이지. 그런데 오늘 들어 보니 기껏 몇천 원 내어 언문 신문이나 내자고 이 수선이라고 하네. 우리 부대의 재정과 군기를 얻기는 틀린 것 같아 이만 연추로 돌아가려는 참에 자네를 만난 것일세."

그런 말로 머뭇거리며 속 시원한 결단을 보여 주지 않았다. 안중근이 연추 의병 세력의 두 갈래 계파 중에서 최재형 계파로 분류된 것이나, 뒷날 죽음을 앞두고 쓴 자전적 기록에서조차 이범윤을 우유부단한 인물로 그리게 된 것은 모두 그날의 첫인상 때문이었을 것이다.

그런데 이치권의 집으로 돌아간 안중근은 뜻밖에 반가운 소식을 들었다. 그날 무슨 일인가로 출타했던 이치권이 저물어서야 돌아와 안중근의 방으로 건너왔다.

"최 도헌이 보낸 사람이라, 거기 말을 허투루 들을 수 없어 내 알아보았지비. 몇 군데 연통을 놓고 한인촌을 더듬어 보았더니 정말로 안응칠 씨가 말한 이 아무개란 사람이 왔더구먼."

이치권이 그렇게 생색부터 내고 말을 이었다.

"이강이라 했던가? 그 사람은 여기 온 지 며칠 안 되는데, 저쪽 동양학원 뒤편에 있는 카레이스카야 슬라보트카(韓人居留地, 한인들은 개척리라고 불렀으며 당시 블라디보스토크에는 일곱 개가량 있었다고 함)에 거처를 정했다고 하더구먼. 아무래도 추위에 왕래가 적은 때라 내 귀에 들어오지 않았던 모양이라. 그리고 성이 유씨는 아니지만, 강원도에서 온 사람도 하나 알아냈소."

"유인석 선생이 아니라면 누구였습니까?"

안중근이 반가운 가운데도 뭔가 이상해 그렇게 물어보았다. 이치권이 블라디보스토크의 일이라면 내 손안에 있다는 투로 말했다.

"김두성(金斗星)이라고 하는 건장한 청년이었소. 이제 스물여덟 살이라고 하던가, 강원도 원주에서 왔다고 하는데, 해산당한 대한제국군 사관 같다고 수군거립디다. 요즘 연추나 지신허(地新墟) 쪽으로 본국에서 해산당한 한국군이 떼 지어 몰려든다는 소리를 들었는데, 이 사람은 웬 늙은이 하나와 함께 벌써 지난가을에 여기와 자리를 잡았다는 거외다."

그 말에 안중근은 퍼뜩 떠오르는 게 있어 물었다.

"그 나이 드신 분에 대해서는 들은 말이 없습니까?"

"아닌 게 아니라, 그 늙은이도 꽤나 별난 모양이라. 여기가 어디라고, 도포에 유건(儒巾)까지 받쳐 쓰고 왔다는 거요. 그 젊은이와는 달리 나들이가 적어 눈에 띄지 않아 그렇지, 이웃끼리는 그 늙은이를 두고 이리저리 말이 많다고 그러드만."

거기까지 듣자 안중근은 그 늙은이가 어쩌면 유인석 선생일지도 모른다는 짐작으로 가슴이 뛰었다. 마음 같아서는 그 자리에서 달려가 확인하고 싶었지만, 졸라 봤자 이치권이 들어줄 것 같지 않은 데다, 하룻밤에도 얼어 죽은 시체를 수십 구씩 낸다는 해삼위의 1월 밤이 깊어 가고 있었다.

다음 날 안중근이 먼저 찾은 것은 김두성이라는 청년 쪽이었다. 그가 강원도에서 왔다는 것도 그렇지만, 그와 함께 왔다는 도포 차림에 유건까지 쓴 늙은이도 야릇한 궁금증을 자아냈다. 김두성의 거처는 시 변두리의 야트막한 둔덕에 기대 자리 잡은 한인 거류지에 있었다. 그들은 그곳에 있는 한인 가옥의 아래채를 빌려 살고 있었는데, 마침 안중근이 찾아갔을 때는 두 사람이 모두 집에 있었다.

김두성은 한눈에 보기에도 무골(武骨)이 드러나 보이는 체격이었는데 러시아 군복 같은 윗도리를 걸치고 있어 더욱 군인 같은 느낌을 주었다. 안중근이 집주인을 불러 그들을 찾자 김두성이 듣고 먼저 방을 나와 안중근을 맞았다.

"제가 김두성입니다만 무슨 일로 오셨는지요?"

김두성이 그렇게 물어 오자 안중근은 잠시 말문이 막혔다. 그러나 이내 마음을 가다듬어 궁금하던 것부터 털어놓았다.

"저는 황해도 신천에서 온 안응칠이라고 합니다. 귀하께서 강원도에서 오셨다 하고, 또 연로하신 어른을 모시고 있다 하는데, 그 어른이 혹 제가 찾는 분이 아닌가 싶어 왔습니다."

그 말에 김두성이 경계하는 눈빛을 띠었으나 말투는 아직 공손하였다.

"어떤 어르신을 찾으시는지요?"

"의암 유인석 선생이십니다. 제가 떠날 때 들은 바로는 여기 오실 때가 되었는데 아직 자취를 찾지 못해……."

그러자 김두성의 눈길이 알아보게 경계를 드러냈다. 그렇게 들어서 그런지 되묻는 목소리도 차갑기 그지없었다.

"잘못 알고 오신 듯합니다. 제가 모시고 온 분은 연전 이곳으로 이주해 온 뒤로 소식이 없는 재종형(再從兄)을 찾아온 당숙이십니다."

그때 아래채 방 안에서 귀에 익은 목소리가 들려왔다.

"김 부위(副尉), 그 사람을 들여보내게. 아는 사람일세."

예닐곱 달 지나기는 하였지만, 의암 유인석의 목소리임에 틀림없었다. 그러자 김두성이 두말없이 안중근을 아래채 부엌방으로 안내했다. 문을 열자 어느새 두루마기까지 받쳐 입은 유인석이 단정하게 앉아 안중근을 맞아들였다. 전날 밤 이치권에게서 처음 그들 둘의 얘기를 들었을 때부터 이상하게 마음에 짚여 오던 대로였다.

"자네는 북간도로 떠났다고 들었는데 여기는 웬일인가?"

안중근이 절을 올리자 유인석이 낮지만 쩌렁쩌렁한 울림이 남는 목소리로 물었다. 안중근이 수천 리 이국땅에서 한때 조선 천하를 떨쳐 울린 관동 의진(關東義陣, 강원도 의병부대)의 의병장을 다시 만난 감격을 억누르며 지난 다섯 달의 행적을 요약한 뒤에 물었다.

"선생님께서 해삼위로 떠나시려 한다는 말은 저도 서울에 있을 때 이미 들었습니다. 그런데 여기 오신 지 벌써 여러 달 되신다면서 어찌 이렇듯 자취를 감추고 계십니까? 오히려 함께 계신 저 젊은 분이 이곳 동포들에게 더 알려져 있었습니다."

그러자 유인석이 가만히 웃으며 말했다.

"그럴 테지. 내가 뜻한 바네. 우선 인사부터 나누게."

그러면서 아직도 윗목에 서 있는 김두성에게 처음 보는 예를 갖추게 했다. 이어 김두성에게 안중근을 간략하게 소개한 뒤 다시 안중근을 보며 말했다.

"여기 이 김 부위(副尉)는 내가 이미 서안(書案)을 박차고 세상으로 나선 뒤에 만난 터라 문하(門下)라 이를 수는 없네만, 그래도 하마 10년 넘게 내 집을 드나든 문객일세. 일찍이 무과에 뜻을 두었으나, 갑오년 이후 무과가 폐지되자 무관 학교를 졸업하고 원주 진위대(鎭衛隊)에 장교로 있었네. 작년 군대해산 때는 진위대 부위로서 민긍호(閔肯鎬)를 도와 왜적의 간담을 서늘케 한 뒤 나와 함께 망명하게 되었는데, 여러 가지로 이 사람과 함께하는 게 이만저만 든든한 게 아니라네."

유인석이 그렇게 소상히 김두성을 소개하는 게 왠지 마음먹고 하는 일 같아 안중근이 물었다.

"제가 듣기로 선생님께서 이 해삼위로 오신 까닭은 여기서 다시 13도 의병을 결진(結陣)하여 대한으로 진공하기 위함이라 들었습니다. 그런데 어찌하여 여기 이르신 지 여러 달이 되도록 이렇듯 소리 소문 없이 잠행하고 계시는지요. 아무리 수소문해도 겨우 저분 김두성 부위만 알 뿐, 아무도 선생님께서 오신 것을 모르고 있었습니다. 〈복수보형(復讐保形) 항일수구(抗日守舊)〉의 기치를 내걸고 관동 창의(關東倡義)를 이끌었던 선생님의 크신 명망을 드러내지 않고도 여기 동포들의 열의를 일깨워 국내로 진공할 의진(義陣)을 불러 모을 수 있겠습니까?"

그러자 유인석이 가볍게 수염을 쓸며 말했다.

"내가 동포들이 더 많은 간도를 두고 이리로 온 것은 아직도 일본에 대적할 수 있는 아라사의 힘을 믿어서였네. 청국과 달리 아라사는 일본과 강화를 맺었을 뿐 항복을 한 게 아니라고 들었네. 배상 한 푼 물지 않았을 뿐만 아니라, 만주에서의 기득권 거의 대부분을 지켜 낸 것만 보아도 일본이 떠벌리는 승전의 진상을 짐작할 수 있지 않은가? 그런데 여기 와서 보니, 구라파 쪽에서 난 혁명 때문인지 아라사는 이미 내가 믿던 아라사가 아니었네. 민족보다는 사상을 앞세운 반란의 칼날이 등을 노리고 있으니, 그러잖아도 버거운 일본이 더 강대하게 보이는 듯하이. 특히 이 해삼위는 밀려드는 일본의 위세에 잔뜩 움츠러들어 그 눈치를 보는 기색이 역력하네. 거기다가 간악한 왜놈들이 밀정을 풀고 조선인 매국노들을 매수하여 동포들을 감시하니, 이곳도 간도나 다를 바 없이 되어 가네. 이런 때 실속도 없이 요란하기만 한 유 아무개란 이름을 내세워 그것들의 경계만 키울 까닭이 없지 않은가. 자칫 풀숲을 설건드려 독사를 놀라게 하는 꼴이 날까 은인자중하는 걸세."

"그렇다고 이렇듯 적막하게 숨어 계시기만 한다면, 수천 리 이국땅으로 망명해 오신 보람이 어디 있겠습니까?"

"하지만 노구(老軀)를 숨기고 있을 뿐, 아무 일도 않고 세월만 축내는 것은 아닐세. 왕산(旺山) 허위, 운강(雲崗) 이강년(두 사람 모두 13도 의병을 일으켜 서울 부근까지 진군한 적이 있는 의병 대장) 등이 무망하게 흩어 버린 13도 의진(義陣)을 이 노령에서 다시 살려 내기 위해서 저기 김 부위를 내세워 여러 갈래로 동포들과 접촉을 하고 있다네. 아직 석 달밖에 안 되었네만, 멀리 하발포(河發浦, 하바로프스크)로부터 소왕령(蘇王嶺, 우수리스크), 추풍(秋風, 수이푼)까지 동포들이 많이 사는 곳은 대강 돌아보았고, 자네가 우선 거처를 잡았다는 연추에도 여러 날 머문 적이 있었네. 특히 연추에 근거를 두고 있는 창의회(倡義會)와 동의회(同義會)의 반목은 걱정거리여서, 여기 해삼위에 돌아와서도 얼굴만 마주하게 되면 이범윤과 최재형을 달래고 있네."

그 말에 안중근이 놀라 물었다.

"제가 만나 보니 관리사 어른이나 최 도헌 모두 용과 호랑이의 기상이 서린 분들이었습니다. 모두 동포를 위해 크게 힘쓸 분들인데 반목하다니요?"

"재작년 이범윤이 처음 연추로 넘어왔을 때만 해도 둘은 결의형제를 맺어 조선의 광복을 위해 힘쓰기로 맹서할 만큼 가까웠다고 하네. 5백 명 가까운 이범윤 부대가 연추에 정착할 수 있었던 것도 연봉 3천 원(루블)을 받는 연추 남도소(南都所) 도헌이요, 이 일대에서 가장 유력한 갑부인 최재형의 도움이 컸던 듯하네. 그러나 의병을 키워 가는 과정에서 서로 의리 상할 일이 있었던 듯한데, 그런 일이 거듭되어 이제 연추는 이범윤의 창의회와 최재형의 동의회로 쪼개져 있다는 말이 나돌 지경일세. 연추로 돌아가면 자네도 그 어느 편에 서게 되겠지만, 무슨 일이 있어도 그 반목의 골을 깊게 해서는 안 되네. 그 둘이 애국 애족의 정신으로 화합하는 날이 연해주에 13도 의군의 첫 깃발을 올리는 날이 될 것이네."

그렇게 말하는 유인석의 눈길에는 예순일곱의 나이 같지 않은 기력과 의지가 내비쳤다. 안중근은 전날 밤 이치권에게서 처음 유인석의 얘기를 들었을 때 느꼈던 묘한 암담함을 씻어 내며 이강에 대한 얘기를 꺼냈다. 그러나 유인석은 이강의 이름조차 잘 모르고 있었다.

"그런 사람이 있다면 언제 내게도 한번 보내주게. 백지장도 맞들면 낫다고 하지 않나. 총칼로 싸우는 것만이 왜적과 싸우는 것은 아닐 것이네."

그런 말로 안중근을 보내 주었다.

배가 표트르 만(灣)으로 나오자 쇄빙선에 깨진 얼음 한 조각도 떠 있지 않은 온전한 바다가 되었다. 매서운 바람 때문인지 블라디보스토크에서 포시에트로 가는 작은 여객선 갑판에는 아무도 나와 있지 않았다. 그러나 갑판에 올라온 안중근은 새로 장만한 개털 방한모의 귀 가리개를 오히려 걷어 올렸다. 찬바람과 함께 화끈거리던 귓불이 조금 시원해졌다. 다행히 소리는 들렸지만 귓속이 탈이 나도 단단히 난 듯했다.

안중근이 이강을 만난 것은 의암 유인석 선생을 만난 그다음 날이었다. 그가 최봉준이 새로 연 사무실에 있다는 말을 듣고 가서 만나 보니 이틀 전 이범윤을 만나던 날 지나친 적이 있는 얼굴이었다. 안중근이 먼저 인사를 청하자 이강도 반갑게 맞아 주었다.

"안창호 동지에게서 공의 이름은 익히 들었소만, 서울에서는 뵙지 못하고 여기서 만나게 되는구려. 그래, 간도로 간다고 들었는데 여기는 어쩐 일이오?"

그렇게 묻는 말에 안중근이 그동안의 역정을 들려주자 이강도 안중근이 궁금하게 여기던 자신의 이력을 짧게 들려주었다.

이강은 평안도 용강 사람으로 나이는 안창호와 같아 안중근보다는 한 살 위였다. 스물다섯 나던 1902년에 미주개발회사(美洲開發會社)가 모집한 이민단에 들어 하와이로 건너갔다. 영어 학교에서 1년간 영어를 배운 이강은 이어 신학문을 배우기 위해 샌프란시스코로 건너갔다가 안창호를 만나 학업을 단념하고 민족운동에 투신하였다. 이듬해 공립협회(共立協會)를 설립하고, 다시 그 이듬해에는 기관지인 《공립신문(共立新聞)》을 창간하였으며, 1907년 안창호를 따라 귀국하여 신민회 조직에 참여하였다.

그해 8월 이강이 또 다른 공립협회 회원인 정재관과 블라디보스토크로 온 것은 그곳에 신민회 지회(支會)를 설립하기 위함이었다. 이강은 먼저 합법적 단체인 공립협회 블라디보스토크 지부를 결성하고 미주(美洲)의 《공립신문》에 해당하는 기관지를 내기 위해 애쓰던 차에 거부 최봉준이 신문을 만들려고 한다는 말을 들었다. 그 신문을 지부 기관지로 활용할 수 있다 싶어 창간 작업에 참여하고 그 사무실을 드나들고 있었다.

그 무렵 최봉준이 새로 낼 신문은 '해삼위에 있는 조선인 신문'이란 뜻으로 《해조신문(海朝新聞)》이란 제호가 정해지고, 본국에서 추상같은 논설로 명성이 드높은 장지연을 주필로 모셔 와 다음 달에는 창간호를 내기로 결정이 나 있었다. 그 바람에 나중 《해조신문》의 편집국이 될 그 사무실뿐만 아니라 편집인이 될 이강도 한창 분주할 때였다. 그런데도 이강은 찾아온 안중근을 따뜻이 맞아 주었을 뿐만 아니라, 자신이 해 줄 수 있는 일은 무엇이든 했다. 안중근에게 여관이나 다름없는 이치권의 집을 나와 거처할 곳을 마련해 주었고, 나중에 새로 나올 《해조신문》에 기고할 통신원 자격을 얻어 주었으며, 그가 관여하던 계동(啓東)청년회에 안중근을 입회시켰다.

안중근이 표트르 만의 정월 찬바람에 열을 식혀야 할 만큼 심하게 귓병을 앓게 된 것은 바로 그 계동청년회의 회의 석상에서 당한 봉변 때문이었다. 어느 날 개척리의 교회에서 회의가 열렸는데 마침 사찰(查察) 자리가 비어 있어 안중근이 임시로 사찰을 맡게 되었다. 회의가 시작된 지 얼마 되지 않았는데 웬 험상궂은 청년이 의장의 허락도 없이 사담(私談)을 하며 떠들어 댔다. 안중근이 사찰의 소임을 하고자 그를 말렸다.

"지금은 회의 중이니 발언권을 얻어서 말하시오."

그러자 그 청년이 벌컥 화를 내며 욕설을 퍼부었다.

"이 종간나 새끼, 어디서 굴러먹던 개뼈다귀가 함부로 짖어 대는 거이가? 굴러온 돌빡이 박힌 돌빡 뽑아 제친다덩이(더니), 입회원서에 먹물도 마르지 않은 초짜 주제에 임시 사찰도 감투라고 눈에 뵈는 게 없간?"

그러면서 우르르 달려와 다짜고짜로 안중근의 빰을 올려붙였다. 창졸간에 당한 일이라 안중근이 잠시 멈칫하고 있는 사이 거푸 따귀를 올려붙이고 있는 그 청년을 사람들이 뜯어말려 떼어 놓았다. 하지만 그 청년의 그와 같은 행패에 익숙해져 있는 듯 잘잘못을 따져 보려고는 하지 않고 덮을 공사로 둘 모두에게 화해를 권할 뿐이었다.

안중근은 일생 불의한 폭력을 참지 않았으나, 신앙과 관련되거나 상대가 하찮을 때는 예외를 두었다. 거기다가 그 자리는 동포가 합심하여 조국의 국권을 회복하자는 뜻으로 모인 청년회의 모임이었다. 안중근이 분노로 치솟는 모멸감을 웃음으로 억누르며 그 난폭한 청년을 보고 말했다.

"오늘날 이른바 사회는 여러 사람의 힘을 모아 이루어지는 것으로서, 하나라도 더 많은 사람의 의견으로 그 주장을 삼는다. 그런데 우리가 이와 같은 일로 서로 다투면 남의 웃음거리만 되지 않겠는가? 옳고 그르고를 따질 것 없이 서로 화목하게 지내는 것이 어떤가?"

그러자 모두가 좋은 일이라 하며 손뼉을 치고, 그 청년도 더는 싸우려 들지 않아 시비는 거기서 그쳤다.

안중근의 자전적(自傳的) 기록을 보면, 계동청년회에서 말고도 두 번 더 그와 비슷한 예외가 보인다. 한 번은 빌렘 신부에게 맞았을 때요, 다른 한 번은 서울에서 교우들의 억울함을 풀어 주다가 청계동으로 돌아오는 길에 친구가 빌린 마차의 마부에게 맞았을 때인데, 두 번 모두 안중근이 참고 화해하거나 용서한 것으로 적혀 있다. 하지만 계동청년회에서의 봉변으로 얻은 귓병은 달포가 지난 그때까지도 안중근을 괴롭히고 있었다.

다음 날 일찍 포시에트에 내린 안중근은 연추까지 30리 남짓한 길을 눈보라 속에 걸어 최재형의 집으로 갔다. 마침 무슨 일인가로 나갈 채비를 하고 있던 최재형이 반갑게 안중근을 맞았다.

"아예 블라디보스토크에 눌러앉는 줄 알았더니 그건 아니었구려. 지난 한 달 이쪽 일이 바빠 그쪽을 돌아볼 틈이 없었소. 거긴 어땠소?"

최재형의 그와 같은 물음에 안중근이 그 달포 사이에 있었던 일을 간추려 들려준 뒤 변명처럼 덧붙였다.

"모두가 이곳 연추의 요충(要衝) 됨을 말하기에 돌아가야지, 돌아가야지, 하면서도 이리 늦어졌습니다. 계동청년회에 들고, 이강 동지를 도와 공립협회 지부 일과 신문 창간 쪽을 기웃거리다가 세월 가는 줄 몰랐습니다. 그러다가 그제 김두성을 만나 이범윤 대장이 도헌님과 함께 손을 잡고 의병을 일으키기로 하였다는 말을 듣고 이렇게 달려오는 길입니다."

"공립협회 지부는 무엇이며, 신문 창간은 무슨 얘기요?"

최재형은 먼저 공립협회와 신문 창간에 관심을 보이며 그렇게 물었다. 그리고 안중근이 미주에 있는 공립협회와 《해조신문》 창간 준비에 대해 아는 대로 말하자 다시 물었다.

"김두성이란 사람은 누구요? 그가 누구기에 이(李) 관리사와 내가 의병을 일으키려 한다는 말을 안 동지에게 해 준 거요?"

그 말에 안중근이 의암 유인석과 김두성의 관계를 털어놓았다. 최재형이 이번에는 무언가 곤혹스러워하는 표정으로 물었다.

"그 선비 의병장을 지냈다는 유인석 선생, 안 동지도 잘 알고 있소? 도도하기로 이름난 천하의 이범윤이 그분 한마디로 내게 굽히고 들게 할 만한 어른이오?"

최재형은 일찍부터 러시아에 나와 살아 근년 본국에서 일어난 사건이나 인물에 대해 잘 알지 못하는 듯했다. 안중근이 다시 열을 올려 의암 유인석에 관해 들려주었다. 그제야 최재형도 고개를 끄덕이며 말했다.

"알겠소. 어쨌든 잘 돌아왔소. 들은 대로 이 관리사와 내가 함께 의병을 일으켜 늦어도 올여름까지는 조선 국내로 진공할 작정이오. 애초 안 동지가 이리로 온 뜻대로 된 셈이니 이제부터 힘을 다해 도와주시오."

이에 안중근은 먼저 동포들이 모여 사는 곳을 돌아다니며 의병을 모으는 일에 팔을 걷어붙이고 나섰다. 열아홉에 처음 빌렘 신부의 복사(服事)로 천주교 전교(傳敎) 여행을 따라다닐 때부터 닦아 온 언변과 을사조약을 앞뒤로 한 대여섯 해 치열하게 갈고닦은 의식으로, 위로 멀리 하바로프스크로부터 아래로 지신허(地新墟)까지 원근을 가리지 않고 도는 유세였다.

안중근은 간도에서 그랬던 것처럼, 먼저 그곳 동포들을 고향 집과 부모, 형제를 떠나 다시 이룬 가정과 새로 사귄 친구로 안락하게 살고 있는 사람에 비유하여 연설을 시작했다.

"어느 날 고향 집 형제 중에서 한 사람이 찾아와 급히 말하기를, 방금 집에 큰 화가 생겼소. 다른 곳에서 강도가 와서 부모를 내쫓고 집을 빼앗아 살며, 형제들을 죽이고 재산을 약탈하니 어찌 통탄할 일이 아니겠는가, 라고 하며 그러니 속히 돌아와 구해주기를 간청하였습니다……."

그렇게 이야기를 시작하여 고향 집 구하기를 마다한 그 사람을 도리를 모르는 짐승으로 본 뒤 목소리를 높였다.

"동포들이여! 동포들이여! 내 말을 자세히 들어 보십시오. 지금 우리 대한이 겪고 있는 참상을 여러분은 알고 계시는 것입니까, 모르시는 것입니까? 몇 해 전 일본이 러시아와 개전할 때 전쟁을 선언한 글에는 '동양 평화를 유지하고 한국의 독립을 굳건히 한다.'는 말을 앞세웠습니다. 그런데 오늘날 일본은 그와 같이 중대한 의리를 지키지 않고 있습니다. 도리어 한국을 침략하여 을사조약과 정미칠조약을 강제로 맺은 다음, 국권을 손아귀에 넣고 황제를 폐위시켰으며 군대마저 해산했습니다. 뿐만 아니라 철도·광산·산림·천택(川澤) 어느 것 한 가지 빼앗지 않은 게 없으며, 관청으로 쓰던 집과 민간의 큰 저택들은 병참(兵站)이라는 핑계로 모조리 빼앗아 저희가 살고, 기름진 전답과 오랜 분묘까지도 군용지라는 푯말을 꽂고 무덤을 파헤쳐 화가 조상의 백골에까지 미쳤습니다. 대한의 국민 된 사람으로서, 또 단군 성조(聖祖)의 자손 된 사람으로서, 어느 누가 그 분함을 참고 욕됨을 견뎌 낼 수 있겠습니까?

이에 2천만 민족이 일제히 분발하여 삼천리강산에 의병들이 곳곳에서 일어났습니다. 하오나, 아 슬프도다! 저 강도들이 도리어 우리를 폭도라 일컫고, 군사를 풀어 토벌하고 참혹하게 살육하여 지난 두 해 동안에 해를 입은 한국인만도 수십만 명에 이르렀습니다. 남의 강토를 빼앗고 거기 깃들어 살던 사람들을 죽이는 자가 폭도입니까? 제 나라를 지키고 침략해 오는 외적을 막으려는 사람이 폭도입니까? 이야말로 도둑이 매를 들고 설치는 격입니다.

한국에 대한 일본의 정략이 이같이 포악해진 근본을 따져 본다면, 그것은 모두 이른바 일본의 대정치가라는 늙은 도둑 이등박문의 폭행과 패악에 있습니다. 이 쥐 같은 늙은 도둑은 한국 민족 2천만이 모두 일본의 보호를 받고자 원하고, 그래서 지금 태평 무사하게 살며 날마다 발전하는 것처럼 꾸며, 위로 저희 천황을 속이고 밖으로 세계열강의 눈과 귀를 가려 버렸습니다. 제 마음대로 농간을 부려 못할 짓이 없으니 이 어찌 통분할 일이 아니겠습니까? 우리 한국 민족이 이 늙은 도둑놈을 죽이지 못한다면 한국이라는 나라는 꼭 없어지고 말 것이며, 동양도 또한 말살되고 말 것입니다.

여러분! 여러분! 모두 깊이 생각해 보십시오. 여러분들은 조국을 잊은 것입니까, 아닙니까? 선조의 백골을 잊은 것입니까, 아닙니까? 친척과 일가들을 잊은 것입니까, 아닙니까? 만일 잊어버리신 게 아니라면 이같이 위급해져 죽느냐, 사느냐 하는 때를 당해 크게 분발하고 각성하십시오. 뿌리 없는 나무가 어디서 날 것이며 나라 없는 백성이 어디서 살 것입니까? 만일 여러분이 외국에서 산다고 하여 조국에 무관심하고 전혀 돌보지 않은 것을 러시아 사람들이 알면 반드시 '한국 사람들은 조국도 모르고 동족도 모르니 어찌 외국을 도와줄 줄 알며 다른 종족을 사랑할 수 있겠는가. 이같이 무익한 종족은 쓸데가 없다.' 하여 나쁜 평판이 들끓어 머지않아 러시아 국경 밖으로 쫓겨날 것이 뻔한 일입니다. 조국의 강토가 이미 외적에게 뺏긴 터에 의지해 살던 외국인마저 모조리 우리를 배척하고 받아 주지 않는다면 늙은이와 어린아이를 업고 끌며 장차 어디로 가서 살 것입니까?"

안중근이 거기까지 열변을 토하고 청중들을 돌아보았다. 청장년 사오십 명이 모여 듣고 있었는데, 오랜 타국살이로 굳어진 표정은 별로 변한 게 없어 보였으나 어딘가 격앙의 기색이 느껴졌다. 북간도에서는 경험해 보지 못한 반응이었다.

안중근은 다시 자신과 함께 온 엄인섭과 김기룡 쪽으로 눈길을 돌렸다. 연단이라 할 수 있는 나무 탁자 뒤쪽으로 나란히 놓인 의자에 앉아 있는 그들의 얼굴도 알아보게 상기돼 있었다. 표정을 잘 드러내지 않는 엄인섭도 안중근의 연설에 만족스러워하는 기색이 뚜렷했다.

엄인섭과 김기룡은 안중근과 의형제를 맺은 사람들이었다. 엄인섭은 함경도 경흥 사람으로 연추 도헌 최재형에게는 생질이 되었다. 최재형 일가가 연추에 자리를 잡자 일찍부터 가족과 함께 그곳으로 옮겨 살았다. 엄인섭은 안중근이 연추로 돌아와 처음 사귄 사람이었는데, 담략과 의협심이 남달라 마음을 터놓게 되었다. 말수는 어눌하고 느렸으나 행동은 민첩하였으며 특히 사격 솜씨가 일품이었다.

김기룡은 평안도 북변 사람으로 안중근처럼 간도를 거쳐 연추로 흘러들었지만 단순히 호구(糊口)를 위해 떠도는 유민은 아니었다. 나라를 걱정하고 원수 갚을 궁리에 골몰한 지사로서 역시 진작부터 안중근의 믿음을 샀다. 그 무렵 최재형이 새로 마련한 의병 훈련소에서 심신을 단련하며 지내다가 안중근의 유세 여행에 따라나서게 되었다.

안중근이 엄인섭, 김기룡과 의형제를 맺은 것은 연추에서 그곳 코르지프 마을로 떠나기 전날이었다. 나이를 따져 엄인섭이 두 살 위라 맏형이 되고, 안중근이 그다음이 되었으며, 안중근보다 한 살 아래인 김기룡이 셋째가 되었다. 하지만 그날은 엄인섭과 김기룡 둘 모두 청중이 되어 상기된 얼굴로 듣고 있었다.

안중근은 그와 같은 청중의 뜨거운 반응에 힘을 얻어 다시 연설을 이어 갔다.

"여러분, 여러분은 저 파란(波蘭, 폴란드) 사람들이 참혹하게 죽음을 당한 일이나 청나라 사람들이 흑룡강(黑龍江) 위에서 겪은 참상을 듣지 못했습니까? 나라를 잃어버린 인종과 강성한 나라의 국민이 동등하다면 나라 망하는 것을 걱정할 것이 무엇이며, 또 조국이 강국이라고 좋을 게 무엇 있겠습니까? 어느 나라 할 것 없이 나라가 망한 인종은 그와 같이 참혹하게 죽고 학대받는 것을 피하지 못할 것입니다.

그러므로 오늘 우리 대한 인종은 이같이 위급한 때를 당하여 무슨 일을 해야 좋겠습니까? 이리 생각해 보고 저리 궁리해 보아도 무엇을 하든 결국 한 번 크게 의거를 일으키는 것만 못하니, 죽기로 적을 치는 일밖에 더는 다른 방도가 없습니다.

지금 대한에서는 내지(內地) 13도 강산에 의병이 일어나지 않은 곳이 없습니다. 그러하되 만일 그들 의병이 패하는 날에는 슬프다, 저 간악한 왜적들은 옳고 그르고 간에 덮어놓고 사람마다 폭도란 이름을 붙여 모조리 죽일 것이요, 집집마다 불을 질러 잿더미로 만들고 말 것입니다. 그런 꼴을 당한 뒤에 한국 사람들이 무슨 낯으로 세상에 나설 수 있겠습니까? 그러니 오늘 국내외를 막론하고 한국 사람들은 남녀노소를 가릴 것 없이 총을 메고 칼을 차고 일제히 들고일어나야 할 것입니다. 이기고 지고, 잘 싸우고 못 싸우고를 돌아볼 것 없이 한바탕 통쾌한 싸움으로 천하 후세에 부끄러운 웃음거리가 되는 일을 면해야 합니다.

만일 그같이 애써 싸우기만 하면 세계열강의 공론도 없지 않을 것이니 독립의 희망도 있을 것입니다. 더구나 일본은 앞으로 5년을 넘기지 않고 러시아나 청나라, 미국 세 나라 가운데 한 나라와 반드시 전쟁을 하게 될 것이니, 그것이 우리 한국에는 큰 호기가 될 수 있습니다. 하지만 그때 한국 사람들이 만일 아무런 준비가 없다면 설령 일본이 그 싸움에 진다 해도 한국은 다시 다른 도둑의 손안으로 들어가고 말 것입니다.

그러므로 오늘 의병을 일으키고부터는 계속하여 싸움을 그치지 않음으로써 큰 기회를 잃지 말아야 할 것이요, 강한 힘으로 국권을 스스로 회복해야만 온전한 독립이라 할 수 있을 것입니다. 이는 그야말로 '스스로 할 수 없다고 하는 것은 만사가 망하는 근본이요, 스스로 할 수 있다고 하는 것은 만사가 흥하는 근본이다.'

라는 말 그대로입니다. 그러므로 '하늘은 스스로 돕는 자를 돕는다.'라고 하는 것이니, 이제 여러분에게 묻겠습니다. 이대로 앉아서 죽기를 기다리는 것이 옳겠습니까? 아니면 분발하여 힘을 내는 것이 옳겠습니까?"

안중근은 그렇게 말을 맺고 한 번 더 동포들의 분발을 촉구한 뒤 연단에서 내려왔다.

강연을 마친 안중근 일행은 그날 밤 코르지프 마을에 있는 유경집(柳敬緝)의 집에 유숙하게 되었다. 유경집은 유승렬이란 이름을 쓰기도 하는데, 한의사로서 소왕령에 개업하였다가 그때는 포그라니치나야(수분하(綏芬河))로 옮겨 가 살고 있었다. 전부터 알던 안중근이 엄인섭과 김기룡을 데리고 찾아가자 반겨 맞아 주었다.

"나도 안 공(公)이 유세를 왔다는 말은 들었지만, 의원을 비워두고 갈 수는 없어 귀한 말씀을 듣지 못했소. 그러나 나라를 위하는 안 공의 충정을 익히 아는 바라 대강은 짐작하는 바가 있소. 드디어 소문으로만 떠도는 의거가 연추에서 일게 된 듯하구려. 이왕 내 집에 오셨으니, 지금 내가 할 일이 무엇인지도 안 공께서 직접 일러 주셨으면 좋겠소."

유경집은 상다리가 휘어지게 저녁상을 차려 내어 안중근 일행을 잘 대접한 뒤 그렇게 말했다. 안중근이 사양 없이 그 말을 받았다.

"의병을 일으키는 데 필요한 것을 어찌 일일이 다 말할 수 있겠습니까? 총을 들고 대오에 설 수 없으면 군기(軍器)와 병참에라도 힘을 보태 주십시오. 나라를 위하는 일념으로 자진하여 나서 주시면 큰 보탬이 될 것입니다."

그러자 유경집이 적지 않은 돈을 내놓으며 말했다.

"얼마 되지 않지만 군자금에 보태 쓰도록 하십시오. 이 포그라니치나야에는 조선인들이 많이 살지 않을 뿐만 아니라, 내가 이곳으로 옮겨 개업한 지도 오래지 않아 아직 살이가 넉넉지 못합니다."

그때 누가 방문 밖에서 시원스러운 목소리로 말했다.

"아버님, 제가 좀 들어가도 되겠습니까?"

"손님들이 계시다. 인사라도 여쭙고 가겠다면 들어오너라."

유경집이 그렇게 허락하자 문이 열리며 한 청년이 들어왔다. 열일고여덟이나 될까, 부리부리한 눈매에 키가 훤칠했지만 얼굴에는 어딘가 애티가 남아 있었다.

"내 아들인데 이름은 동하(東夏)라 하오. 올해 우리 나이로 열일곱인데, 나를 따라 의원 일을 배우고 있소. 요즘은 약재(藥材)가 들고 나는 것을 돌보는 게 일이오."

유경집이 손님들에게 아들을 그렇게 소개했다. 그런데 안중근이 가만히 살펴보니 낮에 강연할 때 청중 가운데서 본 적이 있는 얼굴이었다. 안중근이 반가운 기분으로 그 일을 말하려는데, 유경집이 인사를 마치고도 머뭇거리며 앉아 있는 아들 유동하에게 물었다.

"무슨 일이냐? 달리 무슨 할 말이라도 있느냐?"

그러자 유동하가 기다렸다는 듯 말했다.

"아버님, 제가 이분들을 따라가면 안 되겠습니까? 저 하나라도 의병이 되어 총칼을 들고 조국을 위해 싸우고 싶습니다."

그 말에 유경집의 낯빛이 확 변했다.

"아직 대가리에 피도 안 마른 어린놈이 무얼 안다고 함부로 나서느냐? 의병이 된다는 게 어떤 일인지 알기나 하고 지껄이는 거냐?"

"저도 이미 나이 열일곱이 되었습니다. 장부 나이 열일곱이면 나라를 위해 죽어 아까울 게 없습니다. 낮에 저기 안 선생님의 연설을 듣고 깨달은 바 있어 작정한 일이니 부디 허락해 주십시오."

"시끄럽다. 분수 모르고 끼어들어 덤벙대다가 네 몸 죽고 국가대사까지 결딴내려 드느냐? 썩 나가거라!"

그러면서 목소리를 높이는 유경집의 어조에는 필사적인 떨림마저 느껴졌다. 유경집이 허락하기는 틀렸다고 본 안중근도 부드러운 말로 거들었다.

"간악한 왜적은 그만큼 강성하여 우리 의병의 싸움은 10년, 1백년을 기약하고 싸워야 할 긴 전쟁이 될 수도 있다. 우리가 지금 나가는 것은 이겨 싸움을 끝내기보다는 오히려 한 몸을 죽여 앞으로 치러야 할 긴 싸움을 돋울 뿐이니, 자네는 그때 우리를 이어 나가 싸워도 늦지 않다. 지금은 자네가 아버님의 허락을 받는다 해도 우리가 자네를 데려갈 수 없다."

그러나 어린 유동하의 씩씩한 기상은 안중근에게 깊은 인상으로 남았다.

대한의군부 참모중장

추풍에서 수청(水淸, 뒷날의 파르티잔스크로 수찬이라고도 불렸음)까지 한인들이 모여 사는 마을을 모두 돈 안중근과 엄인섭, 김기룡 일행은 다시 소왕령에서 하발포까지 기차로 모병과 모금을 위한 유세 여행을 나섰다. 하발포에서는 때마침 녹기 시작한 아무르 강을 기선으로 오르내리며 인근에 흩어져 근교(近郊)농업에 종사하는 한인들의 개척 마을을 찾아보기도 했다. 그러다가 5월이 되어서야 연추로 돌아와 그 기나긴 유세 여행의 뒤를 대 준 최재형을 찾았다. 최재형이 그간의 경과를 다 듣기도 전에 흐뭇한 표정으로 말했다.

"동지들의 성과는 이미 지난달부터 이곳 연추에도 나타나고 있었네. 여기저기서 군자금을 부쳐 오는가 하면 의병에 나서겠다는 사람들도 잇따라 찾아들더구먼. 특히 의병은 그사이 벌써 1백 명 가까이나 모여 보름 전부터는 내 농장 부근에 따로 거처를 마련하게 했지. 며칠 전에 가 보니 한 2백 명은 묵을 임시 막사와 함께 제법 모양 나는 군사훈련 시설까지 갖췄더구먼. 그래서 전제익(全齊益) 대장(隊長)에게 맡겨 그들을 훈련시키게 했네."

전제익은 함경도 관찰부의 경무관(警務官)을 지내다가 일본의 국권 침탈을 보다 못해 의병의 대열에 서게 된 사람이었다. 서북의진(義陣)에 들어 싸웠으나, 일본군의 모진 토벌에 배겨 나지 못하고 국외로 망명하여 연추로 오게 되었다. 최재형이 데리고 있는 사람들 가운데서는 가장 전투 경험이 많고 군사 지식이 풍부해 새로 만들어진 부대를 훈련시키는 데는 적임이었지만, 안중근에게는 최재형의 말이 조금 뜻밖이었다.

"이범윤 부대의 창의소(倡義所)로 보내지 않고 새로 부대를 만들려고 하십니까?"

안중근이 마음속의 의문을 숨기지 않고 바로 물었다. 안중근이 알기로 그때까지 최재형과 이범윤은 병력을 키우는 일을 명확하게 분담해 오고 있었다. 곧 재정은 최재형이 전담하고 군사(軍事)는 이범윤이 맡아 흔히 이범윤 부대로 불리는 연추 의병을 키워 왔다.

"일이 그렇게 되었네. 이제는 우리 동의회(同意會)도 독립된 부대를 가질 때가 되었네."

그 말을 듣자 안중근은 그 겨울, 최재형이 이범윤의 창의소가 발전한 창의회와는 별도로 동의회란 모임을 만들고 정성 들여 길러 온 까닭을 비로소 깨달았다. 최재형 또한 동의회를 자신이 이끌 의병 세력의 모체로 삼으려 한 것임에 틀림없었다. 그해 초 블라디보스토크로 갔을 때 들은 의암 유인석의 걱정은 결코 기우가 아니었다.

"그렇게 되면 연해주 의진이 둘로 나뉘는 꼴 아닙니까? 의암 선생께서는 모두 하나가 되어 일본과 싸워야 한다고 하셨는데……."

안중근이 실망과 걱정을 감추지 않고 그렇게 말끝을 흐렸다. 하지만 무엇 때문인지 최재형은 단호하였다.

"싸울 때는 함께 힘을 합치면 되지 않는가? 부대를 따로 꾸민다고 바로 우리 의병 부대끼리 대적한다는 뜻은 아니니까. 거기다가 지금 이범윤 부대는 우리 지원이 따로 필요하지 않을 만큼 사람도 돈도 넘쳐 나는 판이네. 이들을 끌고 그리로 가 봤자 오히려 거추장스러워할지도 모르지."

그렇게 받는 최재형의 얼굴에는 단순한 선망을 넘어서는 어떤 어두운 그늘이 있었다.

"그건 또 어찌 된 일입니까? 저쪽에 무슨 일이 있었습니까?"

"자네들이 유세를 하고 다니는 동안 저쪽에는 단번에 1만 루블이라는 거금이 들어왔네. 이범윤 대장의 조카 이위종이 페테르부르크에서 군자금으로 가져온 결세."

"그렇다면 해아(헤이그) 밀사로 갔던 그 이위종 선생 말입니까? 전 러시아 공사 이범진 대감의 자제 되시고…… 들은 바로 일본은 작년 헤이그 밀사 일로 궐석재판에서 이위종 선생께 종신징역을 선고했다지요."

"그렇다네. 더군다나 이번에 그가 가져온 돈이 대한제국 황실의 내탕금이란 소문이 돌면서 인심도 함빡 그리로 쏠리는 눈치일세. 창의회 쪽은 벌써 처음 북간도에서 쫓겨 올 때의 성세(聲勢)를 넘어 모인 군사가 6백이 넘는다던가."

그런 최재형의 말투에는 까닭 모를 자조까지 섞여 있었다. 드디어 일이 돌이킬 수 없게 되었음을 안 안중근은 늦었지만 이제라도 동의회를 공식화할 것을 권유하였다. 소속을 달리하는 의병 부대를 만들더라도 절차를 갖춰 당당하게 병립시키라는 뜻이었다.

이에 다음 날 최재형의 집에서는 떠들썩한 잔치와 함께 동의회의 결성이 뒤늦게 공식화되었다. 최재형은 동의회 총재가 되고, 주로 최재형 쪽에서 일하던 전제익·백삼규·황병길 등은 안중근·엄인섭·김기룡 형제와 함께 새롭게 정비된 동의회의 평의원으로 참여하였다. 또 동의회 소속 의병 부대의 대장은 전제익이 되고 안중근과 엄인섭은 좌우 영장(營將)이 되어 훈련을 돕기로 했다.

뒤늦은 대로 몇 가지 공식적인 절차를 갖추기는 했지만, 김두성으로부터 이범윤이 최재형과 합심하여 의병을 일으키기로 하였다는 말을 듣고 연추로 돌아온 안중근에게 동의회 소속의 의병 부대가 따로 창설된 것은 적잖이 충격이었다. 지난 3월 대대적인 의병 창설에 필요한 인원과 자금을 모으기 위해 안중근이 유세를 떠날 때만 해도 두 사람은 예전처럼 화목하게 된 듯했다. 여비를 대고 알 만한 한인촌에 미리 연통을 해 준 것은 최재형이었지만, 안중근이 떠나기에 앞서 인사차 갔을 때 이범윤도 전과 달리 대범한 국량과 결단을 보여 주었다.

"안 공, 이는 우리 모두가 하나 되어 국내로 진공(進攻)하기 위한 모병과 모금이니 열성을 다해 주시오. 최 도헌과 나는 여기 남아 할 수 있는 일은 다할 것이오."

그런데 유세 활동에서 돌아와 보니 연추의 의진이 두 갈래로 찢긴 것이나 다름없었다. 최재형과 먼저 맺은 인연 때문에 하는 수 없이 동의회 쪽에 몸을 담기는 해도 안중근의 마음이 편할 리 없었다. 전제익 부대의 영장(營將)이 되어 새로 맞은 의병들의 훈련을 돌보기로 하였지만, 첫날 훈련장으로 가기 전에 먼저 이범윤을 찾아갔다.

"그건 최 도헌의 말씀이 맞네. 고래로 병(兵)이란 다다익선이니, 역량대로 저마다 군사를 길러 우선 군세(軍勢)부터 키워 놓고 봐야 하네. 그런 다음 서로 연결하면 얼마든지 하나가 되어 싸울 수 있네. 어느 부대에 몸담고 있든 우선 양병(養兵)에 전력을 다해 주게."

다행히도 이범윤은 그같이 시원스러운 말로 안중근의 걱정을 씻어 주었다. 그리고 못 미더워하는 안중근을 오히려 북돋아 주듯 덧붙였다.

"의암 선생께서도 김두성을 내세워 따로 한 갈래 부대를 기르고 계시네. 국내 진공을 위해 결진(結陣)하는 날 한 깃발 아래 묶으면 볼만할 걸세. 회령의 왜군 수비대는 말할 것도 없고 나남(羅南) 사단(한반도에 주둔했던 일본군 사단)도 단숨에 짓뭉개 버릴 것이네."

그 바람에 안중근은 겨우 마음을 놓고 동의회의 의병 훈련소로 돌아갔다.

의병 훈련소 연병장에서는 전제익이 그사이 뽑아 세운 소대장들을 앞세워 제식훈련을 시키고 있었다. 대략 삼사십 명 되어 보이는 대오 셋이 검은 칠을 한 막대를 목총 삼아 메고 신식 군대처럼 행진하는데 제법 절도가 있었다. 안중근은 먼저 와서 훈련을 보고 있는 엄인섭에게 소리 죽여 인사를 건네고 나란히 서서 훈련 광경을 지켜보았다.

"지금 여러분이 흘리는 땀이 여러분이 전장에서 흘릴 피를 대신할 수 있을 것이다. 땀 흘리는 걸 아까워하지 마라!"

달리기에 이어 도수체조로 맺는 그 훈련에서 전제익은 노련한 장군처럼 그런 훈계를 이따금씩 끼워 넣었다.

한동안의 휴식 시간이 있은 뒤에 드디어 사격 훈련이 시작되었다. 엄인섭과 안중근에게 넘겨진 순서였다. 엄인섭은 러일전쟁 때 러시아군으로 싸운 적이 있어 총을 잘 다루었다. 안중근도 동학군과의 실전 경험에다 청계동 시절 사냥으로 익힌 사격 솜씨가 더해 어지간한 포수보다 나았다.

먼저 신식 사격 훈련을 받아 본 엄인섭이 기본적인 집총자세를 보여 주고 이어 기초적인 소총의 작동 원리와 함께 간단한 분해, 결합 연습과 소제 방법을 일러 주었다. 이어 몇 가지 기본적인 사격 자세를 보여 준 뒤 거총과 조준, 격발의 순서로 사격을 가르치는데, 그때는 안중근도 엄인섭과 함께하였다. 그러나 아직 총이 모자라 총 한 자루에 여남은 명씩 둘러앉아 손발보다는 눈과 귀로 하는 게 더 많은 훈련이었다.

의병들이 사격 훈련에 쓰는 총은 몇 자루 안 되는 것도 거의가 러시아 군대에서 흘러나온 보총(步銃)이나 기총(騎銃)에다 혼춘 쪽에서 몰래 들여온 청나라 소총 같은 것들이었다. 하지만 갑오 의려 때부터 10여 년 청나라에서 수입한 영국제 연발총과 벨기에제 단총을 몸에 지니다시피 해 온 안중근에게는 그리 낯설지 않았다. 총을 둘러싸고 앉은 훈련병 사이를 옮겨 다니며 아는 대로 사격을 가르쳤다.

"권총이라면 대강 쏘아 보겠는데, 이놈의 장총은 뭐가 이리 복잡햐. 남들은 훨씬 잘 맞는다더만 총 쏘기가 이렇게 요란스러워서야……."

훈련병들이 한군데 둘러앉아 방금 들은 것을 복습하고 있는 곳을 안중근이 지나가는데, 누군가 걸걸한 목소리로 그렇게 중얼거리는 소리가 들렸다. 그 소대의 선임자인 듯한 또래의 청년이 러시아 보총을 들고 노리쇠 뭉치 쪽을 들여다보며 하는 소리였다. 안중근이 보니 탄피가 튀어나오게 되어 있는 약실(藥室) 덮개가 닫혀 잘 열리지 않는 것 같았다.

"이리 주시오. 내가 한번 살펴보겠소."

안중근이 그렇게 말하며 그 사내로부터 총을 받아 살펴보았다.

짐작대로 무리하게 힘을 가해 오(誤)작동이 되면서 노리쇠가 후퇴하지 않는 것 같았다. 안중근이 가볍게 응급처치를 하여 노리쇠를 후퇴시킨 총을 도로 내주며 말했다.

"나도 이 총은 처음 만져 보지만 너무 어렵게 생각할 거 없소. 원래 보총이란 무식한 농군도 사용법을 한 번 듣기만 하면 알 수 있게 만들어져 있소."

"그렇다면 무식한 장사꾼에게도 다루기 쉬워야지. 총을 이렇게 상전 모시듯 다뤄서야 저 서캐 같은 왜놈들을 언제 다 때려잡나?"

그러면서 총을 받는 상대를 보니 이목구비가 꾹꾹 박힌 것이 사내다운 기개를 드러내고 있었다. 거기다가 권총을 많이 쏘아 본 듯 말해 그 이력을 궁금하게 만들었다.

"단총을 많이 다뤄 보신 듯한데 어디서 오신 뉘시오?"

휴식 시간이 되자 안중근이 그를 찾아보고 그렇게 물어보았다.

"나는 서울서 온 우덕순(禹德淳)이라 하오. 노서아에 와서는 연준(連俊)이란 이름을 쓰고 있소. 노서아 관원이 서류에 잘못 적은 이름을 그냥 쓰고 있는 거요."

"나는 해주에서 온 안중근이라 하오. 나도 여기서는 우 형처럼 응칠(應七)이란 이름만 쓰고 있소. 할아버지께서 지어 주신 아명(兒名)인데, 여기서 자(字)처럼 쓰다가 그리 되었소."

안중근이 그렇게 자신을 소개하고 다시 물었다.

"우 형은 한국에 계실 때는 무얼 하셨기에 그리 단총을 잘 아시오?"

"그냥 시장의 잡화상이었소. 권총은 국외로 도망쳐 나오기 전에 국적(國賊) 몇 놈을 처단한답시고 장만하였으나, 연습만 요란하고 큰 성과는 내지 못했소이다. 브라우닝인가 뭔가 하는 꼬부랑 이름을 가진 서양 총인데, 겨우 손에 익을 만하자 왜놈들에게 뺏기고 자칫 감옥살이까지 할 뻔했소."

총 이름을 듣자 반가워 안중근이 자신도 모르게 목소리를 높였다.

"아, 그 총이라면 나도 아오. 본국에 있을 때 여러 해 품고 다닌 것이오."

"내 것은 요새 개조해 나온 신형(新型)이 아니라 십수 년 전에 나온 구닥다리였소. 그걸로 몇 번 총격전도 해 봤소."

그로부터 2년도 못 돼 다시 같은 총 신형(新型)으로 거사에 나섰다가 성패에 따라 생사가 갈리게 될 그들의 운명이 어떤 예감으로 다가든 것일까, 안중근과 우덕순은 그날의 우연한 만남에서부터 서로에게 남다른 끌림을 느꼈다. 그날은 훈련 중간의 휴식 시간이라 길게 얘기할 수 없었지만 그 뒤 오래잖아 둘은 서로 간담을 터놓고 얘기하는 사이가 되었다.

우덕순은 원래 충청도에 살았는데 고향이 을미(乙未) 의병으로 시끄러워지자 서울로 옮겨 앉은 뒤 잡화상을 열어 생계로 삼았다. 배움은 어릴 적 서당에 몇 해 나간 것뿐으로 『통감』 2권까지 읽었다고 했지만, 한문으로는 글을 짓지 못했고 읽는 것도 자유롭지는 못했다. 서울로 올라온 뒤에 기독교에 입교해 개화에 눈떴고, 을미년 이후의 격변을 겪으면서 민족의식과 동포애를 길러 나갔다. 을사조약 이후 일본인 관료와 그 앞잡이들을 미워하여 사전(私戰)을 계획하다가 밀고당해 노령으로 망명하였는데, 그 무렵은 잎담배를 궐련[券煙]으로 말아 파는 것으로 생계를 삼고 있었다.

의암 유인석을 비롯하여 최재형, 이범윤 등 해삼위와 연추를 근거로 세력을 키워 가던 한국 의병 부대들이 하나로 뭉쳐 연해주 의진(義陣)을 결성하고 국내 진공을 결의한 것은 1908년 6월 하순이었다. 결진(結陣)이 있던 날 김두성을 데리고 연추로 온 유인석은 최재형의 동의회 의병 훈련장에 자리 잡고, 이범윤과 창의회 소속 의병 부대장들을 모두 불러 모았다. 안중근도 동의회 소속 전제익 부대의 포병대 우영장으로 좌영장인 엄인섭과 함께 그 자리에 함께 있었다.

"지난 정월부터 해삼위와 연추 일대를 근거로 삼아 연해주 의진을 결성하고 국내로 진공하여 국권 수복의 일전을 벌이자는 논의가 있어 왔소. 3월 들어서는 여러 갈래의 부대들이 각기 의병을 모으고 군기를 장만해 훈련에 들어갔으며, 이제는 각 부대 모두 항오(行伍)를 짓기에 모자람이 없게 되었다고 들었소. 거기다가 계절도 가만히 국경선을 넘어 불시에 적의 수비대를 치고 국내로 진공하기에 알맞은 철로 다가들고 있소. 이제 모든 의병 부대를 하나로 모아 연해주 의진을 결성할 때가 온 것이오. 나는 오늘 지난날 본국에서 무능과 무력을 아울러 드러낸 관동(關東) 창의대의 보잘것없는 이력보다는, 이 자리에 모인 여러분보다 몇 년이라도 세상을 더 산 나이로 미련을 대고 앞장서 논의를 시작하고자 하오……."

먼저 유인석이 나서 길게 연해주 의진을 결성해야 할 때가 왔음을 역설하고, 먼저 해야 할 일이 무엇인지를 여럿에게 물었다. 이범윤이 기다렸다는 듯이 받았다.

"의암 선생님의 말씀이 참으로 지당하십니다. 왜적에게 모진 타격을 준 뒤, 어차피 연해주로 귀환해야 한다면 출병의 적기는 만주의 매서운 추위가 없는 5월에서 8월 사이, 양력으로는 곧 6월에서 9월 사이가 될 것입니다. 금번 연해주 의진의 결성은 오히려 늦은 감이 있습니다."

이범윤은 그렇게 말해 놓고 이어 정색을 하며 덧붙였다.

"모든 일에는 근본이 서야 하고, 큰 군사를 움직이려면 원수부(元首府)부터 먼저 정해야 합니다. 특히 이제 결성될 연해주 의진은 여러 갈래의 부대가 합쳐 결성되는 만큼 누구도 감히 그 명을 어기지 못할 총독(總督)을 먼저 세워 군령(軍令)부터 확고하게 한 뒤라야 큰 공을 이룰 수 있을 것입니다."

여러 해 군사를 이끌고 싸워 본 경험에서 우러난 듯한 어조였다. 거기에 이미 누구를 총독으로 지목하고 있는지 암시하는 데가 있었으나, 유인석이 모르는 척 물었다.

"그렇다면 공은 누구를 총독으로 세웠으면 좋겠소?"

"지금 여기서 연해주 의진을 휘어잡고 호령하실 수 있는 분은 의암 선생님밖에 없습니다. 누가 을미년 관동 창의 이후 국내외를 풍찬노숙하시며 쌓아 올린 선생님의 위엄과 공업에 감히 거역할 수 있겠습니까?"

이범윤이 그렇게 대답하자 최재형도 머뭇거림 없이 찬동하고 나왔다.

"그렇습니다. 선생님께서 저희들을 이끌어 주셔야 합니다. 저희들은 선생님을 받들어 있는 힘을 다하겠습니다."

그러나 유인석은 무겁게 고개를 저었다.

"나는 이미 나이 들어 병진(兵陣)에 들어서는 내 몸 하나 건사할 수 없는 늙은이가 되었소이다. 거기다가 그동안의 실속 없는 풍문으로 언제부터인가 내 이름은 왜적들이 경계하는 이름이 되었소. 내가 총독으로 나서면 공연히 지팡이로 풀숲을 두드려 독사를 놀라게 하는 꼴이 날 것이오. 무슨 큰일이라도 난 줄 알고 힘을 다해 독을 피우면 우리의 진공만 힘들어질 뿐이외다. 그러니 두 분 가운데 한 분이 총독을 맡고, 오히려 나를 따라온 김두성 대장이 키운 부대까지 거느려 주시오."

그래도 이범윤과 최재형은 펄쩍 뛰며 손을 내저었다. 처음 연해주의 모든 의병 세력을 하나로 모은다는 논의가 시작된 때부터 모두가 하나같이 총대장으로는 유인석을 염두에 두어 온 터라 더욱 그랬는지도 모를 일이었다.

"의암 선생님께서 여기 와 계시는데 누가 감히 선생님을 제쳐 놓고 총독을 대신할 수 있겠습니까? 저희가 감당할 수 있는 일이 아닙니다. 부디 의암 선생님께서 이번 대사의 우이(牛耳)를 잡으시고 저희를 이끌어 주십시오."

이범윤과 최재형이 그런 뜻으로 번갈아 사양했다. 유인석이 짐짓 난감해하는 표정을 짓더니 문득 목소리를 가다듬어 말했다.

"정히 그렇다면 이 늙은이가 이럴 때를 대비해 마련해 둔 임시변통을 말해 보리다. 차라리 저기 있는 김두성 대장을 총독으로 세우는 게 어떻겠소? 김두성 대장은 본국에서 진위대 부위(副尉)로 있으면서 신식 군대의 전법을 두루 익혔을 뿐만 아니라 대한제국 군대해산 이후로는 의병으로 싸워 일본군과의 전투 경험도 풍부하오. 또 이곳 연해주로 와서는 내 이름을 듣고 찾아온 사람들로 부대를 만들어 여기까지 이끌어 왔으니, 실상은 진작부터 나를 대신해 온 것이나 다름없소. 따라서 김두성 대장이 총독이 되어 연해주 의진(義陣)을 이끈다면, 보잘것없으나마 이 늙은이의 안목과 사려를 그 진문(陣門) 안에 묶어 둔다는 뜻도 있을 것이오."

그래 놓고 다시 한 번 좌중을 돌아보더니 깨우쳐 주듯 덧붙였다.

"저기 김두성 대장을 총독으로 내세우는 이점은 더 있소. 이 늙은이는 말할 것도 없고 이범윤 대장이나 최 도헌도 이미 일본군에게 잘 알려진 사람이오. 누가 총독이 되어도 일본군은 적을 아는 셈이 되오. 그러나 김두성 대장은 본국에서 의병으로 싸웠다고 해도, 이 늙은이 같은 유생(儒生) 출신의 의병장 밑에 이름이 묻혀, 일본군에게는 전혀 낯선 인물이오. 저 사람을 두 분 위에 세워 연해주 의진의 총독으로 삼으면 모르긴 하되, 일본군은 적잖이 혼동될 것이오. 거기다가 실질로도 우리 의병은 주동하는 세력이 바뀔 때가 되었소. 언제까지고 학통과 문벌을 등에 업은 유생 출신의 의병장과 그를 따르는 유학(幼學, 벼슬 하지 못한 선비), 농군들로 이루어진 구식 의병들로 저 표독스러운 일본군을 맞서게 할 것이오? 저들은 명치유신 이후 안팎으로 크고 작은 전쟁에 날을 지새운 데다 날카로운 병기와 신식 훈련으로 정예하기 이를 데 없는 강병이오. 작년에 해산된 대한제국 장병들이 좋은 본보기를 보여주었듯, 우리도 신식 훈련을 받고 날카로운 병기를 갖춘 젊은이들에게 의진을 넘길 때가 되었소."

유인석이 김두성을 내세운 일종의 차명(借名)은 그 뒤 독립전쟁에서 심심찮게 활용된다. 뒷날 동북항일연군 제1사장(師長)으로 일본군과 싸우다가 젊은 나이로 전사한 이홍광(李紅光)도 1930년대 초 동흥읍(東興邑)을 점령했을 때, 열여덟 살 되는 예쁜 처녀 아이를 백마에 태워 동흥읍을 돌게 하며 자기 이름을 쓰도록 한 적이 있었다. 무시무시한 유격 대장 이홍광이 열여덟의 예쁜 아가씨로 알려지자, 《조선일보》는 속보를 내어 '미녀 두목 이(李) 사령(司令)'을 출신과 이전 행적까지 들춰 가며 대서특필하고 있는데, 이홍광을 뒤쫓는 일본군에게는 적잖이 혼란을 주었을 것이다. 전해 들은 조선 사람들에게도 그 이름은 신비감과 숭모(崇慕)의 정으로 오래 기억되었다고 한다.

좀 뜻밖이라는 표정으로 유인석의 제안을 듣고 있던 이범윤과 최재형이 곧 고개를 끄덕이며 유인석의 뜻을 받아들였다. 그러자 유인석이 환한 얼굴로 다시 논의를 이끌었다.

"두 분께서 이 늙은이의 뜻을 받아 주시니 기꺼우면서도 두렵소이다. 자, 이제 겉으로나마 연해주 의진의 총독은 정해졌소. 그 다음 국내로 진공(進攻)할 의병 부대들을 통괄하여 싸움을 지휘할 대장은 두 분 가운데 어느 분이 맡아 주시겠소?"

"저는 이미 러시아에 귀화하여 조선으로 봐서는 타국인입니다. 조선으로 진공하는 의병대의 총대장에 타국인이 당키나 하겠습니까? 게다가 이제는 저도 나이를 먹어 총을 들고 앞장설 처지도 못 됩니다. 대장은 아무래도 여러 번 모진 싸움을 겪은 이(李) 관리사가 맡는 게 옳을 듯합니다. 저는 다만 동의회 총재로서 이제껏 해 왔듯이 뒤에 남아 군수(軍需)와 재정 일이나 돌보겠습니다."

이번에는 최재형이 먼저 나서 사양을 했다. 말을 듣고 보니 그냥 해 보는 소리 같지 않았다. 하지만 이범윤도 최재형과 마찬가지로 완강히 사양했다.

"저 또한 황제 폐하의 소환에 불응하고 무단히 남의 나라로 피신한 망명객 처지입니다. 거기다가 두 분보다야 젊지만, 총을 들고 항오(行伍)에 설 수 없기는 마찬가지입니다. 젊고 유능한 이를 대장으로 세워 장구한 앞날을 도모하는 게 나을 것입니다."

이범윤이 그렇게 사양하자 유인석이 근심 어린 표정으로 좌우를 돌아보며 말했다.

"예부터 과공(過恭)은 비례(非禮)라 하였거니와, 나라와 동포를 위한 큰일을 당해서는 과공이 불의와 불충이 될 수도 있소. 오늘 우리 의진(義陣)은 일시의 권도(權道)로 젊은 김두성을 총독으로 세웠지만, 여러 부대장들이 믿고 따를 만한 대장을 따로 세우지 않고는 결코 아무런 공을 이룰 수 없을 것이오. 그런데 마땅히 나서 주셔야 할 두 분이 이리 사양하시니 실로 막막하구려. 여러분은 어찌했으면 좋겠소?"

그러자 그 자리에 모여 있던 여러 부대장 가운데 유생(儒生) 출신인 듯한 의병장 하나가 나서서 받았다.

"두 분 모두를 세우면 어떻겠습니까? 최 도헌께서는 동의회뿐만 아니라 창의회까지 아우른 연해주 의진의 총재로서 후방을 맡고, 이범윤 대장께서는 연해주 의진의 총대장이 되어 전선의 병사(兵事)를 맡으시면 되지 않겠습니까? 그러면 우리 의진은 뒤로 소하(蕭何)를 두고 앞으로 한신(韓信)을 세우는 격이 될 것입니다."

고리타분한 한나라 초기의 고사를 내세우고 있기는 하나 그럴듯한 절충이었다. 이에 모두가 좋다고 찬동하자 김두성 총독에 이범윤을 대장으로 내세운 연해주 의진이 갖춰졌다. 각 부대를 이끌고 있던 사람은 모두 그들의 이름을 붙인 부대의 대장이 되고, 안중근을 비롯해 영장으로 있던 사람들에게는 참모중장(參謀中將)이란 직함이 주어졌다. 근대적 군대용어가 뜻하는 직위와 직책이라기보다는 '지휘부에 속하는 중급 장교' 정도의 뜻을 가진 구식 직함이었다.

나중에 김두성 부대로 불리게 된 연해주 의병 부대가 연추를 떠난 것은 그해 6월 초순 양력으로는 7월 5일 경이었다. 밤중에 가만히 목허우로 집결한 부대들은 거기서 기선을 타고 장고봉 부근 바닷가에 내렸다. 그리고 장고봉에 이르러 날이 밝자 그 높은 구릉 아래 몸을 숨긴 채, 움직여도 사람들 눈에 띄지 않는 밤이 오기를 다시 기다렸다.

그때 연해주 의병 부대는 국내 진공이라곤 하지만 실은 일종의 원정군(遠征軍)이라, 총과 탄약 외에도 몇 가지 병참을 갖추어야 했다. 군복과 군장은 갖추지 못해도 행군과 야전에 불편하지 않을 옷과 신발이어야 했고, 신식 군용 장막까지는 못 돼도 밤이슬을 면할 담요는 있어야 했다. 여러 날 걸리는 원정이라 군량도 거기 맞게 말린 것, 볶은 것, 절인 것까지 고루 마련되어야 했다.

하지만 거둬들인 군자금이 넉넉지 못해 총과 탄약을 마련하는 데도 빡빡한 지경이라, 의병들이 먹고 입고 자는 일에 쓸 수 있는 게 많지 않았다. 그러다 보니 입을 것도 먹을 것도 덮을 것도 부실해 하루 밤낮의 행군과 이동에 벌써 불평들이 터져 나왔다. 연추까지 침투해 온 일진회(一進會) 패거리와 일본 밀정들이 퍼뜨린 거짓 소문이 더해 의병들의 사기까지 떨어뜨렸다. 곧 의병 수뇌부가 군자금을 저희 멋대로 갖다 써서 군자금이 부족하게 되었다는 일종의 이간책이었다.

싸움도 해 보기 전에 불만과 의심으로 상하가 분열되고 사기까지 떨어지는 걸 보고 안중근이 참지 못했다. 그날 낮 후미진 구릉 사이에서 각 부대의 대장들과 장교들이 밤에 있을 국내 진공을 논의하는 자리가 되자 대장들이 청하지도 않았는데 나서서 연설을 시작했다.

안중근은 먼저 군자금 유용에 관해 떠도는 소문이 일본군의 이간책임을 밝히고 단합을 호소했다. 그러나 듣고 있는 부대장들과 장교들의 표정은 냉랭하기 짝이 없었다. 군중(軍中)에 떠도는 의심과 불만을 한마디로 부인하고, 안중근의 호소를 주제넘은 걱정으로 여길 뿐이었다. 그리고 허세 가득한 어조로 오히려 국내 진공을 서둘러 댔다.

"그런 건 걱정하지 마시오. 두만강만 건너면 살기 위해서라도 모두 뭉치지 않을 수 없을 것이오. 그보다는 어서 빨리 대한 땅으로 쳐들어가 왜적을 하나라도 더 많이 때려잡을 궁리나 합시다."

창의회 소속 부대의 한 대장은 그렇게 노골적으로 안중근의 말을 가로막았다. 그게 다시 안중근의 열변을 이끌어 냈다.

"지금 우리는 기껏 몇백 명의 병력으로 수천, 수만의 적과 싸우려 하니 적은 강하고 우리는 약하므로 적을 가벼이 여겨서는 안 됩니다. 더구나 병법에 이르기를 '비록 백 가지 바쁜 가운데서도 반드시 만전의 방책을 세운 연후라야만 큰일을 꾀할 수 있다.'고 하였습니다. 이제 우리들의 의거가 한 번으로 성공할 수 없음은 불 보듯 뻔한 일입니다. 그러므로 설령 이번에 뜻을 이루지 못한다고 기죽어 물러나는 일은 없어야 합니다. 첫 번에 안 되면 두 번, 세 번 되풀이해 일어나고 열 번, 백번이 꺾여도 굴함이 없어야 할 것입니다. 금년에 못 이루면 내년에 다시 도모하고, 때에 따라서는 10년, 1백년을 가도 좋다는 마음가짐을 가져야 합니다. 만일 우리 대에 뜻을 이루지 못하면, 아들 대, 손자 대에 가서라도 반드시 우리 대한의 독립권을 회복한 다음에라야 그만둘 각오가 있어야 할 것입니다.

그리하여 먼저 할 일과 나중 할 일, 급히 나갈 것과 더디게 나갈 것을 맞게 정하며, 앞일을 헤아려 미리 준비하고 뒷일에 대비함에도 소홀함이 없으면, 반드시 우리가 목적하는 바를 달성할 수가 있을 것입니다. 그러하면 오늘 나온 군사들이 설령 병약하고 늙었다 하더라도 걱정할 게 없습니다. 우리 뒤에 남은 청년들이 사회를 조직하고 민심을 단합시키며 아이들을 교육하여 앞날을 준비하고 뒷일에 대비하는 한편, 여러 가지 실업에 힘쓰며 실력을 양성해 가면 못 이룰 일이 없을 것입니다……."

그러자 이번에는 비방과 야유가 쏟아졌다. 함경도 포수 출신의 한 장교는 아예 욕설로 안중근의 입을 틀어막다시피 했다.

"이보라우. 개소리 집어치우라야. 박 터지게 생긴 싸움판 앞두고 이거 무스기 사람 맥 빠지게 하는 소리가? 당쵀 낙태한 고양이 쌍판을 하고스리……."

안중근의 말이 틀린 것은 아니었으나, 거기 모인 부대장들이나 장교들에게는 아니꼬울 뿐이었다. 모두 의병으로 모이기는 했어도, 여러 해 국외를 고생스레 떠돌면서 그들 대부분의 성품은 사납고 거칠어져 있었다. 조국 독립을 바라는 열의를 빼면 비뚤어질 대로 비뚤어진 주먹 패거리나 다름없는 이들이 많았다. 그들이 높이 치는 것은 권력이 있거나 재산이 많거나 주먹이 세거나 관직이 높은 사람들과 나이 든 어른이었다. 그런데 그 어디에도 들지 않는 안중근이 그들 앞에 나서 떠드니 그 말이 바로 들릴 리 없었다.

격렬하게 희비(喜悲)를 드러내는 데는 안중근도 그들 못지않았다. 부당하게 무시당했다 싶자 모든 걸 팽개치고 의병대에서조차 빠져나오고 싶었으나 이미 내친걸음이라 그럴 수도 없었다.

안중근이 무연하게 입을 다물자 이어 벌어진 그날의 논의에서 연해주 의진은 리시아령 장고봉(張鼓峰)의 서북쪽 방천 나루터에서 두만강을 건너기로 했다. 방천 나루터는 두만강 하류를 따라 좁게 이어진 청나라 땅으로 혼춘현 경신진(京新鎭)에 속했다. 장고봉을 등지고 러시아령인 와봉(臥峰) 마을과 이웃해 있는 그 나루터는 겨울이면 두텁게 얼어붙지만, 여름이면 깊이 대여섯 길에 강폭이 넓은 두만강이 되어 배가 없이는 건널 수 없는 곳으로 청나라와 러시아, 조선 세 나라의 땅이 맞닿는 국경이었다.

"알아본 바로, 방천 나루터에는 곡씨(曲氏) 성을 쓰는 한인(漢人)이 제법 큰 목선을 가지고 여름 한 철 사람과 물자를 실어 나른다고 합니다. 거기다가 청나라 관부도 멀고 강 건너에는 일본 수비대도 없어 국경을 건너 오가는 데 별 어려움이 없다 하니 그리로 건너면 좋을 것 같소이다."

두만강 건너 경흥 출신인 장교 하나가 아는 대로 지리를 말하고 그렇게 제안하자, 김두성을 비롯한 부대장들이 모두 따르기로 했다. 날이 저물자 의병 부대는 모두 방천 나루로 옮겨 갔다.

연해주 의병 부대들이 방천 나루터에서 두만강을 건너기 시작한 것은 7월 초순의 어둠이 짙어진 밤 이경부터였다. 곡씨(曲氏) 성을 쓰는 한인 뱃사공에게 낮에 미리 정한 선임(船賃)을 내고 5백 명에 가까운 의병들은 큰 나룻배로 두만강을 건너기 시작했다. 고물에 작은 등불을 하나 건 배에 스무 명씩 타고 두만강을 건너면 곧 경계에 들어가 방천 나루로 돌아간 배가 다시 의병들을 태우고 돌아올 때까지 기다리는 식인데, 그렇게 스물 몇 번을 오가 모든 병력이 도강을 마쳤을 때는 날이 희끄무레 밝아 오고 있었다.

"자, 이제부터는 소규모 부대로 흩어져 유격전으로 함경도를 해방시키면서 홍범도 장군과 연결을 꾀합시다. 듣기로 홍범도 장군은 지금 무산군(茂山郡) 삼사면(三社面) 서두수(西頭水) 상류 지대에 진영을 차리고 있다 하오. 모두 싸우면서 그리로 집결하시오. 거기서 의진을 다시 한 번 확대 개편한 뒤 왜적과 대규모 접전을 벌여 봅시다."

이범윤이 거기까지 따라오지 않아 겉으로 내세운 총재가 아니라, 실제 전선에서의 대장 노릇까지 하게 된 김두성이 각 부대의 대장과 참모중장들을 불러 놓고 그사이 제법 몸에 붙은 대장티를 내며 그렇게 말했다. 그동안 모아 온 정보를 근거로 연추에서 유인석, 이범윤 등과 함께 이미 정하고 온 방향대로였다.

김두성이 무거운 짐을 벗듯 자기 부대만 이끌고 떠나자, 그들 쪽에서 보면 애송이에 지나지 않는 김두성 아래서 싸우는 걸 탐탁잖게 생각하던 다른 부대장들도 아무런 이의 없이 흩어져 갔다. 김두성 부대는 서북쪽으로 홍범도 부대가 있다는 무산 쪽으로 바로 떠났고, 투지가 굳고 실전 경험이 많은 창의회 소속 부대는 서남쪽으로 길을 돌아 싸우면서 홍범도 부대와 합류하기로 했다.

안중근이 참모중장으로 포병 좌영장(左營將)을 맡은 동의회의 전제익 부대는 남쪽으로 내려가 함경도 구석구석을 휩쓴 뒤에 북상하여 무산으로 가기로 했다. 전제익 부대는 총원이 1백 50명으로 전제익이 직접 이끄는 본부와 소총 부대인 포병대 좌우영으로 이루어져 있었다. 우영장은 안중근의 의형인 엄인섭이 맡고 있었고, 그 아래로는 안중근의 의제(義弟)인 김기룡과 우덕순·백규삼·이경화·강창두·최천오 등이 장교로서 각기 소대 정도의 병력을 지휘했다.

날 새기 전에 증산동을 떠나 해 뜰 무렵 구룡평(九龍坪)에 이른 전제익 부대는 벌판 끄트머리 야산에 숨어 아침밥을 지어 먹고 다시 어둡기를 기다렸다. 모두가 골짜기와 나무 그늘에 숨어 간밤에 설친 잠을 낮잠으로 채우고 있는데, 서수라(뒷날의 경흥군 노서면 면소재지) 출신의 의병 하나가 자원해 나서며 말했다.

"내래 오랜만에 고향에 와서 기런디 통 잠이 오지 않누만. 고향 산천도 돌아보고 왜놈 수비대가 어드메 있는지 정찰이라도 가 볼까 하는데 뉘기 따라갈 사람 없음메?"

그러면서 엄인섭과 고향이 같은 경흥면 출신의 의병 하나를 데리고 나가더니 한낮이 되어 돌아와 여럿을 깨우며 말했다.

"노서면 상리(上里)에 왜놈 수비대 하나가 있는데, 니거 저물 때까지 기다릴 것도 없어야. 원래 소대 병력이 있었디만 어젯밤 몰래 차를 내어 북쪽으로 실어 가고 남은 게 대여섯뿐이라는 거 아이겠소? 저물 때를 기다릴 것 없이 후딱 가서 해치웁시다레."

그 말에 장교들이 모두 찬동하고 엄인섭과 안중근까지 따르자 전제익도 굳이 마다하지 않았다.

"좋소이다. 어젯밤 떠난 적의 병력이 어디로 집결했는지 모르지만 한번 해 봅시다. 설령 적이 증원하여 돌아온다 해도 이곳은 국경 동변(東邊) 남쪽 끄트머리라, 그리 큰 병력은 되지 못할 것이오. 우리가 먼저 기습하여 적의 진지를 점령하고 기다리면, 우리 부대만으로도 충분히 격퇴할 수 있으니 조금도 두려워할 것 없소."

그러면서 출동을 허락했다. 이에 전제익 부대는 아직 훤한 대낮에 구룡평을 가로질러 상리로 밀고 들었다.

서수라 출신의 의병이 알아 온 대로 원래 노서면 상리에 주둔한 일본군 수비대는 기관총 분대가 딸린 1개 소대 병력이었다. 그러나 연해주 의병의 국내 진공 움직임이 일본군의 정보망에 걸려 회령으로 국경 수비대 병력을 집결하는 바람에 상리 수비대도 기관총 분대를 비롯한 주력은 회령으로 가고 없었다. 나이 든 병조장(兵曹長) 하나가 겨우 졸병 다섯 명을 데리고 남아 조선인 보조원 몇과 함께 수비대 진지를 지키고 있었다.

전제익 부대가 불시에 진지를 에워싸고 들이치자 일본군 수비대 잔류 병력은 무라타 소총 여섯 정만으로도 제법 매섭게 대항했다. 10년 간격으로 청일전쟁, 러일전쟁에서 잇따라 이겨 기세가 오를 대로 올라 있는 제국의 군대다운 데가 있었다. 거기다가 작은 구릉지 위에 자리 잡은 진지도 돌과 양회(洋灰)를 섞어 마음먹고 구축한 국경 수비대 보루였다. 일본군 수비대는 거기에 의지해 스무 배가 넘는 의병들의 포위 공격을 받으면서도 한동안은 잘 버텼다. 하지만 워낙 중과부적이었다. 총격이 시작된 지 한 식경도 안 돼 진지의 총안(銃眼) 두 개가 조용해지더니, 이어 진지의 총안 전체가 침묵에 빠졌다.

"적이 달아납니다. 언덕 옆으로 난 참호를 따라 뒤로 빠진 것 같습니다. 저기 보십시오. 벌써 유효사거리(有效射距離)를 벗어났습니다."

한동안의 불길한 침묵 뒤에 조심스러운 눈길로 수비대 진지를 살피고 있던 의병 장교 중 하나가 소리쳤다. 모두가 놀라 그 장교가 가리키는 곳을 보니 일본군 대여섯 명이 한 덩어리가 되어 한편으로는 서로 부축하고 끌며, 다른 한편으로는 총을 안고 사주를 경계하며 구릉 뒤쪽으로 사라지고 있었다.

"뒤쫓아라! 살려 보내서는 안 된다. 어서 적을 뒤쫓아라. 생포하지 못하면 사살하라!"

엄인섭이 그렇게 외치며 의병들을 내몰았다. 그 소리에 의병대 일부는 일본군 수비대가 사라진 곳으로 쫓아가고 나머지는 벌써부터 조용해진 진지를 그제야 덮쳤다. 짐작대로 진지 안에는 일본군 시체 두 구와 조선인인 듯한 양복 차림의 시체 한 구가 있을 뿐 아무도 없었다. 나머지는 더 버틸 수 없다고 여겨 부상자들을 이끌고 의병들의 눈에 띄지 않는 참호를 통해 진지를 빠져나간 듯했다. 하지만 어지간히 다급했던지 죽은 병사들의 소총과 탄약뿐만 아니라 진지 안의 다른 군수품까지도 고스란히 남아 있었다.

출동한 부대의 규모에 비해 전과가 썩 크지는 못했지만 그래도 승리는 승리였다. 모두가 환호하며 노획한 군수품을 헤아리고 있는데, 일본군을 뒤쫓아 갔던 의병들이 돌아와 알렸다.

"왜적들을 그만 놓치고 말았습니다. 그새 저희 병참소(兵站所)까지 달아난 적 패잔병들은 거기서 말과 수레를 끌어내 나눠 타고 남쪽으로 달아났다고 합니다. 부상병까지 싣고 가느라 빠르지는 않으나 우리가 도보로 따라잡기는 이미 글러 버렸습니다."

"어쩔 수 없다. 여기서 저녁밥을 지어 먹고 하룻밤 숙영한 뒤에 움직인다. 적 수비대 진지를 중심으로 경계를 강화하고 숙영을 준비하라. 또 각 부대 모두 정탐과 척후를 풀어 사방을 널리 살피도록!"

전제익이 그렇게 명령해 점령한 일본군 진지에서 느긋한 하룻밤 숙영이 있었다. 그런데 그날 밤이 깊어 정탐을 나갔던 의병 하나가 안중근과 엄인섭을 비롯한 장교들이 묵고 있는 곳으로, 어떤 개똥모자(사냥용 캡)를 쓴 양복쟁이 하나를 데리고 와 말했다.

"이 사람은 이곳 일본군 수비대에서 군속(軍屬)으로 일하던 사람입니다. 비록 왜놈 군대에 빌붙어 손발 노릇을 해 왔지만, 오늘 국내로 진공한 우리 의병대의 위용을 보고 깨달은 바 컸다고 합니다. 그길로 우리와 함께할 결심을 하고 찾아 나섰는데, 특히 지휘소에 급히 알려 줄 게 있다고 하기에 이리로 데려왔습니다."

그 말에 장교들은 마침 순찰을 돌고 있던 전제익을 불러들여 그 사내를 만나 보게 했다.

"급히 일러 줄 게 무엇이오?"

불려 온 전제익이 아직도 미심쩍어하는 눈길로 그 사내를 살펴보며 물었다.

"제가 듣기로 일본군은 이번 의병을 연추와 간도의 연합으로 잘못 알고 국경 북변인 회령을 요충으로 여겨 병력을 그리로 집결하고 있습니다. 그 바람에 지금 경흥이 비다시피 하였으나, 그리 오래가지는 않을 것입니다. 간도 쪽 의병의 움직임은 없는데 연추의 부대들이 장고봉을 돌아 왔다는 말을 들으면, 회령에 집결했던 일본군 수비대 부대들이 다시 남하할 것이며, 한편으로 남쪽에서는 나남(일본군 사단이 주둔하던 곳)에서 급한 소식을 듣고 지원병이 올라올 것입니다. 따라서 자칫 여기서 머뭇거리다가는 아래위로 적을 맞는 꼴이 되고 맙니다."

그렇게 말하는 사내의 눈길을 보니 일본군에 군속으로 부역한 게 켕겨서 괜히 해 보는 소리 같지는 않았다. 전제익도 얼굴이 누그러져 그 말을 받아들이며 장교들을 돌아보고 물었다.

"그럼 이제 어떻게 하면 좋겠소?"

그때 안중근이 나서 말했다.

"병(兵)을 발했으면 총검이 부딪는 것은 정한 이치, 그렇다고 한 번 제대로 싸워 보지도 않고 이대로 물러날 수는 없소. 우리도 기민하게 움직여 적의 빈틈을 노리면 반드시 길이 있을 것이외다. 오늘 여기 일이 적에게 알려졌다 해도 아직 모든 게 속속들이 밝혀진 것은 아닐 터이니, 회령의 일본군 부대도 나남의 사단도 오늘 내일 결단을 내리기는 어려울 것이오. 연추를 떠나올 때 이미 고된 유격전은 각오한 터, 차라리 적이 우왕좌왕하는 사이에 몇 군데를 더 휘저어 그들을 한껏 경동(驚動)시킨 뒤에 무산으로 빠지는 게 어떻겠소?"

그러자 이번에는 동의회 계열만 남은 탓인지 장교들 모두가 찬동해 주었다. 이에 점령한 일본군 수비대 진지에서 하룻밤을 쉰 전제익 부대는 다음 날이 어둡기를 기다려 경흥으로 쳐들어갔다. 경흥 수비대 역시 상리 수비대와 마찬가지로 남은 병력이 많지 않았다. 거기서 전제익 부대는 다시 일본군 몇 명을 사살하고 진지를 점령하여, 부수고 불사를 수 있는 것은 다 부수고 불사른 뒤에야 떠났다.

그다음 일본군 수비대는 신아산(新阿山) 부근의 홍의동(洪儀洞)에 주둔한 부대였다. 원래부터 다른 곳보다는 수비병이 조금 많이 남아 있던 홍의동 수비대는, 이미 소문이 들어갔는지 인근의 일본 민간인들을 끌어들이고, 경흥 관아의 지원까지 받아 의병들을 맞을 채비를 갖추고 있었다. 관아의 지원이란 하급 관속이나 사정(使

丁)들을 끌어다가 싸움을 보조하게 한 일이었다.

하지만 워낙 주력이 빠져나간 탓에 아무리 보강을 해도 전제익 부대를 홍의동 수비대로 막아 내는 것은 무리였다. 싸움이 앞서보다 조금 치열하고 길어졌다는 것뿐, 끝내는 홍의동 수비대 진지도 온전한 중대 병력이 넘는 의병 부대의 공격 앞에 무너지고 말았다. 발악하며 버티던 일본군 여섯과 함께 날뛰던 민간인 여남은 명이 죽고, 일본군 서너 명과 주로 국경 근처에서 암거래를 하던 장사꾼들인 민간인 대여섯 명이 생포되었다. 거기다가 멋모르고 끌려와 일본군의 탄약을 나르고 진지 보수공사를 했던 경흥 관아의 관속과 사정들도 한 두름에 엮여서 끌려 나왔다.

안중근은 끌려온 포로 중에서 먼저 근골이 크고 멀쑥한 조선인 하나를 골라 물었다.

“당신은 누구며 어쩌다가 저들 일본인과 함께 포로가 되었소?”

“이놈은 경흥 관아에서 사정 노릇을 하던 이덕칠(李德七)이란 놈이온데, 군수님의 명을 받고 여기 와서 일본군의 짐을 져 주다가 함께 잡혀 오게 되었습니다.”

그 말에 안중근은 다시 곁에 있는 조선인에게 같은 물음을 해 보았다. 대여섯 모두가 어슷비슷한 대답이었다. 그러자 안중근은 그들을 풀어 주게 하고 말했다.

“당신들이야말로 힘없는 나라를 둔 죄밖에 더 있겠소? 풀어 줄 테니 다시는 일본인들을 도와 죄짓지 마시오. 그리고 그동안 지은 죄는 우리가 이곳을 떠날 때 짐꾼이 되어 우리를 도와주고 씻으시오."

그때만 해도 다른 장교들은 별말 없이 그런 안중근을 바라보고 만 있었다. 그런데 그다음이 문제였다.

안중근은 다시 일본인 포로들을 끌어오게 해 물었다.

"보아하니 그대들은 모두 일본국의 선량한 신민(臣民)들이다. 그런데 왜 천황의 거룩한 뜻을 받들지 않는가? 일로전쟁을 시작할 때 천황은 선전서(宣戰書)에서 동양 평화를 유지하고 대한 독립을 굳건히 한다고 하였다. 그런데 오늘날에 와서 그대들은 이렇게 이웃 나라를 침략하고 다투니 이것을 어찌 평화라 하며 독립이라 할 수 있겠는가? 이렇게 하는 것이 역적이고 강도가 아니고 무엇이겠는가?"

그러자 퍼렇게 질려 있던 일본인들이 갑자기 눈물을 줄줄이 흘리며 말했다.

"그것은 우리들의 본심이 아니고 부득이한 사정으로 그리된 것입니다. 사람이 세상에 나서 살기를 좋아하고 죽기를 싫어하는 것은 떳떳한 정입니다. 더군다나 우리들은 만 리 바깥 싸움터에서 참혹하게 죽어 이제 주인 없는 원통한 넋이 되게 되었으니 이 어찌 통분한 일이 아니겠습니까? 오늘 우리가 이 지경에 이른 까닭은 달리 있지 아니하고, 오로지 이토 히로부미의 허물 탓입니다. 그자는 천황의 거룩한 뜻을 받들지 않고 제 마음대로 권세를 주물러서, 일본과 조선 두 나라 사이에 귀중한 생명을 무수히 죽이고, 저는 편안히 누워 복을 누리고 있습니다. 우리들 역시 분개한 마음이 없지 않으나, 달리 어찌해 볼 길이 없어 오늘 이 지경에까지 이른 것입니다.

하지만 저희라고 어찌 옳고 그른 것을 구별하지 못하겠습니까? 더구나 농사짓고 장사하는 백성들로 조선에 온 자들은 더욱 곤란한 처지에 빠져 있습니다. 이와 같이 나라에 해롭고 백성들이 고달픈데, 동양 평화를 조금도 돌아보지 않고 우리 국세가 편안하기를 어찌 바랄 수 있겠습니까? 그러므로 우리가 어쩔 수 없이 죽기는 하지만 통탄스럽기 실로 그지없습니다."

마치 안중근의 속을 들여다보듯, 안중근이 그냥 들어 넘기지 못할 소리만 골라 하고 말을 그친 일본인들은 소리 높여 통곡하기를 그치지 아니했다. 안중근이 그대로 있지 못하고 숙연한 낯빛이 되어 말했다.

"내가 그대들의 말을 들어 보니 과연 충의로운 사람들이다. 이제 그대들을 놓아 보내 줄 것이니, 돌아가거든 그런 난신적자(亂臣賊子)를 쓸어버려라. 만일 또 그와 같이 간악하고 음흉한 무리들이 까닭 없이 동족과 이웃 나라 사이에 전쟁을 일으키고 참해(慘害)하려는 언론을 내놓거든 그 이름을 쫓아가 쓸어버리면, 그렇게 죽는 자가 열 명을 넘기 전에 동양 평화의 기틀이 잡힐 것이다. 그대들이 그렇게 할 수 있겠는가?"

그러자 그때까지도 눈물범벅이 되어 울고 있던 일본군과 장사꾼들이 기뻐 날뛰며 그렇게 하겠다고 약속했다. 이에 안중근은 의병들을 시켜 그들을 놓아주게 하였더니, 그들 가운데 군인들이 다시 나서 울며 애원했다.

"장군께서 저희들을 놓아주신다 해도 군기(軍器)와 총포를 안 가지고 돌아가면 군율(軍律)을 면치 못하니 이를 어찌하면 좋겠습니까?"

"그러면 총포도 돌려주마."

안중근이 그렇게 시원스럽게 말하고 한마디 보탰다.

"그대들은 속히 돌아가서 뒷날에도 우리에게 사로잡힌 오늘의 이야기는 입 밖에 내지 말고 삼가 큰일을 꾀하라."

그러자 일본인들은 입에 침이 마르도록 안중근을 칭송하고 천 번, 만 번 감사하면서 돌아갔다.

패주
敗走

안중근이 일본군의 탄약을 나르고 진지 보수공사를 했던 경흥 관아의 관속과 사정(使丁)을 풀어 준 데 이어, 사로잡힌 일본군을 놓아주고 무기까지 내주자, 이를 지켜보고 있던 우영(右營)의 장병들은 아연해했다. 특히 장교들은 찌푸린 눈길에 혀까지 차기도 하였으나, 의군부의 참모중장이요 전장에서는 우영장을 맡은 안중근이 하는 일이라, 함부로 나서서 말리지는 못하는 눈치였다. 하지만 그 일이 군중(軍中)에 널리 알려지자 먼저 다른 부대의 장교들이 안중근을 찾아와 불평하며 따졌다.

"어째서 사로잡은 적들을 마음대로 놓아주는 것이오?"

그러자 우영의 장교들도 말없이 다가와 합세하듯 그들 뒤에 섰다.

"현재 만국공법(萬國公法)에 사로잡은 적들을 죽이는 법은 전혀 없소. 어디다 가두어 두었다가 뒷날 배상을 받거나 우리 편 포로와 바꾸어 돌려보내는 것이오. 더구나 그 일본인들이 말하는 것은 진정에서 우러난 것이라 놓아주지 않을 수 없었소이다."

안중근이 그렇게 받았으나 앞서 따지고 들던 장교의 표정은 조금도 누그러지지 않았다. 뿐만 아니라 더 많은 장교들이 몰려와 그 장교를 거들며 떠들었다.

"저 왜적들은 우리 의병들을 사로잡으면 남김없이 참혹하게 죽이고 있소. 또 우리들도 적을 죽이기 위해 이곳에 와서 풍찬노숙(風餐露宿)하고 있는 것이오. 그런데 그렇게 애써서 잡은 적을 몽땅 놓아 보낸다면 도대체 우리는 무엇 때문에 여기 와서 이러고 있는 거요?"

안중근이 그런 장교들의 말을 받아 간곡하게 타일렀다.

"그렇지 않소이다. 진실로 그렇지 아니하오. 왜적들이 그같이 모진 폭행을 하는 것은 하늘과 사람을 다 함께 노하게 하는 짓이오. 그런데 이제 우리들마저 저들과 같은 야만의 짓을 하려고 하는 것이오? 또 그렇게 하여 일본의 4천만 인구를 다 죽인 뒤에 다시 국권을 회복하려는 계획이오? 적을 알고 나를 알면 백번 싸워 백번 이길 수 있소. 지금 우리는 약하고 저들은 강하니 저들과 더불어 구태여 모진 악전(惡戰)을 벌일 필요는 없소. 뿐만 아니라 충성된 행동과 의로운 거사로 이등박문의 포악한 정략을 성토하여 세계에 널리 알림으로써 열강의 동정을 얻은 다음에라야, 한을 풀고 국권을 회복할 수 있을 것이외다. 그것이 이른바 약한 것으로 강한 것을 물리치고, 어진 것으로 악한 것을 대적한다는 뜻이 되기도 하는 것이오. 그대들은 부디 더는 여러 말을 하지 마시오!"

그래도 장교들은 안중근의 말에 귀 기울여 주지 않았다. 오히려 더 성을 내며 대들었다.

"당신이야말로 홀로 취해 꿈길 가는 소리 하지 마시오. 당신은 만국공법, 만국공법 하는데, 언제는 만국공법이 없어 왜적이 황궁을 침범하고, 을사조약을 강권하여 국권을 앗아 갔소? 그놈의 오금 덩어리 같은 만국공법이 있는데, 어찌 이등박문이 황제 폐하를 퇴위시키고 남의 나라 군대까지 해산시킨 거요? 제발 꿈 깨시오. 당신이 말한 그런 만국공법은 없소. 강한 놈이 약한 놈을 먹고, 이긴 놈이 진 놈을 짓밟을 뿐이오. 당신 같은 사람을 참모중장으로 세워 두고 따르다가는 자는지 취했는지 모르는 사이에 다 죽고 말겠소!"

그렇게 안중근을 몰아세우는데, 다시 고약한 소식이 들어왔다.

"일본군 마소 노릇을 하던 조선 사람들이 풀려나자 모두 달아났소. 우리 짐꾼이 되어 일하는 척하다가 사로잡힌 왜병들이 놓여나는 걸 보고 뒤따라 사라졌다고 하오. 특히 경흥 관아에서 사정(使丁) 노릇 했다던 이덕칠이란 자는 우리 의병 부대의 결의록(決議錄)과 동맹록(同盟錄), 여행권(旅行券) 등이 든 짐을 지고 달아났는데, 아마도 일본군 진영으로 간 듯하오. 이제 왜적들이 우리 부대 사정을 손바닥 들여다보듯 훤히 알게 되었으니 실로 큰일이오! 이는 모두 참모중장께서 그들을 풀어 준 탓이오."

그러자 의병 장교들 중에는 제 성을 이기지 못해 군사를 갈라 멀리 떠나 버리는 사람마저 있었다. 안중근과 의형제를 맺었던 좌영장 엄인섭도 그들 가운데 하나였다. 부대가 수런거리며 자기 부하들과 함께 떠나는 장교들이 생기자 엄인섭도 그들과 같이 화를 내며 제 밑에 있는 소대 셋을 이끌고 떠나 버렸다.

그렇게 어수선한 가운데 갑자기 요란한 총소리와 함께 일본군이 반격해 들어왔다. 회령에서 급히 되돌아온 일본군 수비대가 안중근에게 풀려난 저희 편을 만나, 서로 다투며 흩어지고 있는 의병 부대를 급습해 온 것이었다. 아무런 대비도 없이 있다가, 풀려난 포로와 조선 일꾼들 덕분에 의병 부대의 속사정을 훤히 알고 쳐들어온 적군을 맞게 되자 안중근 부대는 크게 어지러워졌다. 급한 대로 지세에 의지해 응전하고 있는데 날이 저물고 장대 같은 비까지 쏟아졌다.

그렇게 되니 싸움은 더욱 어려워질 수밖에 없었다. 한 뼘 앞을 알아볼 수 없는 어둠 속에서 동이로 퍼붓는 듯한 비를 맞으며 허둥대는 사이에 의병들은 이리저리 쫓기며 흩어져 얼마나 죽고 얼마나 살았는지조차 가늠하기 어려운 지경이 되었다. 안중근도 어쩔 수 없는 형세에 쫓겨 곁에 있던 의병 수십 명과 함께 가까운 숲속에 몸을 숨기고 밤을 세웠다.

다음 날이 밝고 일본군의 기척도 멀어지자 안중근은 사람을 풀어 부근에 흩어진 의병들을 찾아보았다. 저물녘이 되도록 모인 의병들이 그럭저럭 육칠십 명이었다. 그러나 부대장 전제익과 그 직속 부대가 없어졌고, 전날 밤까지도 안중근 곁에서 함께 움직여 온 우덕순도 이끌던 소대와 함께 보이지 않았다. 그래도 안중근은 낙심하지 않고 다시 모인 사람들과 만나 간밤에 있었던 일을 차분히 알아보았다. 불행 중 다행으로 죽거나 사로잡힌 사람보다는 각기 부대를 나누어 흩어져 간 사람들이 많은 듯했다. 하지만 전날 밤 자기들을 급습한 일본군의 규모가 어느 정도이며, 지금은 어디에 있는지 몰라 안중근이 거느린 의병 부대는 함부로 움직일 수가 없었다. 사방에 망보기만 세워 두고 죽은 듯 숲 속에 엎드려 저물기만을 기다렸다. 그러다 보니 제대로 먹지 못하고 쫓긴 지 벌써 이틀째로 접어들고 있었다. 아래위 가릴 것 없이 의병 모두가 주린 기색을 보이며, 한목숨 구해 살아 돌아갈 궁리뿐이었다. 그걸 본 안중근은 창자가 끊어지고 간담이 찢어지는 것 같았지만, 그렇다고 그들만을 나무랄 수도 없었다.

"날이 어두우면 산 아래로 내려가 마을을 찾아봅시다. 우리가 두만강을 다시 건넌 적이 없으니 여기가 아직은 대한 땅이라, 사는 이들도 우리 동포들일 것이오. 왜적과 싸우다 곤궁에 빠진 우리를 모른 척하지는 않을 것인즉, 거기 가서 우선 주린 배부터 채운 뒤에 다음 방책을 논의합시다."

두려움과 굶주림에 지친 의병들을 그렇게 달랜 안중근은 날이 어둡기 바쁘게 숲을 나가 마을을 찾아보았다. 밤중에 낯선 산길을 헤쳐 나가야 했지만 운 좋게도 밤이 깊기 전에 제법 여러 집이

어우러진 화전민 마을 하나를 찾을 수 있었다. 안중근이 장교 몇 명과 함께 마을 사람을 찾아보고 사정을 말하자, 동포의 정이 그들을 외면하지 않았다. 의병들을 받아들인 마을 사람들이 급히 보리쌀을 곱삶고 산나물로 뜨끈한 국을 끓여 내왔다.

마을 사람들이 내온 밥과 국을 걸신들린 듯 퍼먹고 있는 의병들과 함께 안중근도 우선 굶주림과 추위부터 면한 뒤에 물었다.

"여기가 어디요?"

밥을 내온 마을 사람들 가운데 지리에 밝은 중년 하나가 나서 일러 주었다.

"여기는 회령에서 동쪽으로 30리쯤 되는 산속입니다. 북쪽으로 한 20리 가면 두만강을 만날 수 있습니다만, 왜놈 수비대가 총총히 지키고 있지요. 서쪽으로 회령읍을 돌면 무산으로 빠지는데, 백두산 자락이라 산길이 험할 것입니다."

그 말에 안중근은 비로소 자신이 있는 곳을 가늠했다. 의병들과 함께 마을을 떠난 뒤 한군데 사방을 살피기 좋은 산등성이 풀숲에 자리를 잡고 장교들을 불러 모아 물었다.

"자, 이제 어찌했으면 좋겠소?"

전날 좌영장 엄인섭이 부대를 갈라 간 데다, 간밤의 싸움 중에 부대장 전제익이 그 직속 부대와 함께 사라져 남은 장교들 중에는 안중근이 가장 선임이었다. 그러나 하룻밤의 모진 패전으로 장교들은 위계에 복종하려 들지 않았고 병사들도 기율을 지키려 하지 않았다.

“잡은 범을 놓아 보내 일패도지(一敗塗地)한 마당에 어찌하기는 무엇을 어찌한단 말이오? 북쪽으로 길을 잡고 하루빨리 두만강을 건너 연추로 돌아가는 길밖에 더 있소?”

조금 점잖은 대답이 그와 같은 핀잔이었고, 모진 것은 바로 야유와 욕설이었다.

“뭘 걱정햐. 만국공법이 있잖여? 만국공법더러 우리 모두 살려 내라면 될껴.”

“니미럴, 목숨이라도 붙여 돌아가려면 바지에 똥 싸 붙이게 생겼구먼. 부대고 뭐고 다 흩고, 총까지 팡가치고 튀어도 연추 땅 다시 밟는 놈, 몇 놈이나 되가서.”

안중근은 훗날 자전적인 글에서 그때 일을 이렇게 회상하고 있다.

> 군중의 마음은 복종함이 없고, 기율도 따르지 않아, 이런 때를 당하여 이같이 질서 없는 무리를 이끌고서는 비록 손자(孫子), 오자(吳子)나 제갈공명이 되살아나도 어찌할 수 없었을 것이다…….

하지만 안중근은 터질 듯한 속을 꾹 눌러 참고 그들을 달랬다.

“이기고 지는 것은 싸우는 사람에게 늘 있는 일이오. 비록 우리가 모진 적도를 만나 크게 꺾이고 다쳤으나, 아직도 쉰이 넘는 병력에다 수십 자루 총포와 싸움 몇 번은 치를 만한 탄약까지 남아 있소이다. 대오를 정비하여 한 번 더 싸워 보고 그때 다시 지게 되면 연추로 물러나도 늦지 않을 것이오. 회령읍이 여기서 멀지 않다 하니, 돌아가더라도 부근 수비대나 하나 더 들이치고 돌아가도록 합시다. 전력을 다해 적의 간담을 서늘하게 만든다면 그게 오히려 적의 추격을 끊는 길도 될 것이오."

그리고 투덜거리며 떠나려는 이들을 돌려세우는 한편 아직도 부근에 흩어져 있는 의병들을 찾아보게 하였다. 그런데 흩어진 의병을 하나라도 더 모으려고 이리저리 사람을 푼 게 다시 화근이 되었다. 그 사람들이 밤새 안중근 부대의 뒤를 뒤쫓아 오던 일본군 부대에게 포착되면서 안중근 부대는 다시 일본군의 강습을 받게 되었다.

뒷날 회령 전투라 불리게 되는 그 싸움에서 안중근 부대를 공격한 일본군의 규모는 그리 크지 않았다. 회령에 집결해 있던 대대 규모의 병력 중에서 홍의동과 신아산(新阿山) 부근의 수비대가 의병들에게 잇달아 공격받았다는 연락을 받고 급파된 1개 중대 중의 한 갈래였다. 그러나 일본 병사들은 한만(韓滿) 국경에 오래 근무해 주변 지리와 인정에 밝은 정예병들인 데다, 부대도 기관총이 두 정 딸려 있는 증편(增編) 소대로서, 겁먹고 기죽은 안중근의 의병 부대가 당해 내기에는 무리였다.

애초부터 싸울 마음 없이 어정거리면서 저마다 살길을 찾아 눈치만 보던 의병들은 일본군의 한 차례 일제사격에 그야말로 풍비박산이 났다. 제대로 응사(應射) 한번 하지 못하고 사방으로 흩어져 달아나기 바빴다. 오래잖아 날이 희끄무레 밝아 왔을 때 의병들이 자리 잡고 있던 숲 속에는 몇 구의 시체만 남아 있을 뿐, 나머지는 모두 쓸려 가기라도 한 듯 자취조차 없었다.

안중근도 홀로 버틸 수는 없어 흩어져 달아나는 의병들과 함께 일본군의 포위 공격에서 벗어났다. 어둠 속이라 총소리와 섬광이 드문 쪽으로 달리다 보니 차츰 산은 높고 깊어져도 사방은 곧 어둡고 조용해졌다. 다행히도 일본군의 주공(主攻) 방향을 피한 듯했다.

이윽고 닫기를 멈추고 몽환상태에 빠져 주저앉아 있던 안중근이 퍼뜩 정신을 가다듬어 사방을 살펴보았다. 동편 하늘을 벌겋게 물들이며 밝아 오는 햇살에 의지해 가만히 살펴보니 자신이 어떤 외진 산봉우리에 홀로 앉아 있었다. 일본군의 추격은 이미 끝난 듯, 고요한 골짜기에서 여름 꿩 우는 소리만 간간 들려올 뿐 총성이나 사람이 지르는 소리는 전혀 들리지 않았다.

안중근은 문득 소년 시절 나이 든 포수들과 함께 천봉산(天峰山)에 올라 사냥감을 쫓다가 홀로 되었을 때와 같은 느낌이 들었다. 저만치 골짜기 사이로 그리운 청계동 마을이 아련히 솟아날 것 같았다. 아, 어서 길을 찾아 집으로 돌아가야겠다……. 그런 기분으로 털고 일어나려다가 문득 정신을 차려 보니 아뜩한 낯선 봉우리 위였다.

“어리석도다. 나 자신이여! 저와 같은 무리들을 이끌고 무슨 일을 꾀할 수 있단 말인가? 허나 일이 이 지경에 이르렀으니 누구를 원망하고 누구를 탓하리오."

비로소 자신이 떨어진 처지를 돌아보고 안중근이 스스로를 비웃으며 그렇게 말하였다. 하지만 언제까지고 외진 산봉우리 위에 앉아 자조(自嘲)하고 있을 수만은 없었다. 안중근은 어려움에 처하고 위험이 닥칠수록 분발하는 특유의 자부심과 용기로 떨치고 일어났다. 그리고 밤새도록 쫓기고 닫느라 지칠 대로 지친 몸을 추슬러 주변을 수색해 보았다.

오래잖아 안중근처럼 거기까지 쫓겨 와 바위틈이나 숲 덤불 사이에 숨어 있던 두세 사람을 찾을 수 있었다. 안중근은 다시 그들을 잡고 어찌할 것인가를 의논했다. 모인 것이 네 사람인데 네 사람의 의견이 각기 달랐다. 하나는 어떻게든 목숨이 남아 있는 한 살아야지 하였고, 다른 하나는 거기서 스스로 목숨을 끊고 싶다 하였으며, 나머지는 스스로 일본군에게 나아가 사로잡히고 싶다 하였다.

안중근의 생각은 그들과 또 달랐다. 다른 세 사람의 말을 듣고도 한참이나 말이 없다가 자신의 뜻을 시 한 편으로 바꾸어 읊었다.

> 사나이 뜻을 품고 나라 밖에 나왔다가[男兒有志出洋外]
> 큰일을 못 꾀하니 몸 두기 어려워라.[事不入謀難處身]
> 바라건대 동포들아, 피 흘려 맹서하고[望須同胞誓流血]

세상에 의리 없는 귀신은 되지 마세.[莫作世間無義神]

그러고는 총을 잡고 일어나며 그들에게 말했다.

"그대들은 모두 그대들이 하고자 하는 대로 하라. 나는 이 길로 산 아래로 내려가 일본군과 더불어 한바탕 장쾌하게 싸우겠다. 그리하여 대한제국인 2천만 가운데 한 사람 된 의무를 다한 다음에는 죽어도 한이 없겠다."

안중근이 그렇게 결연히 말하고 일본군 진지를 찾아 내려가려 하자, 거기 있던 의병들 가운데 하나가 뒤따라와 붙들고 흐느끼며 말렸다.

"참모중장의 뜻은 알겠으나 아주 잘못된 것이오. 당신은 다만 한 개인의 의무만 생각하고, 다른 수많은 생령과 훗날의 큰일은 돌아보지 않으려는 것이오? 오늘의 형세로는 비록 그렇게 장쾌하게 죽는다고 해도 조국과 동포에게 아무런 이득이 될 게 없소. 지금 당신의 몸은 만금과 같이 귀한 몸인데, 어찌 그리 초개와 같이 버리려는 것이오? 지금 마땅히 강동(江東, 여기서는 두만강 동쪽으로, 곧 러시아 땅)으로 건너가 앞날의 좋은 기회를 기다려서 다시 큰일을 도모하는 것이 이치에 십분 맞거늘, 어찌 깊이 헤아리지 않으시오?"

유생 출신의 의병으로 관동 의진(關東義陳)에 들어 싸우다가 끝내 못 견뎌 노령으로 망명하였다는 나이 지긋한 소대장이었다. 그런데 그의 말 가운데 강동이란 말이 안중근의 가슴을 세차게 후렸다. 소싯적 책을 덮으면서 한때 마음속의 사표(師表)로 우러르기까지 했던 초패왕(楚覇王) 항우(項羽)의 강동이 떠올라 안중근의 도저한 자부심을 휘저어 놓은 까닭이었다.

"듣고 보니 그대의 말이 참으로 옳소. 옛날에 초패왕 항우가 오강(烏江)에서 자결한 것은 두 가지 원통함이 있어서였을 것이오. 하나는 무슨 면목으로 다시 강동의 어른들을 만나 볼 수 있겠느냐는 것이요, 다른 하나는 강동이 비록 작은 땅일지언정 족히 왕 노릇 할 만하다는 말에 화를 참지 못해서였을 것이오. 특히 서초패왕이 되어 천하를 호령하며 영웅을 자처하던 항우에게 손바닥만 한 강동으로 건너가서 작은 왕이라도 되란 말이 얼마나 욕되었겠소? 하지만 그때 항우가 한 번 죽고 나자 천하에 또다시 항우가 없었으니, 어찌 안타까운 일이 아니겠소? 감히 견주어 보는 바, 오늘 이 안응칠이 처한 자리도 또한 그와 같소. 이 안응칠이 여기서 한 번 죽으면 세상에 다시는 이 나라와 겨레를 위해 목숨을 던질 안응칠이 없을 것이오. 그리하여 정작 크게 쓰여야 할 때 내던질 목숨이 없으면 그 얼마나 안타까운 일이겠소? 무릇 영웅이란 것은 능히 굽히기도 하고 능히 무릅쓰고 버티기도 해야 하는 법이라 들었소. 내 멀리 해외로 뛰쳐나온 목적을 달성하기 위해서라도 마땅히 그대의 말을 따르겠소이다!"

안중근이 그 말과 함께 함부로 죽을 생각을 버리고, 용기와 투지를 되살렸다. 어찌 보면 엉뚱할 만큼 소박하고 순수한 안중근의 자부와 신념이기도 했다.

안중근이 그렇게 마음을 바꿔 먹자 나머지 세 사람도 정신을 가다듬고 함께 어려움을 뚫고 나가 보기로 했다. 네 사람이 한마음이 되어 길을 찾아 나서는데, 다시 여기저기 숨어 있던 의병들이 나타나 어느새 일행은 여덟아홉이 되었다. 그들 중에서 우덕순이나 갈화춘(葛和春)처럼 서로 이름을 알고 가깝게 지내던 사람들을 다시 만나게 된 것은 고난 중에서도 반가운 일이었다.

"우리 여덟아홉으로 대낮에 적진을 뚫고 나가기는 어려울 것이오. 차라리 밤길을 걷는 것만 못하오."

그들은 그렇게 의논을 맞추고 낮에는 산속 동굴이나 숲 덤불에 숨어 있다가 밤이 되면 별빛으로 방향을 잡아 길을 걷기로 했다. 그런데 그날 밤 다시 장맛비가 퍼부어 별이 뜨지 않았을뿐더러 사방이 지척을 분간하지 못할 만큼 어두웠다. 처음에는 단단히 신호를 정하고 제법 줄을 지어 걸었으나, 오래지 않아 칠흑 같은 어둠과 퍼붓는 빗줄기 속에 서로 길을 잃고 흩어져 다시 찾을 수가 없었다. 날이 희붐해졌을 때는 안중근 곁에 우덕순과 갈화춘, 그리고 김씨 성을 쓰는 또 한 명을 합쳐 셋밖에 남아 있지 않았다.

그들 네 사람은 후미진 바위 그늘 한 군데를 찾아 밤새 장대비에 젖으며 산속을 헤매느라 고단해진 몸을 쉬게 했다. 모두가 혼절하듯 한숨 자고 나니 여전히 비는 추적이고 있었으나 그새 날은 완전히 밝아 있었다. 주변이 조용한 것이 일본군의 추격은 끝난 듯했다. 사방을 돌아본 네 사람이 그런 짐작으로 마음을 놓은 순간, 이번에는 갑작스럽고도 세찬 허기가 그들을 아뜩하게 만들었다. 헤아려 보니 모두가 피죽 한 그릇 못 얻어먹은 지 벌써 사흘째였다.

시간이 갈수록 배고픔은 창자를 훑는 듯한 고통으로 자라나 그들을 괴롭혔다. 하지만 더 무서운 것은 산 아래서 총칼을 번뜩이며 기다리고 있을 일본군들이었다. 산을 내려가 밥을 얻어먹는 것은 엄두도 못 내고 반나절을 보냈다. 그러다가 다시 뿌리는 빗줄기 속에서도 날이 저물어 간다는 것을 느낄 무렵, 우덕순이 문득 안중근과 갈화춘 등 세 사람을 불러 놓고 말했다.

"우리가 여기서 이렇게 굶어죽을 수는 없소. 내게 노서아 돈 1원과 금반지, 금시계가 있으니 내가 먼저 산을 내려가서 그것들을 팔아 먹을 것과 입을 것, 신을 것 등을 사 오겠소. 동지들은 그때까지 여기서 가만히 기다리고 계시오."

안중근이 걱정이 되어 그런 우덕순을 말렸다.

"지금 저 아래 일본군이 지키고 있는데 어찌 그리 무모한 짓을 할 수가 있겠소? 무사히 빠져나가기도 어려울 뿐만 아니라, 만약 우 형에게 일이 생기면 산 위에 있는 우리까지 성치 못할 것이오."

하지만 우덕순은 제 뜻을 굽히지 않았다.

"아니오. 그렇지 않소. 이대로 있다가는 모두 함께 죽을 뿐이오. 누군가 한 사람의 희생이 있어야 모두가 살 수 있소이다."

그러면서 저물어 오는 산을 내려갔다. 갈화춘이 우덕순을 뒤따르며 말했다.

"제가 소대장님을 산 아래까지 모셔다 드리고 오겠습니다."

안중근도 그를 따라 우덕순을 산 아래까지 바래다주려 했으나 두 사람이 함께 말려 그대로 남아 있었다. 그런데 날이 저물기 시작할 무렵에야 허옇게 질린 얼굴로 돌아온 갈화춘이 뜻밖에도 놀라운 소식을 전했다.

"우 소대장님이 일본군에게 잡혀가셨습니다. 산을 다 내려갈 무렵 바위 뒤에 숨어 소대장님을 눈으로 배웅하고 있는데, 갑자기 산 아래 수풀 속에 매복해 있던 일본군이 나타나 소대장님을 에워싸더니 불문곡직 총대로 후려 패다가 끌고 갔습니다."

"그렇다면 얼른 돌아와 우리에게 알렸어야 하지 않았소? 어떻게 눈앞에서 동지가 사로잡혀 가는 것을 보고만 있었단 말이오?"

"소대장님을 잡아가려고 몰려든 왜병들만도 여남은 명은 되었습니다. 거기다가 그 아래 숲 속에 또 얼마가 더 있을지 모르는데, 총도 제대로 지니지 못한 우리 셋이 가서 무얼 한단 말입니까? 이 한 몸 들키지 않고 빼내 여기까지 돌아오는 것도 오금이 저려 걸음을 옮기기 어려웠습니다."

갈화춘이 그래 놓고 다시 더 무엇을 생각해 볼 틈도 없이 두 사람을 몰아댔다.

"어서 여기를 떠 오늘밤에는 저들의 포위를 벗어나야 합니다. 소대장님을 구해 내는 것도, 원수를 갚아 주는 것도 모두 우리가 살아남은 뒤의 일입니다. 캄캄해지기 전에 방향을 잡고 서두릅시다."

듣고 보니 어쩔 수 없는 일이었다. 안중근도 은근히 마음이 다급해져 우덕순이 내려간 능선 반대쪽으로 길을 잡고 천 근같이 무거운 몸을 옮겼다.

밤이 되자 저녁나절 잠시 그쳤던 장대비가 다시 쏟아지기 시작했다. 안중근과 갈, 김, 세 사람은 일본군이 매복해 있는 반대편으로 서로 앞서거니 뒤서거니 하며 크고 작은 능선을 몇 개나 넘었다. 매복한 일본군이 언제 뛰쳐나올지 몰라 긴장해 걷다 보니 그 지독한 배고픔마저 한동안은 잊을 수 있었다.

그러는 사이에 다시 날이 밝아 왔다.

"여기가 어디쯤인 것 같소? 혹시 누구 아는 사람 없소?"

안중근이 아직도 장대비 속에 밝아 오는 낯선 산자락을 살피다가 시퍼런 입술을 덜덜거리며 따르는 두 사람을 번갈아 보면서 물었다. 두 사람 모두 대꾸할 힘조차 없다는 듯 무겁게 고개만 가로저을 뿐이었다. 밤새도록 걸었으니 전날 떠난 곳에서 몇십 리는 갔을 터이지만, 어디가 어딘지 알 수 없기는 마찬가지였다.

지친 세 사람은 거기서 잠시 다리를 쉬며 주변을 살펴보기로 했다. 날이 더 밝아지면 가까운 봉우리에 올라 멀리까지 살펴볼 작정이었다. 그러나 비가 그치고 날이 밝아도 사방을 분간할 수 없기는 새벽 어스름 속과 크게 다르지 않았다. 검고 두터운 구름이 하늘에 가득하고 땅 위에는 안개가 자우룩하게 덮여 전후좌우로 스무 발자국 앞을 알아보기 어려울 지경이었다.

거기다가 그들이 헤매고 있는 산등성이는 높고 가팔랐으며, 내려다보이는 골짜기는 깊고 험했다. 밭 한 뙈기 일굴 만한 비탈조차 없는 것이, 도대체 인가가 붙을 수 있는 곳이 못 되었다. 하지만 그렇다고 언제까지고 그 산등성이에 주저앉아 있을 수도 없는 노릇이었다. 낮에 북쪽이 되는 곳을 보아 두었다가 밤이 되면 무턱대고 그리로 걸었다.

그렇게 산속을 헤매는 사이에 다시 사나흘이 지나갔다. 음력 오뉴월의 장맛비는 줄곧 노드리듯(놋날처럼) 쏟아지는데 인가는 어디서도 만날 수가 없었다. 비 한 번 긋지 못하고 밥 한 끼 얻어먹지 못한 채 걷자니 추위와 배고픔만으로도 모두 제정신이 아니었다. 거기다가 어두운 산길을 쫓기느라 신은 벗어져 맨발이요, 입성은 나뭇가지와 가시덤불에 찢기고 해져 거지라도 상거지 꼴이니, 그 고생이야 더 말할 나위도 없었다.

하지만 안중근과 그를 따르는 두 사람은 낙담하여 허물어지지 않았다. 낮이면 풀뿌리를 캐어 먹고 익지도 않은 머루, 다래를 훑어 주린 배를 달래며 산속에 숨어 있다가, 밤이 되면 두만강이 있는 북쪽으로 길을 찾아 나아갔다. 한 장 남은 담요를 찢어 부르트고 찢긴 발을 싸매고, 서로 지켜 주고 보살피며 걸으니 한결 고생스러움이 덜한 듯했다. 어느 밤 그렇게 어렵게 어두운 산길을 더듬어 가는데, 문득 멀리서 개 짖는 소리가 들려왔다.

"개 짖는 소리로 미루어 인가가 멀지 않은 듯하오. 그러나 어떤 사람이 사는지 모르니, 내가 먼저 저 집으로 가서 알아본 뒤에 밥도 얻고 길도 물어 돌아오겠소. 두 사람은 숲 속에 숨어 내가 돌아오기를 기다리시오. 무슨 변고가 있으면 둘만이라도 피하도록 하시오."

안중근이 두 사람에게 그렇게 말하고 개 짖는 소리가 나는 쪽으로 어둠 속을 더듬어 내려가 보았다. 한참을 내려가니 인가인 듯 불빛이 빤한 곳이 한 군데 있었다. 하도 오랜만에 만나는 인가라 반가운 나머지 경계심이 풀린 안중근이 막 뛰어나가려는데, 갑자기 주위가 환해지며 횃불을 든 사람 몇이 몰려나왔다. 개 짖는 소리에 불려 나온 듯했다.

불빛에 화들짝 정신이 돌아온 안중근은 얼른 풀숲에 몸을 숨기고 살펴보았다. 놀랍게도 횃불을 앞세우고 나온 것은 장총을 움켜잡은 일본군 병사 둘이었다. 그러고 보니 집도 여느 민가가 아니라, 통나무와 돌로 든든하게 세운 수비대 초소였다. 아직 보이지는 않지만 짖고 있는 개도 일본군이 기르는 군견(軍犬) 같았다.

안중근은 급히 두 사람에게로 돌아가 사태를 알리고 함께 몸을 피했다. 무턱대고 일본군 초소와는 반대 방향으로 산길을 기고 구르며 달아나는데, 이미 네댓새나 굶주리고 추위에 떤 몸이라 그런지 움직이는 게 여간 무겁지 않았다. 겨우 추격을 벗어났다 싶자 기력이 다하고 정신이 어지러워 누가 먼저랄 것도 없이 땅에 쓰러지고 말았다.

한참 뒤에 먼저 정신을 차린 안중근이 가만히 하늘에 대고 간절한 기도를 올렸다.

"전지전능하신 천주 야소여, 죽어도 속히 죽고, 살아도 속히 살게 해 주소서!"

그러고는 가까운 개울을 찾아 배가 부르도록 물을 마신 뒤 풀이 무성한 나무 아래 누워서 남은 밤을 지냈다.

다시 날이 밝았다. 이름 모를 산새의 울음소리에 잠인지 혼절인지 모르게 쓰러져 있던 안중근이 눈을 떴다. 전날 밤 말할 기력조차 없다는 듯 조용히 안중근을 따라 잠자리를 정했던 다른 두 사람도 안중근이 일어난 기척에 같이 몸을 일으켰다.

"아무래도 이 깊은 산중을 주인 없는 귀신이 되어 떠돌게 되겠구나. 부모처자 이별하고 떠나올 제 이 지경에 이를 줄 그 누가 알았을꼬."

갈화춘이 땅이 꺼질 듯한 한숨과 함께 그렇게 탄식하자 한때 동학군을 따라다녔다는 다른 하나가 눈물마저 글썽이며 받았다.

"아마도 후천(後天)을 여는 일은 왜(倭)의 여러 귀신과 그 조상 혼령들의 손에 넘어간 것 같소. 우리는 이제 죽어서도 무랍조차 얻어먹지 못하는 귀신이 될 것이오!"

안중근이 보다 못해 그들을 달래고 타일렀다.

"너무 슬퍼하지 마시오. 사람의 목숨은 하늘에 매인 것이니 그리 걱정할 것 없소. 사람은 비상한 곤란을 겪은 다음에라야 큰일을 이루고, 죽을 땅에 던져진 뒤라야 살길을 찾게 되는 법이오. 두 사람이 이같이 낙심한다 해서 무슨 이득이 있겠소? 모든 걸 하늘의 뜻에 맡기고 기다려 봅시다."

하지만 그와 같이 큰소리는 쳐도, 안중근조차 자신의 말이 그리 미덥게 들리지 않았다. 솔직한 심경으로는 자신도 그들과 함께 쓸어안고 목 놓아 울고 싶은 지경이었다. 그런데 그때 안중근 특유의 자부심이 스스로 전기(傳記)를 써 나가는 듯한 자기 형성력(自己形成力)으로 작동하기 시작했다.

'미국 독립의 주인공인 화성돈(華城頓, 워싱턴)은 예닐곱 해에 걸친 전쟁의 풍진 속에서 그 많은 곤란과 고초를 어떻게 참고 견뎠을까. 그러고도 마침내는 영국을 몰아내고 독립의 대업을 성취하였으니 참으로 만고에 둘도 없는 영웅이다. 내가 만일 여기서 살아 돌아가 뒷날 큰일을 이룩하면 반드시 미국으로 건너가 화성돈의 자취를 찾아볼 것이다. 그 묘소에 참배하여 그를 추모하고 숭배하며, 그 뜻을 길이 기념하리라.'

안중근은 그렇게 다짐하며 나약해지는 심기를 다잡았다. 비바람 치는 산속을 대엿새나 굶고 헤매며 생사에 쫓기는 사람의 정신력이 이끌어 낸 것으로는 그저 감탄할 수밖에 없는 자기 단속(自己團束)이기도 했다.

뒤이어 안중근이 정성껏 두 사람을 타이르고 달래자 그들의 탄식과 한숨도 곧 잦아들었다. 그러나 더 무서운 것이 배고픔이었다. 다시 해가 뜨고 날이 밝아 왔지만 오래 허기진 세 사람의 배 속은 풀뿌리나 풋열매 따위로는 더 달랠 수 없었다. 한순간의 배고픔은 잊게 해 주던 물도 이제는 빈속을 쓰리게 해 사람을 한층 더 허기지게 만들 뿐이었다.

"아니 되겠소. 굶어 죽으나 왜병에게 들켜 맞아 죽으나 죽기는 마찬가지요. 밤낮 가리지 말고 인가를 찾아 내려가 목숨부터 건져 놓고 봅시다. 금강산도 식후경이요, 귀신도 먹고 죽은 귀신은 화색이 돈다 하였소."

견디지 못한 세 사람은 어느 누가 먼저랄 것도 없이 그렇게 의논을 맞추고 훤한 대낮인데도 인가를 찾아 산을 내려갔다. 다행히도 일본군과 부딪히지 않고 산을 내려와 골 깊은 모퉁이 한 군데를 도니 초가삼간 집 한 채가 나왔다. 세 사람은 경계고 척후고 아랑곳없이 우르르 비탈길을 달려 내려가 그 집 마당으로 들어섰다.

"주인어른, 우리는 국경을 오가며 이것저것 사고파는 장사꾼들인데 장마에 산속에서 길을 잃어 며칠 아무것도 먹지를 못했소. 무엇이든 먹을 것이 있으면 좀 나눠 주시오."

그때껏 지니고 있던 총과 탄약은 부근 숲 속에 숨겨 두고 온 터라 세 사람은 그렇게 장사꾼으로 위장하여 불려 나온 집주인에게 먹을 것을 빌었다. 세 사람의 몰골만 보아도 금새 알아들을 거짓말이었다. 그러나 중년의 집주인은 아무 말 없이 집 안으로 들어가더니 조밥 한 바가지를 퍼내 왔다.

"당신들은 여기서 머뭇거리지 말고 어서 가시오. 이걸 가지고 한 걸음이라도 빨리 여기서 멀어지는 게 피차간 모두를 살리는 길이 될 것이오. 어제 이 아랫마을에 일본 병정들이 몰려와서 죄 없는 양민을 다섯이나 묶어 끌고 가더니, 의병들에게 밥을 주었다는 구실로 그 모두를 쏴 죽여 버렸소. 이곳도 때때로 와서 뒤지니 공연히 지체해서는 아니 되오. 이리밖에 대접하지 못하는 나를 원망하지 말고 어서 가시오. 나는 당신들을 보지 못했소."

조밥이 든 바가지를 내밀면서 그렇게 말하는 집주인의 얼굴은 겁에 질려 시퍼렜다. 그걸 본 안중근 일행은 더 말을 붙여 볼 엄두를 못 냈다. 인사를 하는 둥 마는 둥 밥 바가지만 받아 들고 산속으로 되돌아가 세 사람이 똑같이 나눠 먹었다. 소금 한 톨 없이 계곡물로 목을 축이며 먹는 조밥이었지만, 그처럼 맛있는 음식은 세상에 다시 없을 것 같았다.

"아마도 이 음식은 하늘나라 신선들이 드나드는 식당의 요리일 것이오. 이 세상 어디에 이보다 더 맛난 음식이 있겠소!"

안중근은 그런 감탄까지 하였다. 그도 그럴 것이, 그때는 이미 밥을 굶은 지 엿새가 지나 있었다. 거기다가 지난번 마지막 식사도 이틀이나 굶은 뒤 얻어먹은 보리밥 한 그릇뿐이었다.

집주인에게 고맙다는 인사 말고는 말 한마디 못 붙이고 떠나는 바람에 길을 물을 틈이 없어, 안중근 일행은 다시 어디가 어딘지 모를 산속을 헤매게 되었다. 북쪽이라 여겨지는 곳으로 산이 가로막으면 산을 넘고 물을 만나면 물을 건너가는데, 언제나 밤에는 숲 속에 엎드려 있다가 밤이 되면 걸었다. 어느 만큼은 장마가 끝날 때도 되었건만, 날마다 비가 그치지 않고 퍼부어 고생은 더욱 심했다.

낮에는 빗속에 떨며 숲 속에 웅크리고 있다가 밤이 되면 굶주림에 뒤틀린 속을 냇물로 달래며 걷기를 며칠, 다시 안중근을 비롯한 세 사람은 더 견딜 수 없는 지경에 이르렀다. 그때 다시 숲 속에서 인가 한 채를 만나자, 이번에도 안중근이 홀로 나서 죽기를 무릅쓰고 그 집 문을 두드렸다. 마침 집주인은 조선 사람이었으나, 심성은 앞서 만났던 산골 사람들과는 전혀 달랐다.

"행색을 보니 이번에 노서아에서 떼를 지어 두만강을 건너왔다는 그 의병 패거리로구나. 더구나 너는 틀림없이 노서아에 입적(入籍, 여기서는 귀화)한 자일 것인데, 한번 노서아 놈이 되었으면 거기서 국으로 머리 박고 살 것이지 의병질은 무슨 의병질이냐? 노서아 앞잡이가 되어 국경을 어지럽히고, 동족들을 못살게 구니 차라리 너를 잡아 일본 군대에 넘겨야겠다!"

안중근을 보자마자 그렇게 소리치더니 미리 준비하고 있던 몽둥이를 둘러메며 집 안에 대고 소리쳤다.

"이보라우, 날래 나오기요. 여기 노서아에서 왔다는 그 종간나 새끼 하나가 밥 빌러 왔음메. 후딱 묶어다 일본군한테 넘기고 설라무니, 어제 죄 없이 잡혀간 양지 뜸 순동이나 풀어 달라 합세."

그 말에 방 안에 있던 서넛이 우르르 문을 열고 달려 나왔다. 그때는 이미 세 사람 모두 총과 탄약조차 제대로 챙기고 있지 못했다. 겨우 한 자루 남긴 연발총과 탄알 몇 발이 있었으나, 그나마 숲 속에 남은 두 사람이 가지고 있었다. 빈손인 안중근으로서는 어둠 속으로 달아나는 수밖에 없었다.

밥은 얻지 못하고 몽둥이찜질만 당한 안중근이 허둥지둥 달아나 두 사람에게 돌아가니, 두 사람도 놀라 안중근을 따라나섰다.

추위나 굶주림보다는 코앞에 닥친 화를 피하는 게 급해 다시 어디가 어딘지 모를 밤길을 가는데, 갑자기 어둠 속에서 일본 말로 무어라 외치는 소리가 들렸다. 갑자기 좁아지는 산길로, 그 길목 보초막을 지키던 일본군이 수하(誰何)를 묻는 소리 같았다.

안중근이 퍼뜩 앞을 살피니 여남은 발자국 앞에 총검이 번쩍이는 총을 메고 있던 시커먼 그림자가 소총을 벗어 들고 있었다.

안중근이 얼른 몸을 수그리며 뒤따라오는 두 사람에게 나지막하게 소리쳤다.

"오른쪽으로 피하도록! 그쪽으로 첫 봉우리에서 만납시다."

그때 요란한 총소리가 나며 총알 몇 개가 안중근이 구르고 있는 부근 풀숲을 스쳐 갔다. 다른 두 사람도 재빨리 대처해 다행히도 세 사람 모두 다치지 않고 일본군의 사정거리를 벗어날 수 있었다. 일본군 보초도 어두운 밤에 구태여 추격까지 하고 싶지는 않은지 제자리에서 총질만 해 댈 뿐 뒤따라오는 기색은 없었다.

다시 깊은 산속으로 몸을 피한 세 사람은 그날부터 산길 가운데도 큰길 쪽으로는 나가지 않고 외지고 험한 풀숲 길로만 헤매고 다녔다. 그러는 사이 네댓새가 지났다. 밥을 먹지 못하고 내달은 지 이레에 가깝게 되자 배고픔은 이제 더 견딜 수 없는 지경에 이르렀다. 몸은 휘청이고 눈앞에 헛것이 보일 지경이었다.

'이러다가는 여기서 그냥 죽을 수도 있겠구나…….'

안중근은 문득 그런 생각이 들며 갑작스러운 경건함으로 삶과 죽음을 아울러 돌아보았다. 이내 천주와 성모가 떠오르고, 야소 기독의 사랑과 언약이 떠오르며 암울하고 참담하던 심사가 천천히 밝아 왔다. 어느새 안중근의 신앙은 죽음에 다가들수록 공고해지는 그 무엇이 되어 있었다.

천주를 믿고 따른 날부터 결코 그 길에서 벗어난 적이 없다는 자부심도 안중근이 떳떳하게 죽음을 바라볼 수 있게 했다. 그러나 그를 뒤따르는 두 사람은 달랐다. 새삼 실감 나게 다가오는 죽음에 압도된 것인지 둘 모두 이미 죽어 가고 있는 형상이었다. 안중근은 절망과 비탄으로 뒤틀리고 일그러진 그들의 얼굴을 보자 그냥 있을 수 없었다.

"두 형은 들으시오. 사람이 만일 천지간의 큰 임금(大君)이요, 큰 아버지(大父)이신 천주님을 믿고 섬기지 아니하면 이는 들짐승, 날짐승보다 나을 게 없을 것이오. 더구나 오늘 우리는 죽을 지경을 면하기가 어렵게 되었으니 속히 천주 야소의 진리를 믿어 영혼을 구제받아 영생을 얻는 것이 어떻겠소? 공자의 가르침에도 아침에 도를 들으면 저녁에 죽어도 좋다 하였소. 형들도 속히 지난날의 허물을 회개하고 천주님을 믿어 구원과 영생을 얻으면 그 아니 좋겠소?"

안중근이 그렇게 말하자 처음 두 사람은 암담해하는 가운데서도 두 눈을 들어 멀거니 안중근을 건너다보았다. 천주교의 교리가 생판 낯설어서가 아니라, 그 마당에도 그런 한가한 소리를 하고 있는 안중근이 어이없다는 듯한 눈길이었다.

하지만 그런 눈치에 기죽을 안중근이 아니었다. 그 특유의 열정과 간곡함으로 천주가 만물을 창조해 만든 이치와 지극히 공변되고 의로운 도리와 선악에 따라 상벌을 내리는 분별의 엄정함을 낱낱이 일러 주었다. 또 야소 기독이 사람의 몸을 받고 이 세상에 내려와 모든 인간들을 구속(救贖)한 일과 영생의 언약을 전하며, 그 두 사람에게도 천주 믿기를 성심껏 권면하였다.

안중근의 믿음과 열정이 전해진 것인지, 아니면 물에 빠진 사람이 지푸라기라도 잡는 심경으로 천주에게 의지해 보려 한 것인지는 잘 알 수 없지만, 듣고 난 두 사람은 그날로 천주교에 귀의할 것을 약속했다. 이에 안중근은 풀숲에서 두 사람에게 대세(代洗, 사제를 대신하여 세례를 베푸는 일)를 주었다.

"성부와 성자와 성모의 이름으로 세례를 주노라."

안중근이 계곡물을 두 사람의 이마에 바르고 그렇게 읊조리며 사제를 대신해 영세를 주자, 순교한 성인들의 이름을 세례명으로 받은 두 사람은 새로운 교인으로 거듭났다.

"수데빤(스테판)과 요왕(요한) 두 형은 이제 나와 의병 동지일 뿐만 아니라 믿음의 벗이 되었소. 힘을 내시오. 이제 우리 앞길은 천주님께서 함께하실 것이오."

안중근은 그렇게 두 사람을 북돋우며 다시 길을 나섰다. 그리고 셋 모두 마지막 남은 힘을 쥐어짜 먹을 것을 얻을 수 있는 인가를 찾았다.

안중근의 말대로 천주께서 세 마리 길 잃은 양을 특히 보살핀 것인지 오래지 않아 인가 한 채를 찾을 수 있었다. 워낙 산이 깊고 외진 곳이라 일본군을 겁내지 않고 그 집 문을 두드리니 한 후덕해 뵈는 늙은이가 나왔다. 그 늙은이는 안중근 일행을 보고 놀라거나 겁먹기는커녕 오히려 따뜻이 집 안으로 맞아들였다.

"목숨이 경각에 달려 불고염치하고 청합니다. 무엇이든 집 안에 먹을 것이 있으면 좀 나눠 주십시오."

서로 인사를 마치기 바쁘게 안중근이 늙은이에게 먹을 것부터 빌었다. 늙은이가 더 듣지 않아도 알겠다는 듯 부엌에 대고 소리쳐 음식을 내오게 했다. 엿새나 굶은 세 사람에게도 금방이다 싶을 만큼 빨리 사내아이 하나가 먹을 것이 가득한 두레상을 들고 나왔다. 사발, 대접 할 것 없이 수북하게 담긴 것은 잡곡밥에 산나물에 철 이른 산과(山果)들이었다.

"어서들 드시오. 드시고 난 다음에 얘기합시다."

집주인 늙은이가 측은히 여기는 눈빛으로 그렇게 말했다. 안중근 일행은 대답할 겨를도 없이 상머리에 붙어 허겁지겁 그릇을 비워 댔다. 그렇게 한바탕 배부르게 먹은 뒤에 정신을 가다듬어 돌이켜보니, 무려 열이틀 동안에 겨우 두 끼만 먹고 목숨을 부지해 거기까지 간 셈이었다.

"정말 잘 먹었습니다. 일후 다시는 오늘 여기서처럼 달게 먹지는 못할 것입니다."

안중근이 그렇게 고마움을 나타내고, 이어 그동안에 겪었던 고초를 간략하게 털어놓았다. 듣고 난 집주인 늙은이가 안중근의 손을 따뜻이 잡아 주며 말했다.

"이렇게 나라가 위급한 때를 만나 그와 같은 괴로움과 어려움을 겪는 것은 백성 된 이들이 마땅히 져야 할 짐이외다. 더구나 기쁨이 다하면 슬픔이 오고, 고생이 끝나면 즐거움이 온다는 말도 있지 않소? 지금 일본이 기쁨을 누리고 있다면, 우리는 고생을 하고 있는 것이라 할 수 있소. 언젠가는 뒤바뀔 날도 올 것인즉 너무 걱정하지 마시오.

다만 지금은 일본 병사들이 곳곳에 풀려 구석구석 뒤지고 있으니, 참으로 길 가기가 어려울 것이오. 이제부터는 꼭 내가 일러 주는 대로 따르도록 하시오. 그리하면 큰 탈 없이 온 곳으로 되돌아갈 수 있을 것이외다."

그러고는 목소리를 가다듬어 어디로 해서 어디로 가면 길을 지를 수 있으며, 어느 골짜기와 어느 모퉁이를 돌아야 일본군의 주둔지나 초소를 피할 수 있는지부터 가르쳐 주었다. 이어 불행히도 일본군과 정면으로 부딪혔을 때는 어디로 빠져야 살길이 나는지를 일러 주고 마지막으로 간곡하게 타이르듯 보탰다.

"처음에 홍범도를 만나러 왔다 하셨는데, 그 생각은 접는 게 좋을 것이오. 여기서 무산군 삼사까지는 백두산을 가로지르는 험한 길일 뿐만 아니라, 요행 거기까지 간다 해도 홍범도 부대는 이미 없을 것이기 때문이오. 듣기로 홍범도 부대는 벌써 삼사를 떠나 농사동(農社洞) 부근에 진을 치고 있다가 다시 어디론가 사라졌다고 하오. 찾을 수도 없게 되었거니와 어쩌면 그들 또한 국경 밖으로 망명했을 수도 있소. 고집부리지 말고 이만 돌아가도록 하시오. 다행히 여기서 두만강이 그리 멀지 않으니, 운이 나쁘지 않으면 며칠 안 돼 건널 수 있을 것이오. 일단 그렇게 국경 밖으로 빠져나가 안전한 곳에 이른 뒤에 힘을 기르다가, 뒷날 좋은 때가 오면 다시 돌아와 큰일을 꾀해 보시오."

그 말에 먼 길 떠나는 자식 보낼 때와 같이 정감이 어려 있을 뿐만 아니라, 여느 산골 늙은이 같지 않은 식견이 느껴져 안중근이 물었다.

"어르신의 말씀에는 어째 여느 산골 노인의 타이름 같지 않은 품격이 있습니다. 존함은 어찌 되오며, 무슨 일로 이같이 깊은 두메산골에 숨어 사시는지요?"

그러자 늙은이가 미미하게 웃으며 대답했다.

"깊이 물을 것 없소. 남은 길이 험하고 머니 어서 길이나 재촉하시오."

이에 세 사람은 두 번, 세 번 머리 숙여 그 늙은이에게 감사를 드린 뒤 길을 떠났다.

늙은이가 일러 준 길은 한 치의 어긋남도 없어 세 사람은 나흘 만에 회령 서쪽 칠팔십 리 되는 곳의 인적이 드문 두만강 줄기와 만날 수 있었다. 한 달 내리 퍼부은 장마에 강물이 많이 불어 있었으나 세 사람이 건너지 못할 정도는 아니었다. 어렵게 떼를 엮어 건너고 보니 청나라 혼춘 땅이었다. 악착같은 일본군도 거기까지 따라오지는 못할뿐더러, 이미 동간도(東間島)라 불릴 만큼 동포들이 많이 흩어져 살고 있는 지역이었다.

다시 부름을 기다리며

발아래 수십 길 벼랑 바닥은 삐죽삐죽한 바위가 솟은 계곡이었다. 안중근은 그 벼랑 끝 굵은 떡갈나무 등걸을 잡고 대롱대롱 매달려 있었다. 어이, 여보게들. 날 좀 구해 주게…… 안중근이 벼랑 위쪽을 보고 힘을 다해 목청을 짜내 보았으나, 소리는 입 밖으로 새어 나오지 않고 팔의 힘은 점점 빠져 갔다. 게다가 매달려 있는 떡갈나무 등걸도 안중근의 몸무게를 이겨 내지 못해 푸슬푸슬 흙과 청석 가루를 날리며 뽑혀 나오고 있었다.

그때 문득 아버지 안태훈이 머리 위 비탈길을 지나갔다. 아버지는 평소의 도도한 걸음걸이로 발밑은 안중에도 없는 듯 먼 하늘만 응시하고 있었다. 아버님, 소자이옵니다. 구해 주십시오…… 그러나 아버지는 눈길 한 번 흐트러짐 없이 안중근의 머리 위 풀숲을 지나갔다. 이어 어머니 조 마리아가 아내 아려와 함께 봉우리를 넘어 나타났다. 봄나물을 캐러 왔는지 작은 바구니 하나씩을 든 그들 고부는 안중근의 머리맡에 이르러 바구니를 놓고 호미를 찾아 들었다. 어머니, 소자입니다. 사람을 불러 주십시오. 저를 구해 주십시오. 그러나 조 마리아는 아무것도 못 들은 사람처럼 안중근에게 눈길 한 번 주지 않았다. 어찌 보면 듣고도 그 같은 안중근의 나약함이 못마땅해 미간을 찌푸리고 못 들은 척하는 것 같기도 했다.

이보우, 현생(賢生) 어머니. 내 말이 들리지 않소. 어서 치마끈이라도 풀어 내려 주시오…… 안중근은 다시 아내 아려에게 소리쳤다. 안중근의 다급한 외침을 알아들었던지 머리를 숙이고 조 마리아와 함께 나물을 캐고 있던 아내 아려가 이번에는 반짝 고개를 들어 안중근을 바라보았다. 그러나 그뿐이었다. 늘 그렇듯 수심과 두려움이 자우룩이 어린 듯한 눈길로 가만히 바라볼 뿐, 움직일 기미는 전혀 없었다. 이대로 가면 나는 죽을 수밖에 없소. 어서 방도를 내 보시오…… 안중근이 다시 그렇게 다급하게 외치는데, 우두둑하며 떡갈나무 등걸이 청석 틈에서 뽑혀 나오며 안중근의 몸이 둥실 허공으로 떴다. 안 돼, 나는 아직 할 일을 다하지 못했소. 이대로 끝날 수는 없소…….

"작은서방님, 작은서방님 이만 일어나십시오. 이제 어지간히 주무셨습니다."

누가 그러면서 안중근의 어깨를 가만히 흔들었다. 안중근이 눈을 떠 보니 낯익은 늙은이 하나가 자신을 깨우고 있었다.

"가위눌리신 게지요. 잠자리가 길면 꿈만 사나워질 뿐입니다. 이만 일어나 점심이나 드시지요."

안중근이 아직도 어지러운 시선을 모아 살피니 윤 영감이었다. 퍼뜩 자신이 경신향 금당촌 윤 영감네 집에 와서 눕게 된 경위를 떠올렸다.

두만강을 건너고도 며칠 낯선 곳을 헤매며 무턱대고 국경에서 멀어지던 안중근 일행은 혼춘현 깊숙이 들어서고 나서야 비로소 마음을 놓았다.

"이제 위태로운 지경은 벗어난 듯하니 여기서 이만 헤어집시다. 세 사람이 몰려다녀 봐야 서로에게 짐이 될 뿐이오. 각기 흩어져서 먼저 피폐한 몸을 추스른 뒤에 다시 큰일을 도모해 보도록 합시다. 그때 대한 독립의 전선에서 건강하게 만날 수 있기를 천주께 기원합니다."

세 사람은 그런 말로 작별하고 각기 의지할 곳을 찾아 달리 길을 잡았다. 안중근은 윤 영감이 있는 경신향 금당촌이 멀지 않은 걸 알고 그리로 갔다. 천 근 무게로 꺼져 내리는 몸을 이끌고 다시 하루를 더 걸어 윤 영감 집에 이르자 안중근의 기력은 다하고 말았다. 오랜만에 음식 같은 음식을 차려 내온 상을 받아 허겁지겁 비운 것을 마지막으로 안중근은 혼절과도 같은 잠에 빠져들었다. 그 뒤로도 끼니때마다 윤 영감이 정성 들여 내온 밥상을 받았지만 잠결에 먹고 다시 잠들어 기억조차 아슴푸레한 꿈이나 다름없었다. 겨우 거기까지 기억해 낸 안중근이 아직도 휑한 머리로 물었다.

"내가 며칠이나 잤소?"

"오늘이 나흘째입니다. 대강 듣기는 했습니다만, 참으로 고단한 길을 다녀오신 듯하구먼요. 수저만 놓으면 바로 혼절하듯 주무셨습니다. 예전 갑오년에 신천 의려의 선봉장으로 나가셨다가 돌아와서도 한 열흘 이리 곤하게 주무신 적이 있지요. 하지만 가위눌리신 걸 보니 이제 잠은 어지간한 듯합니다. 우선 점심부터 드시고 몸을 추슬러 한번 일어나 보시지요."

윤 영감이 그러면서 방 한구석에 들여놓았던 상을 안중근 앞으로 밀어 놓았다.

안중근은 다시 무슨 강박과도 같은 배고픔에 내몰려 나물 한 줄기 남김없이 상을 비운 뒤에야 정신을 가다듬어 보았다. 조금 전의 가위눌림이 정말로 회복과 소생의 기미였던지, 이번에는 밥상을 물린 뒤에도 무너지듯 이부자리에 들지 않고 앉아 버틸 수 있었다.

"더 주무시지 않아도 버티실 만하거든 앞개울로 나가 목욕이나 하시지요. 옷 한 벌을 마련해 두었으니 지금 입고 계신 것은 개울가에 버리고 오셔도 됩니다."

윤 영감이 가만히 안중근의 상태를 살피더니 진작 장만해 둔 듯한 옷 한 벌을 내밀며 그렇게 말했다. 그 말을 듣자 안중근은 갑자기 온몸이 스멀스멀하는 느낌과 함께 고약한 냄새가 코끝을 찔러 오는 듯했다.

윤 영감이 방을 비워 준 뒤 옷을 벗어 살펴보니, 해지고 찢어진 게 누더기나 다름이 없는데, 그나마 힘주어 털면 부스러진 올이 푸슬푸슬 흘러내릴 만큼 썩어 있었다. 거기다가 더 지독한 것은 거기 붙은 이였다. 봄 이[春蝨]가 사나운 호랑이 같다[如猛虎]하더니, 오뉴월 다 보낸 여름 이가 보리알 만하게 굵어 솔기마다 득시글거렸다.

안중근이 윤 영감이 시키는 대로 개울로 나가 몸에 더께 앉은 때를 씻고 돌아오자 윤 영감 내외가 방 안의 돗자리를 털어 말린다, 이불 홑청을 뜯어 씻는다, 부산을 떨다가 안중근에게 새로 누울 자리를 마련해 주었다. 아직 온전하게 회복되지 못한 안중근은 거기서 다시 이틀을 더 쉬며 몸을 추스른 다음에야 자리를 털고 일어날 수 있었다.

청나라 혼춘현의 경신향 금당촌을 떠난 안중근이 국경을 넘어 노령 연추로 돌아간 것은 양력으로 8월도 중순이었다. 아직 몸이 부실해서인지 군데군데 마차를 얻어 타고도 안중근은 사흘이 걸려서야 연추에 이를 수 있었다. 가만히 헤아려 보니, 김두성 대장의 기치 아래 연추를 떠난 날로부터 무릇 한 달 반 만이었다.

그동안 안중근은 단 하룻밤도 집 안에서 자 본 적이 없고 줄곧 한 데서 밤을 새운 데다, 장마철이라 며칠을 빼고는 줄곧 비에 젖어 지냈으니, 그 고초는 이루 형언할 수 없을 지경이었다. 거기다가 허술하나마 의병 부대로서의 보급은 처음 며칠뿐이었고, 나머지는 쫓기면서 낯모르는 동포들에게서 빌어먹은 터라 구걸도 그보다 더한 구걸이 없었다. 특히 그 가운데서도 마지막 열이틀은 단 두 끼로 견딘 만큼 안중근의 몰골과 행색이 말이 아니었다.

그래서인지 연추 땅에 들어서면서 안중근은 몇 번이나 가깝게 지내던 사람들을 만났으나 아무도 얼굴을 알아보지 못했다. 그리고 어쩌다 용케 안중근을 알아본 친구는 두 손을 부여잡고 눈물부터 글썽였다.

"이게 누군가. 참으로 고초가 심했나 보이. 피골이 상접한 게, 살아 움직이는 사람의 형상이 아닐세그려. 이렇게 살아 돌아온 게 천명일세……."

연추로 돌아와 안중근이 맨 먼저 찾아간 최재형도 안중근을 얼른 알아보지 못했다. 한동안이나 놀란 눈으로 안중근을 쳐다보다가, 안중근이 몇 마디 인사를 건네고야 겨우 알은체를 했다. 그러나 안중근을 맞이하는 태도는 떠날 때와 아주 달랐다.

"그래도 명은 길어 살아서 돌아왔구먼. 돌아오지 못한 동지들 때문에 민망하겠소이다."

그런 첫마디부터가 차갑기 그지없었다. 안중근은 영문을 모르는 가운데도 패군지장(敗軍之將)의 죄목 하나로 그런 최재형의 냉대를 겸허히 받아들였다. 그러나 뒤이어 몇 사람을 만나면서 그 까닭을 알고 울적한 심사에 빠져들었다.

열에 한둘밖에 살아 돌아오지 못했으리라는 짐작과는 달리 안중근과 함께 국내로 진공했던 의병들은 뜻밖이다 싶을 만큼 많은 수가 성하게 돌아와 있었다. 가장 먼저 돌아온 것은 안중근의 의형(義兄)인 엄인섭의 부대였는데, 그들은 벌써 보름 전에 몇 사람만 잃고 거의가 온전하게 돌아와 있었다. 의제 김기룡도 부대원 대부분과 성하게 돌아와 있었으며, 이경화나 최천오같이 장교로 소대를 지휘했던 사람들도 모두 닷새 전에는 그 부대원 태반과 함께 연추에 낯을 비쳤다. 다만 회령 산속에서 일본군에게 사로잡혀 간 우덕순만이 아직 돌아오지 않아, 안중근을 비통하게 했다.

나중에 들어 안 일이지만 엄인섭을 비롯한 전제익 부대의 장교들은 모두 연해주 의진의 국내 진공전 실패를 안중근 탓으로 돌리고 있었다. 무엇보다도 안중근이 일본인 포로들을 놓아주어 의병부대의 전력과 이동 경로, 편제 따위를 적에게 노출시킨 일이 회령전투에서 패전한 가장 큰 원인이 되었다는 주장이었다. 그 바람에 그 출진에 가장 많은 것을 댄 최재형도 안중근을 전처럼 믿지 않게 되었다.

하지만 지척이 천 리라고, 해삼위는 또 달랐다. 유인석이 대장으로 앞세운 김두성 부대는 안중근 부대와 마찬가지로 회령 부근에서 크고 작은 전투를 벌여 몇 번이나 일본군 수비대에게 타격을 주고 나서야 후퇴했다. 따라서 결국은 연해주로 되쫓겨 나기는 해도, 그들에게는 안중근 부대의 초기 활동이 남쪽에서 적의 전력을 분산시켜 준 효과를 낸 셈이었다. 이범윤의 창의회 소속 부대도 그런 면에서는 마찬가지였다. 그 바람에 최재형의 동의회 세력이 강한 연추와는 달리 해삼위에서는 그런 사람들을 중심으로 안중근을 환영하는 사람들이 많이 있었다.

연추에서 다시 열흘 넘게 묵으며 심신을 달랜 안중근이 해삼위로 가자, 어떻게 알았는지 그곳 동포들이 크게 환영하는 잔치를 마련해 놓고 안중근을 불렀다.

"패전한 장수가 무슨 면목으로 여러분의 환영을 받을 수가 있겠소?"

안중근이 그러면서 극구 사양했다. 그러자 여러 사람이 입을 모아 말했다.

"이기고 지는 것은 싸우는 사람에게 언제나 있는 일[兵家之常事]이니 부끄러워할 게 없소. 그런데도 안(安) 참모중장께서는 그같이 위태로운 곳에서 이렇게 무사히 살아 왔으니, 마음 졸이며 지켜보던 우리에게는 이 어찌 환영할 만한 일이 아니겠소?"

그래서 안중근은 어찌할 수 없이 그런 자리에 몇 번 불려 갔다. 그해 5월 일본의 압력을 이기지 못해 폐간된《해조신문》을 인수하여 창간한《대동공보(大東共報)》의 편집을 맡고 있던 이강이나 주필인 정재관과 같은 사람들도 안중근의 공을 높이 치켜 주었고, 이위종이나 장지연 같은 망명객들 또한 안중근을 패군지장으로만 보지는 않았다. 그러나 연추에서 한번 상처를 입은 탓인지 안중근의 울적한 심사는 쉽게 풀리지 않았다.

그때 유인석이 김두성을 시켜 안중근을 불렀다. 안중근이 찾아가자 유인석이 안중근의 두 손을 꽉 잡아 주며 말했다.

"세상이 무어라고 말하든 나는 자네가 옳았음을 믿네. 그리고 잘 싸웠네. 너무 상심하지 말고 가던 길을 가게. 이제 연해주 의진은 파했으나, 총대장 김두성의 이름으로 자네에게는 독립특파대장의 직함을 남겨 두겠네."

그런데 유인석의 그와 같은 말이 뜻밖에도 안중근에게 힘이 되었다. 독립특파대장의 직책과 가던 길을 가라는 격려에 퍼뜩 정신이 든 안중근은 다시 의병 전쟁의 치열한 투지를 되살렸다. 비록 그해의 연해주 의진(義陣)은 한 차례 국내 진공으로 흩어졌으나, 안중근에게는 홀로 싸움을 계속할 근거가 마련된 까닭이었다.

다음 날 연추로 돌아간 안중근은 다시 용기를 내어 최재형을 찾아보고 연해주 의병 독립특파부대의 결성을 의논했다. 그러나 이미 안중근을 믿지 못하게 된 최재형은 무겁게 고개를 저을 뿐이었다.

"지난번 출진 때 내놓을 수 있는 것은 다 내놓았네. 지금 내 형편에 군자금은커녕 쌀 한 가마 내놓기 어려울 것이네. 거기다가 독립특파부대를 결성한다 한들 누가 그대를 믿고 따라 주겠는가?"

이에 안중근은 이범윤을 찾아가 보았지만, 그도 최재형과 크게 다를 바 없었다. 지난번에 일본군 포로를 놓아준 일을 최재형처럼 드러내 놓고 빈정거리지는 않았지만, 안중근을 따로 내세워 일본군과의 싸움을 서둘 생각은 없어 보였다. 그렇다면 독립특파부대를 꾸미는 일은 이제 노서아 땅에 흩어져 사는 여러 동포들에게 호소해 보는 수밖에 없었다.

흑룡강(黑龍江)의 물결은 반년 전 안중근이 의형제인 엄인섭, 김기룡과 함께 바라보던 때와 크게 달라진 게 없었다. 희끗희끗 떠다니던 해빙기의 얼음 조각은 보이지 않았으나, 머지않은 결빙을 앞둔 검푸른 물결은 지난봄 알지 못할 감동으로 바라보았던 그 물결이었다. 그러나 기선 갑판에 나와 선 안중근은 그때의 안중근이 아니었다.

지난봄 의병 모병과 군자금 조달을 위해 유세를 나설 때만 해도 안중근은 새로 출발하는 자의 열정과 패기에 차 있었다. 하지만 같은 목적으로 흑룡강을 오르내리고 있어도 지금의 안중근은 달랐다. 허망한 패퇴와 가혹한 생존의 체험은 10년은 더 늙어 버린 듯한 느낌에 젖게 했다. 늙는다는 것은 그만큼 사려 깊고 신중해졌다는 뜻도 되지만 또한 그만큼 쇠잔하고 허무감에 친숙해졌다는 뜻도 된다.

함께하는 사람도 달라졌다. 그때는 당찬 엄인섭과 우직하게 몰아붙이는 김기룡이 곁에 있었지만, 지금은 어린 황영길과 어렵게 달래 데려온 감택형이란 떠돌이가 있을 뿐이었다. 안중근이 회령에서 일본군을 놓아준 일로 엄인섭은 아직도 의절(義絶) 상태였고, 김기룡은 안중근과의 우의는 회복했으나 몸져누워 데려올 수 없었다.

거기다가 패퇴의 소문은 생각보다 빨리, 그리고 상세하게 동포들의 마을에 전해져 사람들을 의기소침하게 만들어 놓았다. 겨우 두 달밖에 지나지 않았는데, 추풍(秋風)이나 수분하같이 연추에서 가까운 지역은 말할 것 없고, 멀리 하발포(河發浦, 하바롭스크) 인근의 동포들까지도 몇 명이 국내로 진공하였으며, 얼마나 어이없이 패퇴하였고, 또한 무엇을 잃고 무엇을 얻었는지를 훤히 알고 있었다. 그것이 해외에서 조직된 의병의 첫 진공전이란 점에서 더 그랬는지 모르지만, 자기들의 성의와 염원이 그렇게 허망하게 꺾인 것에 많은 한인들은 총을 들고 나가 싸운 사람들 못지않은 상처를 받은 듯하였다.

그러다 보니 안중근의 유세(遊說)길은 전 같을 수가 없었다. 안중근은 패퇴를 겪은 비장감까지 곁들여 독립특파부대로 싸울 의병을 모집하고 군자금을 빌었지만 모이는 것은 지난번의 절반에도 못 미쳤다. 하지만 연추에서 멀어질수록, 그리고 전번에 가 본 적이 없는 마을일수록 나아지는 호응에 힘을 얻어 그 여행을 이어 갔다. 하발포에서 다시 기선을 타고 흑룡강을 오르내리며 물가에서 멀지 않은 곳에 마을을 연 한인들을 찾아본 일이 그랬다.

"안 선생님, 바람이 찹니다. 이제 선창으로 내려가시지요."

누가 갑판 난간을 잡고 선 안중근의 등 뒤에서 그렇게 말했다. 나이가 어린 데다 키가 작아 꼬마라는 별명으로 불리기도 하는 황영길이었다. 미욱한 데가 있는 감택형은 선창 안에서 낮잠이라도 자는 모양이었다.

"그럴 거 없네. 여기 신한촌(新韓村)이 다 돼 갈 걸세. 감 동지에게 가서 내릴 채비나 하라 이르게."

안중근이 그렇게 이르자 황영길도 배를 탈 때 들은 말이 기억났는지 고개를 끄덕이며 말했다.

"그러고 보니 한 세 시간쯤 지난 듯하네요."

그러고는 한참만에 눈이 부숭부숭한 감택형을 데려왔다.

세 사람이 내린 곳은 흑룡강 남안의 계곡 어귀에 있는 작은 마을이었다. 한인 50여 호(戶)가 마을을 이루어 과일과 근채류(根菜類)를 재배해 하발포 시장에 내다 파는 일종의 근교농업을 하며 사는데, 작은 교회까지 있는 게 의식이 풍부하고 안정된 마을 같았다. 안중근은 처음 가 보는 마을이었다.

마을로 들어간 안중근은 먼저 촌장 격인 마을 어른을 찾아보고 자신이 온 까닭을 밝힌 뒤 마을 사람들을 모아 주기를 청했다. 다행히도 마을의 교회는 천주교 공소였고, 촌장 격인 유 아무개란 노인도 천주교 신도였다. 거기다가 어렴풋하게나마 안중근의 이름도 들어 본 사람인 듯 따뜻이 맞아 주었다.

그날 저녁 공소에 모인 마을 사람들을 상대로 안중근은 다시 한 번 열변을 쏟아 냈다.

"……우리는 처음부터 한 번 의거로 국권 회복의 공업을 이룰 수 없다는 것을 알고 떠났습니다. 첫 번에 이루지 못하면 두 번, 세 번, 열 번에 이르고, 백 번 꺾여도 굴함이 없이 금년에 못 이루면 내년에 다시 도모하고 내년, 내후년, 10년, 1백 년이 가도 좋다는 각오와 기상으로 싸워 나가야 할 일이 우리의 독립 전쟁인 것입니다. 우리가 여기서 주저앉으면 적은 점점 더 강성해지고 포악해져, 나중에는 물리치려 해도 물리칠 수 없는 괴수(怪獸)가 되어 있을 것입니다……."

모인 동포들은 한결같이 눈에 비분의 빛을 띠며 주먹을 부르쥐었다. 그러나 갸륵한 것은 그들의 마음뿐이었다. 흑룡강을 따라 이제 막 생겨나고 있는 신한촌(新韓村)의 동포들은 아직 옮겨 앉은 지 오래 안 돼 제대로 뿌리를 내리지 못한 상태였다. 정성을 다해도 내놓을 것이 그리 많지 못했다. 그 마을 말고도 두세 군데 더 돌았으나 다 합쳐도 하발포 한 곳보다 못했다.

"아무래도 남쪽으로 내려가 보는 게 낫겠습니다. 그쪽에 노서아 땅으로 옮겨 앉은 지 오래되어 뿌리내린 동포들이 많습니다. 그리로 가 보지요."

눈치 빠르고 행동이 민첩한 황영길이 안중근에게 그렇게 권했다. 안중근도 그 말을 옳게 여겨 기차를 타고 남쪽으로 내려가 처음부터 제쳐 놓고 온 곳들로 갔다. 소왕령(蘇王嶺)과 수청(水淸) 등지였다. 하지만 거기서도 성과는 신통치 못했다. 때로는 교육 계몽이나 애국 단체 결성으로 전환하여 여러 방면을 두루 뛰어다녔으나, 안중근이 바라는 바에는 크게 미치지 못했다.

그러던 어느 날이었다. 황영길, 감택영 두 사람과 함께 외진 한인촌을 한 군데 찾아가는데, 인적 드문 산골짜기에 이르렀을 때 갑자기 어디에선가 흉악하게 생긴 패거리가 칼과 몽둥이를 들고 몰려나와 앞서 가던 안중근을 다짜고짜 잡아 묶었다.

"우리가 의병 대장을 잡았다! 나라에 큰 공을 세웠다."

흉측한 무리가 그렇게 소리치며 기뻐하는 사이 안중근을 뒤따라오던 두 사람은 용케 몸을 빼 달아났다. 그러나 그들이 처음부터 노린 것은 오직 안중근뿐이었던 듯, 그들을 뒤쫓지 않고 안중근만 족쳐 댔다.

"너는 어찌하여 감히 나라에서 엄금하는 의병을 모집하는 것이냐?"

그 말을 듣자 안중근은 그들이 누구인지 알 만했다. 일본군의 앞잡이가 의병을 치고, 사로잡힌 의병은 일본군보다 더 모질게 죽인다는 그 못된 일진회(一進會)였다. 그들이 해외까지 나와 일본의 사냥개 노릇을 한다는 말을 들었는데, 그 악종들이 그새 노서아 땅 깊은 곳까지 흘러든 듯했다. 그러나 안중근은 겁먹지 않고 그들의 말을 받아쳤다.

"지금 우리에게 대한제국이 있지만, 이름만 그러할 뿐, 실상은 이등박문이 제멋대로 쥐고 흔드는 정부다. 대한의 민족 된 사람이 이 정부에 복종한다는 것은 실상 이등박문에게 복종하는 것이나 다름없다. 의병을 엄금하는 것도 이등방문의 명령인 만큼 떳떳한 대한의 장부가 무엇 때문에 따르겠느냐?"

그러자 그 패거리는 잡아먹을 듯 이까지 갈아붙이며 을러댔다.

"네놈은 땅에 묻혀 눈에 흙이 들어가야 죽는 줄을 알겠구나. 내년 오늘이 네 첫 제삿날이 되게 해 주마!"

그러고는 긴 베수건으로 안중근의 목을 옭아 금방이라도 나뭇가지에 매달듯 눈 바닥 위로 끌고 가며 마구잡이로 매질하였다. 안중근은 쏟아지는 몽둥이 아래서 아뜩해지는 정신을 가다듬으며 소리쳤다.

"만일 여기서 나를 죽이면 너희들은 무사할 것 같으냐? 아까 나와 동행했던 두 사람이 도망쳐 갔으니 그들은 반드시 이 일을 동지들에게 알릴 것이다. 그리되면 우리 동지들이 뒷날 너희들을 끝까지 찾아내 모조리 죽일 터, 목숨이 아깝거든 알아서 해라."

그러자 그 말에 뒤가 켕겼던지 그들의 매질이 잦아들었다. 뿐만 아니라 저희끼리 수군거리며 의논하는 눈치가 아무래도 그대로 안중근을 죽일 수는 없다는 걸 알게 된 듯했다.

이윽고 그들 일진회 패거리는 안중근을 끌고 근처 산속 외진 초가로 들어갔다. 거기서 어떤 놈은 무슨 원수진 듯 다시 매질을 하고, 어떤 놈은 말리고 하며 반나절을 보냈다. 안중근은 매질이 멈출 때마다 좋은 말로 그들을 달랬다.

"나라 안에 있을 때는 뜻이 다르면 서로 싸울 수도 있고, 정히 듣지 않으면 혹 죽일 수도 있다. 그러나 천만리 이국땅에 나와 동포끼리 이 무슨 짓인가? 삼천리 금수강산과 반만년 역사에 부끄럽지도 않은가? 내 대한의 장부로서 왜적과 싸우다가 죽는다면 아무 유한이 없거니와, 이렇게 동포의 손에 죽으면 땅속에 묻혀서도 결코 눈감을 수 없을 것이다."

그러자 때리던 놈들도 차츰 기세가 수그러지며 대답을 못 하더니 마침내는 저희끼리 모여 다시 수군거리기 시작했다. 얼마 뒤에 말리던 패거리 중 하나가 유난히 앞장서 매를 들고 설치던 작자를 보고 나무라듯 말했다.

"이 일은 처음부터 김가(金哥) 네가 꾸미고 일으켰으니, 김가 네가 알아서 해라. 우리는 여기서 더는 상관하지 않겠다."

그러면서 들고 있던 몽둥이며 쇠붙이를 바닥에 내려놓았다. 그러자 김가는 내몰리듯 안중근을 이끌고 그 집을 나와 산 아래로 데리고 내려갔다. 안중근은 김가가 홀로 남은 것을 보고 힘을 얻어 한편으로는 달래고 한편으로는 꾸짖으며 그 완악한 마음을 풀어 보려 애썼다. 김가도 일이 그쯤 되자 더는 어찌할 수 없었던지 산 아래에 이르러 슬그머니 결박을 풀어 주고는 말없이 사라졌다.

안중근이 겨우 죽을 고비를 넘기고 마을로 돌아가니 그제야 사람들을 모아 안중근을 찾아 나서려던 황영길과 감택형이 놀라 맞았다. 온몸이 피투성이가 되어 비척거리는 안중근을 둘러업고 빈방을 찾아 눕힌 뒤 의원 일을 아는 마을 어른을 불러 상처를 살피게 했다.

황영길이 둘러업을 때 긴장에서 놓여남과 함께 혼절해 버린 안중근은 다음 날 정오가 돼서야 깨어났다. 그러나 전처럼 성하게 돌아다니며 유세를 하거나 계몽운동을 계속할 처지는 못 되었다. 이에 황영길과 감택형 두 사람은 수청에서 마차를 빌려 안중근을 해삼위로 옮겼다.

해삼위로 돌아온 안중근은 계동학교 앞에 있는 이치권의 집에 병석을 깔고 누워 일진회 패거리에게 부러지고 찢긴 몸이 낫기를 기다렸다. 그러던 어느 날이었다. 처음 해삼위를 찾은 동포들에게는 여관이나 다름없는 이치권의 집으로 반가운 손님 하나가 찾아왔다. 정대호라고, 안중근이 진남포에 있을 때부터 벗 삼아 가깝게 지내던 이였다.

새로운 임지(任地)로 가다 해삼위를 지나가게 된 정대호는 안중근이 해삼위에 있다는 풍문을 떠올리고 그가 있는 곳을 수소문해 보았다. 다행히 안중근이 이치권의 여관에 몸져누워 있다는 걸 아는 이가 있어 정대호에 일러 주었다. 정대호가 한달음에 안중근이 누워 있는 방으로 달려가자 안중근이 움직이기 거북한 몸을 억지로 일으키며 물었다.

"자네가 이 해삼위에는 웬일인가?"

"포그라니치나야로 가는 길에 블라디보스토크를 지나게 되었네. 자네가 여기 있다는 풍문을 듣고 한번 찾아보았는데, 운 좋게 자네가 이 집에 있다는 걸 아는 이가 있더구먼. 세상 참 좁네그려."

"포그라니치나야라면 노서아 땅 아닌가? 거기는 왜?"

"포그라니치나야는 한자음으로는 수분하(綏芬河)라고 불리기도 하는 청나라 땅으로, 러시아 관할 아래 있을 뿐 러시아 땅은 아니라네. 이번 봄부터 그곳 해관(海關)에서 일하게 되어 우선 혼자 가는 길이네. 가족들은 진남포에 두고 왔는데 이번 여름에나 가서 데려올 작정이네."

정대호는 포수 한재호의 인척으로 일찍부터 신학문을 익힌 사람이었다. 특히 노서아 말에 능통하여 안중근이 늘 부러워하였는데, 결국은 멀리 노서아가 관할하는 해관(海關)에 일자리를 구하게 된 듯했다.

안중근은 정대호가 진남포에서 오는 길이라는 말을 듣자 갑자기 가슴에 찬 가을비가 내리는 듯했다. 어머니와 형제들의 얼굴이 떠오르고, 이어 아내 아려와 어린 남매의 모습이 떠올라 콧마루가 시큰해 왔다. 그 바람에 잠시 말문이 막혀 물을 것도 묻지 못하고 있는데, 정대호가 그 눈치를 알아차리고 제 편에서 먼저 진남포에 있는 안중근의 가족들 얘기를 꺼냈다.

"자당께서는 강건하시고 제씨(弟氏)들도 모두 국내에서 자리를 잡아 가는 듯했네. 정근 씨는 양생의숙(養生義塾)에서 법률을 공부하고 있고, 공근 씨는 경성사범학교를 마치고 진남포 공립학교에서 교편을 잡고 있더구먼. 떠날 때 자네 집에 들러 자당께 인사를 올렸는데, 그때 보니 수씨(嫂氏)와 아이들도 무탈하게 지내는 듯했고……."

그러나 안중근은 갑자기 머리가 휑해지면서 무어라 대꾸해야 할지를 몰라 몽롱하게 듣고만 있었다. 그제야 안중근의 상처가 예사롭지 않음을 알아본 정대호가 진남포 얘기를 서둘러 맺고 어조를 바꾸어 말했다.

"자네가 몸져누웠다고만 들었는데, 상처가 무거운가 보이. 여기

이대로는 안 되겠네. 여기서 이러지 말고 나와 함께 포그라니치나야로 가세. 거기 살 집을 얻어 두었는데, 자네가 편히 쓸 수 있는 방이 있네. 돌봐 줄 가족들은 오지 않았지만, 여관방보다야 낫지 않겠는가. 거기서 한겨울 몸을 추스린 뒤 무슨 일이든 하게."

이제는 지닌 것도 없어 본국의 아우들에게 송금을 부탁해야 할 형편이 된 안중근에게는 반갑고도 고마운 제안이었다. 다음 날 다친 몸을 애써 일으킨 안중근은 정대호를 따라 포그라니치나야로 갔다. 블라디보스토크에서 먼길이었으나 동청(東淸)철도로 가니 성치 않은 몸이라도 그럭저럭 버텨 낼 만했다.

그사이 험난했던 1908년이 가고 새해가 되었다. 겨우내 정대호의 집에서 요양한 덕분에 몸이 좋아져 언제 연추로 돌아갈 것인가를 헤아리고 있던 안중근은 어느 날 밤 기이한 꿈을 꾸었다. 안중근이 진남포 옛집의 자기 방에 앉아 있는데, 홀연히 찬란한 무지개 같은 것이 하늘에 걸리더니, 그 무지개의 아름다운 끄트머리가 차츰 그에게로 다가왔다. 그 무지개가 바로 안중근의 머리에 닿으려는 찰나에 갑자기 성모 마리아가 나타나 그 오묘한 섬섬옥수로 안중근의 가슴을 어루만지며 말하였다.

"놀라지 말라. 염려해서는 아니 된다."

그러고는 다시 황홀한 빛에 싸여 사라졌다.

잠에서 깨어난 안중근은 기이한 느낌이 드는 가운데서도 그 꿈이 그저 남가(南柯)의 일몽(一夢)이려니 여겼다. 그러나 자리를 털고 일어난 뒤에도 눈앞에서 영 지워지지 않는 게 아무래도 예사롭지 않았다.

'성모께서 놀라지 말라고 하셨다. 또 염려해서 아니 된다 하셨다. 어쩌면 어젯밤의 꿈은 남가일몽이 아닐지도 모른다. 성모께서 지금의 나를 내려다보시고, 내가 앞으로 하고자 하는 일을 헤아리시어 내려 주신 말씀일 수도 있다.'

그러고 보니, 일진회의 습격은 국내 진공전에서의 참담한 패주에 못지않게 안중근을 놀라게 하고 또 그 어느 때보다 어두운 눈길로 항일 투쟁의 앞날을 바라보게 만든 사건이었다. 의병을 일으키려 한다고 동포의 손에서 죽을 고비를 넘기고 풀려나온 일을 돌이켜볼 때마다 안중근은 열이틀 동안 겨우 두 끼를 얻어먹고 일본군에게 쫓길 때보다 몇 배나 더 참담한 심경이 되었다.

'성모 마리아의 당부는 아마도 그 일을 가리키는 듯하다. 낙망한 나를 다시 일으켜 세우시려 함이다…….'

이윽고 생각이 그리 돌아가자 안중근은 정대호네 집에 더 누워 있을 수 없었다. 아직 온전하게 낫지 못한 자신을 걱정해 간곡히 잡는 정대호의 손길을 뿌리치고 연추로 돌아갔다.

연추는 석 달 전 떠날 때보다 더 나빠져 있었다. 최재형과 이범윤은 때가 무르익기를 기다린다는 핑계로 출병을 미루면서도 의진의 주도권을 놓고 쓸데없는 기세 싸움만 벌였다. 그 바람에 연추의 동포들은 그 두 사람이 이끄는 동의회와 창의회의 눈치만 보며 우왕좌왕했다. 거기다가 지난번 국내 진공 때까지도 한 덩이가 되어 움직이던 해삼위의 애국계몽파도 《해조신문》을 이어 창간된 《대동공보》를 중심으로 새로운 세력이 되어 연해주 항일 세력을 갈라놓고 있었다.

안중근은 그렇게 분열된 세력 사이를 오락가락하며 협동과 단결을 역설하는 한편, 그들 주력들과는 상관없이 독립특파부대로 움직일 수 있는 요원들을 확보하려고 애썼다. 다행히도 안중근이 겪은 그 몇 달의 신고가 연추에도 전해져 회령 싸움 이후 안중근이 받던 의심과 비난은 많이 잦아들어 있었다. 거기다가 새로 불붙은 안중근의 신심과 열정에 감동된 것인지 오래잖아 안중근과 뜻을 함께하겠다는 동지 열한 명을 모을 수 있었다. 겨우 마음을 푼 의형 엄인섭과 의제 김기룡을 비롯해 지난번 진공전 때 소대장을 지낸 백규삼, 이범윤의 산포대(山砲隊) 출신이지만 동의회 소속 부대에서 싸웠던 황병길 등 주로 동의회 계열의 의병 부대 출신이었다.

이듬해 설을 쇤 지 며칠 안 되는 어느 날 안중근은 연추의 하리(카리)에서 그들 열한 명과 모임을 가졌다. 하리는 연추에서 혼춘으로 빠지는 길목에 있는 작은 마을이었다. 그 네댓 집 가운데서 가장 외져 독가촌(獨家村)이나 다름없는 황병길의 집에서 안중근이 그들을 모은 취지를 밝혔다.

"오늘 내가 여러 동지들을 모신 것은 시급히 서둘러야 할 일이 있기 때문이오. 우리는 그동안 대한의 자주독립을 위해 이리저리 뛰어다녔으나 소리만 요란할 뿐 앞뒤로 아무 일도 이룬 바 없으니 남의 비웃음을 면하기 어려울 것이오. 하지만 이제 우리가 다시 무엇을 꾀하고자 해도 특별한 단체가 없으면 그 목적을 이루기 어려울 것이외다. 이에 오늘 동지들에게 먼저 그 단체부터 만들 것을 제안하오. 우리 모두 손가락을 끊어 하늘에 맹서하고 그 뜻을 적은 다음, 한마음으로 단체를 만들어 이 한목숨 나라에 바칠 각오로 기어이 그 목적을 달성하도록 애써 보는 게 어떻소?"

그러자 모인 사람 모두가 안중근의 말에 따라 주었다. 열두 사람 모두 각기 왼손 약지를 끊어 그 피를 사발에 모은 다음 미리 준비한 태극기에 대한 독립(大韓獨立) 넉 자를 크게 써넣었다. 이어 그 단체의 이름을 동의단지회(同義斷指會)라 부르기로 하고 안중근이 취지문을 읽었다.

"오늘날 우리 한국 인종은 국가가 위급에 처하고 생민(生民)이 멸망할 지경에 당하여 어찌해야 할 바를 모르고 있습니다. 더러는 다시 좋은 때가 오면 모든 게 잘 풀릴 것이라 하고, 더러는 외국이 도와주면 된다고 말하기도 하나, 이는 다 쓸데없는 소리이니, 그런 말을 하는 사람은 다만 놀기를 좋아하고 남에게 의뢰하기만 즐겨하는 까닭입니다. 오직 우리 2천만 동포가 한마음으로 뭉쳐, 죽고 사는 것을 돌아보지 아니하고 싸운 뒤라야만, 국권을 회복하고 동포의 생명을 보전할 수 있을 것입니다.

하지만 우리 동포는 말로만 애국이니 일심단체(一心團體)니 할 뿐, 실로 뜨거운 마음과 간절한 단결심이 없으므로 특별히 한 회를 조직하니 그 이름은 동의단지회입니다. 우리 일반 회우가 손가락을 하나씩 끊음은 비록 조그마한 일이나, 첫째는 나라를 위하여 몸을 바치겠다는 빙거(憑據)요, 둘째로는 한마음으로 뭉치겠다는 표지입니다. 오늘 우리가 청천백일 아래 맹서하노니, 지금부터 시작하여 아무쪼록 지난날의 허물을 고치고 한마음으로 뭉쳐 변하지 말고 목적을 이룬 뒤에 태평동락(太平同樂)을 길이길이 누리도록 합시다."

뒷날 안중근이 여순 형무소에서 남긴 자전적 기록에는, 그날 그런 취지서 낭독이 있은 다음, 그들 열둘은 목소리를 합쳐 대한 독립 만세를 세 번 부른 뒤에 하늘과 땅에 맹서하고 흩어진 것으로 적혀 있다. 그러나 달리 전하는 바로는 서천동맹(誓天同盟)이라고도 불리는 그 결사(結社) 의식에서 실제로는 구체적인 목표까지 설정되었다고 한다. 이를테면 조선 침략의 원흉과 을사오적의 제거 같은 것이 그러한데, 특히 안중근은 엄인섭과 함께 이등박문을 죽이기로 되어 있었다. 그것도 3년 안에 이등박문을 죽이지 못하면 자결하여 무능을 속죄하기로 약속할 만큼 엄중한 서약이었다.

하지만 동의단지회를 결성해도 당장은 그들 열두 명이 할 수 있는 일이 별로 없었다. 여기저기 오가며 계몽과 교육에 힘쓰고, 민의를 모으며 때를 기다리는 게 고작이었다. 그렇게 되자 안중근에게 시급해진 것은 국내 진공전으로 뿌리 뽑히고 황폐해진 연해주에서의 일상을 회복하는 일이 되었다. 안중근이 진남포를 떠날 때 본가에서 마련해 나온 여비와 다동 김달하의 집에 모이는 지사들이 염출해 준 자금은 지난번 출병을 전후해서 바닥난 뒤였다. 거기다가 연추에 올 때부터 뒤를 봐주던 최재형마저 냉담해져 그 무렵 안중근은 주거와 숙식마저 정처가 없었다.

이에 안중근은 블라디보스토크로 나가 달리 장구한 계책을 세워 보기로 했다. 이때 그곳에는 이미 있던《해조신문》에 더하여《대동공보》라는 한글신문이 만들어졌고, 이강이라는 사람이 편집장을 맡고 있었다. 서울에 있을 때 안창호를 통해 이강을 알고 있던 안중근은 그를 찾아가 동의단지회의 결성을 알리고, 연해주에서의 생계유지를 위한 고심을 털어놓자 이강은《대동공보》의 사장을 맡고 있는 유진율을 설득해 안중근의 뒤를 봐주었다. 곧 안중근을《대동공보》연추 지국장 겸 통신원으로 삼아 그럭저럭 숙식은 해결할 수 있게 만들어 준 일이 그랬다.

그런데 그 때문에 며칠 대동공보사를 들락거리는 사이 안중근은 뜻밖에도 반가운 사람 하나를 만났다. 지난번 회령 싸움에 져서 쫓기다가 일본군에게 사로잡혀 간 뒤로 일고여덟 달이나 생사를 알 수 없던 우덕순이었다.

그해 2월 블라디보스토크로 돌아온 우덕순은《대동공보》의 집금책(集金責, 수금원) 일을 하고 있었다. 그가 죽은 줄만 알았던 안중근이 목이 메어 지난 일을 묻자 우덕순 또한 목이 메어 대답했다.

"그날 산을 내려갔더니 길가에 일본군 여남은 명이 기관총을 걸어 놓고 쉬고 있는 게 보였소. 그들을 보고 갑자기 돌아설 수도 없어 계속 걸어가는데, 그들 앞을 몇 발자국 지나가지 않아 뒤에서 소리를 질러 나를 불렀소. 할 수 없어 가 보니 몇 놈이 우르르 달려 나와 에워싸고 내 몸을 뒤지는데, 속에 입고 있던 의병 군복과 짧게 깎은 머리가 탄로 나고, 주머니에서 내 도장과 노서아 돈이 나오자, 그놈들은 다짜고짜 나를 두들겨 패며 회령 수비대 본부로 끌고 갔소. 꼼짝없이 죽었구나 싶었는데, 왜놈 헌병대에도 안 참모중장 같은 장교가 있어 총살을 면하고 함흥재판소에 넘겨줍디다. 거기서 사형 구형을 받고 미결수로 지내는 중에 가까스로 탈출하여 원산에서 겨울을 났소. 그리고 봄이 되어 몸이 회복되자 다시 해삼위로 돌아왔소이다."

하지만 다시 만난 감격도 잠시, 둘 모두 당장은 발행 부수 2천 부도 안 되는《대동공보》의 더부살이로 막연히 때를 기다리는 신세였다.

그 바람에 울적하기 그지없는 그해 봄이 지나가고 여름으로 접어드는 어느 날이었다. 이등박문이 조선 통감직을 사임하고 일본으로 돌아갔다는 소식이 날아들어 안중근을 더욱 막막하게 했다.

그해 4월 안중근은 이등박문이 조선 통감으로 융희 황제(隆熙皇帝, 순종)를 모시고 순수(巡狩)란 명목 아래 함경도를 돌아볼 때 저격할 계획을 세워 본 적도 있었다. 그러나 그때는 황제께서 이등박문의 지척에 계시어 함부로 손을 쓸 수가 없을 듯해 실행하지 못했다. 또 이등박문이 일본으로 돌아갔다는 소문을 들은 뒤에는, 가만히 국내로 들어가 정세를 살피고 달리 국권 회복의 방

안을 마련해 보려 했으나, 활동 자금이 없어 그마저 뜻대로 되지 않았다.

거기다가 7월에는 그때껏 움직이지 않고 있던 이범윤이 창의회 계열의 부대원을 이끌고 국내로 진공해 거기 따라가지 못한 안중근을 울적하게 했다. 이범윤 부대는 이번에도 경흥 쪽으로 들어가 일본군 수비대를 한바탕 휘저어 놓고 돌아왔다. 빛나는 전과는 없었으나, 지난번의 참패에 비하면 한층 발전된 진공 작전이었다.

이래저래 안중근이 불만스러운 여름을 보내고 있는데 홀연 정대호에게서 편지가 왔다. 고향 집을 돌아보러 조선으로 돌아가는 길에 해삼위를 거쳐 갈 것이니 거기서 한번 만나자는 내용이었다. 그러잖아도 정대호가 그 봄에 진남포를 다녀온 적이 있다는 말이 있어, 안중근은 가족들의 근황을 듣고자 한달음에 해삼위로 달려갔다.

정대호가 두세 달 전 고향 집에 돌아갔을 때 들어서 아는 대로 안중근 일가의 소식을 전한 뒤에 조심스레 말했다.

"장부가 큰 뜻을 품고 집을 나서면 집안일을 돌아보지 않는다[不顧家事] 하였으나, 이번에 돌아가 살펴보니 수씨(嫂氏)와 아이들이 살아가는 정경이 딱했소. 청춘에 독수공방하는 수씨도 그렇거니와, 특히 아비 없이 자라는 세 남매가 보기에 안됐더구려. 마냥 저대로 버려둘 수만은 없으니, 어떻게 수씨와 자녀들만이라도 이리로 옮길 방도를 내 보지 않겠소?"

그 말을 듣자 아내 아려의 고요하고 무심한 듯한 얼굴과 함께 불현듯 어린 세 남매가 그리움으로 눈앞 가득 떠올랐다. 갓 태어난 것을 보고 와 얼굴조차 제대로 기억나지 않는 막내 준생조차도 살을 파고드는 듯한 느낌으로 다가들 지경이었다.

"알겠소. 그리해 보지요. 수고스럽지만 이번에 돌아가거든, 우선 안사람과 아이들만이라도 이리 데려다 주시오. 처남에게 연락하면 도와줄 것이외다."

안중근은 별로 생각해 보지도 않고 그렇게 대답했다. 그 말에 정대호가 안도하듯 말했다.

"잘 생각했소. 이번에 진남포에 가면 그 뜻을 가족들에게 전하고 부인과 아이들을 이리로 데려오도록 하겠소. 내가 돌아오는 날까지 따라나설 채비가 되지 않으면, 김능권(안중근의 처남) 씨에게 부탁해 포그라니치나야의 우리 집으로 데려다 달라고 하지요."

그제야 안중근은 문득 자신이 가족을 데려오는 일을 그토록 가볍게 결정한 것이 스스로도 의아했다.

'내가 너무 지쳤는가. 드디어 나도 아내와 자식을 불러내 여기에 안주할 마음이 된 건 아닐까?'

그렇게 자문해 보았으나, 아무래도 그런 것 같지는 않았다. 그보다는 난데없이 이번에 그들을 부르지 않으면 다시는 그들을 만나지 못할 것 같은 절박한 느낌에 내몰린 것인데, 그 까닭은 스스로도 알 수가 없었다.

며칠 뒤에는《대동공보》의 기자 하나가 조선으로 돌아간다는 말을 듣고 안중근은 그 인편에 정근과 공근 두 동생에게 편지를 썼다.

이 형은 겨드랑이 털이 다 떨어지고 정강이에 살이 모두 빠지도록 뛰어다녔으나, 아직 아무것도 이룬 바가 없다. 작년에 구라파를 유람하고 해삼위로 돌아왔는데, 근일 중에 다시 파리를 거쳐 로마로 갈 생각이다.

대강 그런 핑계를 대며 돈 천 원을 만들어 부쳐 달라는 부탁을 한 것인데, 이번에는 엉뚱한 유럽 여행을 내세운 것이 스스로도 알 수 없다는 느낌이었다.

출진

出陣

그러는 사이 막막하면서도 불만스러운 여름이 가고 가을로 접어들었다. 그때 안중근은 연추에서 어두운 열정으로 반조국당(反祖國黨) 숙청 계획을 익혀 가고 있었다. 연추 의진을 다시 일으켜 세우려면 항일 전선(抗日戰線) 형성에 장애가 되는 인사들부터 먼저 제거해야 된다는 믿음에서였다.

두어 달 전 이범윤이 창의회 계열의 의병 부대를 이끌고 두만강을 건너 국내로 진공했다는 소문을 들은 뒤로 안중근은 거의 병적인 집착으로 연추에서의 의병 재거(再擧)에 매달렸다. 안중근은 갈수록 활기를 잃어 가는 단지회(斷指會) 맹원들을 다그치는 한편, 지난번 국내 진공에서 돌아온 뒤로 오래 소원하게 지냈던 최재형을 찾아가 후원을 빌었다.

안중근이 갖은 말로 의병 재거의 대의를 설파했으나, 그사이 무슨 심경의 변화가 있었던지 최재형은 전보다 더욱 냉담해져 있었다. 바라는 군자금을 내놓기는커녕, 거병의 무모함이나 안중근의 단견과 아집만을 비웃을 뿐이었다. 그리고 다른 유력한 동포들까지 쑤석여 이미 안중근에게 약속한 지원마저 철회하게 만들었다.

최재형이 그렇게 나오면 연추에서 의병을 다시 일으키기는 영영 글렀다고 본 안중근은 여러 날 깊이 생각한 끝에 그와 같은 반조국적 배금도배(拜金徒輩)부터 먼저 숙청해야 한다는 결론에 이르렀다. 그리하여 최재형을 명단 첫머리에 얹은 숙청안(肅淸案)을 작성하고, 블라디보스토크로 가서 함께 그 과업을 실행할 동지를 구하기로 작정하였다. 연추의 단지회 동지들은 거의가 최재형의 영향 아래 살아온 사람들이라 믿을 수 없다 여긴 까닭이었다.

그래서 다시 대숙청 이후의 의병 재거 계획과 장문의 불순분자 성토서 고안(稿案)까지 마련해 블라디보스토크로 떠나려는 안중근에게 전보 한통이 불쑥 날아들었다.

화급지사(火急之事). 본사 왕림 요망.

발신인을 보니 블라디보스토크에서 이강이 보낸 전보였다. 그런데 알 수 없는 것은, 그 전보를 읽는 순간 드디어 기다리던 부름이 이르렀다는 느낌이 무슨 계시와도 같이 안중근의 머릿속을 스친 일이었다. 이에 안중근은 그 한 달 골몰하여 짜낸 숙청 계획은 잠시 밀쳐 두고 그 부름부터 따르기로 했다.

이강의 전보를 받은 그날로 안중근은 단지회 동지 몇을 불러 모아 놓고 말하였다.

“나는 지금 해삼위로 가려 하오. 작별이나 하자고 불렀소.”

“왜 그러시오? 어째서 아무런 기약도 없이 졸지에 가려는 것이오?”

안중근의 처연한 어조에 그들이 알 수 없다는 듯 물었다.

“나도 모르겠소. 공연히 마음에 번민이 일어나서 이곳에 더는 머물고 싶지 않구려. 그래서 이제 떠나려는 것이오.”

안중근은 왠지 이강의 전보에 대해 말하고 싶지 않아 그렇게 둘러댔다. 그러나 말해 놓고 보니 그게 바로 그의 진심이기도 했다. 전날 밤까지도 안중근은 자신이 고인 시궁창 물처럼 썩어 가고 있다는 기분에 못 견뎌 하고 있었다. 단지회 동지들이 말없이 안중근을 바라보다가 다시 물었다.

“이제 가면 언제 돌아오시겠소?”

“다시 돌아오지 않을 것이오.”

무심코 그렇게 대답한 안중근은 나중에야 그게 자신이 은연중에 품고 있던 예감이었음을 깨달았다. 동지들이 괴이쩍어하는 얼굴로 그런 안중근을 보내 주었다.

그길로 연추를 떠난 안중근은 다음 날 목구항(穆口港, 보로실로프)에서 블라디보스토크로 가는 기선에 올랐다. 일주일에 한두 번 있는 선편이었으나, 일이 되려고 그랬는지 안중근이 간 날이 마침 여객선이 뜨는 날이었다.

안중근이 블라디보스토크에 이르러 보니 대동공보사로 찾아가 이강을 만나기도 전에 그가 왜 전보를 쳐서 자신을 불렀는지 알 듯했다. 배에서 내리자마자 사람들끼리 주고받는 것은 이등박문이 블라디보스토크로 오리라는 소문이었다.

안중근은 더 자세한 것을 알고 싶어 잡히는 대로 여러 가지 신문을 사서 읽어 보았다. 그랬더니 가까운 날에 이등박문이 만주의 하얼빈으로 오게 되리라는 기사들이 여기저기 나 있었다. 이등박문이 블라디보스토크에 오는 것은 아니었지만, 그래도 사람들이 수군거리던 것이 영 헛소문은 아니었다. 특히 이등박문이 머지않아 자신의 손길이 닿는 곳으로 온다는 것만은 의심할 여지가 없어 보였다.

'여러 해 소원하던 목적을 이제야 이루게 되다니! 늙은 도둑이 드디어 내 손에서 끝나게 되는구나.'

안중근은 마음속으로 그렇게 외치며 남몰래 기뻐하였다. 반조국당 숙청 같은 어두운 상념은 이미 그의 머릿속에서 깨끗이 지워진 뒤였다.

대동공보사로 찾아가니 기다리고 있던 이강이 안중근을 반겨 맞으며 말했다.

"먼 길 오시게 한 게 외람된 일이나 아닌지 모르겠소. 이등박문이 만주로 온다기에 전보를 쳤소."

"오는 길에 들어 알고 있습니다."

"지난봄 안 선생에게서 동의단지회 얘기를 듣고 감동했던 터라 그냥 있을 수가 없었소. 정히 아니 되면 대마도 해협을 막고 일전을 벌여 이등박문이 탄 배를 격침시켜서라도 기어이 침략의 원흉을 죽이겠다던 말씀 아직도 귀에 생생하오."

"잘 불러 주셨습니다. 이제 무능을 자책하며 조국에 속죄하는 뜻으로 자결하지 않아도 될 듯합니다."

그러자 이강은 안중근을 사장실로 데려갔다. 이강에게서 들은 얘기가 있는지 사장 유진율도 안중근을 반갑게 맞아 주었다. 그리고 한참이나 함께 나라 걱정을 하다가 안중근의 경계가 풀리기를 기다려 말했다.

"이강 편집장에게서 안 장군의 포부를 전해 듣고 우러러 왔습니다. 이번에 거사할 뜻이 있다면 미력하나마 우리 《대동공보》도 힘을 다해 돕고 싶소이다."

지난번 국내 진공전 얘기를 들었던지 유진율은 안중근을 장군으로 불러 주고 정중하게 대했다. 그러면서 모든 일이 너무 갑작스럽고, 정보도 넉넉잖아 그저 막연한 조바심에 빠져 있는 안중근을 차분한 계획으로 이끌었다. 덕분에 《대동공보》 사옥은 그로부터 스무 날 뒤 안중근이 블라디보스토크를 떠나는 날까지 안중근의 이등박문 총살을 지원하는 병참 사령부가 되었다.

그 무렵 블라디보스토크로 망명해 있던 지사들 중에는 국권회복운동의 방책으로 국적(國賊) 처단을 우선하여 논의해 온 이들이 많았다. 그들은 일본 쪽 침략의 원흉으로 이등박문을, 한국 내부의 매국노 수괴로는 이완용을, 그리고 외국인 친일파로는 일본의 한국 침략 나팔수 노릇을 하고 있는 미국인 스티븐스를 지목하여 여러 갈래로 처단의 기회를 엿보았다. 그러다가 그 전해 말 미국 샌프란시스코에서 장인환과 함께 스티븐스 처단에 성공한 전명운이 블라디보스토크로 옮겨 오면서 그런 국적 처단의 열의는 한층 달아올랐다.

따라서 블라디보스토크에는 안중근 말고도 기회만 닿으면 이등박문을 죽이려고 벼르던 지사들이 알게 모르게 더 있었다. 안중근이 그리로 갔을 때, 그들도 이등박문이 만주로 온다는 말을 듣고 조심스레 그를 처단할 논의를 하는 중이었다. 아직 이등박문이 하얼빈을 거쳐 블라디보스토크까지 방문하게 되리라는 여정이 발표되지 않은 때라, 멀리 만주로 이등박문을 찾아 나서야 했지만 누구도 그 수고로움을 걱정하지 않았다.

그런 때에 홀연 안중근이 나타나자 그들은 한결같이 수상쩍어하는 눈길로 그의 움직임을 살폈다. 단지동맹이나 하늘에 맹서한 취지서까지는 몰라도 그 무렵의 안중근이 무얼 노리고 있는지는 그들도 어렴풋이나마 짐작하고 있었기 때문이었다. 이에 안중근은 한편으로는 이강, 유진율 등《대동공보》간부들과 이등박문 처단 계획을 진행시키면서도, 다른 한편으로는 그런 지사들이나 일본 밀정들의 이목을 돌려놓기 위해 엉뚱한 너스레를 떨었다.

"오래 나라 밖을 떠돌다 보니 여인들이 그리워져 이리로 나왔소. 군자호구(君子好俅, 군자의 좋은 짝) 요조숙녀(窈窕淑女)는 아니어도 좋으니, 어디 서시(西施) 같은 미인이나 나팔륜(나폴레옹) 부인과 같은 부자 또는 불란서의 잔 다르크 같은 의녀(義女)를 구할 길이 없겠소?"

무슨 일로 갑자기 연추에서 블라디보스토크로 왔느냐는 물음에 그와 같이 대답하고, 이등박문의 일은 아예 입에 담지도 않았다. 그러나 안으로는 조용히 출격을 준비했다.

"아무래도 나 혼자만으로는 성사가 어렵겠소. 두어 명의 동지를 더하여 독립특파부대 특공조(特功組)를 짜는 편이 만전을 기하는 길이 될 듯하오. 단총을 세 자루쯤 구해 주시오."

안중근이 《대동공보》 측에 그렇게 부탁하자 유진율은 사람을 시켜 권총 세 자루를 구해 주었다. 그중에 신형 브라우닝 권총 두 자루를 본 안중근이 기뻐하며 말했다.

"이 단총은 너무 작고 가벼워 명중률이 다소 떨어지나, 내게는 구식일 때부터 손에 익은 데다 몸에 감추기 편해 이번 일에는 아주 제격일 것이오. 마침 이 총이 손에 익은 동지도 하나 알고 있소."

그러고는 때마침 《대동공보》 집금원으로 일하고 있는 우덕순을 조용한 곳으로 불러냈다. 특공조를 짤 생각을 하면서부터 염두에 둔 사람이었다. 국내에서의 별난 이력에다 지난번 함께 두만강을 넘어 국내로 진공했을 때 보여 준 그의 투혼과 신의, 그리고 일본군의 포로가 되어서도 끝내 탈출해 나온 불굴의 의지 같은 것이 준 감동 때문이었다.

"우 동지, 아무래도 때가 온 것 같소. 함께 가시겠소?"

안중근이 그렇게 묻자 우덕순이 일순 의아한 눈으로 안중근을 마주 보았다. 안중근은 그런 우덕순에게 이등박문이 하얼빈으로 온다는 것과 그를 처단하러 떠날 결의를 알렸다.

"안 참모중장께서 간다면 나, 우덕순도 가겠소. 가서 이등박문 그 쥐 같은 늙은 도둑을 함께 포살(砲殺)합시다."

우덕순이 한 번 망설이는 법도 없이 그렇게 받았다. 그러자 안중근은 그때까지 진척된 거사 채비를 대강 일러 주고 말했다.

"우리가 떠난다 하나 뒷일이 어찌 될지는 누구도 장담하지 못하오. 하지만 한 가지 틀림없는 일은, 우리가 어찌 되든 뒤에 남은 사람들은 보존되어야 한다는 것이오. 연해주 독립운동의 한 축이 되는 《대동공보》도 마찬가지, 그러기 위해서는 배후를 깨끗이 해 둘 필요가 있소. 내일은 그동안 우리가 의지해 온 대동공보사 사람들과 우리가 떠난 뒤의 일을 정리해 두도록 합시다."

그리고 다음 날 이강에게 대동공보사의 주요 임직원들과 함께 하는 자리를 마련해 달라고 부탁했다.

그때 《대동공보》는 마침내 러시아에 귀화한 유진율이 니콜라이 유가이란 이름으로 발행인 겸 사장이 되고, 고종의 시종무관이었다가 미국으로 건너가 안창호와 함께 공립협회를 주도했던 정재관이 주필을 맡고 있었다. 그 둘에다가 편집장 일을 보고 있는 이강과 기자인 윤일병, 정순만 등이 안중근, 우덕순과 함께 호젓한 방에 모여 앉았다. 그런데 안중근이《대동공보》연추 지국장 겸 통신원이고, 우덕순은 집금 회계원이라 넓게 보면 사내(社內) 모임이라 할 수도 있었다.

그 모임에서 거사에 나서는 안중근의 최종적인 신분과 자격이 결정되었다. 안중근은 연해주 의진(義陣)의 참모중장이요, 독립특파부대의 특공 대장으로 이등박문을 저격하기로 하고, 우덕순은 그 특공 대원으로서 안중근과 공동 실행자로서의 임무를 수행하게 되었다. 하지만 거사의 성패와 상관없이《대동공보》에 밀어닥칠 후환을 끊기 위해 그날로 우덕순은 집금 회계원에서 해고하고, 안중근의 연추 지국장 자격과 통신원 대우도 없던 일로 정리했다. 다만 안중근의 대동공보사 통신원 신분증만은 안중근의 위조 및 사칭으로 둘러대기로 하고 그대로 남겨 두었다.

"특공대의 나머지 한 동지를 여기서 밝히지 못해 유감입니다. 의중에 두고 있는 동지가 둘 있는데, 실은 나도 아직 둘 중 누구를 할지 확정 짓지 못했습니다. 게다가 누구로 결정하든 여러분은 모르는 게 나을 것입니다. 우리가 떠난 뒤면, 크건 적건 노서아 관헌들을 앞세운 일본인들의 매서운 추궁이 이를 것은 불을 보듯 뻔합니다. 그때 여러분이 알아서 짐 될 일은 늘리지 않는 게 좋을 것 같습니다."

나머지 특공조 한 사람을 묻는 유진율에게 안중근도 그런 말로 남은 이들을 위한 배려를 나타냈다.

거사는 만주로 가서 관성자(寬城子, 장춘)나 하얼빈 또는 달리 이등박문을 처단하기 좋은 곳에서 하기로 하고, 블라디보스토크 출발은 이등박문이 여순을 출발하기 닷새 전으로 잡았다. 그런데 그날부터 며칠 안 돼 이등박문이 여순을 출발해 하얼빈에 이르는 정확한 일정표가 보도되었다. 25일 여순을 출발하여 26일 하얼빈에 이르리라는 것이었는데, 안중근과 우덕순이 그보다 며칠이라도 앞서 가 있자면 오늘내일로 당장 떠나야 했다.

"블라디보스토크에서 하얼빈으로 가자면 우리 세 사람 기찻삯만 해도 만만치 않을 것이오. 삼등칸으로 해도 30원은 될 것인데, 게다가 하얼빈에서의 숙식비까지 보태면 상당한 자금이 있어야 할 거요. 그건 어떻게 마련이 있소?"

안중근보다 일찍 러시아로 건너와 고달프게 살아온 터라 세상물정에 밝은 우덕순이 안중근을 찾아보고 그렇게 물었다. 그 무렵은 안중근도 국내에서 가져온 돈이 떨어진 지 오래인 데다, 몇 달 전 아우 정근에게 글을 보내 돈을 보내라 하였으나 그마저 회신이 없어 궁핍을 겪고 있었다. 블라디보스토크로 오기 전에는 여기저기 떠돌며 동포들의 호의에 숙식을 빌다시피 하고 있었던 만큼, 그만한 자금이 있을 리 없었다. 하지만 그렇다고 장한 의기로 따라나선 우덕순의 기를 죽일 수는 없었다.

"걱정 마시오. 그만한 자금은 있소."

그렇게 우덕순을 안심시키고 그길로 대동공보사를 찾아가 유진율과 이강을 만났다.

"그러지 않아도 그 일을 걱정하고 있었소."

유진율이 그렇게 받고는 목소리를 낮춰 넌지시 귀띔해 주듯 말했다.

"우리 대동공보사가 그 돈을 댈 수도 있지만, 큰돈이 오가는 일은 보는 눈이 많아 뒷말이 있을까 걱정이오. 내가 여기 말고 달리 한군데 돈 있는 곳을 아는데, 거기 가서 변통해 보는 게 어떻소?"

"그게 어딥니까?"

안중근이 그 말뜻을 알아듣고 물었다.

"개척리의 백(白)가 성(姓) 쓰는 사람이 하는 여관에 묵고 있는 이석산(李錫山)이오. 그 사람에게 가면 백 원쯤은 그 자리에서 변통할 수 있을 것이오."

그 말에 안중근이 다시 물었다.

"개척리의 백 씨가 하는 것은 여관이 아니라 밥집입니다. 내가 묵고 있는 이치권 씨 집에서 그리 멀지 않은 곳에 있어 잘 알지요. 그런데 이석산이 뭐하는 사람입니까? 어째서 여관에서 묵지도 못하고 밥집에 얹혀 지내는 사람이 그리 돈이 많습니까?"

"황해도 분이니 이진룡(李鎭龍)이라면 아시려나? 거기서 의병장을 한…… 그 사람이 군자금을 모으고 무기를 구입하려고 이석산이란 이름으로 연해주에 와 있는데, 아시다시피 의병장이란 게 국내에 있으나 국외로 나오나 고달프게 쫓기기는 마찬가지잖소? 이곳도 일본 밀정과 그 앞잡이들이 판을 치는 데다, 싸움에 진 뒤로는 러시아 관헌들도 일본의 눈치를 보아 은근히 그들을 돕고 있으니, 이석산이 어떻게 여관 같은 데 자리 잡고 앉아 버젓이 드러내 놓고 활동할 수 있겠소? 과객을 겨우 면한 행색으로 밥집 골방 신세를 지고 있기는 하지만, 그래도 군자금은 그간에 꽤나 모았을 거요. 어제 우리《대동공보》에서 모금해 전해 준 것만 해도 1백 70원이 넘었으니, 그리로 가서 사정을 말하면 들어줄지도 모르겠소. 이석산이 그 돈으로 총을 사서 왜적과 싸우든, 안 장군이 이토를 쏴 죽이는 데 쓰든 다 같이 국권 회복을 위한 일 아니겠소?"

이진룡이라면 안중근도 알 만했다. 이진룡은 유인석의 문하로 황해도에서 의병을 일으켜 일본군과 싸운 사람이었다. 이태 전 안중근이 해삼위로 망명하기 전에 김동억과 함께 국내의 의병 항쟁을 살핀 적이 있는데, 그때 예성강 일대에서 귀가 따갑도록 그 이름을 들은 적이 있었다.

안중근이 유진율의 귀띔을 듣고 백 씨네 밥집을 찾아가니, 이석산은 마침 다른 곳으로 거처를 옮기려고 짐을 꾸려 문을 막 나서려는 참이었다. 안중근이 그를 붙들고 통성명을 한 뒤 백 씨네 집안으로 도로 끌고 들어갔다. 이석산도 황해도 사람이라 안태훈과 함께 안중근의 이름은 들어 본 적이 있어서인지 박절하게 뿌리치지 못하고 따라왔다.

"초면에 이런 말을 하기 면구스러우나, 일이 다급하니 어쩔 수가 없구려. 내게 돈 백 원만 꾸어 주시오. 의병장께 돈이 있단 말 듣고 왔소."

외진 방 안에 둘만 마주 앉게 되자 안중근이 다짜고짜 그렇게 말했다. 이석산이 어리둥절한 눈으로 안중근을 바라보다가 무겁게 고개를 저었다.

“어디서 듣고 왔는지 모르지만 그건 내가 함부로 내줄 수 있는 돈이 아니오. 따로 쓸 데가 정해져 있소.”

“그 돈의 용처에 대해서는 나도 들어 알고 있소. 하지만 내가 그 돈을 빌려 쓰려고 하는 곳도 의병장께서 쓰려는 데와 크게 다르지 않소. 똑같이 왜적을 치는 데 쓰이게 될 것이니 조금만 갈라 주시오.”

그래도 고지식한 이석산은 안중근의 요청을 들어주지 않았다.

“다 같이 왜적을 치는 일에 쓰인다 하더라도 군자금이란 각기 그 몫이 있는 법, 내가 신식 양총을 많이 구해 돌아오기를 눈이 빠지게 기다리고 있는 동지들을 생각하면 한 푼이라도 다른 곳에 내줄 수는 없소.”

그러면서 끝내 돈을 내놓지 않았다. 안중근은 하는 수 없이 이등박문을 포살할 계획을 이석산에게 다 말하고 마지막으로 한 번 더 사정해 보려 마음먹었다. 하지만 이석산의 굳은 표정을 보니 무슨 말도 소용없을 것 같아 속만 태우는데 안중근의 머리에 퍼뜩 떠오르는 게 있었다.

“이진룡 의병장. 군자금이란 각기 몫 지어진 곳에 써야 하지만, 또한 일에는 완급경중(緩急輕重)이란 게 있소. 아무래도 내가 하려는 일이 더 급하고 무거운 듯하니 우선 거기부터 써야겠소.”

안중근이 그렇게 말하며 갑자기 권총을 빼 들었다. 유진율에게서 받은 뒤, 품고 다니며 틈나는 대로 연습하여 손에 익히고 있던 신형 브라우닝 권총이었다. 안중근이 권총을 이석산의 이마에 들이대며 엄숙하게 말했다.

"대한의군부 참모중장으로서 명하오. 가지신 군자금 가운데 백 원만 어서 내놓으시오. 이는 군령이니, 어기면 장군을 군율로 처결할 것이오."

하지만 의병 부대를 이끌고 일본군과 수십 번 교전하며 기른 담력인지 이석산은 별로 두려워하는 기색이 없었다.

"연해주 의진이 있다는 말은 들었지만, 그 명을 내가 받들어야 할 의무는 없소. 이 돈은 오직 국내에 있는 동지들을 위해 무기를 구입하는 데만 쓸 수 있소이다."

그렇게 뻗대었다. 그러다가 안중근이 이등박문을 포살할 계획을 낱낱이 말하고, 강탈의 형식이 되어야 거사 자금을 댄 격이 되는 이석산도 뒤탈이 없을 것 같아 총을 뽑게 되었다는 것까지 구구하게 밝힌 뒤에야 돈 백 원을 갈라 주었다. 이석산에게서 그 돈을 받자 안중근은 벌써 일이 반은 이루어진 것 같은 기분이 되었다.

하얼빈으로 갈 여비를 구한 안중근은 그길로 고준문(高俊文)이란 사람 집에 기식하고 있는 우덕순을 찾아갔다. 이등박문이 하얼빈으로 온다는 날은 아직 대엿새나 남았지만, 안중근의 급한 마음으로는 그날 밤이라도 당장 떠나야 일을 제대로 해낼 수 있을 것 같았다. 하얼빈이 처음이라 마음이 급하기는 우덕순도 마찬가지인 듯했다. 벌써 날이 저물어 오는데도 두말없이 짐을 싸 들고 안중근을 따라나선 둘은 곧 블라디보스토크 역으로 갔다.

하지만 그들이 기차역에 이르러 알아보니 그날은 너무 늦어 하얼빈으로 가는 기차가 없었다. 이에 두 사람은 함께 이치권의 집으로 돌아가 거기서 하룻밤을 더 묵었다.

그날 밤 안중근이 낮에 서둘러 싸느라 뒤죽박죽이 된 짐을 다시 풀어 정리하고 있는데 이강이 찾아왔다. 마침 짐 속에서 나온 권총을 닦고 있던 안중근은, 빈총을 격발해 보고 총구를 불며 비장한 결의와 당부로 작별 인사를 대신했다.

"이번 길에 꼭 총소리를 내리다. 뒷일은 동지가 맡아 주오!"

다음 날 일찍 일어난 두 사람은 전날 밤 알아 둔 첫 기차를 타기 위해 블라디보스토크 역으로 갔다. 그런데 안중근이 하얼빈이 아니라 소왕령으로 가는 기차표를 끊는 걸 본 우덕순이 알 수 없다는 듯 물었다.

"안 동지, 먼저 수분하 부근 어디로 간다고 하지 않았소? 그런데 어째서 소왕령으로 가는 표를 끊으시오?"

"그렇소. 포그라니치나야 역으로 가오. 그런데 포그라니치나야 역은 청나라 해관(海關, 세관)이 있어 검색이 심하오. 짐 속에 단총 석 자루와 탄환이 있으니 삼등 표로는 그들의 검색을 피하기 어려울 것이오. 하지만 우리 여비도 넉넉하지 못해 여기서부터 해관의 검색이 눅은 이등 표를 사서 가기도 어렵소. 그래서 소왕령까지는 삼등 표로 가고, 거기서 포그라니치나야까지 몇 정거장만 이등 표를 끊어 그들의 엄한 검색을 피해 볼 작정이오."

안중근이 난데없이 소왕령 가는 기차표를 끊게 된 까닭을 그렇게 밝혔다. 말이 난 김이어서인지 우덕순이 다시 물었다.

"수분하에는 왜 가는 것이오? 동모(同謀) 한 사람이 더 있다더니, 혹시 거기서 만나 데려가기로 되어 있소?"

"거기서 한 사람을 더 데려가기는 하지만 그냥 통역만 해 주는 조수로 쓸지 함께 이등박문을 치게 될지는 아직 결정하지 못했소. 하얼빈에 가면 또 한 사람을 더 만나게 될 것인데, 그때 가서 둘을 비교해 본 뒤에 누구와 함께 동수(動手)할지를 결정하겠소."

안중근이 그렇게 대답하자 우덕순은 더 캐어묻지 않았다. 느긋한 성격대로 그 뒤는 특공 대장인 안중근이 알아서 결정할 일로 보는 듯했다.

그런데 해삼위를 떠난 기차가 다음 정거장에 섰을 때였다. 이강이 유진율과 함께 기차에 올라 안중근과 우덕순을 찾아왔다. 이강과 유진율은 두루스케라는 러시아식 반외투를 두 사람에게 한 벌씩 나눠 주며 마지막 작별을 했다.

"지금 삼천리강산을 두 분이 등에 지고 가시는 것이오. 부디 뜻을 이루시기를……."

그러면서 기차에서 내리는 이강과 유진율의 눈에서는 굵은 눈물이 흘러내리고 있었다.

기차가 청로(淸露) 국경을 넘어 포그라니치나야 역에 닿은 것은 밤 9시가 지났을 무렵이었다. 소왕령에는 반 시간 정차했던 기차가 거기서는 한 시간을 서 있었다. 소왕령에서 산 이등 표 덕분에 까다로운 검색 없이 세관을 나온 안중근은 기차역에서 멀지 않은 한의원으로 우덕순을 데려갔다.

"인사드리시오. 유(劉) 의원님이시오. 나라를 걱정하고 국권회복 운동에 여러 가지로 도움을 주시는 분이오. 지난번 우리 연해주 의병대가 국내로 진공할 때도 적잖은 성금을 내어 군자금에 보태게 하셨소."

방 안에 들어서기 바쁘게 안중근이 우덕순에게 집주인을 소개 시켰다. 그때 마치 짐을 꾸려 기다리고 있었다는 듯 앳된 얼굴의 젊은이 하나가 들어섰다. 짐은 이불 한 채와 작은 보따리 하나였다.

"이 젊은이는 저 어른의 자제분으로서 이름은 유동하라 하오. 금년에 열여덟인데, 작년 의병에는 참가하지 못하였으나 의기는 오히려 그때 패퇴하고 돌아온 우리를 넘어서는 데가 있소. 어려서부터 노서아에서 자라 노서아 말이 능하기 때문에 이번에 통역으로 쓸까 하오."

"마침 약재를 사러 갈 일이 있어 어제 저 아이를 하얼빈으로 보내려는데, 안 선생이 전보를 보내셨더구려. 출발을 하루 늦추되, 언제든 떠날 채비를 하고 기다리게 하였소. 이제 하얼빈에서 무슨 통변(通辯)을 시키시려는지 모르지만, 저 아이 노서아 말로 안 선생께 도움이 될 수 있을지 모르겠소."

"실은 유 의원께서도 잘 아시는 정대호가 제 내자와 아이들을 하얼빈으로 데려오기로 되어 있습니다. 그런데 워낙 초행길인 데다 청국 말도, 노서아 말도 잘 몰라 자제분의 노서아 말을 좀 빌리고자 하는 것이니, 너무 심려하지 마십시오."

안중근이 그렇게 받았다. 그러자 유경집은 더 따지지 않고 아들을 돌아보며 무슨 다짐이라도 받듯 말했다.

"그렇다면 크게 어려운 통역은 없겠다만, 그래도 매사에 조심하여라. 일만 끝나면 약재 구해 급히 돌아오는 것 잊지 말고."

우덕순이 옆에서 보니 유경집은 안중근이 왜 하얼빈으로 가는지 전혀 모르는 것 같았다. 안중근이 유동하에게 거사를 암시한 것도 수분하에서 하얼빈으로 가는 기차 안이었다. 만일을 대비해 따로 떨어져 앉아 가던 안중근이 유동하를 승강구 쪽으로 가만히 불러내 물었다.

"작년에 의병을 일으켜 국내로 치고 들 때 자네를 데려가지 못해 못내 마음에 걸렸네. 어떤가? 다시 의병을 일으킨다면 이번에도 따라나서겠는가?"

"조국의 국권을 수복하는 길이라면 언제든 죽을 각오로 달려가겠습니다."

그로부터 10년도 안 돼 이국의 항일 전선에서 젊은 피를 뿌리고 죽어 갈 자신의 운명을 예감하고 있었던 것일까, 유동하가 선뜻 그렇게 대답했다. 그러자 유동하의 열여덟 나이를 떠올린 안중근에게 오히려 주저하는 마음이 일었다. 슬며시 한 발 빼며 무슨 암시처럼 한마디 넌지시 덧붙였다.

"우선은 노서아어 통변으로 자네를 불렀지만, 어쩌면 우리는 독립특파부대로 하얼빈에서 적을 치게 될지도 모르겠네. 그렇게 된다면 이번에는 자네를 빼놓지 않겠네, 유 동지."

수분하에서 다시 끊은 기차표가 삼등이라 그랬는지, 거기서 기차에 오른 안중근과 우덕순, 유동하 세 사람이 하얼빈 역에 내린 것은 다음 날 밤 9시가 넘었을 때였다. 마차를 잡은 유동하는 기차역에서 10분 거리쯤 되는 레스나야 가(街)에 사는 김성백이란 사람의 집으로 두 사람을 데려갔다.

김성백은 함경북도 종성이 고향인데, 두 살 때 부모를 따라 러시아 땅 우수리스크로 옮겨 가 거기서 자랐다. 어른이 된 그는 러시아에 귀화하여 치혼 이바노비치 김이라는 이름을 얻었고, 동방정교(東方政教)를 믿어 정식으로 세례까지 받았다. 이태 전 하얼빈에 와서는 청부업자로서 동청철도(東淸鐵道) 건설에 참여하는 한편, 러시아어 통역으로 일해 기반을 잡았다. 또 그해 7월 말 하얼빈에 사는 조선인 70여 명이 모여 한민회(韓民會)를 결성하였을 때는 회장으로 뽑혀 하얼빈에 사는 조선인들의 권익을 지키는 데 앞장섰다.

김성백은 유동하와 사돈뻘이 되었다. 곧 유동하의 두 살 아래 여동생 유안나가 김성백의 넷째 동생 김성기와 정혼한 사이였다. 거기다가 김성백의 셋째 동생 김성엽은 중병이 들어 방금도 수분하에 있는 유동하의 아버지 유경집의 한의원에서 치료를 받고 있는 중이었다. 따라서 두 집안은 사돈뻘이라도 남다르게 친한 사돈뻘인 셈인데, 유동하는 그런 김성백의 집으로 안중근과 우덕순을 데리고 가 함께 묵기로 했다.

그때 김성백은 나이 서른둘로 안중근보다는 한 살 많았다. 안중근과는 수분하에 있는 유경집의 집에서 한 번 만났을 뿐이었으나, 독립지사로서 안중근을 높이 치는 사돈 유경집 때문에 그 또한 안중근에게 호감을 품고 있었다. 유동하가 안중근과 우덕순을 데려가자 반겨 맞아 주었다. 그러잖아도 김성백의 집은 언제나 사람이 모여드는 집으로 알려질 만큼 갈 곳 없는 한인들이 몰려 신세 지고 가는 집이었다.

하얼빈의 열하루

음력으로는 이제 겨우 9월 중순인데도 하얼빈의 아침은 벌써 겨울이었다. 하얼빈 역으로 이어지는 포도(鋪道)는 얼어붙은 듯 희게 번들거렸고, 음산한 하늘은 이따금씩 푸슬푸슬 싸락눈을 뿌렸다. 안중근은 역 앞 광장으로 접어들면서 자신도 모르게 반외투 주머니에 손을 넣었다. 무심코 주머니 깊숙이 찔러 넣은 왼손 끝에 차고 딱딱한 물체가 와 닿았다. 그쪽 허리춤에 언제든 빼기 좋게 갈무리한 단총이었다.

번쩍 정신이 든 안중근은 새로운 경계심과 관찰력으로 역 광장과 대합실 쪽을 살펴보았다. 이제 겨우 7시가 지났을 뿐인데, 역 광장과 대합실은 벌써 사람들로 붐비기 시작했다. 가장 많은 쪽은 하얼빈을 관할하고 있는 러시아 측 인원이었다. 정복과 제모를 갖추고 나온 역 직원들에다 이런저런 러시아 공관원들이 벌써 나와 있었고, 러시아군 의장대와 군악대도 환영과 사열을 위한 구내 배치를 앞두고 역 광장 한 모퉁이에 집결해 있었다.

일본인들도 많았다. 영사관 직원과 영사 경찰에다, 민간인처럼 꾸미고는 있어도 밀정이나 경찰 보조원 노릇을 하고 있는 자들이었는데, 그중에는 한국인도 더러 섞여 있는 듯했다. 기자들도 여럿 알아볼 수 있었다. 러시아나 중국 신문의 기자들은 말할 것도 없고 현지의 일본 기자들도 일고여덟 명은 되어 보였는데, 개중에는 양복 차림에 넥타이를 매거나 당코바지(탱크바지)에 도리우치로 멋을 낸 자들도 있었다. 그리고 나머지는 하얼빈에 체류하는 일본인 환영객들이었다. 저마다 일본 옷에 일장기를 들고 저희 영웅을 환영하기 위해 두 시간 전부터 몰려들어 부산을 떨고 있었다.

안중근은 그제야 기자로 위장하기로 한 것을 떠올리고 외투 윗주머니를 더듬어 보았다. 수첩과 연필, 그리고 임시로 박아 낸《대동공보》 통신원증을 넣어 둔 곳이었다. 하지만 하얼빈 역의 분위기로 보아서는 그런 위장이 꼭 필요할 것 같지도 않았다. 일본인은 전혀 검문검색을 하지 않는 듯했고, 특히 기자들은 역 구내와 광장 대합실을 제집 안방 드나들듯 하고 있었다. 그런데도 어찌된 셈인지 러시아 헌병도 일본 경찰이나 밀정도 누구를 잡고 신분 한 번 확인하는 일조차 없었다.

원래 이등박문이 하얼빈으로 떠나려 할 때 관동 도독부 헌병대에서 경호를 자청한 적이 있었다. 그러나 호기인지 교오(驕傲)

에서인지 이등박문은 그 경호를 사양하였다. 또 하얼빈을 관할하고 있는 러시아 측에서도 하얼빈에서의 경호를 러시아 헌병대가 맡겠다고 나섰으나 이등박문은 사양하였다. 거기다가 하얼빈 총영사는 한술 더 떠 일본인 환영객을 검문검색하지 말도록 요청하였고, 특히 일본인 기자들에게는 최대한의 취재 지원을 해 주도록 당부하였다.

그런 내막을 알 리 없었지만, 그 때문에 느슨하기 짝이 없어 보이는 경계와 경호 상태는 긴장으로 몽롱해져 하얼빈 역으로 왔던 안중근을 오히려 냉정하게 일깨워 주었다. 이에 한동안 경계와 탐색의 눈길로 역 구내를 둘러본 안중근은 역 구내에 있는 찻집에 자리를 잡고 특별 열차가 들어온다는 9시까지 기다리기로 했다. 공연히 부산하게 움직여 일본 영사 경찰이나 밀정들의 이목을 자극할 필요가 없다는 생각에서였다.

시간이 가까워 오자 하얼빈 역 안팎은 인산인해를 이루었다. 러시아군 의장대와 군악대는 특별 열차가 설 철길 곁으로 길게 펼쳐진 플랫폼을 따라 두 줄로 늘어섰고, 뒤늦게 도착한 청나라 부대도 그들에 이어서 죽 늘어섰다. 맨 위쪽 러시아 재무 장관 일행과 현지의 러시아 장관들이며, 각국 사절과 일본 영사 및 관리들의 자리도 천천히 들어차기 시작했다. 그리고 군인들이 도열한 뒤로는 일본인 환영 인파가 몰려들어 일장기를 흔들며 열기를 고조시키고 있었다.

그때쯤은 안중근도 찻집에서 일어나 일본인 환영 인파 사이에 끼어들었다. 안중근이 인파를 헤집고 러시아군 뒤로 바짝 붙어 서도 아무도 제지하는 사람이 없었다. 기자로 보이는 몇몇은 아무 때나 거침없이 도열한 러시아군과 일본인 환영 인파 사이를 넘나들며 무언가를 적고 있었다.

이윽고 멀리서 기적 소리가 들리더니 러시아 군악대가 연주를 시작했다. 이어 이등박문이 탄 특별 열차가 하얼빈 역 구내로 들어서 인파가 기다리는 플랫폼 앞에 섰다.

찻집에 앉아 역 안팎의 동정을 살필 때부터 안중근이 고심한 것은 언제 이등박문을 쏠 것인가를 결정하는 일이었다. 아침 9시에 이등박문이 온다는 것뿐, 그날 하얼빈 역두에서의 환영 행사가 어떤 절차로 어떤 식순(式順)에 의해 거행될 것인지는 전혀 알려진 게 없었다. 그러다가 열차가 들어오면서 안중근은 은근히 다급해하며, 이등박문이 가장 정확하게 가격할 수 있는 위치에 자신을 노출시키기만을 기다렸다.

기차가 멈춰 서자 가장 많이 술렁거린 것은 러시아 의장병들 왼편에 몰려서 있던 러시아 재무 장관을 비롯해 이등박문을 환영하러 나온 외국 문관들이 모여 선 곳이었다. 안중근은 환영 인파 속에 섞여 도열한 러시아 의장대 뒤로 외국 문관들이 모인 곳으로 갔다. 그때 키가 크고 풍채가 좋은 러시아 관리 하나가 수행원 몇 명을 데리고 방금 선 열차 안으로 들어갔다. 나중에 안 일이지만, 러시아 재무 장관 코코프체프가 이등박문을 맞으러 열차에 오른 것이었다.

코코프체프는 객차 안에서 환영 인사와 간단한 예비회담을 겸해 이등박문과 20분 정도 환담을 나누었다. 그러나 긴장과 흥분으로 점차 몽환상태로 빠져들고 있던 안중근에게는 그 20분이 무한처럼 느껴졌다. 나라와 겨레를 위해 제거해야 할 거대한 악이, 생명을 거두어 줌으로써 더는 악을 행할 기회를 잃게 하여 구원해 주어야 할 사악한 영혼이, 몇십 발자국 떨어지지 않은 그 기차 안에 있다는 것을 알면서도 그가 스스로 모습을 드러내기를 속수무책으로 기다려야 한다는 데서 몇 배나 더해진 조급 때문이었을 것이다.

이윽고 군악 소리와 함께 구령이 울리고 안중근 앞쪽에 도열해 섰던 러시아 의장병들이 받들어총 자세로 경의를 표했다. 이어 한층 크고 높아진 군악대 소리가 하늘 가득 울려 퍼지면서 얼마 전 러시아 재무 장관 일행이 올라탔던 객차에서 한 떼의 사람들이 내렸다. 객차에 올랐던 러시아 관리들 외에 대여섯 명의 일본인들이 따라 내리는 게 이등박문도 그 속에 있는 듯했다.

고막을 찢는 듯한 군악대 소리에 퍼뜩 정신이 든 안중근은 그 일본인들을 살펴보았다. 얼굴을 본 적이 없어 아직은 누군지 알 수 없었으나, 그들 가운데 이등박문이 있으리라는 짐작이 들자 이내 가슴이 터질 듯한 분노와 함께 3천 길 업화(業火)가 머릿속에서 치솟는 듯했다.

'어째서 세상일이 이리 공평하지 못한가. 슬프도다. 이웃 나라를 강제로 빼앗고 사람의 목숨을 참혹하게 해치는 자는 이같이 날뛰고 조금도 거리낌이 없는 대신, 어질고 약한 죄 없는 인종은 어찌하여 이처럼 곤경에 빠져야 하는가.'

그런 생각이 들자 안중근은 더 참을 수 없었다. 환영 인파 사이에서 몸을 빼내 외국 사절들과 문관들이 모여 선 곳으로 걸음을 옮겼다. 그때 러시아 재무 장관을 비롯한 관리들의 안내를 받은 일본인 고관들은 외국 사절들과 문관들이 있는 곳에 이르러 그들과 악수하고 러시아 의장대 앞으로 걸어 나오기 시작했다. 맨 앞에는 누런 얼굴에 흰 수염을 기른 늙은이 하나가 하늘과 땅 사이를 홀로 휘젓고 다닌다는 느낌을 줄 만큼 오만하고 도도한 표정으로 걷고 있었다.

'저것이 필시 늙은 도둑 이등박문일 것이다!'

그렇게 헤아린 안중근은 곧 러시아 의장병 뒷줄로 다가가 병사들 사이를 헤집고 그 늙은이를 향해 세 발을 쏘았다. 단총으로 맞히기에는 좀 먼 열 발자국 정도 거리였으나, 그동안 익힌 감각으로는 어지간히 맞힌 듯했다. 그런데 그 늙은이가 멈칫하다가 무너지듯 쓰러지고 나란히 걷던 러시아 관리 하나가 황급히 그를 부축하였으나, 군악 소리에 총소리가 묻힌 탓인지 요란한 환영 행사는 변함없이 이어지고 있었다.

안중근은 일시 낭패한 기분이 들었다. 다행히 그 늙은이를 맞추었다 해도 그게 이등박문이 아닐지도 모른다는 의구심이 문득 일어 안중근을 다급하게 했다. 그 바람에 안중근은 다시 단총을 들어 그 늙은이 곁에 선 서너 명의 일본인에게도 한 발씩 쏘았다. 그러고 나니 그제야 처음 안중근이 세 발을 쏜 늙은이 주위로 사람들이 모여드는 것이 눈에 들어왔고, 이어 뒤늦게 총에 맞은 세 사람도 잇달아 비틀거리며 쓰러지는 게 보였다.

안중근이 쏜 처음 세 발의 총성은 워낙 힘차고 흥겨운 군악 소리에 묻혀 환영의 뜻을 나타내는 폭죽 소리 같은 것으로 무심코 지나쳐 들었을 수도 있다. 그러나 연이어 네 발의 총성이 더 들리자 하얼빈 역두는 이내 불길한 느낌으로 그 소리를 알아들었고, 이어 사람이 풀썩풀썩 쓰러지기 시작하자 비로소 부근의 환영 인파도 사태를 알아차리기 시작했다.

먼저 성한 일본인 수행원들이 러시아 관리를 거들어 안중근이 처음 이등박문이라 여긴 늙은이를 둘러업듯 부축하고, 러시아 헌병대가 재빨리 주변을 에워싸며 뒤늦은 경호 조치에 들어갔다. 양쪽 모두 놀라 허둥거리는 게 거사의 성공을 짐작게 했다. 그제야 안중근은 자동으로 재장전된 한 발이 남은 권총을 내던지고 목청껏 소리쳤다.

"카레이 우라(대한 만세)! 카레이 우라! 카레이 우라……."

세계 모든 사람들이 알아들을 러시아어로 미리 준비해 둔 만세였다. 그제야 가까이 있던 러시아 헌병 하나가 안중근을 덮쳐 오며 소리쳤다.

"니폰스키? 카레이스키?"

일본인인지 한국인인지를 묻는 것 같았다. 그러나 안중근이 미처 대답하기도 전에 또 한 명의 러시아 헌병 하사관이 안중근을 덮쳐 둘은 한 덩이가 되어 승강장 바닥을 뒹굴었다. 거기에 몇 명의 러시아 장교들이 더 가세해 그들에게 둘러싸이면서 안중근은 이후 두 번 다시 이등박문과 그 수행원들 쪽을 볼 수 없었다.

그날 안중근이 사람을 가려보는 눈은 놀랄 만큼 정확했다. 첫 번째로 세 발을 맞힌 사람은 안중근의 짐작대로 이등박문이었다. 그런데 그보다 더 놀라운 것은 안중근의 사격 솜씨였다. 안중근은 도열해 있는 러시아 의장대 사이로 뛰쳐나가며 명중률이 떨어지는 브라우닝 권총으로 열 발 저편에 서서 목표를 쏘았는데도 세 발 모두가 치명상이었다. 당시 이등박문을 수행했던 의사가 작성한 사체검안서에 따르면, 첫 번째 총알은 이등박문의 오른편 팔뚝 위쪽을 관통해 오른쪽 갈빗대 부근을 거쳐 심장 아래에 박힌 것으로 되어 있다. 두 번째 총알은 오른쪽 팔꿈치로 들어가 흉막과 좌우 허파를 관통해 왼쪽 늑골 아래 박혔으며, 세 번째 총알은 윗배 중앙에서 오른쪽으로 들어가 복근(腹筋)에 박혔다. 치명적인 사인(死因)은 과다한 내장 출혈로 되어 있는 만큼, 그중 어느 하나만으로도 이등박문의 목숨을 끊어 놓을 수 있었다.

안중근의 두 번째 가격도 이미 혼란이 일어난 와중에 이어진 것으로는 보기 어려울 만큼 놀라운 안목과 사격술을 보여 주고 있다. 그때 총에 맞은 하얼빈 총영사 가와카미 도시히코[川上俊彦], 궁내부대신 비서관 모리 다이지로[森泰二郎], 남만주철도회사 이

사 다나카 세이타로[田中淸太郎]는 그 자리의 일본 요인(要人)들이라 할 수 있었다. 그들은 팔과 다리 또는 가슴에 총상을 입고 살아났으나, 나중에 재판관이 안중근에게 살인미수를 물을 만큼 모두가 치명적인 부위였다. 하지만 안중근은 미치오클로프라는 러시아 헌병이 덮쳐 올 때까지도 거사가 그렇게까지 잘 이룩되었는지는 알지 못했다.

러시아 헌병대와 장교들은 안중근을 여럿의 힘으로 제압한 뒤, 먼저 주머니를 뒤져 호신용으로 지니고 있던 단도와 함께 몇 가지 소지품들을 빼앗았다. 그리고 포승과 사슬로 두 팔과 손을 엄중히 묶어 하얼빈 역사(驛舍) 안에 있는 러시아 철도 수비대 헌병 분견대 사무실로 끌고 갔다.

러시아 헌병대는 포승과 사슬에 묶인 안중근의 사진을 몇 장 찍더니 다시 역 구내에서 널찍한 사무실 하나를 빌려 그리로 데려갔다. 그 과정 모두 헌병대의 삼엄한 경비 아래 이루어지는 것을 보고 안중근은 한층 더 강하게 성공을 예감하였다. 심문이 시작되면서 사슬을 풀어 주어 조금 느슨해진 포승 덕분에 이마께로 끌어 올릴 수 있게 된 손을 들어 성호를 그으며 안중근이 다시 축원하였다.

'천주 야소여. 뜻대로 하옵시되, 무단히 십계(十戒)를 어긴 것이 아니거든, 제가 하고자 한 바를 이루게 해 주시옵소서.'

그때 심문관인 러시아 장교가 한국인 역관을 통해 물었다.

"그대는 지금 무엇을 빌었는가?"

"내 거사가 성공하였기를 빌었다."

그런데 그 한국인 역관이 고약했다. 거사가 무슨 말인지도 모르는 주제에 자신이 무슨 대단한 벼슬이나 한 것처럼 안중근을 죄인 취급하며 멋대로 통역했다. 안중근의 말을 제맘대로 해석하여 안중근이 범죄의 성공을 감사하는 기도를 드리는 것이라고 전해 버렸다. 그리고 그 뒤로도 심문관보다 제가 더 나서서 안중근을 나무라고 따졌다.

그날 첫 번째 심문관은 직위가 그리 높지 않은 듯 주로 안중근의 이름과 주소, 직업 및 가족 관계같이 신분에 관한 것과, 안중근이 함경도 부령에서 출발했다고 둘러대자 그곳에서 하얼빈까지의 이동 경로 따위 사실관계만 물었다. 그러나 두 번째 심문은 달랐다. 심문관이 더욱 고위직이고 또 일본인 입회 아래 이루어진 탓인지, 이번에는 거사 동기나 신분, 배경 같은 것을 제법 깊이 따져 물었다. 그러다 보니 시간도 많이 걸려 두 번째 심문을 마쳤을 때는 이미 날이 저물어 있었다.

심문을 끝내고 방을 나가면서 그 심문관이 알려 주었다.

"이곳은 우리 러시아가 관할하는 지역이므로 범죄의 재판권은 원칙적으로 우리 러시아에 있다. 그러나 너희 조선은 지난 1905년의 조약으로 외교권과 재판권을 모두 일본에게 넘겨주었기 때문에 오늘 24시 안으로 너는 이곳에 있는 일본 영사관에 넘겨지게 된다. 그리하여 청나라 여순에 있는 일본 관동 도독부의 재판관할에 들게 될 것이니 그리 알라."

나중에 들어 안 일이지만 그 심문관은 재(在)하얼빈 러시아 시심(始審, 일심) 재판소 검사였다. 그가 일러 준 대로 그날 안중근은 일본 영사관으로 넘겨질 때까지 몇 시간을 더 러시아 헌병 분견대에서 머물러야 했다. 이제는 더 심문하는 사람도 없이 텅 빈 사무실에 홀로 남게 되자 안중근은 비로소 무엇에 취한 듯 보낸 하얼빈에서의 엿새를 되돌아보게 되었다.

하얼빈에서의 첫날 밤을 김성백의 집에서 묵은 안중근 일행은 다음 날 일찍 그 집을 나왔다. 김성백과 가족들은 친절하게 대해 주고 이른 아침까지 지어 먹였으나, 그 집은 드나드는 사람이 많아 되도록 남의 이목을 피해야 하는 안중근 일행이 묵기에는 마땅치 않았다.

"부근에 어디 우리 세 사람이 자연스레 모여 앉아 얘기할 만한 곳이 없겠나?"

김성백의 집을 나온 안중근이 하얼빈 지리를 잘 아는 유동하에게 물었다. 유동하가 안중근의 말뜻을 알아듣고 가까운 하얼빈 공원으로 안내했다. 그러나 너무 이른 아침이라 그곳도 젊은 조선인 셋이 머리를 맞대고 앉아 거사를 의논하기에는 합당한 장소가 못 되었다. 그때 마침 눈에 들어온 이발소를 가리키며 안중근이 말했다.

"해가 뜨고 날이 따뜻해져 사람들이 공원을 들락거릴 때까지

저기서 이발이나 하는 게 어떻겠소? 모두 두발이 고르지 못하고 수염이 꺼칠한 것이 함께 모여 있는 것만으로도 사람들의 눈길을 끌고 남겠소."

우덕순이 그런 안중근의 말을 따라 주어 셋은 공원 남문 밖의 한 이발소에서 머리를 깎고 수염을 손질했다. 이발을 마친 세 사람이 다시 하얼빈 공원으로 들어가려는데 멀지 않은 곳에 사진관 하나가 눈에 띄었다. 이번에는 우덕순이 말했다.

"우리 세 사람 이렇게 만나기도 흔치 않은 인연일 듯싶소. 마침 저기 사진관이 있으니, 이발한 김에 사진이라도 한 장 박아 둡시다. 멀리 내팽개치고 온 처자식이지만, 생전의 사진 한 장 제대로 박아 남겨 두는 것도 도리일 듯하고……."

그 말에 사진관으로 들어간 세 사람은 나란히 서서 사진까지 한 장 찍었다. 안중근 스스로 원해서 찍은 것으로는 생전의 마지막 사진이었다.

그들이 다시 하얼빈 공원으로 들어갔을 때는 정오에 가까웠으나 날이 흐리고 샛바람이 불어서인지 공원 안은 여전히 텅 비어 있었다. 원래 안중근이 호젓한 곳을 찾은 것은 거기서 이등박문을 칠 일을 구체적으로 의논해 보기 위함이었다. 김성백의 집은 들락거리는 사람이 많고 그들이 함께 쓰던 방도 미닫이로 열려 있다시피 해서 은밀한 의논을 하기에는 마땅치 않은 까닭이었다. 그러나 겨울 공원 안은 찾는 사람이 없어 오히려 남의 눈에 띄게 되어 있는 데다, 비어 있는 공원 의자로는 찬바람이 들이쳐 오래 앉아서 말을 나누기 어려웠다. 제대로 논의를 시작해 보지도 못한 안중근이 회중시계를 꺼내 보더니 불쑥 말했다.

"아니 되겠소. 아무래도 여기는 긴요한 의논을 하기에 마땅한 곳이 못 되는 듯하오. 게다가 함께 거사하기로 한 동지 하나가 아직 오지 않았으니, 의논을 해 봤자 온전한 의논은 되지 못할 것이오. 이렇게 합시다. 유동하 동지는 먼저 김성백 선생 댁에 가 계시오. 마침 시간도 다 돼 가고 하니, 나와 우 동지는 약속 장소로 가서 동지 하나를 더 소개받아 오겠소."

하얼빈 쪽의 움직임에 대해서는 아는 바가 없는 우덕순이 불만스러운 듯 물었다.

"그 사람이 누구요? 누가 그를 소개하오?"

"이제 가서 모두 만나게 될 것이니 그때 보시오. 새로 가담할 동지도 그 동지를 소개할 사람도 우 동지나 유 동지는 차라리 모르는 게 나을 것이오. 뒷일이 어찌 될지 모르는데 많이 알아 좋을 것도 없는 일을 무엇 때문에 궁금해 하시오?"

안중근이 그렇게 우덕순의 입을 막고는 유동하를 돌아보며 말했다.

"유 동지는 여기 자주 와 보았다고 하니 우리 동포들이 세운 동흥학교(東興學校)가 어디쯤 있는지 알겠구려. 내게 동흥학교로 가는 길이나 일러 주시오."

"같은 부두 구(區)라 사돈댁과 그리 멀지 않습니다. 가다가 말씀드리지요."

그렇게 대답하고 앞장선 유동하는 김성백의 집 부근에 이르러 동흥학교로 가는 길을 알려 주었다.

안중근이 동흥학교에서 만나기로 한 사람은 그 학교의 교원으로 있는 김형재(金衡在)와 탁공규(卓公圭)였다. 김형재는 그때 서른 한 살로 전해 10월 블라디보스토크에 있는《대동공보》의 하얼빈 통신원으로 온 사람이었다. 그해 정월 해외에서 항일 활동을 하는 공립회(共立會) 하얼빈 지부를 조직하고, 다시 그 공립회를 기반으로 민족 교육기관 동흥학교를 설립한 뒤 교원으로서 한문을 가르쳤다. 탁공규는 그때 서른여섯 살이었는데, 우덕순과 마찬가지로《대동공보》의 집금인으로 있으면서 항일 활동을 하다가 하얼빈으로 옮겨 와 약국을 경영하는 사람이었다. 김형재와 함께 동흥학교 설립에 힘을 썼고, 학교가 열린 뒤에는 교원이 되어 조선어문을 가르치고 있었다.

동흥학교를 찾아가자《대동공보》이강의 전보를 받고 기다리고 있던 김형재와 탁공규는 안중근을 반겨 맞아들이고 교장인 김성옥의 집으로 데려갔다. 김성옥은 나이가 쉰 가까운 사람으로 김형재나 탁공규와 마찬가지로 안중근이 하려는 일을 대강은 짐작하고 있는 듯했다. 기꺼이 자신의 집을 안중근이 새로운 동지를 끌어들이는 장소로 쓸 수 있도록 했다.

미리《대동공보》쪽의 부탁을 받은 김형재가 하얼빈에 사는 동포 중에서 안중근을 도울 특공조의 하나로 천거한 것은 조도선(曺道先)이란 사람이었다. 조도선은 원래 함경도 홍원 사람으로, 일찍 러시아로 건너가 여기저기를 떠돌며 살았다. 처음에는 추풍의 한인 동포 집에서 고용살이를 하다가 마카레이란 곳으로 가서 금광 일에 종사하였으며, 다시 포세이란 금광으로 옮겨 통역으로 일하기도 했다. 그러는 사이 한때는 귀국해 살까 싶을 정도로 돈을 모으기도 했지만, 스타렌스키란 곳이 경기가 좋다는 말을 듣고 장사하러 갔다가 그동안 번 돈만 날리고 말았다.

빈손이 된 조도선은 할 수 없이 금광 일로 돌아갔는데, 그때가 러일전쟁이 터지던 해였다. 우스마레스키 금광에서 일하다가 얼마 뒤 카르바초츠키란 곳으로 옮겼으나 이미 벌이가 전 같지 않았다. 조도선은 4년 전인 서른두 살 때 모제라는 스무 살짜리 러시아 아가씨와 결혼해 살면서, 금광 일이 벌이가 신통치 않자 이르크츠크로 나와 세탁업을 하기도 했다. 한때 포테이바 금광이 좋다 하여 세탁업을 걷어치우고 금광으로 돌아가 보았으나, 그곳에서 재미를 보지 못하고 결국 세탁업으로 되돌아갔다.

야크추크, 크라지니야 등에서 세탁업을 하던 조도선은 다시 이르크츠크로 돌아와 세탁소를 열었다. 그리고 한편으로는 그사이 익힌 러시아 말로 인근에 불려 다니며 통역 일을 하기도 했다. 조도선이 《대동공보》 하얼빈 통신원이었던 김형재를 알게 된 것은 아마도 말도르니르 도로 공사에 인부를 부리는 통역을 하며 블라디보스토크에 머물 때였을 것이다.

그해 여름 조도선은 이르크츠크에서 옮겨 볼 생각으로 혼자 먼저 하얼빈으로 와서 그곳 형편을 살펴보고 있었다. 그런데 안중근이 대동공보사 사람들을 통해 믿을 만한 통역 겸 조수를 찾아 달라고 하자 하얼빈 통신원인 김형재가 그를 추천했다. 평소 조도선이 보여 준 남다른 기개와 우국충정 때문이었다.

김성옥의 집에서 조도선과 첫인사를 나눈 안중근도 한눈에 그의 속 깊고 충직한 심성을 알아보았다. 서른여섯이란 조도선의 나이도 왠지 듬직하게만 느껴져, 처음 만난 순간부터 오랜 동지를 보는 듯했다. 거기다가 조도선은 안중근이 형제같이 지내는 정대호와도 아는 사이였다.

"해삼위를 떠날 때부터 이번에 제가 하얼빈으로 온 공식적인 목적은 고향 집으로 들어간 정대호 형이 데려오는 제 처자를 맞으러 온 것으로 되어 있습니다. 떠나올 무렵 정대호 형이 대동공보사로 보낸 전보에 따르면, 평양에서 제 아내와 아이들을 만났는데, 곧 자신의 가족들과 함께 남청(南淸)철도로 올라올 것이라 했습니다. 그래서 제가 하얼빈으로 온 핑계를 삼기 위해, 정대호가 다니는 세관이 있는 수분하로 가기 전에 제 가족들을 하얼빈에 내리게 한 것입니다. 혹시 나중에 무슨 일이 있어 추궁당하게 될 때는 동지께서도 그리 아신 것으로 하십시오."

안중근이 기쁜 마음으로 조도선을 받아들이며 그렇게 말하자 조도선도 호탕하게 웃으며 손을 내밀었다.

"정대호라면 나와도 각별한 사이로 지내는 사람입니다. 마침 그 사람이 우리 사이에 끼어 있다니, 안 동지께서 말씀하신 것처럼 알아 두기로 하지요. 실은 여기 이 김형재 선생으로부터 그 얘기를 듣고 나도 이르크츠크에 있는 아내를 불러 놓았습니다. 일간 도착할 것이니, 나를 경계하는 사람들에게 내가 하얼빈에 뿌리내리려 한다는 믿음을 주는 데 도움이 될 것입니다."

김성옥의 집에서 잘 차린 점심까지 얻어먹은 안중근이 환담 끝에 우덕순과 조도선을 데리고 김성백의 집으로 돌아간 것은 어느덧 날이 저물 무렵이었다. 세 사람이 집 안으로 들어서니 때마침 김성백이 정장 차림으로 방에서 나오고 있었다.

"학교에 급한 일이 있어 다녀와야겠소이다. 모두 편히 쉬고 계시오. 돌아와서 보도록 합시다."

그러나 유동하가 안에서 기다리고 있어 세 사람 모두가 주인 없는 낯선 집에 들면서도 어색하지 않았다. 김성백의 가족들도 끼니때 집을 비우게 된 가장을 대신해 정성껏 저녁밥을 지어 냈다.

저녁을 먹은 뒤, 안중근과 우덕순, 유동하에다 조도선을 보태 네 사람으로 늘어난 이등박문 포살 특공조는 김성백의 식구들이 마음 써서 비워 준 방에 모여 머리를 맞대고 앉았다. 안중근은 조도선에게 유동하를 소개하고 다시 김성옥의 집에서부터 줄곧 말이 없는 우덕순을 달래 동지 간의 유대와 결속을 다진 뒤 그날 새로 얻은 정보들을 나누며 구체적인 행동 계획을 짰다.

그날 얻은 새로운 정보는《원동보(遠東報)》란 신문에 보다 구체적으로 이등박문의 도착 시각이 보도된 것이었다. 곧 이등박문은 이틀 뒤인 10월 25일 밤 12시에 장춘(관성자)을 떠나 26일 아침 9시경 하얼빈에 이를 것이며, 그 시각 러시아 대장상(大藏相, 재무부장관) 코코프체프가 역두로 마중 나올 것이란 내용이었다.

'노서아 재무 대신(財務大臣) 꺼깝체브(코코프체크)가 마중 나온다면 노서아 의장병과 경호 부대도 나올 것이고 역두는 자연 경계가 삼엄할 것이다……'

그런 생각이 들자 하얼빈에서 손을 쓰기가 어려울 것 같았다. 안중근이 한참이나 이것저것 헤아려 보다가 말했다.

"아무래도 하얼빈은 거사를 하기에 마땅치 않은 곳이 될 성싶소. 노서아의 대신이 일본의 추밀원장을 영접하는 자리니 경호가 여간 엄밀하지 않을 것이오. 차라리 관성자(寬城子)로 내려가거나 달리 이등박문이 탄 열차가 설 만한 곳을 찾아 매복해 있으면서 기회를 엿보는 것이 좋을 것이오."

안중근이 그렇게 말하자 우덕순과 조도선도 그 말을 옳게 여겼다. 하지만 그때는 안중근이 의병장 이석산에게서 빼앗아 온 돈 1백 원이 30원도 채 남아 있지 않은 때였다. 여러 사람이 다시 관성자나 다른 역으로 옮겨 앉아 매복을 하자면 자금이 모자랄 것 같았다. 안중근이 궁리 끝에 유동하를 보고 말했다.

"여럿이 움직일 자금이 넉넉지 못하니 유 동지가 좀 수고해 주셔야겠네. 사형(査兄) 되는 김성백 선생께 50원만 급히 변통해 주게. 내일 대동공보사로 전보를 치면 즉시 송금해 갚아 줄 것이네."

유동하가 떨떠름한 얼굴로 머뭇거리다가 안중근이 두 번, 세 번 간청을 하자 마지못해 응낙했다.

"사형이라고 해도 아직 김성기가 우리 안나와 결혼식을 올린 것도 아니고…… 하지만 그래도 말해 볼 사람이 나밖에 없는 듯하니 말은 해 보지요. 이따가 김성백 씨가 돌아오는 대로 부탁해 보겠습니다."

그때는 저녁 9시가 넘었고, 바깥은 10월도 하순이라 날이 찼다. 김성백이 동흥학교로 간다고 말하기는 했어도 그 시각이 되도록 학교에 남아 있으리라는 보장도 없었다. 하지만 안중근은 그런 유동하를 억지로 내몰 듯 김성백에게로 보냈다.

"아니, 지금 유 동지가 학교로 찾아가서 말씀드려 주시게. 집 안에 그만한 돈이 있으면 다행이지만, 그렇지 않으면 어디서 변통해야 할 텐데 밤이 늦으면 어렵지 않겠나? 내일은 또 우리가 아침 일찍부터 움직여야 할 것이고……."

그러자 유동하가 마지못해 김성백을 찾아 나섰다.

유동하가 나서고 방 안에 세 사람만 남게 되자 갑자기 안중근이 블라디보스토크에서 들고 온 짐을 풀며 말했다.

"아무래도 이번 일은 우리 셋이서 맡아 해야겠소. 동하는 어리니 통역 일이나 맡기고 그저 조수로서 우리를 방조(傍助)하게 합시다."

그리고 짐 안에서 권총 세 자루를 꺼내 우덕순과 조도선에게 나누어 주며 말했다.

"내일 이 집을 나서면 그길로 이등박문 포살 작전이 발동되는 것이오. 때로는 함께 움직이고 때로는 나뉘어 기회를 엿볼 수도 있으니, 이제부터 단총과 탄환은 각자 지니고 있는 게 좋겠소. 동하가 김성백 씨에게서 자금을 빌려 오면 그것도 꼭 필요한 공동 여비를 빼고는 나누도록 하겠소."

그러자 우덕순과 조도선도 엄중한 낯빛이 되어 안중근이 건네는 권총과 실탄을 받았다. 우덕순은 말할 것도 없고 조도선도 권총을 그리 낯설어하지 않았다. 어렵잖게 탄창을 채워 장전하고 잠금장치를 한 뒤 각기 안주머니 속에 집어넣었다. 거친 탄광이나 도로 공사판을 떠돌면서 호신용으로 권총을 지니고 다니다가 익힌 솜씨인 듯했다. 이틀이나 함께 여행을 한 안중근과 우덕순은 다른 짐도 나눈 뒤, 각기 몸에 지닐 것은 지니고, 걸거나 얹거나 펼쳐 놓을 것은 방 안 형편에 맞도록 그렇게 했다.

권총과 실탄을 나눠 가진 탓일까, 갑자기 방 안에 비장한 기운이 돌더니 그들 세 사람의 움직임이 끝나면서 그대로 무거운 정적이 되어 흘렀다. 그걸 견디지 못해서였는지 조도선이 문득 일어나 창가에 붙어 섰다. 눈길은 어두운 바깥을 내다보고 있었으나, 흔들리는 등불에 비치는 뒷모습은 무언가 깊은 생각에 잠긴 듯했다. 우덕순도 자신이 만 궐련을 꺼내 불을 붙이는 것이 예사롭지 않은 상념에 젖어들고 있는 듯했다.

드디어 결전 전야(前夜)인가. 그런 느낌이 들자 안중근의 가슴속에서도 걷잡을 수 없는 비분과 강개가 일었다.

방 안의 작은 책상 위에 앉은 안중근은 붉은 줄이 그어진 양면 괘지를 펴고 한시(漢詩)로 자신의 감회를 풀어 나갔다.

장부가 세상을 살아감이여, 그 뜻이 크도다.

시대가 영웅을 만듦이여, 영웅 또한 시대를 만들리니.

우뚝 천하를 노려봄이여, 어느 날에 공업을 이루리오.

동풍은 갈수록 차가운데, 장사의 의기 오히려 뜨겁도다.

분개하여 한 번 떠남이여, 반드시 그 뜻을 이루리로다.

쥐 같은 도적 이등이여, 어찌 살기를 바랄 수 있으리.

이리 될 줄 알았으랴만, 일은 이미 돌이킬 수 없노라.

동포여, 동포여, 하루 빨리 대업을 이룰지어다.

만세, 만세를 외침이여, 대한 독립을 위함이로다.

만년 또 만만 년을 이어 가라, 우리 대한 동포여.

丈夫處世兮 其志大矣

時造英雄兮 英雄造時

雄視天下兮 何日成業

東風漸寒兮 壯士義熱

憤慨一去兮 必成目的

鼠竊伊藤兮 豈肯比命

豈度至此兮 事勢固然

同胞同胞兮 速成大業

萬歲萬歲兮 大韓獨立

萬歲萬萬歲 大韓同胞

안중근은 간투사(間投詞) 혜(兮) 자를 되풀이하여 초사(楚辭)풍으로 비장하게 풀어 나가되 진부한 격조나 소소한 운율에는 구애받지 않았다. 써 놓고 보니 스스로도 숙연해져 몇 번이고 소리 없이 읊어 보고 있는데, 담배를 피우고 있던 우덕순이 안중근의 등 뒤로 와서 함께 보다가 말했다.

"내가 글이 짧아 스스로 시문을 지어 즐길 만큼은 못 되지만 읽어 대강 그 뜻을 짐작할 만은 하오. 동지의 시를 보니 태산 같은 기개와 충절이 절로 가슴을 짓눌러 오는구려. 비록 언문이나마 나도 보구(報仇)의 심사를 한 구절 읊고 싶소."

그러고는 안중근이 비워 준 책상에 앉아 방금 쓴 「장부가(丈夫歌)」를 찢어 낸 양면 괘지에 한글로 길게 적어 나갔다. 뒷날 「의거가(義擧歌)」 또는 「보구가(報仇歌)」로 이름 붙여진 가사였다.

만났도다 만났도다. 원수 너를 만났도다.
평생 한 번 만나기가 왜 그리도 어렵던가.
너를 한 번 만나려고 수륙으로 몇천 리를
천신만고 거듭하여 가시성(城)을 더듬었다.
혹은 윤선(輪船) 혹은 화차, 청국 노국 방황할 때
해님께 기도하며 야소께 경배하며
보살피사 도우소서 동(東)반도 대한제국을
보살펴 주소서 원컨대 내 뜻을 도와주소서.
오호라 간악한 늙은 도적 이등박문아

우리와 우리 민족 2천만 인을 멸종한 뒤에
삼천리 금수강산을 소리 없이 뺏으려고
흉악하고 참담한 수단 십(十) 강국을 속여서
내장을 다 뽑아 먹고도 그 무슨 부족에
그 욕심 채우려고 쥐새끼처럼 뛰어다니며
누구를 또 속이고 누구 땅을 또 뺏으려는가…….

안중근이 어깨너머로 보니 우덕순은 큰 글씨로 괘지 한 장을 채우고도 끝없이 이어 갔다.

그때 문밖에서 발자국 소리가 나더니 유동하가 왠지 심통이 난 듯한 얼굴로 들어왔다.

"김성백 씨가 학교에 없어 만나지 못했습니다. 이미 밤이 깊었으니 오늘 저녁은 그분이 돌아온다 해도 돈 얘기 하기는 틀린 것 같고……."

외투를 벗으며 유동하가 그렇게 성의 없이 하는 말을 듣고 안중근이 물었다.

"왠지 돈 빌리는 일을 민망하게 여기는 것 같네. 혹시 아직 혼인식도 치르지 않은 사가(査家)에서 돈을 빌리는 게 마음에 내키지 않는가?"

"그것도 그렇습니다. 보아하니 나는 내일이나 모레는 약이나 사서 포그라니치나야로 돌아가야 할 성싶은데, 그사이에 전보를 친들 대동공보사가 돈을 보내 사가의 빚을 갚는 걸 보고 갈 수 있겠습니까? 우리 집안을 보고 빌려 주는 돈이라 그렇습니다."

이에 안중근이 우덕순에게서 종이와 만년필을 받아 대동공보사의 이강 앞으로 보내는 전보 내용을 적어 주고, 다시 이강에게 간곡한 편지 한 장을 썼다.

삼가 말씀드립니다.

이달 9일(음력) 오후 8시 이곳에 도착하여 김성백 씨 집에 머물고 있습니다. 《원동보》를 보니 이(伊) 씨는 이달 12일 관성자를 떠날 예정인데, 러시아 철도청국에서 마련한 특별 열차에 탑승하여 그날 오전 11시 하얼빈에 도착할 모양입니다. 우리들은 조도선 씨와 함께 저의 가족을 마중하러 관성자로 간다고 하고, 함께 관성자에서 몇십 리 앞에 있는 모(某) 정거장에서 때를 기다려 거기서 아주 대사를 결행할 작정이니 그리 아시기 바랍니다. 일의 성패 여부는 하늘에 달려 있으나, 다행히 동포의 선도(善禱)에 힘입어 성공하기를 간절히 바랄 뿐입니다. 그리고 이곳에서 김성백 씨로부터 돈 50원을 빌렸으니 속히 갚아 주시기를 천만번 부탁드립니다. 대한 독립 만세.

9월 11일 오전 8시 안응칠·우덕순

블라디보스토크 대동공보사 이강 귀하

추신: 포그라니치나야에서 유동하와 함께 이곳에 도착했습니다.
앞으로의 일은 본사로 통지하겠습니다.

쓰기를 마친 안중근은 이름 아래 도장을 찍고 우덕순에게도 도장을 찍게 했다. 발신 일자를 다음 날 아침으로 한 것은 편지를 다음 날 부칠 생각이었기 때문이었고, 조도선을 들먹인 것이나 우덕순과 연명하고 날인한 것은 김성백에게 빌린 돈이 그들 셋의 거사 자금으로 쓰였음을 강조하기 위함이었다. 거기다가 다시 추신으로 유동하를 알려 사후의 연락책으로 미리 지정했다.

"어떤가? 이만하면 되겠는가? 내일 전보를 친 다음, 다시 형편을 살펴 이 편지를 부치도록 하세. 봉투는 자네가 쓰게."

안중근이 유동하에게 편지를 내밀며 그렇게 말했다. 편지를 읽어 본 유동하도 더는 군소리 않고 러시아어로 봉투에 주소와 이름을 써 주었다. 그걸 받아 주머니에 갈무리한 안중근은 모두에게 그만 잠자리에 들 것을 권했다.

다음 날 안중근 일행이 잠자리를 털고 일어난 것은 아침 8시 무렵이었다. 전날 밤 주인인 김성백을 비롯해 저마다 집을 비웠다가 늦게 돌아와 자리에 든 그 집 식구들은 아직 아무도 일어난 기척이 없었다. 그들이 깨어나기를 기다리며 조용하게 외출 채비를 하던 안중근이 일행을 보고 말했다.

"어젯밤 모두들 늦게 돌아와 잠자리에 든 것 같소. 깨우지 말고 그냥 나갑시다."

"모자라는 자금은 어찌하고요?"

유동하가 안중근을 가만히 쳐다보며 물었다.

"그렇다고 자는 사람을 새벽같이 깨워 돈을 빌려 달라고 하지는 못할 것 아닌가? 일단 그냥 나가서 사정을 알아보고, 정히 안

되면 돌아와서 빌려 보도록 하세나."

안중근이 그러면서 미련 없이 털고 일어나 신발을 찾았다. 그때 김성백의 처가 일어나 안중근 일행을 잡으며 아침을 먹고 나가기를 권했다. 안중근이 좋은 말로 사양했다.

"아무래도 기차역을 한번 돌아보았으면 합니다. 아침은 거기서 간단히 해결하지요. 번거롭게 다른 식구들을 깨우지 마십시오. 김성백 선생은 나중에 돌아와서 뵙겠습니다."

우덕순과 조도선도 그런 안중근의 말을 무심코 들었다. 하지만 그 두 사람에게는 그때 김성백의 집을 나온 게 마지막이 되었다.

기차역에 이른 안중근은 유동하와 조도선에게 관성자 말고 하얼빈에서 가까운 역으로 이등박문이 탄 특별 열차가 설 만한 역이 어디인가를 알아보게 했다. 오래잖아 조도선이 돌아와 말했다.

"관성자와 하얼빈 역 중간 못 미친 곳에 지야이지스고, 곧 채가구(蔡家溝)란 역이 있는데, 그곳이 동청철도와 남청철도가 교차하는 곳이라 특별 열차가 설 것이라고 합니다."

오래잖아 돌아온 유동하도 비슷한 말을 했다.

"거기까지 차비는 얼마나 되오?"

갑자기 안중근이 무슨 영감이라도 받은 사람처럼 그렇게 물었다. 유동하보다 나이가 지긋해 세상살이에 더 밝은 조도선이 그 물음을 받았다.

"한 5원(루블) 된다고 했소. 하지만 채가구는 워낙 작은 역이라 우리 여러 사람이 한꺼번에 표를 끊으면 남의 눈에 띌지 모르겠소. 몇 푼 더 내더라도 그다음 삼협하(三峽河)역으로 끊은 뒤에 한 역 앞서 내리는 게 나을 것이오."

그러자 안중근이 한 번 머뭇거리는 법조차 없이 지갑에서 돈 15원을 꺼내 주며 말했다.

"그럼 가서 삼협하인가 하는 그곳까지 가는 기차표 석 장만 끊어 주시오."

그때 이미 유동하의 눈길은 실쭉해져 있었다. 사람은 넷인데 기차표가 석 장뿐이라는 데서 하게 된 추측 때문인 것 같았다. 그러나 안중근은 그런 유동하의 기분을 아랑곳하지 않았다.

"역 이름이 장강(長江)의 삼협을 떠올리게 하는구려. 이 마당에 그 도도하고 유장한 삼협의 풍취라니, 별난 느낌이오."

조도선이 사 온 기차표를 보며 안중근이 그렇게 중얼거리더니 조도선과 우덕순에게 한 장씩 나누어 주고 유동하를 돌아보았다.

"채가구로는 우리 셋만 가겠네. 유 동지는 하얼빈에 남아 급한 연락을 맡아 주게."

안중근의 그 같은 말에 유동하가 비로소 볼멘소리를 했다.

"포그라니치나야에서 올 때 이번에는 저도 출전시켜 주겠다고 약속하지 않으셨습니까?"

그제야 안중근도 조도선이 올 때부터 유동하가 시무룩해하던 까닭을 알아차렸다. 문득 정색을 하고 유동하의 말을 받았다.

"싸운다는 것이 꼭 총칼을 들고 적을 치는 것만은 아니네. 전투에 필요한 정보를 수집하고 제때에 제공하는 것도 전투원 못지 않은 기여가 되네. 게다가 유 동지는 이제 열여덟, 우리에게 무슨 일이 생기면 뒤에 남아 해야 할 일이 많네. 너무 서두르지 말게."

그제야 유동하도 더는 서운해하는 낯빛을 거두며 다른 일을 걱정했다.

"김성백 씨한테서 자금은 더 빌리지 않아도 되겠습니까?"

"이제 생각하니 빚을 얻어 가며 여비를 넉넉하게 할 까닭은 없을 듯싶네. 거사 뒤에는 성패와 상관없이 우리 여비를 우리가 대야 할 일은 없을 듯하니 말이네. 유 동지는 여기 남아 있으면서 이등박문의 움직임이나 세밀하게 살펴 주시게. 《원동보》에는 이등박문이 내일 정오에 도착한다 하였으나, 워낙 간교한 것들이라 무슨 요사를 부릴지 알 수가 없네."

그렇게 유동하를 떼어 놓은 세 사람은 시간이 되자 채가구로 가는 남행 열차에 올랐다.

세 시간 가까이 걸려 채가구역에 내려 보니 조도선에게서 들어 짐작하던 것보다 더한 시골 간이역이었다. 여기가 어떻게 동청철도와 남청철도가 만난 곳일까 싶을 만큼 작고 한적한 역사 주변에는 묵을 만한 여관조차 보이지 않았다. 철도 경비병들이 막사로 쓰는 건물과 역원 관사 말고는 민가 두세 채가 고작이었다.

기차역에서 한참이나 떨어진 마을로 나와서야 겨우 묵을 곳을 정한 세 사람은 곧 채가구역으로 돌아가 자세한 것을 알아보았다. 조도선을 앞세우고 역무원에게 왕래하는 기차 편에 대해 물어보았다.

"이곳은 매일 세 번의 기차가 왕래하는데, 오늘밤에는 특별 열차가 하얼빈에서 장춘으로 내려가서 일본 대신 이토를 영접할 것이라고 한다. 이토가 이곳을 지나는 것은 모레 아침 6시쯤이 될 것이다."

역무원이 그렇게 아는 대로 일러 주었다. 하지만 그곳이 동청철도와 남청철도 교차점이 아니란 게 걱정이 되어 조도선에게 물어보게 했다.

"그 특별 열차는 여기에 서는가?"

"여기는 단선(單線) 지역이라서, 기차가 교행(交行)하기 위해서는 반 시간씩 복선(複線) 설비가 있는 구내에 대기해야 한다. 특별 열차도 예외는 아니다."

그 말에 안중근은 한시름 놓았으나 다시 생각해 보니 걱정이 되었다. 이등박문이 탄 기차가 채가구역에 서는 시각이 10월 하순의 어둡고 얼어붙은 새벽 6시라는 것 때문이었다.

'모레 아침 6시쯤이라면 아직 날이 밝기 전이니 기차가 이 채가구역에 선다 해도 이등박문이 기차에서 내리지 않을지도 모른다. 또 설사 차에서 내려 역 구내를 시찰한다 해도 어둠 속이라 누가 이등박문인지, 그리고 이등박문이라 해도 진짜인지 가짜인지 분간하기가 어려울 것이다. 더구나 내가 이등박문의 얼굴을 모르는 데야 어찌 능히 임무를 완수해 낼 수가 있겠는가.'

그런 걱정이 든 안중근은 이등박문이 그날 오게 되어 있다는 관성자역까지 가 보고 싶었으나, 그러기에는 여비가 모자랐다. 그제야 하얼빈을 떠나기 전에 김성백에게로 돌아가 돈을 빌려 오지 않은 것을 후회했으나 이미 때늦은 일이었다. 이런저런 궁리로 한참이나 머리를 쥐어짜던 안중근은 조도선을 시켜 하얼빈에 있는 유동하에게 전보를 치게 했다.

우리는 여기 이르러 하차했다. 만일 그곳에 긴급한 일이 있거든 전보를 쳐 주기 바란다.

'긴급한 일'이란 이등박문의 정확한 도착 시간을 마지막으로 확인하게 될 때를 말함이었다. 이틀 뒤 새벽 6시에 정말로 채가구역에 오는지, 또 하얼빈이나 장춘 같은 다른 역에 내리는 시각은 어떤지부터 알아야 자신도 어떻게 대응해야 할지 알 수 있을 것 같았다.

유동하의 답신 전보는 해 저물 무렵에야 안중근이 지정해 준 주소로 왔다.

그는 내일 아침에 온다.

조도선이 해석해 준 유동하의 전보 내용은 애매하고 엉뚱했다. 채가구 역무원은 이등박문이 탄 특별 열차가 모레 새벽에 채가구역을 지나간다 했는데, 유동하는 내일 아침이라 했고, 그것도 이등박문이 어디로 온다는 말은 없었다. 당장 하얼빈으로 돌아가 유동하에게 묻고 싶었으나 돌아가는 기차가 없어 그날 밤은 채가구역 인근 마을의 여관에서 묵었다.

다음 날 다행히도 이등박문이 그날 온다는 유동하의 말은 틀려 특별 열차는 채가구역을 지나가지 않았다. 아침을 먹기 바쁘게 안중근은 우덕순과 조도선을 불러 놓고 말했다.

"우리 셋이 모두 여기 머무는 것은 아무래도 좋은 방책이 아닌 것 같소. 첫째는 여비가 모자라고, 둘째는 유 동지의 답전(答電) 내용이 분명하지 않아 심히 의아스럽고, 셋째는 이등박문이 내일 새벽 이곳을 지나간다 해도 여기서는 여러 가지로 일을 치르기가 어려울 것이기 때문이오.

만일 내일의 기회를 잃어버리면 다시는 이와 같이 큰일을 도모할 수 없을 것인즉, 동지들은 여기 머물며 내일 새벽을 기다려 틈을 보아 손을 쓰고, 나는 오늘 하얼빈으로 돌아가 기회가 오기를 기다려야겠소. 그리하여 내일 이곳 채가구와 하얼빈 두 곳에서 일을 치르는 편이 이곳에 셋 다 모여 있는 것보다 낫겠소. 만일 동지들이 성사하지 못하면 내가 꼭 성사시킬 것이요, 내가 성사시키지 못하면 동지들이 꼭 성사시켜야 할 것이오. 또 만일 두 곳에서 다 뜻대로 되지 않는다면, 다시 비용을 마련하고 채비를 갖춘 뒤에 새로 상의해서 거사하는 것이 가장 완전한 방책이 될 것이외다."

우덕순과 조도선 두 사람도 그런 안중근의 말을 옳게 여겼다.

무겁게 고개를 끄덕여 안중근이 하얼빈으로 돌아가는 것에 동의했다. 채가구역의 찻집 구석에서 하얼빈으로 가는 북행 열차를 기다리면서 안중근이 우덕순에게 불쑥 물었다.

"총알은 넉넉하오?"

"총알은 이만큼 있소. 안 동지가 장전해 준 대로요."

우덕순이 그러면서 가만히 권총을 꺼내 탄창을 빼 보였다. 안중근이 보니 여섯 발이 장전돼 있었다. 안중근이 주머니에서 총알 예닐곱 발을 더 꺼내 주며 말했다.

"어쩌면 여섯 발로는 모자랄지도 모르겠소. 이걸 더 가져가시오."

그러면서 내미는 총알은 모두 끄트머리에 십자로 홈이 파여 있었다. 뒷날 사람들은 그 총알이 신심(信心)과 기원을 담아 안중근이 십자가를 새겨 넣은 것으로 보았으나, 실은 살상력을 높이기 위해 만들어진 담담탄(인도의 담담 지역 공장에서 처음 만들었다 하여 붙은 이름)이었다.

우덕순이 총알을 받아 주머니 깊숙이 갈무리하고 오래지 않아 하얼빈으로 가는 열차가 왔다. 안중근은 우덕순, 조도선과 작별하고 열차에 올랐다. 그들 세 사람이 채가구 역두에서 비장한 심사로 헤어질 때 벌써 러시아 철도 경비대 헌병 하사관 하나가 유심히 그들을 살펴보고 있었으나 아무도 그걸 느끼지 못했다.

"무슨 전보가 그 모양인가? 장소도 시간도 나와 있지 않으니 우리가 어찌 알고 대처한단 말인가? 게다가 이등박문이 오늘 아침 온다는 말조차 틀렸으니 대체 어찌 된 것인가?"

채가구에서 하얼빈으로 돌아가 김성백의 집에서 유동하를 만난 안중근은 그렇게 유동하를 나무랐다. 유동하가 억울해하는 눈빛으로 안중근을 바라보며 볼멘소리를 했다.

"선생님께서 일본 대신 이토는 고관이니 사람들에게 그에 관해 세세한 것을 물어 의심을 사지 말라고 하지 않으셨습니까? 그래서 여기저기 함부로 물어보지 못하고 모두가 수군거리는 소문만으로 답전을 치다 보니 그리된 것입니다."

"이등박문은 삼천리강토를 병탄한 왜적의 우두머리고, 그를 포살하는 것은 우리 독립 전쟁의 중요한 고비가 되는 전투다. 내 전보는 그 전투 개시의 시간과 장소를 정하기 위해 물은 일종의 군령인데, 그렇게 애매하고 정확하지 못해서야 어떻게 하겠는가? 그러고도 대한 의군(義軍)이 되어 출전하겠다고 나설 수 있겠는가?"

안중근이 다시 그렇게 꾸짖자 유동하가 갑자기 눈물을 글썽이며 되받았다.

"알겠습니다, 선생님. 나같이 나이 어리고 모자란 놈은 의병이 되어 싸울 수도 없다는 말씀이군요."

그러고는 주섬주섬 외투를 걸치더니 밖으로 나가 버렸다.

한동안 무연히 방 안에 앉아 있던 안중근도 김성백의 집을 나와 한 번 더 하얼빈 역 주변을 거닐며 이등박문의 도착 시간을 확인해 보았다. 사람들의 수군거림과 하얼빈 역 직원들이 저희끼리 주고받는 말을 종합해 보니 채가구역의 역무원에게서 들은 말이 옳은 것 같았다.

김성백의 집으로 돌아온 안중근은 거기서 저녁을 먹고 하얼빈에서 자유인으로 보내는 마지막 밤을 맞았다. 원래 안중근은 아직 유동하가 돌아오지 않아 홀로 남은 방 안에서 조용히 가족들에게 편지나 쓸 작정이었다.

안중근이 책상 앞에 앉아 편지지를 펼치자 먼저 오래 문안 올리지 못한 어머니 조 마리아의 자애롭고도 근엄한 모습이 떠올랐다. 이어 집을 나선 뒤로 쪽지 한 장 나눈 적이 없는 아내 아려가 머릿속에 떠오르고, 그 봄 이래저래 일이 풀리지 않아 허세나 잔뜩 부린 편지만 보낸 두 아우 정근과 공근의 얼굴이 그 뒤를 이었다. 이제는 집안의 어른이 된 백부 안태진과 아버지 다음으로 따랐던 넷째 아버지 안태건의 얼굴에 이어 맏딸 현생과 어린 아들 분도의 얼굴까지 차례로 떠올라 왔다.

하지만 막상 필기구를 펼쳐 놓고 나니 안중근은 갑자기 막막해졌다. 아직 아무것도 확정된 일이 없었다. 앞으로의 계획을 쓰는 것도 미리 유언을 남기는 것도 모두 불확실한 미래에 부담을 줄 수 있었다.

'적어도 내일 아침 9시는 되어야 모든 일이 확정되기 시작한다. 이등박문이 그때 하얼빈 역에 도착하는 것부터가 확정의 시작이고, 성공이든 실패든 내 가족들에게 전할 말도 그때부터 하나씩 확정되어 나갈 것이다.'

이윽고 그런 생각으로 편지 쓰기를 포기한 안중근은 외투를 걸치고 밖으로 나왔다. 그리고 이번에는 하얼빈 역이 저만치 내려다보이는 제홍교(霽虹橋) 쪽으로 가 보았다. 역사(驛舍) 주변은 이미 두어 차례 살핀 뒤라, 다시 가서 배회하다가 혹시라도 남의 눈에 유별나게 기억될까 걱정되었다. 하지만 이미 밤이 되어 철길을 따라 가로등이 켜져 있어도 역사 부근의 지형지물을 세밀하게 살피기에는 마땅치 못했다. 이에 거사 뒤 퇴로(退路)로 삼을 만한 방향만 막연하게 가늠해 보다가 돌아서는 안중근의 귀에 교당의 종소리가 들려왔다.

안중근이 눈을 들어 종소리 나는 곳을 살펴보니 낮에 소피아 성당이란 이름으로 들은 동방정교의 교당 쪽이었다.

동방정교는 안중근이 세례를 받은 가톨릭과는 천 년 전부터 종파(宗派)를 달리하고 있었다. 하지만 그날 밤 안중근은 그 교당 높이 솟은 십자가와 그들 또한 천주 야소를 받들고 섬긴다는 점에서 마음을 열고 그 교당 안으로 들어갔다. 그리고 아무도 없는 제대(祭臺) 앞에서 짧지만 그 어느 때보다 간절하고 경건한 기도를 올렸다.

'천주여, 야소 기독이여. 다윗이 골리앗을 친 것이 제6계(第六戒, 살인)를 범함이 아닐진대, 내일 일은 부디 제 뜻대로 이루어지게 해 주시옵소서.'

안중근이 러시아 헌병대에서 일본 영사관 경찰서로 넘겨진 것은 이등박문을 저격한 바로 그날 초저녁이었다. 러시아 헌병대에서 시켜 준 저녁을 먹은 안중근이 나른한 식곤증을 애써 떨치며 다시 하얼빈의 닷새를 기억으로 더듬고 있는데, 입초를 서는 동안 그새 얼굴이 익은 러시아 헌병 군조(軍曹) 하나가 와서 손짓, 발짓 섞어 말했다.

"떠날 준비를 하라. 당신은 곧 일본인들에게 넘겨질 것이다."

이어 낮의 통역을 앞세우고 들어온 러시아 헌병 장교가 와서 안중근을 재촉했다.

"이번 일은 러시아 관할 구역 안에서 벌어졌으나, 재외 조선인들의 범죄에 대한 재판관할권은 1905년 보호조약 이래 일본에게 넘어갔으므로 당신은 이제 일본 영사관 경찰에게 인도될 것이다. 밖에 마차가 준비되어 있으니 그리로 가서 타라."

그때 안중근은 이등박문을 쏘기 전날 소피아 성당에서 올린 마지막 기도를 되뇌고 있었다. 그런데 이제 자신의 신병이 일본인들에게 넘어가는 것으로 보아 아무래도 이등박문의 모진 목숨이 끝이 난 듯했다. 안중근은 다시 한 번 성호를 그어 천주께 감사한 뒤 러시아 헌병 장교를 따라 하얼빈 역사를 나왔다.

역 광장에는 러시아 헌병대의 죄수 호송용 마차 한 대가 서 있었다. 안중근과 그 헌병 장교가 타자 마차는 어디가 어딘지 모를 밤길을 달리더니 한참 뒤에야 어떤 덩실한 석조 건물 앞에 멈춰섰다. 시가지를 벗어나지 않은 큰길가로 은근히 신흥 대일본제국의 기세를 뽐내고 있었는데, 안중근이 온다고 그랬는지 아래위층 모두 불이 환했다.

러시아 헌병대는 그 건물 현관에서 안중근을 일본 영사 경찰에게 넘기고 돌아갔다. 영사관 경찰서 유치장은 그 건물 지하에 있었다. 일본 영사 경찰은 간단하게 안중근의 신분을 확인한 뒤 유치장으로 옮겼다. 일본인들에게 넘겨지면서 안중근은 어느 정도 수모와 학대를 각오했으나 그날 밤은 전혀 그런 일이 없었다.

다음 날 러시아 헌병대 통역보다는 훨씬 더 한국어가 유창한 통역을 데리고 일본 영사 경찰이 다시 안중근을 심문했다. 그러나 이번에도 전혀 가혹한 행위는 없었다. 그저 러시아 헌병대에서 진술한 내용을 넘겨받은 서류를 통해 확인하는 정도였다. 이틀 뒤에 보다 높은 직급으로 보이는 영사관 관리가 안중근을 심문할 때도 마찬가지였다. 우덕순과 조도선, 유동하 같은 이름을 슬쩍슬쩍 비추는 게 불길했지만, 안중근이 그들을 모른다고 완강하게 잡아떼자 군소리 없이 받아들여 주었다.

그러다가 일본 영사관으로 옮긴 지 나흘째 되던 날 왠지 유치장뿐만 아니라 영사관 전체가 술렁이는 것 같더니 여순(旅順)에서 사람이 왔다.

"나는 일본제국 관동 도독부 고등법원 검찰관 미조부치 다카오[溝淵孝雄]라 하오. 오늘부터 피의자 심문을 맡게 되었소."

영사관 사무실을 빌려 심문실을 차린 검찰관 미조부치는 자신을 그렇게 소개한 뒤, 다시 함께 있는 두 사람을 가리키며 말했다.

"저쪽은 관동 도독부 지방법원 서기 기시다 요시후미[岸田愛

文], 그리고 이쪽은 통역 촉탁 소노키 스에요시[園木末喜], 본 검찰관의 심문 내용을 통역하고 기록할 사람들이오."

조선에 와 있는 검사나 경찰관들과는 달리 그 말투가 여간 정중하지 않았다. 심문이 시작된 뒤에도 그런 미조부치의 태도는 별로 변하지 않았다.

"본 검찰관은 재(在)하얼빈 러시아 시심(始審) 재판소 검사로부터 송치된 이토 공작 살해 사건에 대한 서류 일체와 증거물들에 의거하여 심문을 시작한다."

미조부치는 그렇게 심문을 시작하면서 먼저 안중근에게 나이와 직업, 신분, 주소 및 본적지와 출생지를 물었다.

"이름은 안응칠, 나이는 서른한 살, 직업은 포수, 신분은 이렇다 하게 댈 만한 게 없고, 주소는 평안도 평양성 밖이며, 본적지와 출생지는 주소지와 같다."

안중근은 하얼빈 역에서 단독으로 저격에 나서면서부터 결심한 대로 철저하게 자신을 숨겼다. 친인척이나 동지와 벗들이 자신 때문에 일본의 해코지를 당하지 않게 하기 위함이었다. 누가 들어도 애매한 답변이었으나 미조부치는 더 따지지 않고 다음으로 넘어갔다.

그다음도 마찬가지였다. 안중근은 대한제국의 신민이라는 것 외에는 부모와 처자도 없고, 일정한 주거도 없으며, 배운 것도 없을 뿐더러 친구나 가깝게 지내는 포수도 모두 이름밖에는 분명한 게 아무것도 없는 사람들이 되었다. 하지만 어찌 된 셈인지 미조부치는 따져 보는 법 없이 그대로 물어 나갔다. 그러다가 안중근이 왜 이등박문을 미워하게 되었는지를 밝혔을 때야 가볍게 한 번 반문하였다.

"첫째, 이등박문은 지금으로부터 10여 년 전 그의 지휘 아래 대한제국의 명성황후를 시해하였으며 둘째, 지금으로부터 5년 전 이토가 군대를 동원하여 체결한 5개조의 조약은 대한제국으로부터 외교권과 경찰권을 앗아 간 몹쓸 짓이었고 셋째, 3년 전 이등박문이 체결한 칠조약은 대한제국의 망국을 앞당기는 국권 강탈이었다. 넷째, 이등박문은 기어이 대한제국의 황제를 폐위시켰으며 다섯째, 이등박문은 대한제국 군대를 해산하였고 여섯째, 그와 같은 조약 체결에 분노한 대한제국 신민들이 의병을 일으키자 이등박문은 군사를 풀어 죄 없는 양민을 무수히 학살하였다……."

안중근이 이등박문의 죄목을 하나하나 꼽아 열다섯 항목을 대자 미조부치가 지나가는 말처럼 슬며시 물었다.

"일본이 와서 한국에 기차가 개통되었고, 수도 공사 등 기타 위생 시설이 완비됐으며, 신식 병원도 설립되고, 식산공업(殖産工業)은 점차 왕성해지고 있다. 특히 한국의 황태자는 일본 황실의 배려로 문명의 학문을 닦고 있다. 훗날 대한제국 황제 자리에 올라 세계의 여러 나라와 대면했을 때, 명군으로서 부끄럽지 않도록 교육을 받고 있는데, 이 점에 대해서는 어떻게 생각하는가?"

하지만 그것도 안중근이 강경하게 식민주의 보호정책의 혜택을 부인하자 더 따져 묻지 않고 다음 질문으로 넘어가 버리고 말

왔다. 그래서 안중근이 두 살 때 부모를 잃고 일고여덟 살 때까지 김 도감(都監)이란 사람이 키워 준 고아가 되어도, 그 뒤 일하기 싫어 김 도감 집을 떠나 포수가 되어 서른이 넘은 그때까지 처자도 없이 국경 지방을 떠돌았다고 우겨도 법원 서기에게 그대로 받아 적게 할 뿐이었다.

안중근이 알기로는 사건이 러시아 헌병대와 검찰 손에 있었던 것은 하루밖에 안 되었지만, 긴장한 혁명 전야 제정러시아 경찰의 수사력 덕분일까, 며칠 뒤 러시아 시심 재판소 검사가 넘긴 관계 서류와 공범 피의자들은 뜻밖에도 많았다. 안중근은 함경도 부령에서 이등박문이 온다는 소식을 듣고 일주일 전에 하얼빈으로 왔다고 우겼으나, 러시아가 일본에 넘긴 수사 자료에는 안중근이 오래 블라디보스토크에 머물렀던 것과 공모의 가능성이 있는 사람들의 이름이 여럿 올라 있었다.

안중근은 이범윤도 최재형도 이위종도 최봉준도 모른다고 하고, 그 대신 민영환·최익현·조병세·민긍호처럼 의병 운동을 국내에서 벌이거나 이미 순절한 사람들의 이름을 대어 미조부치를 혼란시키려 했다. 그러나 우덕순의 이름을 대면서, 달리 하얼빈으로 함께 온 공범이 없는가를 추궁당할 때는 속이 뜨끔했다.

일본 총영사관 유치장으로 옮겨 온 이튿날인가, 안중근의 방과 저만치 떨어진 유치장 한구석이 수런거리더니, 그때부터 조선말로 웅얼거리는 소리가 들리는 듯했다. 결코 그들이 잡혀 왔을 리는 없다고 믿기는 했지만, 안중근은 채가구에 남겨 두고 온 우덕순과 조도선이 새삼 걱정되었다. 그 바람에 우덕순을 모른다고 잡아떼고 동행은 아무도 없다고 우기기는 했어도 마음속으로는 걱정스럽기 짝이 없었다.

안중근은 미조부치가 다시 심문을 하면 그때 우덕순과 조도선의 일을 에둘러 알아보려 했다. 그러나 하얼빈에서 하는 미조부치의 심문은 그걸로 끝이었다. 다시 이틀인가 사흘이 지난 뒤에 영사관 유치장 간수 일을 보던 경찰이 안중근에게 일러 주었다.

"오늘은 관동 도독부의 재판정이 있는 여순으로 옮길 것이니 채비를 해라."

그래서 유치장을 나가다 보니 어느새 잡혀 왔는지 우덕순·조도선·유동하가 포승에 엮여 있었고, 동흥학교 교장 김성옥과 교원 김형재·탁공규도 보였다. 거기다가 더욱 놀라운 것은 고향에 가서 아내와 아이들을 데려오겠다던 정대호가 언제 붙들렸는지 역시 한 포승에 묶여 있는 일이었다.

정거장에 이르러 기차에 올랐는데, 포승에 얽혀 함께 오른 사람들 중에는 안중근이 전혀 알지 못하는 사람들도 있었다. 하얼빈 한민회(韓民會)의 회계 김여수(金麗水)와 홍시준·장수명·김택신·방사첨·이진옥 등 반일적인 사회 활동을 많이 하던 동포들이었다. 평소 일본 밀정들과 영사 경찰의 주목을 받아 오다가 이등박문이 하얼빈 역에서 포살당하자 일종의 예비검속에 걸린 이들이었다.

안중근이 안타까운 마음으로 그들이 줄줄이 엮여 기차에 오르는 것을 바라보고 있는데, 갑자기 한 젊은 러시아 여자가 역 광장 한쪽에서 뛰쳐나오더니 그들을 호송하는 일본 경찰들을 향해 성난 소리로 외쳤다. 나중에 안중근이 러시아 통역으로부터 들은 말은 이랬다.

"내 남편이 도대체 무슨 일을 했다는 거냐? 이 동양의 원숭이 새끼들아, 잘 들어라. 만일 내 남편을 무사히 하얼빈으로 돌려보내 주지 않으면, 우리 발틱함대를 다시 보내 이번에는 너희 섬나라를 산산이 부수어 바다의 쓰레기 더미로 만들어 줄 테다!"

그러고는 조도선에게 달려가 그를 쓸어안으며 한층 목소리를 높였다. 조도선의 러시아인 아내 모제였다.

"당신 절대로 져서는 안 돼요. 꼭 이겨 내고 돌아오세요. 나는 여기 하얼빈에서 세탁 일을 하면서 언제까지고 당신이 돌아오기를 기다릴게요!"

그러는 그녀의 두 눈에서는 눈물이 줄줄이 흘러내리고 있었다.

그날 낮에 하얼빈을 떠난 호송 열차는 그날 저녁 관성자역에 서고, 안중근과 함께 호송되던 피의자들은 장춘(長春) 헌병대에서 하루를 묵었다. 아직 러시아 관할 지역이어서 거기까지는 여전히 러시아 헌병들이 호송을 맡고 있었다. 그런데 다음 날 다시 기차를 타고 여순으로 내려가는데, 도중의 한 역에서 안중근은 뜻밖의 봉변을 당했다. 표독스레 생긴 웬 일본 순사 하나가 갑자기 안중근이 탄 열차에 오르더니 다짜고짜 주먹으로 안중근의 뺨을 후려갈겼다. 두 손이 묶여 있어 꼼짝없이 당한 안중근이 성나 그 순사를 소리 높여 꾸짖었다.

그때 호송을 맡고 있던 러시아 헌병 정교(正校)가 그 일본 순사를 열차 밖으로 끌어내게 하고 안중근에게 사과했다.

"잠시 한눈을 파는 사이에 이런 욕을 보게 하였소. 일본, 한국을 불문하고 이같이 좋지 못한 사람은 있기 마련이니 너무 성내지 마시오."

안중근이 탄 기차는 다음 날 아침 여순에 이르렀다. 1909년 11월 3일로, 안중근이 하얼빈에 도착한 것이 10월 22일이었으니 하얼빈에 머문 것은 꼭 열하루였다.

기차역에서 죄수 마차에 실려 여순 형무소에 이른 안중근은 여전히 혼자 떨어져 독방에 갇혔다. 하얼빈에서 오는 동안 우덕순이나 조도선, 유동하와 연락을 꾀해 보았으나 일본인들의 감시가 워낙 철저해 끝내 눈길 한번 제대로 마주치지 못했다.

공판투쟁

러시아로부터 하얼빈의 일본 총영사관으로 넘겨진 안중근이 여순에 있는 관동 도독부 지방법원에서 재판을 받게 된 것은 얼른 보면 당연한 진행으로 보인다. 곧 러시아가 재판관할권을 일본에 넘긴 이상, 사건 발생지에서 가장 가까운 일본국 재판소가 그곳이기 때문이다. 그러나 가만히 따져 보면 일본에게는 두 가지 선택이 더 있었다. 하나는 아예 일본 본국으로 가져가는 것이요, 다른 하나는 일본의 조선통감부에서 재판을 받게 하는 것이었다.

일본 정부가 심각한 논의와 치밀한 검토 끝에 그 두 곳을 배제하고 관동 도독부의 관할로 남긴 데는 까닭이 있었다. 첫째로 일본 본국으로 끌어올 때는 국제적인 주목에 노출되어 재판을 그들 뜻대로 끌어가기 나빴다. 거기다가 그때는 일본에서도 삼권분

립의 원칙이 어느 정도 확립되어 사법부가 외무성의 재판 관여에 반발이라도 하게 되면 크게 낭패를 당할 우려가 있었다. 또 관동 도독부는 단독심인 데 비해 일본 본국은 합의부로 운영된다는 것도 외무성의 의도가 먹혀들기 어려웠다. 조선통감부의 재판소에 넘기는 것도 곧 만만한 일은 아니었다. 국제적인 주목은 본국보다 덜하겠지만, 이번에는 조선 민심을 자극하는 것이 부담이 되었다.

하지만 안중근이 이등박문을 쏘아 죽인 사건은 처음부터 전 세계의 이목에 노출되어 그때는 이미 국세적인 관심거리가 되어 있었다. 그 바람에 여순으로 옮겨 와서도 안중근은 형사상 중범이라기보다는 정치범으로서 정중한 대우를 받았다. 미조부치는 하얼빈에서의 첫 심문 뒤에 벌써 이런 말을 하였다.

"당신의 진술을 들으니 참으로 동양의 의사(義士)라 하겠다. 비록 이토 공작을 죽인 죄가 크나, 의기로 한 일인 만큼 사형을 당하는 일은 없을 것이다."

"내가 죽고 사는 것은 따질 것 없고, 그저 내가 말한 이등박문의 죄상이나 천황에게 아뢰어라. 그래서 이토의 옳지 못한 정략을 고쳐 동양의 위급한 대세를 바로잡도록 하기를 간절히 바란다."

안중근은 그렇게 받았으나 속으로는 그런 미조부치에게 은근히 감동하였다. 그런데 미조부치는 호송하는 동안뿐만 아니라 여순에 이르러 다시 신문(訊問)을 할 때도 한동안은 처음의 정중함을 잃지 않았다. 여순 감옥의 전옥(典獄)이나 경수 계장(警守係長)

및 사무직 관리들도 안중근을 여느 죄인과는 달리 후대하였다.

검찰관 미조부치의 두 번째 신문은 안중근이 여순으로 옮겨 오고도 열흘이 지나서야 있었다. 그동안 더 많은 수사가 진척되었는지 미조부치는 전과 달리 안중근의 신상에 대한 여러 가지를 알고 온 눈치였다. 특히 어지간하면 감추고 싶었던 신상 내력은 거의 실상이 드러난 듯했다. 부모 형제와 처자뿐만 아니라, 여러 숙부들과 장인 김홍섭의 이름까지 대었고, 조부 안인수가 진해 현감 벼슬을 지낸 것까지 확인해 올 정도였다.

안중근이 한 한학(漢學)의 깊이나 근대적인 소양에 대해서도 어느 정도의 정보를 가지고 있었으며, 국외로 망명해 온 경로와 이후 블라디보스토크와 연추에서 한 행적도 러시아로부터 추가로 통보를 받았는지 제법 소상하게 알고 있었다. 그러나 무엇보다도 안중근에게 충격을 준 것은 이미 두 아우 정근과 공근까지 신문한 일과 정대호가 아내와 아이들을 하얼빈까지 데려다 놓은 일이었다.

검찰관 미조부치가 정근과 공근까지 신문했다고 안중근이 믿게 된 것은 미조부치가 정근과 공근의 근황을 잘 알고 있었을 뿐만 아니라, 그해 봄과 8월에 안중근이 보낸 편지 내용까지 꿰고 있었기 때문이었다.

블라디보스토크에서 정대호의 전보를 받았을 때만 해도 긴가민가하던 아내와 아이들의 일도 그랬다. 정말로 그들이 하얼빈에

와 있음을 미조부치에게서 듣게 되자 충격이 컸다.

"이번에 정대호가 23일 평양을 출발하여 초하강(草河江), 봉천(奉天), 장춘(長春)을 거쳐 27일 하얼빈에 도착한다는 말을 미리 들은 적이 있는가? 또 피고의 처자가 그런 정대호와 동행하여 27일에 하얼빈에 도착하였으며, 지금은 한민회(韓民會) 회장 김성백의 집에 가 있다는 것을 알고 있는가?"

미조부치가 그렇게 물었을 때는 갑자기 떠오르는 아내 아려의 수심에 찬 얼굴과 함께 어린 현생과 분도의 울음소리가 들리는 듯해 눈앞이 아뜩해 왔다. 가슴이 터질 듯한 그리움과 온몸이 저려오는 애련(哀憐) 때문이었다. 모른다는 말로 버티었지만, 머릿속은 그저 막막하기만 했다.

우덕순과 조도선, 유동하를 부인하여 그들을 공범으로 처벌받지 않게 하려는 노력도 여순에서 받은 두 번째의 신문에서 벌써 틀어지기 시작했다. 미조부치는 이등박문을 쏘기 전날 세 사람이 채가구역에 내린 일뿐만 아니라, 그들이 실제 산 차표는 그 앞 역인 삼협하였다는 것까지 알고 있었다. 그리고 여전히 그들을 부인하는 안중근에게 무슨 선고라도 하듯 덧붙였다.

"피고와 함께 지야이지스고(채가구)에 숙박했던 조도선과 우연준(우덕순)은 26일 이토 공이 피고에 의해 저격되었다는 말을 러시아 관리들로부터 듣고 그들을 가둔 러시아 헌병 군조(軍曹) 세 민에게 말했다고 한다. "우리 셋이 이 역에 온 이유는 이토를 살해하기 위해서였다. 우리 중 하나가 하얼빈으로 돌아간 것도 바로 그 목적이었다." 그러고는 서로 얼싸안으며 기뻐했다고 하는데, 그들의 말이 사실인가?"

그때까지도 안중근은 여전히 모르쇠로 버티었지만, 속으로는 이미 자신을 잃고 있었다. 나이 지긋한 조도선이나 어린 유동하는 서로 미리 약속한 대로 공범 관계를 부인하고 풀려나기를 바랄지 모르지만, 성정이 거세고 거침이 없는 한 살 손위 우덕순은 이등박문을 쏘는 데 함께했다는 영광을 쉽게 포기할 것 같지 않았다. 채가구로 떠나기 전날 밤 안중근의 「장부가(丈夫歌)」를 기나긴 「의거가(義擧歌)」로 받으며 보구(報仇)의 의지를 불태우던 우덕순이었다.

하지만 안중근의 그런 걱정은 그야말로 기우(杞憂)였다. 어떻게 보면 우덕순과 조도선은 안중근보다 먼저 러시아 헌병대에 체포된 상태에 있었고, 유동하도 안중근과 비슷한 시기에 러시아 경찰에 체포되어 모든 행적이 이미 일본의 파악 아래 있었다. 특히 우덕순과 조도선이 사실상의 체포 상태에 놓이게 된 경위는 웃을 수도 울 수도 없는 한 토막의 희비극이었다.

하얼빈의 거사가 있기 하루 전날의 일이었다. 채가구역을 담당하고 있는 러시아 철도 경비대 헌병 군조(軍曹) 우신은 그 전날부터 채가구에 내려 역 구내를 어슬렁거리는 한인 청년들을 수상히 여겨 감시하고 있었다. 일본 정계의 거물이 남청철도로 자기 나라 재정 대신과 만나러 온다고 비상경계를 펴고 있는 터라 예민해져 있는데, 조선인이 별로 살지도 않는 채가구역을 젊은 한인이 셋씩이나 몰려다니니 그럴 수밖에 없었다.

그들 한인 셋 모두가 삼협하행 표를 가지고 채가구에 내린 것도 이상했고, 저물도록 열차 시간과 함께 이것저것 묻다가 일본 고관이 타고 올 특별 열차 시간을 거듭 확인하는 것도 예사로 보이지 않았다. 그러다가 인근 마을의 여관에 들어 하룻밤을 묵은 한인들은 다음 날 더 요란을 떨었다. 하얼빈의 누군가와 알 수 없는 말로 전보를 주고받더니 그중의 하나는 하얼빈으로 돌아가고 둘만 남았는데, 둘이 하는 짓이 전날보다 더 수상쩍었다. 둘이서 다시 구석구석 역 구내를 살피며 뭔가를 수군거리다가, 저물어서는 갑자기 구내 찻집에서 그 밤을 묵겠다고 세미요로프라는 찻집 주인에게 졸라 댔다.

원래 그 찻집은 채가구 역사(驛舍) 지하에 있는 것으로 구내매점을 겸하고 있었으나, 밤에는 주인 세미요로프도 묵지 않는 곳이었다. 그런데 거기서 저물도록 차를 마시고 요기를 한 두 사람이 몇 루블을 쥐여 주며 하룻밤 묵고 가게 해 달라고 조르자 난처해진 세미요로프는 당직 하사관인 우신에게 가서 의논했다. 우신은 오히려 그게 그 두 사람의 신병을 확보하는 길이라 여겨 세미요로프에게 그들의 요청을 들어주게 했다. 그리고 세미요로프가 퇴근한 뒤 하나뿐인 지하실 출입문을 밖으로 잠가 두 사람을 사실상 감금해 버렸다.

그 두 사람 우덕순과 조도선이 굳이 구내 찻집에서 묵으려 한 것은 거사의 편의를 위해서였다. 역에서 멀리 떨어진 여관에 묵다가는 겨울 새벽 6시에 오는 이등박문의 특별 열차를 놓칠 수도 있거니와, 설령 때맞춰 역에 도착한다 해도 역 구내에 있는 특별 열차에 접근할 구실을 만들기 어려웠다. 그래서 구내매점 찻집에 묵고 있다가, 새벽어둠을 틈타 살며시 나와 혹시 기차에서 내릴지 모르는 이등박문을 노려 보려고 짜낸 궁리였다.

자기들이 이미 감시받고 있다는 것도 모르고 비분강개에 젖어 하룻밤을 뜬눈으로 새우다시피 한 두 사람은 이튿날 새벽 6시 무렵 긴장하여 깨어났다. 그런데 특별 열차가 설 곳을 살펴보려고 나가려 하니 바깥으로 문이 굳게 잠겨 있었다. 다급해진 두 사람이 널빤지로 된 출입문을 힘껏 치고 차며 열려 하자, 갑자기 밖에서 군홧발로 출입문을 걷어차는 소리와 함께 무언가 러시아 말로 타이르듯 외치는 소리가 났다.

"조용히 있지 않으면 총을 쏘겠다고 하오. 저들이 우리 계획을 알고 있는가 보오."

러시아 말을 알아들은 조도선이 놀란 얼굴로 우덕순을 보며 그렇게 말했다. 조도선보다 그런 일에 경험이 많은 우덕순도 적잖이 낭패한 얼굴이었다. 둘 모두 잠시 할 말을 잃고 생각에 잠겼는데 더욱 기막힌 일이 일어났다. 6시 정각이 되자 특별 열차인 듯한 기차의 기적 소리가 울리더니 채가구역에 멈추려는 기색 한 번 없이 그대로 지나가 버렸다. 아마도 교행(交行)하는 기차를 다른 복선 철로에 대기시켜, 특별 열차를 채가구에 서지 않고 통과

하게 한 것 같았다.

"이렇게 되면 하얼빈으로 간 안 동지가 성공하기를 빌 수밖에 없소. 찻집 주인이 와서 문을 열어 줄 때까지 잠이나 자 둡시다."

체념이 빠른 조도선이 그렇게 말하며 눈을 감고 벽에 몸을 기댔다. 우덕순도 하는 수 없이 잠이라도 좀 자 둘 양으로 눈을 감았다. 그런데 창문이 작은 지하실인 구내매점조차 환해질 만큼 날이 밝아도, 찻집 주인 세미요로프는 문을 열어 주지 않았다. 우덕순과 조도선이 다시 출입문을 주먹으로 두드리고 발로 차자 찻집 주인 대신 러시아 헌병 군조 우신이 나타나 러시아 말로 소리쳤다.

"조용히 해. 아직 알아볼 일이 남아 있으니 너희들은 거기서 그냥 기다리도록. 시끄럽게 굴면 헌병 분견대로 끌고 가 유치장에 처넣을 테다!"

두 사람은 그제야 일이 심상찮게 꼬여 들었음을 알아차렸다. 그러나 아무것도 짚이는 것이 없어 어쩔 줄 몰라 하고 있는데 10시쯤 다시 헌병 군조 우신이 나타났다. 저벅이는 군화 소리가 뒤따르는 것으로 보아 이번에는 혼자가 아닌 듯했다.

"너희들을 체포한다. 두 사람 모두 무기를 가진 게 있으면 밖으로 내던지고 손들고 나와라. 저항하면 소총 분대의 일제사격이 있을 것이다."

자물쇠 소리와 함께 지하 매점 출입문이 열리며 누가 밖에서 소리쳤다. 우덕순과 조도선이 문 뒤에 붙어 가만히 내다보니 전날 본 우신과 또 다른 러시아 헌병 군조 하나가, 앉아쏴 자세로 보총을 겨누고 있는 철도 수비대 병사 여남은 명과 함께 찻집 앞을 막고 있었다.

"이거 어떻게 된 거요? 총 한 방 못 쏴 보고 이게 무슨 꼴이오?"

조도선이 투덜거리며 우덕순을 바라보았다. 권총을 빼 들고는 있어도 우덕순 역시 당장은 무엇을 해야 할지 결정을 내리지 못해 바깥만 멍하니 살폈다. 그때 낯선 군조가 다시 나서서 러시아 말로 외쳤다.

"오늘 아침 일본에서 온 이토 히로부미란 고관이 하얼빈 역에서 한인 청년에게 저격당해 죽었다. 우리는 너희들이 그 일과 관련되어 있음을 잘 알고 있다. 어서 총을 내던지고 투항해라."

조도선의 통역을 통해 그 말을 듣자 우덕순이 갑자기 밖으로 총을 내던지고 조도선에게 다가들었다. 조도선도 약속이나 한 듯 미련 없이 총을 내던지고 우덕순에게로 달려가 서로 얼싸안고 소리쳤다.

"만세! 대한 만세! 안 동지가 마침내 성공하였구나. 하늘이 그 늙은 도둑을 안 동지의 손에 맡겼구나……."

그런 우덕순의 외침에 이어 조도선이 조심스럽게 다가드는 러시아 헌병들과 철도 수비대를 바라보며 러시아 말로 소리쳤다.

"우리 셋이 이 역에 온 이유는 이토를 살해하기 위해서였다. 우리 중 하나가 하얼빈으로 돌아간 것도 바로 그 목적이었다. 누가 했든 이제 우리 뜻을 이루었으니 더 바랄 게 없다. 만세! 대한 만세!"

안중근이 일본의 추적으로부터 지켜 내고자 했던 다른 한 부류는 배후 세력 또는 방조(幇助) 단체로 불리는 집단이나 인사들이었는데, 그 일만은 겨우 뜻대로 되었다. 러시아의 도움을 받은 것인지, 아니면 원동(遠東) 지방에서 활동 중인 일본 첩자나 밀정들에게서 나온 것인지, 일본 검찰은 블라디보스토크에 있는 배후 세력이나 방조 단체에 대해서도 꽤나 상세한 정보를 가지고 있었다. 특히 심문이 여러 차례 거듭되면서 미조부치의 추궁은 안중근이 속으로 뜨끔해할 만큼 정밀하였다.

그들은 안중근의 배후 세력을《대동공보》를 중심으로 한 연해주의 애국계몽 집단으로 보는 듯했다. 그리고 다시 그들 뒤에는 공립협회와 거기서 활동하다 귀국한 일단을 중심으로 형성된 조직으로 추정하고 있었다. 아직 신민회의 실체는 파악하지 못하고 있는 듯했지만, 안창호란 구체적 인물까지 꼽고 있는 것으로 미루어 실로 대단한 일본 경찰의 후각이라 아니 할 수 없었다.

검찰관 미조부치의 신문을 받으면서 안중근은《대동공보》와의 관계뿐만 아니라 이강이나 유진율, 정재관 같은 사람들조차 알지 못한다고 잡아떼었다. 단체로 공립협회나 서북학회는 말할 것도 없고, 서울 다동 김달하의 집에 모이던 식자(識者)들조차 안중근에게는 전혀 모르는 사람들이었다. 그리고 무슨 냄새를 맡았는지 되풀이해 물어보는 안창호와의 관계도 자칫 말꼬리를 잡히면 신민회까지 추궁받을까 걱정돼 송두리째 부정했다.

연해주의 애국계몽운동 세력에서부터 그 어떤 국내 단체나 특정 조직과도 안중근이 연결되어 있다는 고리조차 찾지 못하자, 미조부치는 다시 연해주의 한인 무장투쟁 세력과의 연계를 캐기 시작했다. 유인석을 비롯하여 이위종·이상설·최재형·이범윤 등을 차례로 물으며 그들의 지시나 지휘 또는 조력 여부를 물었다. 그러나 안중근은 김두성을 빼고는 모두 자신의 거사와는 무관한 사람으로 만들었다. 김두성을 거리낌 없이 댄 까닭은 그때껏 별로 알려진 적이 없는 그 이름이 갑자기 대한의군부 총독(總督)이 되어 유명해진 바람에 일본에겐 가명(假名)이나 다름없이 된 때문이었다. 거기다가 안중근에게 독립특파대장의 자격을 부여한 권위로서도 김두성이 일본 당국에 미리부터 알려질 필요가 있었다.

검찰관 미조부치가 한국어 통역 소노키를 데리고 안중근이 갇혀 있는 방을 들락거리며 심문한 지도 어느덧 대여섯 번이 넘었다. 그때까지도 안중근은 심문의 대부분을 부인과 부정으로 답했으나 미조부치의 태도는 크게 변화가 없었다. 말투는 언제나 정중하였고, 심문이 끝난 뒤에는 이집트 담배를 권하며 안중근의 진술 내용을 두고 토론을 벌이기도 하였다. 그리고 때로는 안중근의 우국충정에 숨김없이 경의와 동정을 표하기도 했다.

그러던 어느 날 더글러스라는 이름의 영국 변호사와 미하일로프라는 러시아 변호사가 통역을 앞세우고 안중근을 찾아와서 말했다.

"우리 두 사람이 블라디보스토크에 있는 한국 사람들의 위탁을 받아 당신을 변호하려고 하오. 일본 관동 도독부 지방법원의 허가는 이미 받았으니 공판이 시작되면 변호에 들어갈 것이오."

나중에 알고 보니 미하일로프는 전에 대동공보사의 사장을 지낸 적이 있는 러시아인 변호사였고, 더글러스는 미하일로프가 블라디보스토크 한인들의 부탁을 받고 상해에서 데려온 사람이라 했다. 그러나 훨씬 뒷날 퍼진 소문으로는 더글러스를 고용한 것이 상해에 살던 부호 민영익이라는 말도 있고, 안중근을 구하기 위해 광무 황제가 내탕금을 주어 보낸 밀사였다는 주장도 있었다.

그 두 명의 국제 변호사가 오게 된 경위야 어찌 됐건 일본 재판부가 그들의 변호를 허락했다는 게 다시 안중근을 놀라게 했다.

'일본의 문명한 정도가 여기까지 온 것인가. 실로 내가 전일에는 짐작조차 못 했던 일이다. 오늘 일본이 영국과 러시아의 변호사를 허용해 주는 것을 보니 과연 세계에서도 일류 국가만이 베풀 수 있는 도량이라 할 만하다. 정녕 내가 저들을 오해했던 것인가. 이등박문을 죽인 것 같은 과격한 수단을 쓴 것이 망동이었던가?'

그렇게 자문하며 한동안이나 망연히 그들 두 사람을 바라보고만 있었을 정도였다.

그 무렵 대한제국 내부(內部)에서 경시(警視)로 일하다가 여순 재판소로 파견된 사카이[境]라는 일본인도 안중근을 은근히 감동시켰다. 사카이는 예순 가까운 노인이었는데 어찌나 한국말을 잘하는지 꼭 오래 알고 지내던 고향 늙은이를 만난 듯했다. 거기다가 사람됨이 사리에 밝고 인정미가 있어 안중근과 매일 만나 이야기하는 사이에 정다운 옛 친구나 다름없이 친밀해졌다. 통감부의 밀명을 받고 온 사카이가 아직 본색을 드러내기 전의 일이었다.

사카이 말고도 가까이 있으면서 언제나 안중근을 보살펴 주고 후대하는 일본인으로는 전옥 구리하라[栗原]와 경수 계장 나카무라[中村]가 있었다.

두 사람의 배려 덕분에 안중근은 매일 목욕을 할 수 있었고, 좋은 내복에 몇 채의 따듯한 솜이불로 추위를 모르고 겨울을 날 수 있었다. 밥은 감옥에서 1등급인 좋은 쌀밥에다 각종 과일도 하루 몇 차례씩 넉넉하게 넣어 주었으며, 오전과 오후에 한 번씩 안중근을 불러내 외국 담배와 다과를 대접하였다. 사카이 경시와 미조부치 검찰관도 후대를 보탰다. 사카이는 따로 감방 안에 우유를 넣어 주었고, 미조부치는 고급 담배 말고도 닭고기 요리까지 들여보냈다. 3년이나 풍찬노숙하며 해외를 떠돌던 안중근에게는 감격하여 특별히 자전적 기록에 남길 만한 일본인들의 후대였다.

양력 12월에 들어서고 한참 뒤에 드디어 안중근의 아우 정근과 공근이 면회를 왔다. 헤어진 지 3년 만에 만나는 혈육이라 안중근은 꿈인지 생시인지 모를 만큼 반가웠다. 그사이 훨씬 성숙해진 두 아우도 눈물을 글썽이며 형의 두 손을 마주 잡았다.

“나는 너희에게 보낸 내 편지를 미조부치가 읽었다 하고, 또 너희들의 진술을 들었다고 하는 것 같기에 너희들이 진작 여순에 와 있는 줄 알았다. 진남포에서는 언제 떠났느냐?”

“나흘 전입니다. 여기서 하룻밤 쉬고 어제, 그제 공근과 차례로 참고인 진술을 한 뒤에 오늘에야 면회를 올 수 있었습니다. 형님의 편지나 여타 증거물들은 벌써 지난달 초순에 다 쓸어 갔고, 국내에서의 참고인 진술도 그때 이미 다 했습니다. 검찰관이 그 진술서를 읽고 직접 들은 것처럼 말한 거겠지요."

서울에 있는 양생의숙에서 법률을 공부하고 있다더니, 정근이 전에 없이 명쾌하게 대답했다. 안중근이 진남포에 있는 어머니와 집안 어른들의 안부를 물은 뒤에 슬며시 보탰다.

"하얼빈 일을 너희들이 알지 모르겠다. 아이들과 현생 어미가 거기 와 있다는 말을 검찰관에게서 들었다만 그 말을 어디까지 믿어야 할지 몰라서……."

"그곳에 가 보지는 못했습니다만 소식은 들어 알고 있습니다. 형수님과 아이들 세 남매는 지난달 중순까지 하얼빈 한민회 김성백 회장 집에 신세를 지다가 정대호 씨가 풀려나면서 함께 정대호 씨 가족이 있는 수분하로 돌아갔다고 합니다. 당분간 그곳에 머물고 계시면 저희들이 형수님을 마땅한 곳으로 모시도록 하겠습니다."

이번에는 막내 공근이 그렇게 대답했다. 경성사범학교를 졸업하고 진남포 공립학교에서 교편을 잡고 있다기에 너무 일찍 남의 스승 노릇하는 것을 경계한 적이 있는데, 만나 보니 그 또한 정근 못지않게 성숙해져 조금 마음이 놓였다. 이어 정근이 다시 한국인 변호사를 불러올 일을 의논하면서 알려 주었다.

"단발령 때 홍주(洪州) 의진(義陣)을 이끌었던 안병찬(安炳贊)이

법부 주사(主事)를 거쳐 변호사가 되었는데, 그가 신법(新法)에 밝아 형님의 변호를 맡을 것이라 합니다."

홍주 의진을 이끌었던 안병찬이라면 안중근도 잘 알았다. 파(派)가 다르고 촌수가 멀지만 같은 순흥 안씨인데다, 갑오년 동학농민운동 때는 의병을 일으켜 초토사 이승우와 함께 동학 농민군을 진압했기 때문에 아버지 안태훈에게서 자주 그 이름을 들은 적이 있었다. 을미사변이 나고 단발령이 내려졌을 때는 홍주 의진을 이끌어 싸웠고, 을사조약 때는 합천에서 의병을 일으켜 싸우다가 관군에게 사로잡혔다는 소문이 들리더니, 안중근이 망명할 무렵에는 다시 홍주 의진을 이끌고 싸우다가 대패하고 일본군에게 쫓긴다는 소문이 있었다. 그런데 그 안병찬이 그로부터 이태도 안 돼 법부 주사가 되고 변호사가 되었다니 뭔가 앞뒤가 맞지 않았다.

"네가 말한 이가 규당(規堂) 안병찬이라면 나도 일찍부터 그 이름을 들은 어른이다. 내가 망명하던 해 홍주에서 대패하고 왜병과 일진회에게 쫓긴다는 말을 들었는데, 이태도 안 돼 일본의 법정에 설 만한 변호사가 되었다니, 어째 이상하구나. 더구나 그분의 연세는 돌아가신 아버님보다 여러 해 위라 지금은 예순에 가까울 것이다. 그런데 수천 리 바다를 건너 나를 변호하러 오시겠다니, 고맙기는 하다만 왠지 영 미덥지가 않다."

안중근이 어렵게 안병찬의 호까지 기억해 내며 그렇게 말했다. 정근이 대단찮은 일이라는 듯 받았다.

"동명이인일 수도 있겠지요. 어쨌든 변호사로서도 명망이 높은 분이라고 하니 형님께 크게 도움이 될 것입니다."

그때 무엇 때문인지 갑자기 비감에 젖은 안중근이 불쑥 말했다.

"만 번 죽기를 각오하고 나선 나로서는 변호사보다 내게 성사(聖事)를 베풀어 줄 신부님이 더 간절하구나. 홍(빌렘) 신부님께 말씀드려 이곳으로 모셔 올 수는 없겠느냐?"

그러자 정근과 공근의 얼굴이 아울러 흐려졌다. 한참 뒤에 공근이 먼저 밝은 표정으로 돌아와 말했다.

"인편이 닿는 대로 청해 보지요. 빌렘 신부라면 어떻게든 와 주실 것입니다."

그러나 안중근은 공근의 그와 같은 대꾸에 뭔가 석연찮은 느낌이 들어 물었다.

"어째 대답이 석연찮다. 왜, 다른 신부님이라면 아니 된단 말이냐? 신부님이 내게 성사를 베푸는 걸 일본 사람들이 막기라도 하는 것이냐?"

그러자 이번에는 정근이 차분한 목소리로 받았다.

"일본 사람들이 아니라 우리 조선 교구 스스로 눈치를 보는 것이지요. 처음 일본의 어떤 신문이 이등박문을 쏜 것이 천주교인이라고 밝히자, 일본에서 확인을 바라는 전보가 조선 교구에 왔습니다. 그때 뮈텔 주교는 "결코 아님"이란 답신을 보냈고, 며칠 뒤 《서울프레스》가 다시 그렇게 보도하자 그곳으로 강경한 항의문까지 보냈습니다. 사고 당일 저녁 통감부로 가서 가장 먼저 조의를 표한 것도 뮈텔 주교였으며, 아흐레 뒤 이등박문의 장례식에는 성 바오로회 수녀들이 만든 커다란 조화(弔花) 화환을 앞세우고 참례하였지요.

안응칠이 바로 형님이고, 세례명이 도마라는 것이 밝혀진 뒤에는 얼마나 낙담하였던지, 일본에 있는 불란서 주교가 보다 못해 전보까지 쳐서 뮈텔 주교를 위로할 지경이었습니다. 형님은 이미 교회를 떠난 사람이고, 교회를 떠난 사람이 저지른 범행으로 교회를 비난할 사람은 많지 않을 것이라고 했다던가요.

우리 천주교에서 발행하는 《경향신문》은 뮈텔 주교보다 한술 더 떴습니다. 《조선교구통신문》은 진작부터 형님의 거사를 상세하게 보도하였지만, 《경향신문》은 일이 있고 사흘 뒤에야 처음으로 보도하였는데, 그나마 형님에 관해서는 전혀 밝히지 않고 이등박문만 애도했습니다. 그러다가 지난달 중순에는 「이등 공의 조난에 대하여 경고하노라」라는 사설을 내어 대놓고 형님의 의거를 살인죄로 단정하였습니다."

"어찌 그럴 수가 있는가. 무어라고 썼는지 읽어 보았느냐……."

"저도 소문 듣고 그날치를 찾아보았는데, 자못 준엄하였습니다. 이등 공이 참으로 우리를 사랑한 줄 알았으면 형님이 그렇게 생각하지 않았을 것이라 하였고, 따라서 이등 공은 흉서(凶逝)를 당한 것이며 매우 원통한 일이라 하였습니다. 또 "암살한 사람은 나라를 사랑함으로써 그리하였다 하며, 그 일을 하기 위하여 제 생명을 일정(一定) 바치기로 예비하였으니 그 마음이 영특하고 용맹하다 하나, 사람을 그렇게 죽이는 일은 악한 일인즉 (그 일도) 악한 일이라 하노라."라고 하였습니다. 그리고 그 뒤로도《경향신문》은 우리가 진남포를 떠날 때까지 형님이 천주교도란 것은 말할 것도 없고, 종교인이란 것조차 내비치지 않았습니다."

어지간해서는 낙담하여 주저앉는 법이 없는 안중근도 그 말을 듣자 어깨가 축 처지며 암울한 얼굴로 중얼거렸다.

"뮈텔 주교는 조선에 대학교를 만드는 일을 말리고 나설 때부터 내 알아보았다. 우리의 믿음도 능력도 언제나 의심하는 분이지. 그런데 이날이 지나도록 우리 교회가 모두 그렇게 여긴다니 실로 아뜩하구나……."

안중근이 하도 낙담하는 기색을 보이자 정근이 오히려 형을 위로하듯 말했다.

"하기야 혈육인 저조차 형님이 이등박문을 쏜 것은 잘못된 일 같다고 답했을 정도이니, 핏발 선 일본 사람들의 눈길로부터 조선 교구를 지켜 내야 하는 파리 외방전교회(外方傳敎會)의 입장이야 오죽하겠습니까? 통감부의 눈치를 보느라 달리 이것저것 살필 경황이 없었을 겁니다. 어쨌거나 지금으로서는 조선 교구가 형님에게 성사(聖事)를 베풀기 위해 신부님을 파견해 줄 것 같지 않습니다. 또 공근의 말처럼 빌렘 신부라고 해서 반드시 와 준다는 보장도 없고…… 차라리 이곳 여순 교구가 속해 있는 천진이나 봉천의 교구장에게 간청해 보는 것이 나을지도 모르겠습니다."

"그게 무슨 소리냐? 홍 신부는 신앙에서뿐만 아니라 함께 온당치 못한 시대와 맞서는 데에서도 내게는 아버지나 다름없는 분이셨다. 그런데 그분까지 돌아섰단 말이냐?"

"저도 전해 들은 말입니다만, 지난달 초 명근 형으로부터 이등박문을 죽인 게 형님이란 사실을 확인한 빌렘 신부는 그다음 주일 강론(講論)에서 특별히 십계명의 제6계(살인)를 다루었다고 합니다. 거기서 빌렘 신부는 사람을 죽일 수 있는 경우로 법 절차에 따른 제재, 곧 사형과 국가의 정당방위인 전쟁, 그리고 개인적인 정당방위만을 대면서 어떠한 애국심도 살인의 구실이 될 수는 없다고 강조하였다는 것입니다."

정근이 그렇게 말하는 것을 듣고 있던 공근이 불쑥 끼어들었다.

"저도 그 강론 얘기는 들었습니다만, 형님의 거사를 살인으로 단죄하는 것과 사제가 되어 성사를 거부하는 일은 별개가 아니겠습니까? 설령 살인을 했다 해도 교자(教子)는 교자이고, 사제는 교자에게 성사 베푸는 일을 거부할 수 없습니다. 형님, 걱정하지 마십시오. 빌렘 신부는 틀림없이 와 주실 것입니다."

공근이 그렇게 시원스럽게 거들어 본국에서 사제를 청해 오는 논의는 대강 매듭을 지었다. 그러나 교회의 냉담한 태도에 큰 충격을 받은 것인지, 안중근이 골똘한 생각에 빠져들어 말을 잃자 면회는 곧 끝이 났다.

안중근이 그때까지 이등박문 포살의 대의로 익혀 가던 것은 구약성서적인 응보론(應報論)이었다. 이등박문이 한국을 위한다는 구실로 한국 사람들을 폭도로 몰아 죽인 것처럼 안중근은 무고하게 학살된 한국 사람들을 위해 이등박문을 죽였다는 동해보복(同

害報復)의 논리다. 나중에 안중근은 말하였다.

"이등박문을 죽인 것은 인도에 어긋나는 것으로 믿지 않는다. 나는 이등박문 때문에 죽은 몇만을 대신하여 이등박문을 죽인 것이다."

거기에 그로부터 몇십 년 뒤에나 나타나는 영성신학이나 해방신학의 저항권(抵抗權) 비슷한 개념을 끌어들여 안중근이 구상해 가던 것이, 죄악을 수수방관하는 것은 죄악이므로 그 죄악을 제거하여 죄악에서 벗어난다는 논리였다. 특히 마지막 심문에서 안중근은 그 뜻을 명백하게 밝히지만, 이전의 진술에서도 이미 그 원형은 찾아볼 수 있다. 그러다가 안중근이 대한의군부(大韓義軍府) 참모중장으로서 독립특파대장이 되어 정당한 교전 중에 적장을 사살했다는 의전론(義戰論)을 처음 말하는 것은 정근과 공근을 만난 뒤가 된다. 그들 두 아우를 통해 들은 당시 조선 교구 사제단의 인식이 안중근으로 하여금 전쟁이란 정당행위를 공판투쟁의 마지막 보루로 삼게 한 것이나 아닌지 모르겠다.

그날 면회를 마치고 돌아간 정근과 공근은 그 뒤로도 조선으로 돌아가지 않고 여순에 머물면서 가까우면 사나흘에 한 번, 길면 열흘에 한 번 정도로 안중근을 면회하였다. 그 바람에 안중근은 비교적 소상하게 바깥소식을 들으면서 공판투쟁을 이어 갈 수 있었다.

여순에 있는 관동 도독부 감옥서(監獄署)로 옮겨 와서도 달포가 넘도록 정중하고 은근하게 안중근을 대접하던 검찰관 미조부치가 사람이 달라진 듯 표변한 것은 여섯 번째인가 일곱 번째 심문 때부터였다. 그때부터 미조부치는 안중근을 신문하면서 논리를 가장한 억설로 윽박지르기도 하고, 안중근의 대의를 무지와 단견으로 몰아붙여 욕보이려 들었다. 또 한국의 후진성과 한국인의 미개함을 야유하며 안중근까지 싸잡아 빈정거림으로써 모멸감을 주기도 했다.

'검찰관의 생각이 이같이 돌변한 것은 아마도 제 본심이 아니요, 어디서 딴 바람이 불어닥친 까닭일 것이다. 세상에 이르기를 도심(道心)은 희미하고 인심은 위태롭다더니 그야말로 빈소리가 아니로구나.'

안중근은 속으로 그렇게 짐작했으나 분한 마음은 어쩔 수 없었다. 몇 마디 나누다가 문득 목소리를 가다듬어 꾸짖듯 말했다.

"일본이 비록 백만의 군사를 가졌고, 또 천만 문의 대포를 가졌다 한들 이 안응칠의 목숨 하나 죽이는 권세밖에 무슨 권세가 더 있을 것인가? 사람이 세상에 태어나서 죽는 것은 당연한 이치, 한 번 죽으면 그만인 목숨인데 이미 죽기를 각오한 내게 무슨 걱정이 있겠는가. 나는 더 대답할 것이 없으니 마음대로 하라."

안중근이 그러면서 굳게 입을 다물자, 미조부치가 잠깐 움찔하였으나 안중근의 짐작대로 그도 어쩔 수 없는 것이 있는 듯했다. 서로 이야기를 이어 갈 수 있을 만큼의 예절만 갖출 뿐, 사건을 의도대로 짜 맞추기 위한 억설과 강변은 그대로였다. 물으니 대답하고, 떠드니 듣기는 했지만 안중근의 마음은 그때부터 착잡하기 짝이 없었다.

'이로부터 나의 장래 일은 크게 잘못되어, 필경에는 공판도 그릇되게 판정 날 것임에 틀림없구나…….'

그런 생각에 그 어느 때보다 힘들게 심문을 마치고 감옥으로 돌아왔다. 하지만 감옥에 돌아와 혼자가 되어서도 안중근의 상념은 줄곧 그와 같은 미조부치의 표변에 머물렀다.

'이것은 반드시 굽은 것을 곧게 만들고 곧은 것을 굽게 만들려는 권력의 컴컴한 속셈이 끼어들었다는 뜻이다. 대개 법이란 거울과 같아 털끝만큼도 어긋남이 없는 것이다. 내가 한 일은 시비곡직이 명백한 일인데 무엇을 숨길 것이며 무엇을 속일 것이냐. 세상인정이란 현명한 사람이든 어리석은 사람이든 옳고 아름다운 일은 밖으로 자랑하고 싶고, 악하고 궂은일은 반드시 남에게 숨기고 밝히기를 꺼려 하게 되어 있다. 그런 이치로 미루어 생각하면 이제 이들 일본인들이 무슨 짓을 하려는지 알 수 있다.'

그러자 다시 참을 수 없이 분한 마음이 일어, 그것은 곧 심한 두통으로 며칠간이나 안중근을 괴롭혔다. 돌이켜보면, 그 두통은 생애의 중대한 고비마다 안중근을 찾아와 그 몸과 마음을 담금질하는 내면의 의식(儀式) 같은 것이기도 했다. 그러나 미조부치의 표변은 기실 그 무렵에 결정된 안중근 재판을 대하는 일본 정부의 태도와 입장에서 비롯된 것이었다.

이등박문이 하얼빈에서 피격되었다는 소식을 들은 일본 정부는 외무대신 고무라 주타로[小村壽太郎]를 수사와 재판의 총책으로 삼아 진상을 조사하고 결과에 대처하게 했다. 고무라 주타로의 훈령을 받고 즉각 여순으로 파견된 정무국장 구라치 데쓰키치[倉知鐵吉]는 하얼빈·블라디보스토크·연추·포세이트 등 안중근의 발길이 미친 여러 지역의 영사들로부터 탐문 보고를 받는 한편, 한국 주차군 사령부로부터 파견된 헌병 장교 두 명을 승려로 가장시켜 블라디보스토크에 잠입시켰다.

블라디보스토크에 잠입한 두 헌병 장교는 안중근의 거사가《대동공보》와 깊숙한 관련이 있고 대한의군부와도 연계된 사실을 확인하였다. 그리고 우덕순·조도선·유동하도 처음부터 공동 실행 또는 보조 요원으로 결정되어 있던 사람들이며, 그들은 대한의군부 참모중장 안중근이 지휘하는 독립특파부대의 4인조 특공대라고 주장할 것임도 알아냈다. 그 밖에 한국 안에서의 조사도 정밀하게 이루어져 이등박문 피격 한 달 뒤인 11월 하순에는 안중근의 신상 내력뿐만 아니라 배후 공조 세력과 사건의 진행 경과가 거의 밝혀졌다.

안중근의 이등박문 포살이 개인적인 암살이 아니라 여러 갈래 민족 세력의 지원 아래 이루어진 정치적 사건이고, 안중근 자신도 교전 자격(交戰資格)까지 주장할 수 있는 대한의군부 참모중장으로서 독립특파부대를 지휘한 독립특파대장이란 신분을 내세우고 있다는 보고를 듣자, 사건의 수사와 재판 과정을 주도하기로 되어 있는 일본 외무성은 난감해졌다. 그대로 발표된다면 일본의 보호 정책이 한국인의 지지를 받고 있다고 선전해 온 일본으로서는 국제사회에서 지게 될 부담이 너무 컸다. 또 그렇게 해서 이 사건이 세계인의 주목을 받고 일본에 불리한 여론이 형성되면, 그것은 곧 《대동공보》를 비롯하여 안중근을 지원한 집단과 세력들이 처음부터 노리던 바를 들어주는 꼴이 된다. 이에 고심을 거듭하던 일본 외무성은 그해 12월 들어 정무국장 구라치 데쓰키치를 통해 관동 도독부 지방재판소 소장에게 사실상의 최종 지령이라 할 수 있는 협조 요청을 전달하였다.

> 이 사건의 배후는 없다. 범행은 안중근 개인에 의해 저질러진 범죄이며, 이는 극히 중대하다는 말로도 다 나타내지 못할 정도의 흉행(兇行)이므로 엄중한 징악(懲惡)의 정신으로 극형에 처하는 것이 마땅하다.

대강 그런 내용으로, 비록 외무부의 협조 요청 형식이지만 당시로는 그 어떤 훈령이나 지시보다 더한 무게로 사법부가 안중근을 심문하고 논고하고 판결하는 지침이 되었다. 검찰관 미조부치의 심문 태도가 하루아침에 표변하게 된 데는 실로 그런 내막이 있었다.

안중근을 '동양의 의사'요, '충군애국의 선비'로까지 치켜세우던 미조부치는 변화된 상부의 방침에 따라, 심문에서 먼저 안중근을 보는 관점부터 바꾸었다. 그때부터 안중근의 의거는 가족 부양의 의무를 저버린 채 국외를 떠돌다가 궁지에 몰린 부랑자가 자기과시를 위해 결행한 돌발적인 흉행으로 격하되고, 동양인이라면 마땅히 우러러야 할 그 대의도 설익은 사상과 지식에서 온 무지와 단견으로 단정되었다. 그리고 그때 미조부치가 논리적 바탕으로 삼은 것은 일본이 무슨 불변의 진리처럼 내세우고 있던 보호독립론이었다.

미조부치는 먼저 대한제국의 무능과 부패를 이유로 조선은 독립할 능력이 없다고 우기며, 만약 조선이 멸망하여 청나라나 러시아의 지배 아래 들어가면 일본에 매우 불리할 뿐만 아니라, 동양 평화에도 화근이 되기 때문에 일본이 한국을 보호해야 한다는 이른바 보호국화론(保護國化論)을 폈다. 그리고 느닷없이 만국공법의 감시 기능을 앞세워 일본의 조선 강점이나 병합은 불가능하다고 주장하며, 보호국화를 실현하는 통감 통치는 동양 평화를 유지하기 위한 것임을 강변했다.

미조부치는 명문 법대를 나오고 어려운 고등고시의 관문을 뚫은 일본의 법조 엘리트였다. 거기다가 고등법원의 검찰관이 될 때까지 여러 해 갈고닦은 일본 제국주의 논리로 압박해 왔으나, 안중근은 조금도 밀리지 않았다.

"그렇지 않다. 한국은 독립, 자위할 능력이 없는 게 아닐 뿐더러 오늘날까지 여러 가지로 진보해 왔다. 또 한국의 독립을 불가능하게 만든다는 무능과 부패도 한국이 군주국이라는 데 기인한 것이며, 지금의 쇠운을 불러온 책임도 황실에 있다. 한국의 멸망이 동양의 화근이 되기 때문에 일본이 보호국으로 삼았다는 주장도 마찬가지다. 지금 일본의 보호정책은 한국이 독립, 자위하는 방향으로 진행되고 있지 않다. 현재 이완용 내각을 그대로 두어 정치를 맡기고 있는데, 이를 타파하지 않으면 한국은 독립, 자위할 수 없다.

통감 정치는 결코 한국의 독립, 자위를 보호하기 위해 실시한 것이 아니라 일본의 침략주의, 패권주의 야욕에서 비롯되었을 뿐이다. 지금은 강자가 약자를 잡아먹는 험난한 시대로 다른 세계열강들도 말은 보살처럼 부드러우면서 수단은 호랑이나 승냥이처럼 사납다. 이른바 만국공법이니 엄정중립이니 하는 것도 모두 근래 열강 외교가의 교활한 속임수에 지나지 않는다. 나는 일본이 한국을 병합하고자 하는 야심이 있음에도 열강이 노려보기만 하고 있는 이유를 알고 있다."

안중근은 그렇게 미조부치의 강변과 억설을 받아넘겼다.

검찰관 미조부치가 황인종의 단결을 내세운 동양주의(東洋主義)를 들고 나와 안중근을 현혹시키려 했을 때도 안중근은 넘어가지 않았다. 동양주의가 결국 아시아의 강자인 일본을 중심으로 단결해야 한다는 일본맹주론(日本盟主論)을 낳고, 그것은 다시 일본이 한국을 보호국으로 삼은 걸 정당화하는 구실이 되고 있음을 안중근은 알고 있었다.

"나도 일로전쟁에서 일본이 이기기를 성원하였고, 또 우리 동양은 일본을 맹주로 하고 조선과 청국이 나란히 정립(鼎立)하여 서로 평화를 유지하지 않는다면 백년대계를 그르칠까 걱정한 적이 있다. 이러한 동양주의는 동북아 여러 나라가 일치단결하여 서양 세력의 동점(東漸)을 막는 데 있지만, 실상은 이 주의가 잘못 알려져 동양에 있는 나라면 적국도 우방으로 여기고, 동양에 있는 족속이면 원수인 민족도 동족처럼 대하라는 것으로 생각하는 자들이 점차 늘어나고 있다. 따라서 동양주의에 기대 어려움에 빠진 나라를 구한다고 하지만, 우리 한국 사람이 그것을 이용하여 나라를 구하려는 자는 없고, 오히려 외인(外人)이 이 주의를 이용해 우리 국혼(國魂)을 찬탈하려 드는데, 그게 바로 일본을 맹주로 받들자는 동양주의의 간교한 술책이다. 하지만 동양 평화는 동양의 나라들이 대등하게 연대하여 자주독립을 누릴 수 있을 때 이루어지는 것이며, 그중 어느 한 나라라도 그러지 못한다면 진정한 동양 평화는 이루어질 수 없다."

안중근은 그렇게 받아 미조부치의 강변을 막아 냈을 뿐만 아니라 동양주의를 거쳐 일본맹주론에 차츰 함몰돼 가던 그 시대 한국 지식인들에게도 경고를 던졌다. 안중근은 또 미조부치가 주장하는 문명개화론(文明開化論)과도 맞섰다. 심문에 앞서 미조부치는 통감 정치를 통해 발전한 조선의 모습을 장황하게 늘어놓았다.

"……내정을 바로잡기 위해 가장 먼저 한 일은 궁중(宮中)과 부중(府中)의 구별을 분명히 하여 부인네나 환관이 옆에서 정치에 참여할 기회를 없이한 것이고, 다음으로는 당파로 말미암아 생기는 환난이 국정에 미치지 못하게 한 것이며, 이어 사법과 행정의 혼란을 막기 위해서는 이를 나누어 직분을 명백히 하였다. 문교를 밝게 하기 위하여서는 문명의 학문을 배운 교사들을 초빙하여 경성을 비롯한 기타 각지에 학교를 개설하였고, 자본의 운용을 용이하게 하기 위하여서는 금융기관을 만들었으며, 위생을 위해서는 병원을 열고 음료수와 하수도의 개량을 꾀하였다. 교통기관으로서는 우편과 철도를 설계하여 실시하고, 일반 관리에 대해서는 청렴 강직으로 임무에 임하도록 경계하고 타일러 착착 그 열매를 맺고 있으며, 그 밖에 특히 중요한 국방과 외교에 대해서는 종래의 경험상 한국 정부가 독립적으로 운영할 능력이 없으므로 일본제국이 대신하여 질서 정연하게 해 나가고 있다……."

안중근은 그것을 조목조목 비판하고, 통감 정치는 조선의 식민지화를 문명화(文明化)로 분식한 것이며, 그 실질은 조선의 문명화가 아니라, 일본의 문명화 또는 일본 자신을 위한 문명화에 지나지 않음을 지적하였다. 그것은 또한 안중근이 통감부의 통치를 내정 개혁으로 잘못 이해하고 있는 조선 내부의 문명개화론자들에게 가하는 일침이기도 하였다. 그러나 안중근과 미조부치가 가장 치열하게 접전한 것은 이등박문 포살이라는 사건의 성격을 결정하는 과정에 있었다.

미조부치는 안중근에게 형법상의 살인죄를 물으면서, 그 동기를 오해로 인한 사원(私怨)을 들었다. 그러나 안중근은 국권 찬탈과 경제적 침탈, 그리고 한국인 학살과 학정 등의 열다섯 항목의 죄를 물어 이등박문을 국적(國賊)으로 규정하고, 그를 죽인 것은 의전(義戰) 중의 정당행위라고 맞섰다.

그 무렵에 이르러서는 사카이 경시도 어쩔 수 없는 일본인의 본색을 드러냈다. 사카이 경시는 일찍부터 능숙한 한국말과 친절과 잔정으로 안중근의 호감을 산 사람이지만, 통감부에서 여순으로 파견될 때 받은 임무는 안중근을 자기들의 연출에 따르도록 회유하는 것이었다. 어느 날 통감부에서 함께 파견된 기치로[木次郎]라는 자와 함께 안중근을 찾아와 가장 공손하고 정중하게 말했다.

"공이 지닌 재주로 보면 앞날이 무한한데 이대로 감옥에서 썩게 되거나 혹은 여기서 삶을 마감하게 된다면 너무 한스럽지 않겠소? 어째서 이번 사건을 저질렀는가 묻지 않을 것이니 오해로 인해 죄를 범했다고만 자복(自服)해 주시오. 그렇게만 해 주시면 우리 일본 정부는 공의 소망과 재주를 무겁게 여겨 반드시 특사해 줄 것이오. 그러면 다시 세상에 나가 큰 공업을 이룰 수 있을 것이니 깊이 생각해 보시오. 고집을 부릴 때가 아니오."

"사는 것을 좋아하고 죽는 것을 싫어하는 것은 인간의 상식이지만, 내가 억지로 살기만을 바랐다면 어찌 이번 일을 해낼 수 있었겠소? 하얼빈에서 이등박문을 포살하려고 작심했을 때 나는 이미 죽기를 각오한 바요. 이 감옥에 와서 오늘까지 연명하고 있는 것도 사실은 내 생각 밖의 일이오. 나는 이미 목숨 같은 것에 연연하지 않으니 쓸데없이 달래려 들지 마시오."

웃는 낯에 침을 못 뱉는다고 안중근도 웃으며 그렇게 대답하자 낙담하고 돌아간 그들은 다음 날 다시 찾아와서 말했다.

"세계의 신문들이 지금 모두 공의 행동은 무식에서 나온 폭거였다고 심하게 꾸짖고 있소. 한국의 2천만 국민도 나라의 은인인 이토 공작을 살해한 사람은 일본의 적일 뿐만 아니라 한국의 적이라고 난리요. 모두가 '이토 같은 위대한 지도자를 또 어디서 찾을 수 있는가? 이제는 나라의 앞길에 아무런 희망이 없게 되었다.'라고 하면서 공을 책망하는 것이오. 안으로는 한국인, 밖으로는 세계인 모두가 공의 행동을 그처럼 비난하고 있는데, 공은 어찌하여 이처럼 엄연한 현실을 인정하지 않고 불복으로 버티는 것이오? 고집을 피운다고 천하의 공론을 이길 수 있을 것 같소?"

그렇게 윽박지르기도 하고 타이르려 들기도 하는 말에 마침내 안중근도 안색을 가다듬고 차분하게 받았다.

"나의 행동은 의로움을 위한 것이었지 사사로운 명예를 탐해서 저지른 것이 아니오. 나는 의로 나라에 보답하고 의를 위해 내 생명을 기꺼이 바칠 것이니 명예는 나와 하등 관계가 없소. 나는 몇 달 며칠이나 여기 갇혀 있다 보니 밖의 여론을 듣지 못했고, 신문도 보지 못했소. 그렇지만 우리 한국 동포들은 누구도 나를 책망하지 않을 것임을 확신하오. 또 서방 신문을 보지는 못했으나 그들이 나를 비방했다면, 아마도 우리 동양을 자신들의 손아귀에 넣으려는 야욕 때문에 그랬을 것이오. 이토를 살려 제멋대로 행동하게 놓아 두면 결국 동양 평화가 깨어지게 되고, 그리되면 그들에게는 동양을 침략할 절호의 기회가 되는 것이오. 이번에 내가 이등박문을 제거한 것은 말하자면 그들에게는 동양 침략의 기회를 상실하는 의미가 되니, 그들이 나에게 욕질을 했다고 해서 전혀 관심 둘 바 아니오. 그렇지만 한국 사람도 서방 사람들도 나를 욕한다는 말은 필시 공들이 지어낸 요사스러운 말일 것이니 나는 조금도 믿지 않소."

그러자 그들은 말을 돌렸다.

"공이 한국의 태황제(太皇帝, 고종)로부터 금 4만 냥을 받고 이토 공작을 살해했다는 정보를 우리는 탐지하고 있소."

그러자 안중근도 드디어 성난 얼굴로 꾸짖었다.

"공들은 실로 음흉하고 교활하기 짝이 없구나. 나를 모욕하다 못해 이번에는 대한의 황제 폐하께까지 누를 끼치려는 것인가? 나는 이등박문을 제거할 결심을 할 때부터 이미 생명을 포기한 사람인데, 죽은 다음에 금전이 무슨 소용이 있는가?"

또 하루는 사카이 혼자 찾아와 보조 신문을 핑계 대고 미조부치의 주장을 도우려 했다. 그러나 그때도 안중근은 한마디로 물리쳤다.

"사람이 혹 말하되, 내게 암살 자객의 이름을 붙이려는 자가 있다고 하오. 그 얼마나 무례한 말이오? 나는 정정당당한 진을 치고 이등박문이 거느리는 한국 점령군에 대항하기를 3년, 각처에서 의군을 일으켜 고군분투하다가 간신히 하얼빈에서 제승(制勝)한 것이니, 이등박문을 죽인 나는 독립군의 주장(主將)이라 할 것이오."

그해 10월 30일부터 시작된 검찰관 미조부치의 신문은 12월 하순 열 번째 신문을 끝으로 어지간히 마무리를 지은 듯 보였다. 이등박문을 쏘던 날을 중심으로 사실관계만을 확인해 나가던 미조부치는 빌렘 신부의 소식을 전해 주는 것으로 안중근에게 한 번 더 죄의식을 강요하면서 신문을 끝냈다.

"피고인이 믿는 홍 신부는 이번 범행의 소식을 듣고 자신이 세례를 준 사람 가운데 이러한 죄를 지은 사람이 나온 게 유감이라며 한탄했다는데, 그래도 피고는 자신의 행위를 사람의 도리나 종교의 취지에 반하지 않는다고 생각하는가?"

그러고는 한 달이 넘도록 불러내지 않기에 안중근은 그걸로 미조부치의 신문은 끝난 줄 알았다. 그런데 해가 바뀐 1910년 1월 26일 미조부치는 다시 한 번 안중근을 불러내어 김형재와 유동하, 조도선 등의 일을 물은 뒤에야 신문을 마쳤다.

일본 관동 도독부 지방법원장 마나베 주조[眞鍋十藏]를 재판장으로 한 안중근 첫 공판은 열한 번째의 검찰관 심문이 있고 열흘 만에 열렸다. 영국인 변호사 더글러스나 러시아 변호사 미하일로프의 변론 신청은 끝내 받아들여지지 않고, 한국에서 온 변호사 안병찬까지도 변론이 허용되지 않아, 변호사도 국선변호인인 미즈노 기치타로[水野吉太郞]와 가마타 세이지[鎌田政治]만 공판에 참여하게 되었다. 곧 검찰관도 재판관도 변호사도 모두 일본인으로만 구성된 법정이었다.

무엇에 쫓기고 있는지 공판은 첫날부터 강행군이었다. 1차 공판은 2월 7일 오전 9시에 시작되어 오전, 오후를 갈라 온종일 진행되었고, 다음 날 아침 9시부터 온종일 다시 2차 공판, 그리고 또 그다음 날이 3차 공판, 하는 식이었다. 3차 공판까지는 마나베 판사의 심문이었는데, 거기서 벌어진 재판장 마나베와의 논전도 만만치 않았다. 나중에 공판투쟁이라고 이름 붙은 그 새로운 종류의 대일(對日) 항전에서 핵심이 되는 안중근의 논점은 모두 그 인정신문 과정에서 정리되고 있다고 해도 지나친 말은 아니다.

그러다가 1차 공판에서 사흘 뒤가 되는 2월 10일의 4차 공판에서 검찰관 미조부치의 논고가 있게 된다. 그날 논고에서 미조부치는 먼저 안중근의 출신 내력과 망명할 때까지의 행적을 간략하게 요약한 뒤, 지난 석 달 갈고닦은 논지대로 안중근을 규정해 나갔다.

……피고 안중근은 그 기질이 강직하여 일마다 부모, 형제와 의견이 맞지 않았다고 하는 것은 안중근 자신과 그 동생들이 진술하는 바이며, 처자에 대해서도 극히 냉정하고, 자기를 믿는 힘과 선입관이 강해서 쉽게 다른 사람의 말을 용납하지 않는 성품이었다. 앞

에서 언급한 신문(《대한매일신보》, 《황성신문》, 《대동공보》 등)과 안창호 등의 연설에 의해 정치사상이 한번 주입되자 형제, 처자를 버리고 고향을 떠나 배일파(排日派)가 몰려 있는 북한 지역과 러시아령으로 가서 점진파 혹은 급진파와 어울렸다. 처음에는 교육 사업을 일으키려 했으나 뜻을 이루지 못하고 의병에 몸을 던져 방종 무뢰한 무리에 끼게 된 것이다.

피고 안중근의 이번 범죄는 자기의 분수 역량과 자국의 영고성쇠와 그 유래에 대한 정당한 지식의 결핍으로 생긴 오해와, 다른 사람 특히 이토 공의 인격과 일본의 국시 선언(國是宣言) 및 열국 교섭과 국제법규 자체에 대한 지식의 결핍으로부터 생긴 오해에다, 어리석고 잘난 체하는 배일 신문과 논객의 말을 맹종한 결과, 한국의 은인 이토 공을 원수로 생각하여 그의 과거 시정(施政)에 대해 복수하려 한 것이 바로 그 동기다.

피고, 특히 안중근과 우덕순은 지사인인(志士仁人) 또는 우국지사로 자임하지만 공연히 그 뜻만 거창하지, 실제로는 이에 미치지 못한다. 스스로 영웅이라 자부하며 나폴레옹에 비교하기도 하고 혹은 이토 공과 동등한 인물이라고 주장하지만 실질은 (의병을 핑계로) 사람들로부터 금품을 강탈하고 무전투식(無錢偸食)하는 것을 평범한 일상사로 아는 자들이다. 또한 천하를 방랑하며 피고가 한국의 2천만 인민을 대표한다고 큰소리치는 것처럼 자신의 지위와 분수조차 깨닫지 못함이 심한 자들이다…….

그러면서 장황하게 독립할 능력이 없을 만큼 쇠망한 조선의 역사와 현실을 논하고, 거기서부터 대한제국을 보호하여 독립으로 이끌려는 일본의 노력과 정성을 늘어놓은 뒤에 이등박문이 한국에서 펼친 정책을 칭송하기 시작했다. 이등박문이 의병을 학살한 일조차 한국의 멸망을 막기 위한 것으로 강변하였으며, 심지어는 옛적 정(鄭)나라의 어진 재상 자산(子産)에 비유하기도 했다. 그리고 보호조약으로 일본이 보호하려는 것은 한국의 국력을 발전시키려는 것이며 이등박문은 그것을 위해 힘을 다한 사람으로 치켜세운 뒤에 논고를 이었다.

거기서 검찰관 미조부치는 미리 짜 놓은 대로 안중근의 의거를 오해와 무지에서 비롯된 사원에 따른 살인 행위로 몰아갔다. 이등박문이 통감 시절에 한국의 국권을 침해하고 친구들을 처형한 일에 복수하여, 그 비적(匪賊)과 같은 행위를 천하에 알리려는 목적뿐 현 제도를 직접 개혁하려는 데 있지 않았으니, 정치범일 수는 없다는 논리였다.

피고 안중근은 이토 공을 살해함으로써 자국에 대한 의무를 다했다고 하나, 이 사건에 의해 한국의 국위가 선양되고 국권 회복이 진일보했다고는 할 수 없다. 본인은 피고, 특히 안중근과 우덕순의 생각에 의심이 간다. 피고 안중근은 3년 전에 진남포를 떠났다. 고향을 떠나기 전에는 석탄상을 경영했지만 실패했으며, 고향에 있기 거북하여 처자와 형제를 버리고 북부 한국 또는 러시아령 등지로 떠돌아다녔다. 하지만 거기서 그는 일상생활을 영위해 나갈 직업이 없었다. 처음에는 한국인에 대한 교육 사업을 하려 했으나, 아무것도 가진 것이 없고 동조자도 없어서 그 뜻을 이루지 못했다. 그러다가 과격파와 어울리게 되어 나중에 의병에 투신했는데, 이도 역시 오합지졸이어서 패배로 끝을 맺었다.

작년 음력 4월 초순 그의 두 동생에게 보낸 서신에, 가족을 대할 면목이 없어서인지 "작년에 구라파를 유람하고 해삼위로 돌아왔는데, 근일 중에 다시 파리를 거쳐 로마로 갈 생각이다."라고 하며 마치 개선이라도 한 것처럼 썼다. 이 유럽행에 대한 서신의 내용도 사실무근임은 피고가 자인하는 바이며, 두 동생 역시 형이 가족을 대할 면목이 없어서 거짓말을 했을 것이라고 말했다. 또한 이번에 하얼빈으로 올 때, 여비가 부족하여 국가를 위한 일이라 칭하고 블라디보스토크에서 이석산으로부터 백 루블을 강탈했다고 하는데, 그 말대로라면 방랑 생활 중 같은 수법으로 양민들에게 국가를 위한 일이라 칭하여 강탈한 것은 흔한 일이었을 것이라고 생각하지 않을 수 없다.

이와 같이 피고는 형제, 처자와 오랜 친구들에게 보통의 수단으로는 면목이 없는 처지에 있었기 때문에 그 위신을 세우기 위해 공연히 대사를 기도함에 이르지 않았을까 하는 생각이 드는데, 이렇게 생각하는 것이 마땅치는 않더라도 무리는 아닐 것이다. 정치와 국가라는 이름은 크고도 아름다우며 사람의 동정을 끌 만하다. 정치범과 비슷하지만 결코 같지 않은 이런 살인범은 종종 극도의 실의와 영락에서 생겨난다…….

미조부치는 그렇게 안중근이 정치범이 아님을 주장하고, 이어 근년에 있었던 암살 사건을 개괄하였다. 갑신정변에서 개화파가 민영익을 찌른 일부터 한국 내의 친일파들을 노린 여러 암살 기도를 거쳐 마지막으로 장인환이 친일 미국인 스티븐스를 찔러 죽인 일까지 열거하더니 논고의 결론으로 다가섰다.

……그런데 이들 범인 가운데 한 사람도 중형을 받은 사람이 없고, 심지어 아직 범인을 밝히지 못한 사건도 있다. 이런 까닭에 불령도배(不逞徒輩)는 살인 사건을 그다지 중시하지 않고, 때와 장소와 방법에 따라서는 발각되지 않고 처벌을 면할 수 있다고 생각하며, 발각돼도 중형을 받지 않을 뿐만 아니라, 운이 좋으면 (김옥균을 죽인 홍종우처럼) 상이나 상금을 받을 수 있다는 감상을 갖기에 이른 것이다. 이번 안중근 등의 이토 공 살해도 이와 같은 전례에 따라 저지른 것으로, 특히 스티븐스를 살해한 장인환이 유기(有期) 25년의 금고형(禁錮刑)을 받는 데 그쳤다는 것은 안중근 등이 이미 알고 있는 일로 (그들에게) 좋은 본보기가 되었다고 할 수 있다. 작년에 이재명이 이완용을 죽이려다 미수에 그친 것이 안중근을 본보기로 한 것이라 함은, 그가 안중근을 친구라고 주장한 사실에 비추어 볼 때 자명한 것이다.

이와 같이 사이비 정치범에 유능한 사람의 생명이 파괴되는 것은 사람의 도리에 비추어 보더라도 크나큰 불상사다. 따라서 국법이 존재하는 이상 형벌의 응보적(應報的)인 본질을 발휘하여 본건이 가장 흉악한 사건임을 세상에 알리지 않으면 안 될 것이다. 따라서 본 검찰관의 구형은 첫째, 안중근에 대해서는 사형, 둘째, 우덕순과 조도선에 대해서는 예비의 극형, 즉 징역 2년, 셋째, 유동하는 본 형을 3년 이상의 징역형으로 하고, 법률 종범(從犯)의 감형 규정에 따라 형기 절반을 감등하여 1년 6개월 이상으로 하되, 다시 정상작량(情狀酌量)의 여지가 있으므로 최단기인 징역 1년 6개월의 언도가 있기를 바란다…….

우덕순은 스스로 공범임을 자백하였으나, 조도선과 유동하는 안중근과 미리 말을 맞춘 대로 버텨 무죄나 고의 없는 방조로 빠져 나오려 했는데도 끝내 살인 예비나 종범의 혐의를 벗지 못했다.

검찰관 미조부치의 논고와 구형은 그날 오전에 끝났고, 오후에는 변호사의 변론이 예정되어 있었다. 그때 여순 지방법원 재판정에는 진작부터 와 있던 안병찬 외에 한성 변호사회에서 파견한 변영만(卞榮萬)이라는 한국인 변호사가 더 있었고, 또 외국인 변호사도 러시아 변호사 미하일로프와 영국 변호사 더글러스 말고, 스페인 변호사 둘이 더 있었다. 하지만 변론이 허용된 것은 일본의 국선변호인 가마타 세이지와 미즈노 기치타로뿐이었다.

가마타와 미즈노는 쉴 새 없이 닷새나 잇따라 열린 공판에 지쳤는지, 변론 준비를 위한 공판 연기 신청을 했다. 그러나 무엇에 내몰리고 있는지 재판장 마나베는 변론 준비에 그리 긴 시간을 허용하지 않았다. 겨우 하루를 주고 이튿날인 2월 12일을 다음 기

일로 잡아 재판을 속개했다. 그 재판에서 가마타와 미즈노는 안중근과 나머지 세 명의 종범을 분담해서 변론을 맡았다. 오전에 나선 가마타는 안중근보다 우덕순·유동하·조도선을 변호하는 데 주력했고, 오후에는 미즈노가 나서 주로 안중근을 변호했다.

국선변호인 가마타 세이지는 우덕순과 조도선, 유동하를 변론하기 전에 먼저 안중근 사건의 재판관할권을 따져 본 뒤 사건과 실체적 형벌법과의 관계, 곧 국제형법상의 문제로 안중근의 무죄를 주장했다.

"하얼빈은 청나라의 영토로서 러시아는 다만 철도 수비라는 명목으로 행정 경찰권을 가지고 있을 뿐이기 때문에 이 사건에 대하여 러시아는 처음부터 재판관할권이 없다고 본다. 또 청나라는 일청(日淸) 통상조약과 한청(韓淸) 통상조약에 의해 자국에서 벌어진 일본인이나 한국인의 범죄에 대해서는 치외법권(治外法權)을 인정하였으므로, 안중근의 범죄는 한국 영사관의 관할 아래 한국 법에 따라 재판하는 것이 옳다. 하지만 한일협약(을사보호조약)에 따라 일본 외무성은 외국에 있는 한국 신민과 그 이익을 보호해야 하므로, 안중근 재판은 하얼빈에 있는 일본 영사관의 관할이 되어 결국 관동 도독부 지방법원에 넘겨질 수밖에 없다.

그런데 문제는 그다음이다. 한일협약의 정신에 따르면, 일본이 외국에서 저지른 한국인 범죄의 재판을 위임받은 것은 한국인의 이익을 보호하기 위해서라고 한다. 하지만 일본의 형법을 따를 경우, 이토 공 같은 국가의 원훈(元勳)을 죽인 안중근이 어떻게 보호를 받을 수 있겠는가. 따라서 설령 재판이 일본의 영사재판에 위임된다 해도, 그 재판에 적용될 법은 당연히 일본의 제국 형법이 아니라 한국 형법이어야 한다.

그렇지만 한국 형법은 일본의 구(舊)형법처럼 섭외적(涉外的) 형벌 법규가 마련되어 있지 않다. 곧 지금 한국의 형법은 자국민이 국외에서 저지른 범죄는 도외시하고 있는 것과 다름없으므로, 본건에 대해서는 벌할 규정이 없다는 결론이 나온다. 따라서 법의 불비(不備)로 인해 어쩔 수 없이 무죄라는 변론을 하지 않을 수 없는 처지이다."

말하자면 안중근 재판에 국외 범죄에 대한 형벌 법규가 마련돼 있지 않은 한국 형법의 적용을 주장하고 죄형법정주의(罪刑法定主義)를 원용하여 안중근의 무죄를 주장한 셈인데, 변호인이 되어 변호를 하면서도 자신의 변론을 변명하는 듯한 어조였다. 뒤이어 우덕순과 조도선, 유동하를 변호하는 논리도 이채로웠다. 공들여 세 사람을 변호하고 있는 듯하지만, 민족적 편견에서 비롯된 인격 비하나 모독은 그 때문에 감경되는 형량으로 달랠 수 없을 만큼의 모멸감을 느끼게 했다.

오후 들어 변론에 나선 또 다른 국선변호인 미즈노도 안중근 재판에는 한국 형법의 적용을 주장함으로써 가마타와 마찬가지로 무죄를 주장했다. 그리고 자못 명쾌하게 미조부치 검찰관의 구파(舊派) 이론에 따른 절대적 복수주의를 비판하며, 형벌은 응보(應

報)보다는 범죄 예방에 목적이 있다는 신파(新派)의 주장을 옹호해, 안중근에게 구형된 사형이 합당치 못함을 밝혔다.

"본건과 같이 자객이 만사(萬死)를 무릅쓰고 범죄를 행하려 할 경우 자신의 죽음은 이미 각오한 일이므로, 피고에게 사형을 내린다 해도 훗날 또다시 일어날 자객에 대해 아무런 위협도 되지 않을 것입니다."

미즈노는 그렇게 사건의 확신범(確信犯)적 성격을 일깨운 다음 안중근이 이등박문과 일본의 대한(對韓) 시책에 대한 오해와 무지 때문에 살인으로 나가게 되었다는 검찰관의 주장을 부인하고, 조국에 대한 참된 정성으로 거사했다는 이른바 의거론(義擧論)으로 맞섰다. 그리고 근대 일본에 일어났던 여러 암살 사건을 돌아본 뒤, 젊은 날의 이등박문이 개국을 주장하던 국로(國老) 사카이 조라쿠[酒井長樂]를 암살하려 했던 것과 시나가와에 있던 영국 공사관에 불을 질렀던 일을 상기시키며 관대한 처분을 호소하였다.

그 변론이 곡진하고 징역 3년도 오히려 무겁다며 관대한 처분을 호소했으나, 미즈노 또한 일본인으로서의 한계를 벗어나지는 못했다. 그의 변론은 기껏 작량감경을 호소하는 의거론에 이르렀을 뿐, 안중근의 저격이 법률상으로 무죄인 교전(交戰) 중의 정당행위임을 주장하는 의전론(義戰論)까지는 나가지 못했다.

국선변호인 미즈노의 변론이 끝나자 재판장 마나베 판사는 안중근을 비롯한 세 사람에게 마지막 진술을 하게 했다.

먼저 유동하가 되도록 자신의 거사에 연루되지 않기를 바라는 안중근의 진술에 부응해 혐의를 부인하며, 오히려 "아니 땐 굴뚝에 연기가 났다."는 말로 억울함을 표시했다. 그러나 오래잖아 항일 전선에 뛰어들어 싸우다가 스물일곱의 꽃다운 나이로 일본군에게 처형당함으로써 유동하는 그날의 최후진술이 뒷날을 위한 한낱 방편이었음을 밝혀 주었다. 조도선도 자신과 공범으로 몰려 중형을 받게 되지 않기를 바라는 안중근의 뜻에 충실히 따라 살인 예비와 방조의 혐의를 부인하는 것으로 최후진술을 대신했다.

유동하나 조도선과는 달리 우덕순은 당당하게 공동 실행의 고의를 밝히고 살인을 예비한 혐의를 시인하였다. 마침 그 사건을 정치화하지 않고 안중근의 우발적 살인 행위로 축소하여 국제사회에 미치는 파장을 최소화하려 했던 일본 당국의 의도 덕분에 우덕순이 구형받은 형량은 그리 무겁지 않았다. 그러나 뒷날 수형(受刑) 과정에서 지난번 의병 활동 중에 체포되어 회령 형무소에 수감되었다가 탈옥한 전력이 드러나 곱절이 넘는 형기를 채워야 했다.

차례가 돌아오자 안중근은 먼저 수사의 부실과 제시된 자료의 허구성을 들어, 검찰관 논고의 기반부터 흔드는 것으로 최후진술을 시작하였다.

"나는 검찰관의 논고를 듣고 나서 검찰관이야말로 나를 오해하고 있다는 생각이 든다. 예컨대 하얼빈에서 검찰관이 올해로 다섯 살 난 아들에게 내 사진을 보여 주며 "이 사람이 네 아버지냐?"라고 물었더니, 아이가 그렇다고 대답했다고 말한 적이 있다. 하지만 그 아이는 내가 고국을 떠날 때 겨우 두 살이었는데, 그 후 한 번도 만난 적이 없는 내 얼굴을 알고 있을 까닭이 없다. 이 일로 미루어 봐도 검찰관의 심문이 얼마나 엉성한지, 또 조사한 것이 얼마나 사실과 다른지 알 수 있다고 생각한다……."

그렇게 입을 연 안중근은 다시 법정이 일본인들만으로 구성된 것과 끝내 한국 변호사의 변론을 허용해 주지 않은 것을 들어 재판이 불공정하게 진행되고 있음을 지적했다. 그리고 자신이 이등박문에게 품었던 사사로운 원혐이 오해나 무지에서 비롯된 것이라는 검찰관의 논고를 정면으로 공박하기 시작했다.

"검찰관이나 변호인의 변론 일부를 들어 보면 모두가 이등박문이 통감으로 시행한 정책은 완전무결한 것이며 내가 오해한 것이라 하지만 이는 부당하다. 내가 오해하고 있는 것이 아니라, 오히려 너무 잘 알고 있다고 생각하기 때문에, 먼저 이등박문이 통감으로 우리나라에 와서 시행한 시정방침의 대요부터 말하겠다.

먼저 1905년의 5개조 보호조약을 보자. 이 조약은 우리 황제 폐하를 비롯하여 한국의 신민 모두가 희망해서 체결한 것이 아니다. 그런데 이등박문은 대한제국 상하의 신민과 황제 폐하의 희망으로 체결한다고 떠들며, 일진회를 사주하여 그들을 운동원으로 만들고, 황제의 옥새와 대신들의 부서(副署)가 없는데도 각 대신들을 돈과 협박으로 속여 조약을 체결했다. 그렇기 때문에 당시 뜻있는 사람들은 모두가 크게 분개하였으며, 조야의 선비들은 황제에게 그 부당함을 상주하고 이등박문에게도 건의하여 마지않았다.

일로전쟁을 앞둔 일본 천황의 선전(宣戰) 조칙도 돌이켜볼 만하다. 거기에는 동양의 평화를 유지하고 한국의 독립을 공고하게 만든다는 말이 있었기 때문에 한국 사람들은 일본과 더불어 동양(쪽)에 설 것을 희망하였다. 하지만 이등박문의 정책은 그 조칙과 반대되는 것이었기 때문에 한국 각처에서 의병이 일어나게 되었다. 가장 먼저 최익현이 그 방책을 냈다가 송병준에 의해 잡혀서 대마도(對馬島)에 갇혀 있던 중 사망했고, 다시 제2의 의병이 일어나고 그 뒤에도 여러 방책이 나왔지만 이등방문의 시정방침은 변하지 않았다. 그래서 황제 폐하의 밀사로 이상설이 헤이그 만국평화회의에 가서 호소하기를, 5개조의 보호조약은 이등박문이 병력을 빌려 체결한 것이니 만국공법에 따라 체결해 주기를 호소했다. 그러나 당시 그 (만국평화) 회의에는 일본의 책동으로 물의가 일어 그 일은 성사되지 못했다……."

안중근은 거기서 잠시 숨을 고른 뒤에 한층 더 목소리를 높였다.

"이등박문은 한밤중에 칼을 뽑아 들고 우리 황제를 협박해서 다시 7개조의 조약을 체결시킨 뒤 황제 폐하를 보위에서 내쳤고, (새 황제에게는) 일본으로 사죄사(謝罪史)를 보내 빌게 하였다. 이런 상태였기 때문에 서울 인근의 상하 신민들이 분개하여, 그중에는 자결한 사람도 있었지만, 백성들과 군인들은 손에 닿는 대로 무기를 들고 일본 군대와 싸워 이른바 '서울의 참변'이 벌어졌다.

그 후 십수 만의 의병이 일어났는데, 태황제께서 조칙을 내리시어 이르시기를, 나라의 위급 존망에 즈음하여 수수방관하는 것은 신민(臣民) 된 자의 도리가 아니라 하셨다. 그래서 국민들이 점점 더 격분하여 오늘날까지 일본군과 싸우고 있으며, 아직도 수습되지 않아 그로 인해 10만 이상의 한국 사람들이 죽었다. 그들 모두가 국사에 힘쓰다가 죽은 것이라면 본래 생각대로 된 것일 터이나, 그들은 모두 이등박문 때문에 학살된 것으로, 심하게는 죽은 사람의 머리를 노끈으로 꿰뚫는 등 한국 사회를 위협하려 잔학무도하게 죽였다. 의병의 장교로 전사한 이들 또한 적지 아니하다.

이등박문의 정책이 이와 같이 한 명을 죽이면 열 명이 일어나고, 열 명을 죽이면 백 명이 일어나는 상황이 되어, 시정방침을 개선하지 않으면 한국을 보호하기는커녕 한국과 일본 간의 전쟁만 끝없이 계속될 것이다. 그러므로 이등박문은 결코 영웅이 아니다. 한낱 간웅(奸雄)으로서 간사한 꾀가 뛰어나기 때문에 '한국의 개명은 날로 달로 나아가고 있다."고 신문에 싣게 하고 있을 뿐이다. 또 일본 천황과 일본 정부를 "한국을 원만히 다스려 날로 달로 진보하고 있다."며 속이고 있으므로, 한국 동포는 모두 그의 죄악을 미워해서 그를 죽이고 싶은 마음을 가지고 있다……."

이어 안중근은 한국 사람들뿐만 아니라, 일본인들도 이등박문을 미워하고 죽이고 싶어 하는 마음이 있음을 재판장에게 일깨워 주었다. 일본의 군인·상인·도덕가 기타 여러 계층을 직접 만나서 들은 형식이었는데, 그들 가운데는 안중근이 의병으로 국내에 진공했을 때 포로로 잡았다가 놓아준 일본군과 장사꾼들도 들어 있었다. 그들의 입을 빌려 이등박문의 죄악을 조목조목 밝힌 뒤에 안중근은 최후진술을 마무리했다.

"내가 이등박문을 죽인 이유는 그가 살아 있으면 동양 평화를 어지럽게 하고, 한국과 일본 사이는 더욱 멀어지기 때문에 대한의군부의 참모중장 자격으로 적장(敵將)을 처단한 것이다. 그리고 나는 한일 양국이 더 친밀해지고 또 평화롭게 다스려지며, 나아가서는 오대양 육대주에서도 모범이 돼 줄 것을 희망하고 있었다. 나는 결코 오해로 이등박문을 죽인 게 아니라, 그와 같은 나의 목적을 달성할 기회를 얻기 위해서였다. 따라서 이제라도 이등박문이 한국에서의 시정방침을 그르치고 있었다는 것을 일본 천황이 듣는다면 반드시 나를 가상하게 여길 것이라 믿는다. 오늘 이후 일본 천황의 뜻에 따라 한국에 대한 시정방침이 개선된다면 한일 간의 평화는 만세에 유지될 것이다. 나는 진심으로 그렇게 되기를 희망하고 있다.

변호인의 말을 들으니, 광무 3년 청나라와 체결한 조약에 의해 한국민은 청나라에서 치외법권을 가지니 본건은 한국의 형법대전(刑法大典)에 의해 다스려져야 할 것이며, 한국 형법으로는 나를 처벌할 권리가 없다고 했는데, 이는 부당하며 어리석은 논리라고 본다. 오늘날 인간은 모두 법에 따라 살고 있는 바, 사람을 죽인 자가 벌을 받지 않고 살아남을 도리는 없을 것이다. 그렇다면 나는 어떤 법에 의해 처벌되어야 하는가의 문제가 남아 있는데,

이에 대해 나는 대한의 의병이며, 지금은 적군의 포로가 되어 있으니 당연히 만국공법에 따라 처리되어야 할 것이라고 생각한다."

안중근이 국제법상 포로로 대우해 달라는 말로 최후진술을 끝내자 재판장 마나베는 이틀 뒤에 언도(言渡)가 있을 것임을 알린 뒤에 폐정하였다.

'모레는 일본국 4천 7백만 인격의 근수(斤數)를 달아 보는 날이다. 어디 그 인격의 경중고하(輕重高下)를 지켜보리라.'

안중근은 속으로 그렇게 중얼거리며 언도가 내려지기를 기다렸다.

안중근 선고 공판은 서력기원 1910년 2월 16일 오전 11시, 음력으로는 대한제국 융희 3년 경술 정월 초사흘 사시(巳時)에 열렸다. 그날 여순의 관동 도독부 지방법원 공판정 방청석에는 한국인 변호사 안병찬과 러시아 변호사 미하일로프, 러시아 법학자 야브친스키 부부와 수십 명의 내외신 기자들이 나와 있었다. 안중근의 가족 친지로는 지난 연말부터 여순에 와 있던 두 아우 정근과 공근에다 뒤늦게 달려온 사촌 아우 명근이 있었고, 유동하의 가족 친지도 몇 명 더 있었다. 재판장 마나베는 판결문에서 다음과 같이 선고하였다.

> 피고 안중근을 사형에 처한다. 피고 우덕순을 징역 3년에 처한다. 피고 조도선과 유동하를 각각 징역 1년 6개월에 처한다. 압수물 중

피고 안중근의 소유이던 권총 1정, 탄창 2개, 탄환 7발과 피고 우덕순 소유이던 권총 1정(탄환 16발 포함)은 몰수하고 그 외의 것은 각 소유자에게 돌려주기로 한다.

그리고 길게 판결 이유를 밝힌 뒤, 닷새 이내에 항소할 수 있음과 판결의 정본·등본·초본을 청구할 수 있다는 뜻을 알리고 서둘러 폐정하였다.

죽어 천년을 살리라

안중근이 일심에서 사형선고를 받고 나서부터 항소권을 포기하고 끝내 미완의 저술이 되고 만 『동양평화론(東洋平和論)』을 집필하기 시작할 때까지의 며칠은, 그 무렵 이미 쓰고 있었던 것으로 보이는 안중근의 자전적 기록 『안응칠 역사』에 다시 생생하게 묘사되어 있다.

나는 감옥으로 돌아와 스스로 생각하였다.

'내가 생각하던 것에서 역시 벗어나지 않았다. 옛날부터 허다한 충의지사들이 죽음으로써 윗사람의 잘못을 간(諫)하고 정략을 세운 것이 뒷날의 역사에 들어맞지 않는 것이 없다. 이제 내가 동양의 대세를 걱정하여 정성을 다하고 몸을 바쳐 방책을 세우다가 끝내 허사로 돌아가니 통탄한들 무엇하랴. 그러나 일본국 4천만 민족이 '안중근의 날'을 크게 외칠 날이 머지않아 올 것이다.

동양의 평화가 이렇게 깨어지니 백 년 비바람이 그 어느 때에 그치리오. 지금의 일본 당국자가 조금이라도 양식이 있다면 이와 같은 정략은 결코 쓰지 않을 것이다. 더구나 그들에게 조금이나마 염치와 공정한 마음이 있었던들 어찌 능히 이처럼 행동할 수 있을 것인가. 지난 을미년(1895년)에 한국에 와 있던 일본 공사 미우라 고로[三浦梧樓]가 병정을 몰고 대궐에 침범하여 우리의 명성황후를 시해했으나, 일본 정부는 미우라를 아무런 처벌도 하지 않고 석방하였다. 그 내용을 살펴보면 반드시 위에서 명령한 자가 있어 미우라가 그렇게 한 것임에 분명하다. 그런데 오늘에 이르러 나의 일로 말하면, 비록 개인 간의 살인죄라 하더라도 미우라의 죄와 나의 죄가 어느 쪽이 무거우며 어느 쪽이 가벼운가. 그야말로 (원통하여) 머리가 깨어지고 쓸개가 찢어질 일이 아니냐. 내게 무슨 죄가 있느냐. 내가 무슨 죄를 범했느냐.'

천 번, 만 번 그렇게 생각하다가 문득 크게 깨달은 게 있어 나는 손뼉을 치고 크게 웃으며 말하였다.

"나는 과연 큰 죄인이로다. 다른 죄가 아니라 어질고 약한 이 나라의 신민 된 죄로다."

그러자 오히려 의심이 풀리고 마음이 편안해졌다.

그 뒤에 전옥(典獄) 구리하라 씨가 특별히 소개해 고등법원장 히라이시[平石] 씨와 만나게 되었는데, 나는 그에게 사형 판결에 대해 불복하는 이유를 대강 설명한 뒤에 동양의 대세와 평화를 위한 정략을 나름의 의견으로 말했다. 그랬더니 듣고 난 고등법원장이 감개하여 대답했다.

"내가 그대에 대해 비록 두터이 동정하지마는 정부 주권 기관의 결정을 함부로 고칠 수 없으니 어찌하겠는가. 다만 그대가 진술한 의견을 정부에 품달(稟達)하는 일은 기꺼이 맡겠다."

나는 그 말을 듣고 속으로 고맙게 여기며 말하였다.

"이처럼 공정한 논평이 우레처럼 내 귀를 스치니 아마도 일생에 두 번 듣기 어려운 일일 듯싶다. 이러한 공의(公義) 앞에서는 비록 목석이라도 감복하지 않을 수 없을 것이다."

그리고 다시 고등법원장에게 요청하였다.

"만일 허가될 수 있다면 『동양평화론』 한 권을 저술하고 싶으니, 사형 집행 날짜를 한 달 남짓 늦추어 줄 수 있겠는가?"

그랬더니 고등법원장이 흔쾌히 대답하였다.

"어찌 한 달뿐이겠는가? 설사 몇 달이 걸리더라도 특별히 허가할 터이니 걱정하지 말라."

나는 그 말에 감사하여 마지않고 돌아와 공소권 청구를 포기하였다. 설령 공소한다고 하여도 이익이 없을 것이 뻔한 데다, 고등법원장의 말이 진담이라면 굳이 공소하여 구차하게 살기를 구할 필요가 없을 듯해서였다…….

문면으로 미루어 그때 안중근이 고등법원장 히라이시를 만난 것은 공소할 것인가, 말 것인가를 결정하기 위함이었던 듯하다. 구차하게 목숨을 빌 생각은 이미 버린 뒤였으나, 『동양평화론』 집필 시간을 벌고 싶어 전옥 구리하라에게 특별히 고등법원장 면담을 신청하게 했는데, 그게 성사된 것 같다.

그때 사형 집행 연기를 약속한 고등법원장의 언질이 일시적인 간계였는지, 통역 과정에서 잘못되었거나 과장되어 해석된 것인지는 이제 와서 알 길이 없다. 그러나 안중근이 공소를 포기함으로써 그날로 사형 집행 일자는 확정되고, 그 뒤로는 한 번도 연기가 고려된 적이 없어 보인다. 그해 3월 19일 구리하라가 사카이 경시에게 보낸 보고서를 보면 넉넉히 그것을 짐작할 수 있다.

……안중근 자신의 전기(『안응칠 역사』)는 이제 막 탈고하여 목하 청사(淸寫) 중인 바, 완료되는 대로 우송할 예정이다. 한편 『동양평화론』도 기고하여 현재 서론은 끝났으나, 본문은 서너 절(節)로 나눠 쓰되 각 절은 생각날 때마다 집필하고 있어, 그 완성은 죽을 때까지 도저히 어려울 것 같다. 뿐만 아니라 각 절은 조리 있고 정연한 논문이라기보다는 잡감(雜感)을 모조리 서술하려고 하기 때문에 수미일관한 논문이 되기는 어려울 것으로 짐작된다. 그러나 본인은 철저하게 『동양평화론』의 완성을 원하고, 사후에 반드시 빛을 볼 것으로 믿고 있다. 그 때문에 얼마 전 논문 저술을 이유로 15일 정도 사형 집행이 연기될 수 있도록 탄원하였으나, 허가되지 않을 것 같아 결국 『동양평화론』의 완성은 바라기 어려울 것 같다…….

그런데도 안중근은 고등법원장의 약속만 믿고 자신의 삶을 글로 정리하기 시작했다.

안중근은 먼저 '안응칠(安應七) 역사(歷史)'라는 제목 아래 간략한 자서전부터 써 나갔다. 고등법원장에게는 『동양평화론』만 밝혔으나, 안중근은 그것을 쓰기에 앞서 짧지만 세차게 타올랐던 자신의 30년 자취부터 기억나는 대로 적었다.

안중근은 여순으로 옮겨진 뒤부터 철제 침대가 있는 독방을 써 왔다. 거기에 자신이 지니고 있던 상본(像本)과 어머니 소 마리아가 공근에게 부친 고상(苦像)을 걸고, 아침저녁으로 기도와 묵상에 잠기니, 마치 감옥이 작은 예배실 같기도 했다. 공소를 포기해서인지 형무소 당국은 이전보다 더 안중근을 우대하였고, 저술에 불편함이 없게 책상과 필기구도 들여보내 서재같이 쓸 수 있게 해 주었다. 안중근도 사형 집행 일자까지 받아 둔 사형수답지 않게 태연한 모습으로 집필에만 열중했다.

한 스무 날이 지나 먼저 『안응칠 역사』가 끝나 갈 무렵 뜻밖에도 빌렘 신부가 면회를 왔다. 빌렘 신부의 면회가 뜻밖이었던 것은 그 일을 두고 안중근 쪽과 천주교, 특히 뮈텔 주교 사이에 있었던 그동안의 지루한 밀고 당김 때문이었다.

아우들로부터 갈수록 냉담해지는 천주교의 반응을 전해 들은 안중근은 지난번 선고 공판이 있던 날 뮈텔 주교에게 직접 전보를 쳐서 자신이 죽게 되었음을 알리고, 성사를 받을 신부 한 명을 보내 줄 것을 요청하였다. 그러나 뮈텔 주교는 드망즈 신부를 시켜 "빌렘 신부를 보내는 것은 불가능함"이라는 답신을 보내게 했다.

그런데 안중근이 뮈텔 주교의 답신을 받은 다음 날, 여순 형무소에서는 오히려 빌렘 신부가 찾아오면 안중근과 만나도록 허락하겠다는 결정이 내려졌다. 그 허락을 여순 형무소의 일본인 경리계가 뮈텔 주교에게 전보로 알렸으나 뮈텔 주교는 여전히 꿈쩍도 하지 않았다.

> 허락해 주신 것은 감사합니다만, 우리 천주교로서는 어떤 신부도 여순으로 보낼 수 없습니다.

그런 답신으로 단숨에 거절했다.

그로부터 닷새 뒤 이번에는 서울로 돌아간 안명근이 뮈텔 주교를 찾아보고 빌렘 신부를 안중근에게 보내 주기를 간청하였다. 그래도 뮈텔 주교는 살인자에게 성사를 베풀 수 없다는 이유로 그 간청을 거절하였다.

그때 안중근과 그의 형제들은 뮈텔 신부와 함께 빌렘 신부에게도 간청을 거듭하였다. 빌렘 신부도 안중근의 의거를 살인 행위로 보기는 뮈텔 신부와 마찬가지였다. 그러나 성사를 베푸는 문제에 대해서는 뮈텔 신부와 견해가 달랐다. 빌렘 신부는 설령 안중근이 살인자라 해도 신도인 이상 사제로서 성사를 거절할 수는 없다고 보았다.

이에 빌렘 신부는 뮈텔 주교에게 편지를 내어 자신을 안중근에게 보내 줄 것을 요청하였다. 그러나 며칠이 지나도 대답이 없자 그해 3월 2일 빌렘 신부는 드디어 결단을 내렸다. 뮈텔 주교의 허락을 구하지 않고 여순으로 출발하면서, 재령의 한 우체국에서 편지로 그 사실을 뮈텔 주교에게 일방적으로 통고하였다.

그런데 빌렘 신부가 여순으로 떠난 이틀 뒤에야 뮈텔 주교는 빌렘 신부가 이전에 보낸 편지에 답신을 보냈다.

> 안중근을 위해 여순으로 떠나겠다면 그전에 먼저 약속받아야 할 것이 있소. 안중근은 반드시 자신의 잘못을 사죄하는 쪽으로 정치적 입장을 바꾸어야만 사제로부터 성사를 받을 수 있을 것이오.

하지만 미처 그 편지를 부치기도 전에 경찰이 찾아와 빌렘 신부가 이미 이틀 전에 여순으로 떠났음을 알려 주었다. 여순으로 떠난다는 빌렘 신부의 편지가 뒤늦게 도착해 뮈텔 주교의 심기를 한껏 뒤틀어 놓은 것은 그다음 날이었다.

그런 우여곡절이 있어서인지 안중근을 만난 빌렘 신부의 태도는 엄격하기 그지없었다.

"내가 너를 찾아온 이유는 첫째로, 나는 교자(敎子)인 너를 친애하는 까닭에 비록 크나큰 죄악을 범한 너라 할지라도 네 목숨이 끊어질 때까지는 너를 인도하지 않으면 안 되기 때문이요, 둘째로, 너의 이번 흉행(兇行)이야말로 순전히 오해에서 비롯된 것으로

써 거기서 저지른 죄악은 천지가 다 용서하지 않을 바이므로, 철두철미 너를 책하여 교회(敎誨)하고 회오(悔悟)케 하는 데 있으며, 셋째로는, 고국에 있는 너의 동포와 교우는 네가 지은 큰 죄가 도저히 생명을 보전케 할 여지가 없고, 국법에 비추어도 결코 죽음을 면할 수 없는 바라 여겨 네가 깨끗이 죽음으로 나아가기를 절실하게 바라므로, 나는 네 어머니와 교우들의 의촉(依囑)을 받아들여 네가 목숨이 끊어지기 전에 일각이라도 너를 선량한 교도로 되돌려 놓기 위함이다."

그렇게 말하는 빌렘 신부의 어조는 일본 검찰관의 논고보다 오히려 가혹한 데가 있었으나 안중근은 오직 감격으로만 받아들였다. 그도 그럴 것이 빌렘 신부는 안중근에게 영세를 줌으로써 종교적인 생명을 불어넣어 준 사제일 뿐만 아니라, 그의 의식이 깨어난 열다섯 이후의 삶에서 아버지 안태훈 다음으로 영향을 끼친 사람이었다. 또 아버지 안태훈에게도 엄한 형 같은 사람이어서 안중근은 빌렘 신부에게 부성(父性)과도 같은 경외심까지 품고 있었다.

……그때 천주교회 전교사 홍(洪) 신부가 나의 영생 영락(永生永樂)하는 성사를 베풀기 위해 한국으로부터 이곳에 와서 나와 서로 면회하니 꿈과 같고 취한 것 같아 기쁨을 감당할 길이 없었다…….

안중근은 빌렘 신부가 찾아온 일을 그렇게 쓰고 있는데 조금도 과장 없는 심경이었을 것이다. 백 일이 넘는 공판 과정에서는 한 번도 인정한 적이 없는 자신의 죄를 인정하고 천주교 신도로서 마지막 고해성사를 빌었다. 빌렘 신부도 그런 안중근의 참회를 받아들여 다음 날 옥중에서 고해성사를 베풀었다. 그 자리에서 안중근은 지난해 정초, 성모 마리아를 보았던 신비로운 꿈 이야기를 하고 나름의 위로와 축복을 받았다.

셋째 날인 3월 10일 빌렘 신부는 감옥 안에서 미사를 집전해 안중근과 감옥 안에 있는 여러 관리들이 참석했다. 그날 안중근은 직접 복사(服事)가 되어 성체를 받았는데, 그 영성체야말로 하늘나라로의 긴 여정에 필요한 노자성체(路資聖體)가 되었다.

안중근이 사형선고를 받자, 일시 귀국했던 아우 정근과 공근이 다시 여순으로 돌아온 것도 그 무렵이었다. 정근과 공근은 어머니 조 마리아와 여러 숙부들에게 안중근이 죽게 되었음을 알리고 뒷일을 논의한 뒤에 형과 영결하러 돌아왔다. 둘은 어머니 조 마리아가 정성스레 지은 흰 한복 한 벌과 마지막 당부를 받들고 왔으나, 수의(壽衣) 삼아 지어 보낸 한복은 뒤로 미루고 당부부터 먼저 전했다.

"중근은 큰일을 했다. 만인을 죽인 원수를 갚고 의를 세웠으니 무슨 잘못을 저질렀단 말인가. 큰일을 하였으니 목숨을 아까워 말라. 일본 사람들이 너를 살려 줄 까닭이 없으니 구차하게 항소 같은 것은 하지 말라. 네가 깨끗이 죽음을 택하는 것이 이 어미의 희망이다. 사형 언도의 소식을 듣고 교회에서는 신자들이 모여 너를 위해 기도를 올렸다. 네가 사랑하는 교우들도 모두 나와 같이 생각한다. 살려 달라고 구걸을 하면 양반 가문의 체통을 떨어뜨리는 짓이 된다. 우리 모자의 상면은 이승에서는 없기로 하자. 네가 혹시 늙은 어미보다 먼저 죽는 것이 불효라고 생각한다면 그것이야말로 이 어미를 욕되게 하는 짓이다. 나와는 평화스러운 천당에서 만나자."

정근이 그렇게 어머니의 뜻을 전했다. 안중근은 어머니가 계신 쪽을 향해 큰절을 올리고 그 뜻을 마음에 새겼다. 항소는 진작 포기하여 구차하게 목숨을 빌지 않았으니, 어머니의 당부를 받든 셈이 되었다. 그러나 자식 되어 부모보다 먼저 죽는 상명역참(喪明逆慘)의 죄는 벗기 어려웠는데, 이제 어머니의 당부가 그 짐을 벗겨 주고 평온히 마지막 길을 떠날 수 있게 해 준 것이었다.

그러는 사이 사형 집행일이 가까이 다가왔다. 원래 안중근은 『동양평화론』을 집필하기 위해 보름가량 집행일을 연기해 달라고 요청했고 고등법원장도 그리 약속했으나, 어찌 된 셈인지 연기는 허락되지 않았다. 이에 안중근은 이왕이면 예수 수난일인 3월 25일에 죽기를 바랐으나 그마저도 허락되지 않았다. 일본의 일반 대중뿐만 아니라 지식인들까지 사로잡고 있는 상월명일(祥月命日)의 미신 때문이었다. 곧 이등박문이 죽은 달과는 다르지만 같은 날과 같은 시각에 안중근을 처형함으로써 이등박문의 한을 달랜다는 뜻으로, 여순 형무소는 3월 26일 10시 15분에 사형을 집행하기로 결정해 놓고 있었다.

그래도 안중근은 아무 불평 없이 일본인들의 속 좁은 그 결정을 받아들이고 조용히 죽음을 맞을 채비를 했다. 순국 사흘 전 안중근은 어머니 조 마리아를 비롯해 아내와 가족들, 그리고 빌렘 신부와 뮈텔 주교에게 남기는 여섯 통의 유서를 썼다.

안중근은 먼저 어머니 조 마리아에게 썼다.

어머님 전상서

— 아들 도마 올림

야소를 찬미합니다.

불초한 자식은 감히 한 말씀 어머님 전에 올리려 합니다. 엎드려 비옵건대 자식의 막심한 불효와 아침저녁 문안 인사 못 드림을 용서하여 주시옵소서.

이 이슬과도 같은 허무한 세상에 육정(六情)을 이기지 못하시고 이 불초자를 너무나 생각해 주시니, 훗날 영원한 천당에서 만나 뵈올 것을 바라오며 또 기도드리옵니다. 이 현세의 일이야말로 모두 천주의 명에 달려 있으니 마음을 평안히 하시기를 천만 번 바라올 뿐이옵니다. 분도는 장차 신부가 되게 하여 주시기를 희망하오며, 후일에도 잊지 마옵시고 천주께 바치도록 키워 주시옵소서.

이상이 대요이며 그 밖에 드릴 말씀은 허다하오나, 후일 천당에서 기쁘게 만나 뵈온 뒤 누누이 말씀드리겠습니다. 위아래 집안 여러분께 문안도 드리지 못하오니, 반드시 천주님을 전심으로 신앙하시어 뒷날 천당에서 기쁘게 만나 뵈옵겠다고 전해 주시기 바라옵니다. 이 세상의 여러 가지 일은 정근과 공근에게 들어 주시옵고, 제 걱정은 마시고 마음 편히 지내시옵소서.

1910년 경술 2월 14일

다 쓰고 나니 철석같은 장부의 눈에서도 절로 눈물이 흘러내렸다. 안중근은 잠시 쓰기를 멈추고 마음이 가라앉기를 기다려 다시 붓을 들었다. 이번에는 아내 아려에게 보내는 글이었다. "분도 어머니에게 부치는 글 — 장부(丈夫) 안 도마 드림"이라 쓰고 나니 벌써 가슴이 먹먹하고 눈앞이 흐려 왔다. 그러나 안중근은 마음을 굳게 먹고 다시 써 내려갔다.

야소를 찬미하오.

우리들은 이 이슬과도 같은 허무한 세상에서 천주의 안배로 배필이 되고, 다시 주의 명으로 이제 헤어지게 되었으나, 또 머지않아 주의 은혜로 천당 영복(榮福)의 땅에서 영원히 모이려 하오. 반드시 육정에 괴로워함이 없이 주의 안배만을 믿고 열심히 신앙하시오. 어머님께 효도를 다하고, 두 아우와 화목하여 자식의 교양에 힘쓰며, 세상에 처하여 심신을 평안히 하고 후세 영원의 즐거움을 누릴 수 있기를 바랄 뿐이오.

장남 분도는 신부가 되게 하려고 나는 마음을 결정하고 있으니 그리 알고 반드시 잊지 마시오. 특히 천주께 바치어 후세에 신부가 되게 하시오.

허다한 말은 후일 천당에서 기쁘고 즐겁게 만나 보고 상세히 이야기할 기회가 있을 것을 믿고 또 바랄 뿐이오.

1910년 경술 2월 14일

뜻과 달리 아내 아려에게 남기는 유서를 그렇게 서둘러 맺고 나니 억눌렀던 만 갈래 감회가 일시에 일었다. 열여섯 나던 해 아내 아려가 탄 가마가 처음 청계동에 든 날로부터 3년 전 삼화항에서 마지막으로 작별하고 떠나오던 때까지의 여러 모습이 주마등처럼 머릿속을 스쳐 가며 안중근의 콧마루를 시큰하게 했다. 그제야 안중근은 아내에게 마지막 작별의 기회마저 주지 않은 것을 후회했다.

"이번에 어머님을 뵙고 돌아오는 길에 형수님을 모셔 올까요?"

지난번 진남포로 돌아가기 전에 정근과 공근이 안중근을 찾아보고 그렇게 물은 적이 있었다. 그때 안중근은 이미 항소를 포기한 뒤라, 그리되면 그 대면이 바로 이 세상에서의 마지막 작별이 되는 셈이었다. 그러나 왠지 안중근은 죽음을 앞둔 자신의 모습을 아내에게 보이고 싶지 않았다.

"네 형수는 아이들과 함께 정대호를 따라 수분하로 갔다고 하지 않았느냐? 거기서 왜적의 독수(毒手)가 미치지 않는 목릉(穆陵) 쪽으로 옮기겠다고 하여 놓고 새삼 이곳으로 부른다니 어쩐 일이냐? 더군다나 너는 지금 어머님이 계시는 진남포로 가는 길 아니냐? 진남포와 목릉은 남북으로 수천 리인데, 새삼 그럴 것 없다. 우리 내외의 작별은 글 한 통이면 된다."

그렇게 결연하게 물리치고 말았는데, 이제 그 유서마저 그렇게 쫓기듯 마치고 나니 갑자기 주체할 수 없는 허무감과 비애가 안중근을 덮쳐 왔다.

안중근은 잠시 붓을 내려놓고 지그시 눈을 감았다. 져서는 감당 못할 감정의 파산을 막아 보고자 함이었으나, 그날은 끝내 버텨 내지 못했다. 오래잖아 안중근은 필기구를 밀어 놓고 자신을 다스리기 위한 기도와 묵상에 들어갔다.

다음 날 안중근은 다시 그 전날 못다 쓴 유서를 이어 나갔다. 그날은 뮈텔 주교에게 먼저 썼다. 비정한 호교(護敎) 논리에 빠진 뮈텔 주교는 안중근을 거듭 부정하고 배척하였지만, 안중근에게는 여전히 그가 부정할 수도 배척할 수도 없는 구원과 영성의 권화(權化)였다.

민 주교(閔主教) 전상서

— 죄인 안 다묵(多默) 백(白)

야소를 찬미합니다.

인자하신 주교께서는 죄인을 불쌍히 여기시고 그 죄를 용서해 주시옵소서. 저반 죄인의 일에 관하여는 주교께 허다한 배려를 번거롭게 하여 공황무지(恐惶無地)이온 바, 고비(高庇)로 우리 주 야소의 특은을 입어 고백과 영성체(領聖體)의 비적 등 모든 성사를 받은 결과 심신이 다 평안함을 얻었습니다. 성모의 홍은(鴻恩)과 주교의 은혜는 사례할 말씀이 없사오며, 감히 다시 바라옵건대 죄인을 불쌍히 여기시어 주님 대전에 기도를 바쳐 속히 승천의 은혜를 얻게 해주시옵기를 간절히 비옵니다. 아울러 주교와 여러 신부님께옵서는 다 같이 일체가 되어 교회를 위해 진취하시어 그 덕화가 날로 융성하여, 머지않아 우리 한국의 허다한 외인(外人)과 열교인(裂敎人) 등이 일제히 정교로 귀의하여 우리 주 야소의 자애로운 적자(赤子)가 되게 할 것을 믿고 또 축원할 뿐입니다.

1910년 경술 2월 15일

이어 안중근은 빌렘 신부에게도 한 통을 남겼다.

홍 신부 전상서

— 죄인 다묵 백

야소를 찬미하옵니다. 자애로우신 우리 신부여. 저에게 처음으로 세례를 주시고 또 최후에 이와 같은 곳까지 허다한 노고를 불고하시고, 특히 내림(來臨)하시어 친히 모든 성사를 베풀어 주신 그 홍은이야말로 어찌 다 사례를 할 수가 있겠습니까?

감히 다시 바라옵건대 죄인을 잊지 마시고 주 대전에 기도를 바쳐 주시옵고, 또 죄인이 욕되게 하는 우리 여러 신부님들과 여러 교우들께 문안드려 주시어 모쪼록 우리가 속히 천당 영복의 땅에서 만날 기회를 기다린다는 뜻을 전해 주시옵소서. 그리고 주교에게도 상서하였사오니 그렇게 아시기를 바라옵니다.

끝으로 자애로우신 우리 신부여, 저를 잊지 마시기를. 저 또한 결코 잊지 않겠습니다.

1910년 경술 2월 15일

이번에는 담담한 심사를 써 내려가서 그랬는지 두 통의 유서를 쓰고도 심기가 별로 흐트러지지 않았다. 이에 안중근은 다시 여러 숙부들에게 남기는 말을 한 통의 유서에 담았다.

첨위(僉位) 숙부전(叔父前)에 답하는 서(書)

— 질(姪) 다묵 백

아멘.

하서(下書)에 접하옵고 복희만만(伏喜萬萬)이로소이다. 불초 질의 신상에 대하여는 너무 번심(煩心)치 마옵소서. 이 이슬과도 같은 세상에서 화복을 불문하고 무슨 일이건 다 주님의 명이온대, 인력으로는 어찌할 수 없는 바이므로 다만 성모의 바다와 같은 은혜만을 믿고 또 축원하면서 기도할 뿐입니다.

가만히 생각하옵건대, 이번 특은(特恩)에 의해 모든 성사(聖事)를 받을 수 있었음은 우리 주 야소 및 성모 마리아께서 저를 버리지 않으시고 그분의 품속으로 구해 올려 주셨음으로 믿으며, 자연 심신의 평안을 느꼈습니다. 여러 숙부님[諸叔主]을 비롯하여 일가친척께서는 어느 분이고 번심치 마옵시고, 성모의 은혜에 대해 저를 대신하여 사례해 주시기를 기도하는 동시, 바라옵건대 가내(家內)가 서로 일생을 화목하게 평안히 지내시기를 비옵니다.

우리 종백부(宗伯父, 큰아버지 안태진)께서는 아직까지도 입교(入教)치 않으셨다 듣고 참으로 유감으로 견디기 어려운 바, 그러한 마음씨로는 성모의 계칙(戒飭)이 있을 것을 알지 못하신 것일까요. 진심갈력 속히 귀화하시기를 권유하여 마지않습니다. 이것이 제가 이 세상을 떠남에 임하여 남기는 일생의 권고임을 전해 주시기 바라옵니다…….

여러 교우들께는 별도로 일일이 서장(書狀)도 내지 못하오니 모두에게 위와 같은 취지로 문안해 주시옵고, 반드시 여러 교우들이 다 신앙하고 열심히 전교에 종사하시어, 우리 한국이 성교(聖教)의 나라가 되도록 면려(勉勵), 진력(盡力)하시기를 기도하옵니다. 동시에 머지않아 우리들의 고향인 영복의 천당, 우리 주 야소 앞에서 기쁘게 만날 것을 바라오니, 여러 교우들께서도 저를 대신하여 주께 사례, 기도하시기를 천만 복망하여 마지않습니다.

시간이 부족하여 이만 각필하나이다.

1910년 경술 2월 15일

안중근은 비록 여러 숙부들이 보낸 글에 답하는 형식으로 쓰고 있었으나, 그 내용은 그 어떤 독실한 신앙인의 그것보다 공고

한 믿음의 고백이요, 간증이었다. 이어 안중근은 사촌 아우 명근에게도 짤막하게 유서 한 통을 남겼다. 몇 달 손아래 아우로서 어렸을 적부터 함께 자랐을 뿐만 아니라, 엄혹한 시대의 도전을 받으면서 함께 고민하고 모색해 온 정이 남달라 멀리 여순까지 면회를 왔다 간 명근이었다.

명근 현제(賢弟)에게 기(寄)하는 서(書)

— 다묵 부침

야소를 찬미한다.

홀연히 왔다가 홀연히 떠나니 꿈속의 꿈이라 할까. 다시 중몽(重夢)의 날이 다하여 영복의 땅에서 즐겁게 만나 악수하고 더불어 영원히 태평한 안락을 받을 것을 바랄 뿐이다.

몇 줄 안 되지만, 죽음을 앞둔 안중근의 담담한 소회는 안명근의 의식에도 한 가닥 깊은 흔적을 남겼을 것이다. 이듬해 안명근은 이완용을 처단하고 해외에 군사학교를 설립하려고 부호들로부터 모금하다가 이른바 '안악사건'으로 한반도를 뒤집어 놓고 10여 년의 옥고를 치르게 된다. 그 뒤 만주 길림성으로 망명한 안명근은 그곳에서도 전교 사업을 하다가 전염병으로 죽게 되는데, 그때까지 그를 이끈 것은 종형 안중근이 죽음으로 보여 준 독립의 염원과 불굴의 투혼이었다.

안중근이 남긴 여섯 통의 유서를 읽고 있으면 체념으로 가라앉은 투지와 함께 죽음을 며칠 앞둔 서른한 살 애처로운 영혼이 품었던 외로움을 느낄 수 있다. 이미 공판투쟁 때의 그 장한 의기와 정당성의 확신은 찾아볼 수가 없고, 크고 거룩한 것을 향한 자기 봉헌의 경건함도 자취가 희미하다. 대신 아침나절 잠시 풀잎 위에서 반짝였다 사라져 가는 이슬같이 허무하고 꿈속의 꿈처럼 덧없는 삶을 되뇌며, 오직 천주 예수와 성모 마리아의 은총에만 용서와 구원을 맡기고 있다. 그 사제단은 끝내 살인 죄인의 혐의를 풀어 주지 않고, 용케 안중근에게 성사를 베풀어 준 빌렘 신부는 그 때문에 뮈텔 주교와 그를 지지하는 조선 교구 사제단에 의해 본국으로 추방되다시피 돌아가게 되는 뒷일을 떠올리면, 무심한 필부(匹夫)도 안중근이 품고 죽어 갔을 차디찬 외로움에 가슴 저려 하지 않을 수 없을 것이다.

간수 지바 도시치[千葉十七]로부터 26일 사형이 집행된다는 것을 들어 알고 있는 안중근은 25일 두 동생 정근, 공근과 마지막 면회를 했다. 변호사 미즈노와 함께 입회한 미조부치 검찰관은 그 날이 마지막 면회임을 들어 안중근 형제가 손을 잡고 작별하는 것을 허락했다. 그러자 안중근이 먼저 무릎을 꿇고 두 동생을 이끌어 기도부터 올렸다.

"천주여, 들으시고 나를 불쌍히 여기소서. 이 몸을 돕는 분이신 주(主)여, 이 우리의 슬픈 울음을 기쁜 춤으로 바꾸소서. 내 천주여, 영원히 당신을 찬미하오리다. 아멘."

그러고는 서로 손을 맞잡으며 작별의 말을 한 뒤, 미리 써 둔 그 여섯 통의 유서를 내놓았다. 정근과 공근이 자기들에게 남긴 것이 없음을 보고 달리 당부할 말이 없는지를 물었다.

"여기에 말씀드렸다만 다시 한 번 너희들에게 당부한다. 어머님께 평소 아들 된 도리를 다하지 못하고 효도하지 못한 것을 부끄럽게 생각하며, 이번 사건으로 크게 심려 끼친 것을 용서해 달라고 너희가 대신 빌어 다오. 또 분도를 신부로 만들어 달라는 것도 그대로 이루어지기를 빈다고 한 번 더 당부 여쭈어라. 실은 근래 둘째 아이(준생)가 중병에 걸렸다가 뜻밖으로 회생했다는 소식을 듣고 그 아이를 신부가 되게 하려고 생각했으나, 몸이 약해 감당할 수 없을 것 같아 원래대로 큰아이 분도를 신부로 바치려는 것이다."

안중근이 그렇게 대답한 뒤에 다시 두 아우에게 하고 싶은 말을 보탰다.

"정근이 너는 장래 공업에 종사하도록 해라. 한국은 아직 공업이 발달되지 않았으므로 이를 발전시켜야 한다. 지금은 돈밖에 모르는 세상이 되었다고 한탄하지만, 어쨌든 실업을 일으켜 세우는 일은 중요하다고 생각한다. 허나 내 말은 꼭 공업에만 종사하라는 것은 아니고, 식림(植林) 같은 일은 한국을 위하여 가장 필요한 일이 될 수도 있으므로 혹은 식림에 종사하여도 좋다. 결론적으로 국익을 증진시킬 수 있는 일을 하라는 말이다.

공근은 학문에 종사하며 노모가 살아 계시는 고향에서 잘 모셔 주기 바란다."

"아직 남은 토지가 많으니 불편하면 다른 곳으로 이사하여 살 터인즉 어머님을 모시는 일은 너무 걱정하지 마십시오."

공근이 울먹이며 그렇게 대답했다. 안중근이 불쑥 물었다.

"지난번에 하얼빈에서 우덕순, 유동하와 함께 찍은 사진을 찾아오라 했는데, 찾아왔느냐?"

"부쳐 달라고 했으나 아직 받지 못했습니다만, 사진이 오지 않는다 해도 이번에 귀국하면 시베리아 쪽으로 옮겨 살 작정인즉, 그때는 반드시 찾도록 하겠습니다."

정근이 그렇게 대답하자 안중근이 문득 생각난 듯 받았다.

"옮겨 살 곳을 시베리아로 정한 것이로구나. 만일 노서아 땅으로 가게 되면, 전에 말한 대로 장봉금으로부터 5천 원을 받을 것이 있는데, 그것을 받아 동의회에 전해라. 그 돈은 내 것이 아니라 동의회의 것이다. 또 해삼위 이치권의 집에는 아직 갚지 못한 숙박비가 있는데 너희가 대신 갚아 다오. 그리고 그 집에 있는 내 가방과 옷가지 및 단지동맹 때 자른 손가락을 돌려받아라."

"그리하겠습니다."

두 아우가 입을 모아 그렇게 대답하자 다시 안중근이 불쑥 물었다.

"이번 내 의거에 대해 각국 신문 지상의 논평이 어떻더냐?"

"한국에서는 형님의 의거를 신문에 게재하는 것이 용납되지 않고 있으며, 일반 백성들은 더러는 좋다고도 하고 더러는 나쁘다고도 하여 잘 알 수가 없습니다."

정근이 그렇게 대답했다. 안중근이 갑자기 허탈한 웃음을 지으며 말했다.

"참으로 불가사의한 일이 있다. 내가 연초 해삼위에 있을 때 미국의 신문 지상에 실린 풍자화의 내용이 내가 하려는 일과 닮은 데가 있어 당시 크게 감동을 받았다. 한 한국 미인 옆에 일본 장교들이 많이 모여 서 있었는데, 그중의 하나가 그 미인에게서 약탈해 가는 소지품이 사법권과 외교권이라는 물품이었고, 그러는 일본 장교를 겨냥해 많은 조선인이 총을 들고 그를 쏘려고 하는 것이 그려져 있었다. 그 풍자화를 보고 나는 그것이 내게 무엇인가 암시하는 듯한 느낌을 받고 크게 웃은 적이 있다. 지금에 와서 돌아보니 공교롭지 아니하냐?"

그때 전옥 구리하라가 끼어들어 말하였다.

"마지막이라 해도 면회에는 제한 시간이 있기 마련입니다. 먼저 중요한 유언부터 마치시지요."

그러자 안중근이 목소리를 가다듬어 아우들에게 마지막 유언을 남겼다.

"내가 죽은 뒤에는 내 뼈를 하얼빈 공원 곁에 묻어 두었다가 우리 국권이 회복되거든 고국으로 반장(返葬)해 다오. 나는 천국에 가서도 마땅히 우리나라가 회복되도록 힘쓸 것이다. 너희들은 돌아가서 동포들에게 일러 다오. 모두가 각각 나랏일에 책임을 지고 국민 된 의무를 다하며 마음을 같이하고 힘을 합하여, 대한 독립의 공을 세우고 위대한 조국 건설의 대업을 이루도록 하라고.

대한 독립의 소리가 천국에 들려오면 나는 마땅히 춤을 추며 만세를 부를 것이다."

그리고 다시 깊은 눈길로 아우들을 바라보며 덧붙였다.

"나는 조국에 대한 내 의무를 다하였다. 이미 각오하고 한 일이므로 내 죽은 뒤의 일을 두고는 아무것도 더 남길 말이 없다. 이때까지의 면회에서 당부한 대로만 해 주기를 바란다. 너희들은 내게 할 말이 없느냐?"

여섯 통의 유서와는 사뭇 다른 어조와 기개였다. 정근과 공근이 처연한 낯빛으로 말을 받았다.

"저희 또한 아무것도 더 드릴 말씀이 없습니다. 다만 형님께서 분부하신 사회 활동에 관해서는 아우들이 서로 협력하여 잘 되도록 노력할 것이니, 형님께서는 심려 마시고 형님의 길을 따르시기 바라며, 부디 천당에 오르시기를 기도하겠습니다."

"사람은 한 번은 반드시 죽는 것이므로 굳이 죽음을 두려워할 것은 아니다. 인생은 꿈과 같고 죽음은 영원한 것이라고 편안히 여기고 있으니 그리 걱정할 것 없다."

안중근이 그렇게 유언을 매듭지었다. 정근과 공근이 그제야 고향에서 가져온 옷 보따리를 안중근에게 전했다. 어머니 조 마리아가 지어 보낸 검은 바지, 흰 저고리와 명주 두루마기로, 수의(壽衣)를 대신할 옷이었다. 정근과 공근은 그동안 차마 그 옷을 내놓지 못하고 있다가 마지막 날이 되어서야 전한 것이었다.

그날 한국에서는 지난달 안중근이 변호사 안병찬을 통해 보낸 유지(遺志)가 《대한매일신보》에 실려 국내의 동포들에게 전해졌다.

> 내가 한국의 독립을 회복하고 동양 평화를 유지하기 위하여 3년 동안이나 해외에서 풍찬노숙(風餐露宿)하다가 마침내 그 목적을 달성하지 못하고 이곳에서 죽는다. 우리들 2천만 형제자매는 각각 스스로 분발하여 학문에 힘쓰고 실업을 진흥하며, 나의 끼친 뜻을 이어 대한의 자유와 독립을 회복한다면, 죽는 자로서 유한이 없을 것이다.

대강 그와 같은 유지도 두 아우에게 전하도록 한 여섯 통의 유서와는 달랐다. 안중근의 장한 기개와 자신의 정당성에 대한 확신이 살아 있는 글이라, 읽는 동포들의 피를 끓게 했다.

안중근이 예수 수난일인 3월 25일을 원했음에도 굳이 다음 날인 26일로 사형 집행이 밀린 것은 이른바 상월명일의 미신 때문이라고 알려져 왔다. 곧 그렇게 하는 데는 이등박문이 죽은 날과 같은 달은 아니어도 같은 날 같은 시각에 안중근을 죽여 죽은 자의 넋을 위로한다는 뜻이 있었다. 그런데 뒷날 발견된 일본 측의 기록은 다르다. 3월 25일은 순종 황제의 생일인 건원절(乾元節)이라, 그날 사형을 집행하는 것은 나라 안팎으로 분란을 일으킬 우려가 있어, 통감부에서 다음 날로 미루어 달라고 요청해 왔다고 한다.

그러나 10시에 사형 집행을 시작하고, 절명 확인 시각을 이등박문이 숨진 10시 15분에 맞춘 것으로 보면 그동안 전해 내려왔던 세간의 정설이 더 맞는 듯하다. 비록 10월까지 기다릴 수는 없지만, 죽는 날과 시각이나마 26일 10시 15분으로 맞춰 이등박문의 그것과 같게 하려고 애쓴 것을 잘 알 수가 있다. 설령 건원절을 핑계 삼은 통감부의 요청이 있었다 해도, 그것으로 일제의 좀스럽고 속된 국량을 다 가리지는 못한다.

사형 집행이 있던 날 아침 안중근은 평소와 다름없이 일찍 일어났다. 태연자약하게 양치와 소세를 하고 형무소의 일등 관식(官食)으로 아침밥을 먹은 안중근은 마침 당직을 서고 있던 지바 도시치를 불러 말했다.

"전일에 당신이 부탁한 글 한 폭을 써 보도록 합시다. 오늘이 아니면 더는 그렇게 할 틈이 없을 듯싶소."

지바 도시치는 일본군 헌병 상등병으로서 하얼빈에서부터 안중근을 호송하는 임무를 받고 따라왔다가 여순 형무소 간수로 눌러앉게 된 사람이었다. 지난번 당직 근무 때 지바가 가만히 안중근의 독방을 찾아와 말했다.

"안 선생, 일본이 선생의 나라 독립을 위협하게 된 것은 정말로 미안한 일이오. 일본인의 한 사람으로서 깊이 사과를 드리고 싶은 심경이오."

그 말을 들은 안중근이 감격하여 지바의 손을 잡으면서 말했다.

"지바 씨, 그 말에 가슴이 찡하오. 일본 사람, 특히 군인 신분인

당신으로부터 그와 같은 말을 듣게 된 것은 뜻밖이오. 역사의 흐름은 개인의 힘으로는 어쩔 수 없는 것이오. 전에 말한 바와 같이 한국과 일본이 이렇게 불행한 사이가 된 것도 이등박문 한 사람의 책임은 아닐지도 모르겠소. 또한 나의 이번과 같은 행동으로 역사의 흐름이 바뀌는 일도 없을 것이오. 그러나 내가 행한 이와 같은 불행한 일이 머지않아서 아니, 어쩌면 먼 훗날에 있을지도 모르나, 우리 한국 동포의 애국심과 독립 정신을 자각하게 하는 계기가 되어 주기를 기대하고 있소. 나는 특히 내 뒤를 이을 조국 젊은이들의 애국심을 굳게 믿고 있소."

"그래도 내가 일본의 군인, 특히 헌병이기 때문에 선생과 같은 훌륭한 분을 중대 범인으로 다루며 간수 노릇을 해야 하는 것이 매우 괴롭습니다."

지바가 그렇게 받는 말에 안중근이 오히려 그를 위로했다.

"아니오. 당신은 군인으로서 당연한 임무를 수행하고 있는 것이오. 내가 이등박문을 죽인 것도 대한의군부 참모중장으로서 내 임무를 다하기 위함이었소. 군인은 나라를 지키고 일단 유사시에는 나라를 위해 목숨을 바치는 것이 그 본분이기 때문에 서로의 입장에서는 어쩔 수 없는 일이며, 자기의 임무에 최후까지 충실할 수밖에 없는 것이오."

그러자 지바가 잠시 머뭇거리더니 품에서 흰 천 한 폭을 꺼내 들었다.

"안 선생, 여기 비단 한 폭을 준비했으니, 저를 위해 무언가 한 구절 써 주시지 않겠습니까? 사형선고를 받으시고도 태연자약하게 감옥 안 여러 사람들에게 휘호(揮毫)를 써 주시는 모습이 실로 천신(天神)과 같았습니다."

그러나 안중근은 지바에게 호감을 느끼긴 해도 그날은 별로 글을 쓰고 싶지 않아 미루어 두었는데, 사형 집행일 아침 당직인 그를 보고서야 그 일을 떠올린 것이었다.

위국헌신 군인본분(爲國獻身 軍人本分)

안중근은 전날 지바가 두고 간 흰 비단에 그 한 줄을 단숨에 쓰고 '대한국인 안중근'이란 서명과 함께 단지동맹 때 무명지가 잘려나간 왼손 바닥을 먹물에 찍어 낙관을 대신했다.

여순으로 처음 옮겨 와서 아래위로 안중근을 우대하던 시절에 누구의 호의에서인지 모르지만, 다른 여러 가지 편의와 함께 지필묵도 독방 안에 비치되었다. 원래 안중근은 글씨 쓰기를 그리 좋아하지도 않았고, 특별히 서예를 힘써 닦은 적도 없었다. 거기다가 타고난 필재가 있는 것도 아니어서, 당시의 교양 수준으로 사서(四書)를 읽고 『통감(通鑑)』 여덟 권을 뗀 정도의 유학(幼學)이 보여 줄 수 있는 글씨를 크게 넘어서지 못했다. 그러나 신문과 공판이 여러 달 이어지고, 감방 안에 홀로 있는 시간이 늘어나면서 안중근은 암담하고 무료한 시간의 일부를 그 지필묵으로 달래기 시작했다.

처음 안중근은 '박학어문 약지이례(博學於文 約之以禮, 널리 글을 배우고 예절로 단속하라.)'나 '견리사의 견위치명(見利思義 見危致命, 이익을 보거든 의로움을 생각하고, (나라가) 위태롭거든 목숨을 바쳐라.)', '세한연후 지송백지후조(歲寒然後 知松柏之後彫, 날이 찬 뒤라야 잣나무, 소나무가 늦게 시듦을 안다는 뜻으로, 안 의사의 휘호에서는 '後'를 '不'로 바꿔 놓았음)'같이 그때그때 떠오르는 『논어』의 구절을 써 보는 것이었으나, 차츰 다른 고전에서도 적절한 구절을 뽑아 자신의 심사를 토로하게 되었다. 『중용』에서 '계신호기소불도(戒愼乎其所不睹, 아무도 보지 않는 곳에서 오히려 경계하고 삼간다.)'를 뽑아 스스로를 단속하고, 『통감』에서 '용공난용연포기재(庸工難用連抱奇材, 서투른 목수는 아름드리 재목을 다룰 수가 없다.)'란 구절을 뽑아 인재를 바로 쓰지 못하는 세태를 한탄하기도 했다.

그러자 안중근이 글씨를 쓰는 모습을 본 감옥소 안 사람들이 저마다 종이나 비단을 구해 와 휘호해 주기를 청했다. 안중근이 굳이 마다하지 않고 들어주자 나중에는 감옥 바깥 사람들까지 아는 간수나 전옥을 통해 안중근의 휘호를 얻으러 왔다. 그때는 안중근도 어느 정도 휘호에 재미를 붙여, 때로는 일상생활에서의 교훈이나 마음에 담은 한시(漢詩) 같은 것을 써 주기도 하고, 때로는 자신의 심사나 염원을 휘호에 담기도 했다. 사카이 경시에게 해 준 휘호가 그 한 예가 된다.

東洋大勢思杳玄(동양 대세 생각하니 아득하고 막막하구나.)

有志男兒豈安眠 (뜻있는 사나이 어찌 편히 잘 수 있으리.)

和局未成有慷慨(평화 시국 못 이루니 강개가 없을쏘냐.)

政略不改眞可憐(침략 정략 고치지 못하니 참으로 가련하다.)

안중근은 그 칠언절구 한 수에서 동양 평화를 향한 염원과 우려를 함께 담고 있다.

대저 글씨란 무엇인가. 어떤 글씨를 잘 썼다 하고 어떤 글씨를 모자란다 하는가. 상형문자인 한자에 바탕하여 발전한 서예는 틀림없이 미학적 판단의 대상이지만, 종종 조형미보다는 이념미가 우선하는 판단 기준이 된다. 송설체(松雪體)는 호방하면서도 아름다우나, 안체(顔體)는 굳세고 힘차지만 거칠다. 그러나 송나라 종실(宗室) 조맹부는 원나라 조정에 출사하여 훼절하였고, 안진경은 역적의 회유에 맞서다 당 조정의 충신으로 죽어 송설체의 화려함만으로는 안체의 의기(義氣)를 덮지 못한다. 안중근의 글씨가 사람의 마음을 끈다면 그 또한 조형미나 문자향(文字香)보다는 우러를수록 눈부신 그 의기 때문일 것이다.

전옥 구리하라가 통역 소노키와 함께 안중근을 감옥에서 불러낸 것은 그날 아침 9시경이었다. 그때 안중근은 이미 지바에게 휘호를 써 주고 손을 씻은 뒤 어머니 조 마리아가 지어 보낸 새 옷으로 갈아입고 있었다. 흰 두루마기 차림으로 앉아 기다리다가 바

깔나들이라도 가듯 태연하게 따라 나오는 모습이 다시 한 번 보는 사람들을 숙연하게 했다.

그날 안중근의 마지막 모습을 전하는 것으로는 유동하의 여동생 유동선의 구술이 있다.

3월 26일 사형 날짜가 닥쳐왔다. 아침 여덟아홉 시경 사형장은 인산인해를 이루었다. 해외 동포와 중국 사람들은 비분의 눈물을 머금고 일본 제국주의자들에 대한 증오심으로 가슴을 들먹이고 있었다. 교수대에는 밧줄이 흐느적였다.

검찰관 미조부치가 정각 3분을 앞두고 안중근 곁으로 다가오며 왠지 질린 듯한 낯빛으로 더듬거리며 물었다.

"마지막 할 말은 없는가?"

안중근이 숭엄하게 머리를 쳐들고 광장의 사람들을 휘둘러보며 씩씩한 어조로 말했다.

"당신들이 요구한다면 이 자리에서 동양 평화 만세를 부를 것을 요구하오."

그 말에 미조부치와 사형 집행수들이 흠칫 놀라며 받았다.

"그건 절대로 그렇게 할 수 없소."

그러면서 서로 당황한 기색을 감추지 못했다.

"그럼 한 가지 부탁이 있소. 유동하만은 아무런 죄가 없으니 곧 석방해 주시오."

이때 집행석에서 손종을 절렁대며 집행수 하나가 다가왔다. 종소리가 들리자 안중근이 격정된 목소리로 외쳤다.

"대한 독립 만세!"

놀란 미조부치가 사형 집행을 명령하고 사형리들이 올가미를 안중근의 목에 걸고 당겨 올렸다. 안중근의 목이 허공에 말려 올라가 몇 분의 시간이 지나 질식 상태에서 혼미하게 되었을 때 사형리들은 밧줄을 늦추어 안중근을 서서히 땅에 내려놓아 숨이 돌아서게 했다. 악독한 사형리들은 그 짓을 반복하더니 세 번째 만에 밧줄을 당겨 마침내 안중근 의사를 교살했다…….

그로부터 30년이 훨씬 지난 뒤 유동선이 구술한 것을 김파란 사람이 정리한 것으로 되어 있는데, 여러 가지로 애매한 구석이 많다. 유동선이 많아야 열대여섯 살 때 오빠 유동하에게서 전해 들은 얘기를 기억 속에서 재구성한 듯한데, 야외에 설치된 듯한 교수대와 그걸 보러 모인 수많은 군중이란 설정부터가 잘 맞지 않는다.

그때 아직 사형 집행장을 따로 구비하지 못했던 여순 형무소는 비어 있던 101호실 감방에다 임시로 교수대를 마련하고 안중근을 처형하기로 했다. 오전 10시 미조부치 검찰관과 구리하라 전옥, 그리고 통역관 소노키가 사형장의 검시석(檢屍席)에 앉고 안중근을 불러들여 사형을 집행한다는 뜻을 전하며 유언을 물었다.

"별로 유언할 것은 없으나 나의 이번 행동은 오직 동양 평화를 도모하는 성의에서 나온 것이므로, 바라건대 이 자리에 있는 일본 관헌 각위도 나의 뜻을 이해하고 피차의 구별 없이 합심하여 동양의 평화를 이루는 데 힘쓰기를 기원하오."

안중근이 그렇게 말해 놓고 불쑥 덧붙였다.

"마지막으로 동양 평화 만세 삼창을 부르도록 허가해 주시오."

그러자 검찰관 미조부치와 전옥 구리하라의 얼굴이 함께 굳어졌다.

"아무래도 그것은 행형(行刑) 수칙에서 벗어난 일이 됩니다. 대신 독실한 천주교 신자라니 따로 기도할 시간을 드리겠습니다."

멈칫하던 구리하라가 그렇게 인심을 썼다. 안중근도 구차하게 더 매달리지 않고 그 자리에서 무릎을 꿇어 잠깐 동안 묵도를 올렸다.

안중근이 다시 눈을 뜨자 두 사람의 간수가 다가와 두 눈을 백지와 흰 천으로 가리더니, 양쪽에서 부축하듯 하여 교수대 계단을 올라갔다. 교수대에 올라 사형을 집행당할 때까지 안중근의 태도는 매우 침착하고, 낯빛이나 말투 모두 평상시와 조금도 다름없이 종용(從容) 자약(自若)했으며 또한 떳떳하였다.

안중근 의사가 일제의 교수대 올가미에 체중을 싣고 불멸을 향해 떠나간 것은 그날 아침 10시 4분경이었으며 감옥의(監獄醫)가 안 의사의 절명을 확인한 시각은 10시 15분이었다고 기록되어 있다. 이등박문이 죽은 26일 10시 15분에 좀스럽게 분까지 맞추려고 한 흔적이 역력하다.

안 의사의 시신을 거두는 과정에서 구리하라 전옥으로 대표되는 일본 사법 당국의 간교한 선심이 다시 한 번 사람들의 이목을 홀렸다. 10시 20분, 어머니 조 마리아가 지어 보낸 흰 두루마기를 수의 삼아 두른 안 의사의 시신은 형무소 당국이 특별히 새로 만든 목관에 모셔지고, 그 위를 다시 흰 천으로 덮은 뒤 형무소 안에 있는 예배실로 옮겨졌다. 흔치 않은 예우로 보였다.

그때 감옥 밖에는 추적추적 이른 봄비가 내리고 있었다. 안 의사의 시신이 든 관이 예배실에 이르자 전옥 구리하라는 간수들을 시켜 공범인 우덕순과 조도선, 유동하 세 명을 그리로 끌어오게 했다. 셋 가운데 교인은 개신교 신자인 우덕순뿐이었지만, 특별하게 예배가 허락되자 세 사람은 눈물로 안 의사와 작별하며 함께 기도를 올렸다.

그날 오후 1시, 한동안 예배실에 안치되었던 안 의사의 영구는 역시 형무소 당국이 특별히 내준 검은색의 장의(葬儀) 마차에 실려 형무소 뒷문을 나섰다. 지바를 비롯한 간수 몇이 진심으로 애도하며 그 뒤를 따랐다. 마차는 거기서 10여 킬로미터 떨어진 여순 감옥 전용인 공동묘지에 멈추고, 안 의사의 영구는 쏟아지는 빗줄기 아래 미리 정해진 곳에 묻혔다. 거기까지만 해도 안 의사의 장례는 정중한 예우와 애도 속에 마무리 짓는 것처럼 보였다. 하지만 그게 일본 정부의 표독스러운 정책을 가리기 위한 눈속임에 지나지 않았음은 오래잖아 드러났다.

그날 안 의사의 아우 정근과 공근은 아침부터 감옥 밖에서 형의 시신이 넘겨지기를 기다리고 있었다. 그러나 빗속에서 떨며 아무리 기다려도 안에서는 소식이 없었다. 점심때가 지나가고 날이 어둑해져도 소식이 없자 더 이상 참지 못한 형제는 감옥장(전옥)을 찾아보고 형의 시신을 내 달라고 따졌다.

"유해는 내줄 수 없소. 사형은 오전에 집행되었고, 유해는 우리 형무소의 공동묘지에 묻혔소."

감옥장이 차가운 목소리로 그렇게 잘라 말했다. 그 말에 형제는 통곡하며 소리쳤다.

"너희들은 우리 형님에게 두 번 사형을 내리려는 것이냐!"

그러나 감옥장이나 간수들은 냉담하기만 했다.

"당국의 결정이니 우리로서는 어쩔 수가 없소."

그러면서 묻힌 곳조차 알려 주려 하지 않았다.

안 의사는 순국 전 두 아우 정근과 공근에게 대한 독립이 이루어지기 전에는 유해를 조국으로 반장(返葬)하지 말라고 유언하였다. 그러나 또한 그때까지 하얼빈 공원에 가장(假葬)해 달라는 말을 곁들여 유해를 일제(日帝)에게서 빼내 주기를 바랐다. 따라서 그날 정근과 공근은 안 의사의 유해를 찾아 하얼빈 공원에 가장이라도 해 두려고 감옥장과 간수들을 찾아간 것이지만, 그들에게는 또 그들 나름의 사정이 있었다. 한국인들의 안중근 추모 열기를 미리 감지한 일제는 안 의사의 유해를 돌려주어 그가 묻힌 곳이 곧 한국 독립운동의 성지가 되는 것을 두려워했다. 그래서 공연한 위험을 키우느니보다는 공동묘지의 어슷비슷한 분묘 속에 유해를 감추어 버리는 길을 택하니, 말단 간수나 감옥장이 어찌 그 명을 어길 수 있었겠는가.

안 의사의 장렬한 의거와 죽음이 세상에 알려지자 국내외, 특히 중국에서 수많은 만가와 조시가 읊어졌다. 혹은 진시황을 친 창해역사(蒼海力士)나 형가(荊軻)에 견주어 비분을 노래하고 혹은 이민족의 침략에 의연히 맞선 악비(岳飛)나 문천상(文天祥)을 불러와 강개를 의탁했다. 책으로 묶어도 모자라지 않을 그들 시가(詩歌) 가운데 먼저 눈에 띄는 것은 양계초(梁啓超)의 「추풍단등곡(秋風斷藤曲)」이다. '가을바람이 넝쿨을 자름을 노래함' 쯤으로 번역될 그 노래에서 넝쿨은 이등박문(伊藤博文)에서 빼내온 등(藤)이고 가을바람은 안 의사가 된다. 양계초의 중화사상(中華思想)이 이따금씩 거슬리고 노래의 장황함이 부담스러우나, 그 정의(情意)가 유장하고 언사가 절실한 데가 있어 뒷부분 몇십 행(行)만 옮겨 본다.

저 나라(대한제국) 도시와 거리마다 일장기 휘날리고

태평세월 홍타령이 한창이니 백성들이 가련하다.

채주(蔡州) 사람들이 배도(裵度, 당나라 덕종 때의 산남절도사로, 채주를 근거지로 반란을 일으킨 오원제를 치러 갔음)를 맞아들이듯 춤추며 소리치네.

완국의 좋은 말이 이사성(二師城, 대완국의 성으로, 곧 대완의 말이 대완을 침략하는 군사를 태운 것을 말함)에 돌진하듯 저희 나라 기어

드는 원수들을 돕는구나.

함부로 시세에 따르지 않는 그 사내 누구였던가.

그대 범문(范文, 범문이란 이름으로 나라 위해 죽기를 맹세한 열사의 본보기가 될 만한 사람이 없는 것으로 미루어 착오가 있었던 것으로 보임)을 따라 배우더니 나라 위해 죽으리라 맹세하더라.

다리 밑에 숨은 예양(豫讓, 전국시대 자객으로 다리 밑에 숨어 옛 주인의 원수를 치려 한 적이 있음)처럼 만 리를 마다 않고 국적(國賊)을 뒤쫓고

연 태자(燕太子, 황금 백 근으로 진시황을 찌를 날카로운 비수를 사서 형가에게 주었음) 만금(萬金) 들여 비수 사듯 그 사나이 권총 사서 품에 감췄네.

흙모래 대지를 휩쓸고 강쇠바람[東風] 울부짖는데

칼날 같은 흰 눈이 흑룡강에 쏟아진다.

다섯 발자국 밖 피 솟구치게 하여 대사를 이루었으니

웃음소리 대지를 뒤흔드는구나. 장하다, 그 모습 영원토록 빛나리라.

영구 실은 마차 앞서 가는데 뚜벅뚜벅 말발굽 소리 애처롭구나.

먼 하늘 바라보니 상복이나 입은 듯, 먹장 같은 구름안개 대지를 덮었네.

당나라 덕종(德宗), 무원형(武元衡, 반란을 일으킨 오원제의 사면을 반대하다 자객에게 암살당한 당나라 충신)을 잃으니 조정도 동량지재(棟梁之材) 잃었도다.

창해역사, 박랑사에서 진시황을 치듯 하얼빈의 총소리 세계를 떨쳐 울리네.

만민이 형가(荊軻) 같은 영웅을 우러르니 그 사내 평소마냥 태연자약하고

공개재판 나서도 떳떳하게 법관 질문에 대답하기를

내 사나이 대장부로 태어나 자신의 죽음은 예사로 여기지만

나라의 치욕을 씻지 못했으니 어찌 공업을 이루었다 하리오.

깊고도 혼탁한 독록강(獨漉江) 물결, 세상은 그 강물처럼 험악한데

사람들의 원한도 흐르는 그 물결마냥 해마다 날마다 이어져 가리.

그대는 명심할지어다, 이 나라에 인재 없다 하지 말 것을.

그대는 알지어다, 꿀벌 같은 벌레도 독이 있음을.

절세의 공명을 이룩하였고, 늙어서 나랏일 위해 숨졌지만

캄캄한 귀로에 올라선 영구 쓸쓸한 비바람이 돛대를 밀어 줄 뿐.

황궁에서 가무 오락 철폐하였고, 양로(襄老, 전국시대 초나라 사람으로, 진(晉)나라 장수가 포로로 잡혀간 아들과 바꾸려고 그를 죽여 시체를 진나라로 가져갔다가 나중에 아들과 바꾸어 초나라에 돌려줌) 맞

듯 그대를 맞이하니

남녀노소 통곡하며 거리에 나와 재상의 죽음을 슬퍼하더라.

천추의 은덕 만대의 원한 그 누가 옳고 그름을 가릴 수 있으랴.

두 위인은 이 세상을 떠났으나 그들의 죽음은 태산보다 높도다.

사마천이 안자(晏子)를 추모하듯 나는 그대(이등박문)를 경중(敬重)하였도다.

그러하되 나의 무덤만은 안 군(安君, 안 의사)과 나란히 하리라.

나의 이 구슬픈 노래를 들으면 귀신도 울음 금치 못하리.

저 산 너머 황혼의 햇빛이 서리 맞은 단풍을 붉게 비출 제

내 몸 돌이켜 서녘 땅을 바라보니 눈물만 빗발치듯 쏟아지누나.

궁궐 누각 위에 높이 선 나리들 팔짱만 끼고 서 있으니.

양계초의 「추풍단등곡」의 유장함에 못지않게 공교롭기로는 손문(孫文)과 원세개(袁世凱)가 안 의사의 영전에 바친 칠언절구가 있다. 중국의 신해혁명을 주도한 손문은 하얼빈의 의거를 듣고 안 의사를 예송(禮訟)하는 시 한 편을 남겼다.

功蓋三韓名萬國(공은 삼한을 덮고 이름은 만국에 떨치나니)

生無百歲死千秋(살아서는 백 년을 못 채워도 죽어 천년을 살리라.)

弱國罪人强國相(약한 나라 죄인이요 강한 나라 재상이되)

縱然易地亦藤候(처지를 바꾸어 놓고 보면 이등 역시 죄인이리.)

청나라 북양 대신 이홍장 밑에서 군벌로 자라났으나, 나중에 혁명 세력과 호응하여 선통제(宣統帝)를 퇴위시키고 스스로 중국의 황제가 되고자 했던 원세개도 마찬가지로 칠언절구 한 수로 안 의사를 예송했다.

平生營事只今畢(평생을 벼르던 일 이제야 끝났구려.)
死地圖生非丈夫(죽을 땅에서 살려 하면 장부가 아니리.)
身在三韓名萬國(몸은 한국에 있어도 이름은 만국에 떨쳤소.)
生無百歲死千秋(살아서는 백 년을 못 채워도 죽어 천년을 살리라.)

그런데 별난 느낌을 주는 것은 중국 근대사에서 강렬하게 대비되는 두 개성의 시가 넉 줄 가운데 한 줄이 같다는 점이다. "살아서는 백 년을 못 채워도 죽어 천년을 살리라." 열협의사(烈俠義士)로서건, 영웅호걸 또는 지사 충신으로서건, 안 의사가 죽음으로 움킨 불멸만은 그들에게 똑같은 감동으로 와 닿은 것일까.

아버지 안태훈의 호족 활동(豪族活動)을 이어받으면서 자라난 안 의사의 호민 정신(護民精神)은 일제의 노골적인 침략과 더불어 동족애(同族愛)로 확대되고, 을사조약 이후가 되면 확고한 민족주의로 자리 잡는다. 그 뒤 조국과 민족은 안 의사에게 지상(至上)의

가치이자 실존의 한 양식(樣式)이 되지만, 한편으로 편협한 종족주의를 벗어난 그의 사상은 동양평화론의 대하를 따라 흐르며 세계주의와 보편적 인간애(人間愛)의 바다를 지향한다. 그러나 불행한 시대는 그런 안 의사의 성숙을 기다려 주지 못했다.

일찍이 조국을 위한 헌신을 신성한 의무로 자임해 온 안 의사의 순직(純直)하고 경건한 영혼은 한번 조국의 부름을 듣자, 무슨 정연한 전기를 쓰듯 살아온 30년 남짓의 짧은 생애를 아낌없이 그 제단에 봉헌(奉獻)하였다. 국권 침탈의 원흉인 신흥 제국주의 일본의 효웅(梟雄)을 쥐 새끼 밟아 으깨듯 쏘아 죽이고, 대한의군부 참모중장으로 의연히 죽음을 받는 그 모습에는 절로 옷깃을 여미게 하는 숙연함이 있다. 이렇듯 단호하고 자명한 길을 한 번 주저함도 없이 달려간 듯 보이는 그의 불꽃같은 삶은 우리의 집단 무의식 속에 불멸의 기억으로 타오를 것이다.

(끝)

죽어 천년을 살리라 2

신판 1쇄 발행 2022년 5월 27일
신판 2쇄 발행 2023년 4월 3일

지은이 이문열

발행인 양원석
펴낸 곳 ㈜알에이치코리아
주소 서울시 금천구 가산디지털2로 53, 20층(가산동, 한라시그마밸리)
편집문의 02-6443-8842 **도서문의** 02-6443-8800
홈페이지 http://rhk.co.kr
등록 2004년 1월 15일 제2-3726호

ISBN 978-89-255-7823-1 04810
978-89-255-7822-4 (세트)